心向光明

邹韬奋传

聂震宁 著

江西人民出版社
Jiangxi People's Publishing House
全国百佳出版社

图书在版编目（CIP）数据

心向光明：邹韬奋传 / 聂震宁著 . -- 南昌：江西人民出版社，2025.9（2025.9 重印）. -- ISBN 978-7-210-16666-5

Ⅰ. I25

中国国家版本馆 CIP 数据核字第 2025L0Q051 号

心向光明：邹韬奋传 聂震宁 著

XIN XIANG GUANGMING：ZOU TAOFEN ZHUAN

策划编辑：梁 菁 王一木
责任编辑：于 珊 张志刚 王园园
责任校对：郑志青
责任印制：潘 璐
封面设计：高高 BOOKS
图片提供：上海韬奋纪念馆

江西人民出版社 Jiangxi People's Publishing House 全国百佳出版社 出版发行

地 址：江西省南昌市三经路 47 号附 1 号（邮编：330006）
网 址：www.jxpph.com
电子信箱：jxpph@tom.com
编辑部电话：0791-86898873
发行部电话：0791-86898815
承 印 厂：南昌市红星印刷有限公司
经 销：各地新华书店

开 本：787 毫米 × 1092 毫米 1/16
印 张：23.75
字 数：330 千字
版 次：2025 年 9 月第 1 版
印 次：2025 年 9 月第 2 次印刷
书 号：ISBN 978-7-210-16666-5
定 价：78.00 元
赣版权登字 -01-2025-393

邹韬奋（1895—1944）

以犀利之笔为人民大众服务

写作缘起：瞻仰韬奋先生塑像

此生有幸，在我40多年编辑出版职业生涯的最后12年里，能经常瞻仰一位伟人——伟大的爱国者、著名的政论家、杰出的新闻记者和出版家邹韬奋先生的塑像，于晨昏之间，在光明的辉映下，得伟人精神的滋养与熏陶。

从2011年12月到2023年12月，我在韬奋基金会担任理事长12年整。12年里，每一回走进北京沙滩后街55号院基金会办公楼，在通道的尽头，我总要瞻仰那座迎面而立的韬奋先生半身塑像。

办公楼的通道有点深，光线昏暗，古铜色的塑像就像被阴郁氛围包围，一如先生历经过的数十年风雨如晦的岁月。可是，一旦亮灯，塑像迅即灿烂，戴着圆框眼镜的韬奋先生，前额饱满，眉头微皱，凝视远方，神情坚毅，正气凛然，好一尊形神兼备的伟人塑像！

在基金会12年，打开通道的灯，是我喜欢做的事情，有时是因为有重要活动，有时是为了迎接访客，而更多时候是为了能瞻仰先生的塑像，提振自己偶尔有些消沉的情绪。

光明真好！光明就是力量，光明就是希望。心向光明！

多年来，每当看到美国盲聋哑女作家海伦·凯勒的名作《假如给我三天光明》，我就有感伤、有崇敬、有振奋。光明多么宝贵！

人生的光明从何而来？

阿尔伯特·爱因斯坦说：“只要我们不断追求和传递知识和智慧，光明便将一直照耀着我们的前方。”

但丁《神曲》中的“永恒之光”象征神圣真理。

歌德《浮士德》结尾处的“光明”代表超越蒙昧的终极智慧。

鲁迅先生在《热风·随感录四十一》中深沉地歌颂光明：“愿中国青年都摆脱冷气，只是向上走，不必听自暴自弃者流的话。能做事的做事，能发声的发声。有一分热，发一分光，就令萤火一般，也可以在黑暗里发一点光，不必等候炬火。此后如竟没有炬火：我便是唯一的光。倘若有了炬火，出了太阳，我们自然心悦诚服的消失，不但毫无不平，而且还要随喜赞美这炬火或太阳；因为他照了人类，连我都在内。”

莎士比亚在他的名作《麦克白》里说：“黑夜无论怎样悠长，白昼总会到来的。”

在艰苦奋斗的革命战争年代，毛泽东曾为延安行知中学学生任远志题词：光明在前。

韬奋先生的笔触常常落在“光明”一词上，他曾经这样写道：“我们愿以至诚热血，追随社会大众向着光明的前途迈进！”①

“心向光明”，象征着先生50年的患难人生、奋斗岁月。

每当通道灯亮，照亮的不只是先生的塑像，同时还照亮了塑像红色背板上的毛泽东同志手迹，亦即人们久已熟悉的那篇著名题词：“热爱人民，真诚地为人民服务，鞠躬尽瘁，死而后已，这就是邹韬奋先生的精神，这就是他之所以感动人的地方。”这是1944年11月22日《解放日报》“邹韬奋先生逝世纪念特刊”上毛泽东同志的题词。当时，周恩

---

① 韬奋基金会、上海韬奋纪念馆编《韬奋全集（增补本）》第5卷，上海人民出版社2015年9月版，第629页。本书所引《韬奋全集（增补本）》均出自此版本，后不一一标出。

来同志在《纪念和追悼韬奋先生办法》上亲笔填上了“提议以韬奋为出版事业模范”一句。中共中央致韬奋先生家属的唁电高度评价韬奋先生：“其精神将长在人间，其著作将永垂不朽。”

一旦通道灯亮，塑像迅即灿烂，我经常会想起“心向光明”，想起“光明在前”。

韬奋先生是继鲁迅之后代表我国先进文化的光辉典范。先生倾其一生，奋斗不息，筚路蓝缕，九死不悔，和其他进步新闻出版家一道，转到光明方面去，开创了革命新闻出版事业的先河，为宣传和动员民族救亡运动作出了巨大贡献，留下了宝贵精神遗产。

新中国成立后，韬奋精神成为我国新闻出版事业的一面旗帜。1956年10月，党和人民政府为了纪念韬奋先生，决定在韬奋生活和战斗过的地方——上海重庆南路205弄54号——建立纪念馆。1958年11月5日，韬奋纪念馆正式对外开放。1987年6月25日，以继承和发扬韬奋精神、促进我国新闻出版事业的繁荣和发展为宗旨的韬奋基金会在北京成立，邓颖超同志出席成立大会并讲话。

进入新时代，2014年，韬奋先生成为唯一一位列入首批国家公祭日公祭烈士名录的新闻出版界人士。新闻出版界、文化界和学术界对韬奋精神的研究、宣传和弘扬持续热烈地开展。自2012年起，韬奋基金会主办的“韬奋出版人才发展论坛”至2024年底已经举行13届。基金会支持上海人民出版社修订再版《韬奋全集》（共14卷），上海交通大学出版社出版《邹韬奋年谱长编》（邹嘉骊编著），生活·读书·新知三联书店出版《忆韬奋》（邹嘉骊编）、《韬奋精神六讲》（聂震宁著）、《韬奋箴言》（聂震宁编选）和《邹韬奋传》（沈谦芳著），这些书籍均在韬奋诞生120周年的2015年前后出版。此后，人民出版社的《中国出版家·邹韬奋》（陈挥著）、上海交通大学出版社《转到光明方面去》（聂震宁选编）和《生活与我》（聂震宁选编）等在2017年出版。韬奋纪念馆编的《邹韬奋研究》也已经连续出版12辑。韬奋出版奖、长江韬奋奖两项全国性评奖活动一直都在高质量地开展，新闻出版界、文化界和学术界的“韬奋热”，已扩散至社会各界，并产生广泛影响。

在“韬奋热”中，瞻仰韬奋先生塑像，更能感受到先生的光彩、先生的气度、先生的精神、先生的永生。

在“韬奋热”中，有了经常瞻仰韬奋先生塑像的机缘，有了研读先生 800 余万字著述和接触大量韬奋研究资料的条件，作为一名得到过韬奋精神滋养和提振的作家，尤其是作为一名曾经获得过韬奋出版奖的出版人，在弘扬韬奋精神方面，我撰写和编选了一些纪念韬奋的书籍和论文，可是总觉得自己做得还是很少。

2023 年 12 月 23 日，卸去韬奋基金会理事长一职的次日一早，我独自走进基金会办公楼光线昏暗的通道，来到韬奋先生塑像跟前，打开通道射灯，又一次瞻仰先生的塑像，久久地瞻仰，默默地向先生作别。我明白，此后自己不可能经常前来瞻仰先生的塑像了，心中很是不舍，很是惭愧。不舍的是情感，惭愧的是觉得自己做得太少。

瞻仰韬奋先生塑像，我忽然想到，为什么不用心去写一部先生的传记呢？先生的一生，是一段震撼人心的传奇，我应该写一部能够感动人的《邹韬奋传》，让韬奋先生的故事流传得更广，让今天的人们，尤其是青年朋友们更好地认识这位伟大的爱国者、杰出的文化斗士。韬奋先生成长于动荡的年代，经历了家道中落和艰苦求学的岁月。在新闻出版人岗位上，在黑暗与光明之间，他没有选择沉默或逃避，而是毅然决然地站到了时代的前沿，以笔为剑，以心为灯，照亮暗夜，启迪民智，激励无数同胞奋勇向前，共赴国难。国运维艰，他始终保持着对国家和民族的深厚情感，“推母爱以爱我民族与人群”。面对强权与不公，他拒绝任何威胁和利诱，“对于黑暗势力不免要迎面痛击”，宣示“永远立于大众立场”。即便身陷囹圄，他也慷慨陈词，宣示“战而不屈”，“我们的国家民族的光明地位是要我们用热血代价去换来的”。他勇挑重担，砥砺前行，直至“患难余生”的最后一刻，仍心系国家和人民。他的一生，是艰难跋涉的一生，是努力“转到光明方面去”的一生，是生命不息奋斗不止、勇往直前的一生。韬奋精神，为中华民族树立了又一座不朽的丰碑。

随着在基金会任职结束，空虚感竟然不时出现在我的心中，这是自己以往不曾有过的心理落差。这感觉绝不是因为自己将开始退养生活，有了很大的闲暇而造成的空虚感——其实这是自己期待的生活方式，说来，还是因为自己日后不再能经常去瞻仰先生塑像，心中有不舍和惭愧。空虚感往往需要用自己喜爱的事物来填补或者转移，于是为先生写一部传记的念头愈加强烈，愈加频繁闪现，甚至书名都已经有所构思，那就是《心向光明：邹韬奋传》。这书名的构思来自韬奋“向着光明的前途迈进”的誓言，来自通道灯光使得先生塑像迅即灿烂而激发的灵感。回想起20多年前，我到沪上公干，了解到韬奋纪念馆的一位专家刚刚做了一个韬奋事迹讲座，题目是《燃烧自己传播光明——韬奋纪略》，我当时就觉得这个题目很好。古希腊神话里的普罗米修斯最著名的行为是盗取火种并将其带给人类，而韬奋先生却是“燃烧自己传播光明”，这个比喻多么恰切，多么感人！正因为韬奋先生心向光明，才会燃烧自己传播光明。“心向光明”正是对韬奋先生一生艰难无畏地“向着光明的前途迈进”的写照。

可是，我不能确定今天的人们是否还需要这样一部作品。

就在这个时候——很多故事就发生在“这个时候”——韬奋家乡江西省的许多朋友出现了，先是韬奋老家鹰潭余江的领导热情联系我，更有江西省委宣传部、江西省出版集团领导表示亲切关心并寄予期望，接着就是江西人民出版社社长一行前来诚恳商谈，谈的都是一件事：邀约我为纪念韬奋先生写一部传记。韬奋先生130周年诞辰纪念日即将来到，大家心心念念地要表达对先生的怀念，希望用一部传记来寄托情思，弘扬韬奋精神。新时代的新闻出版界也都将要隆重地纪念韬奋先生，不少业内人士告诉我，他们也认为需要一部生动讲述韬奋先生的传记文学作品，而他们经过选题论证并征询业内权威人士意见，认为我是可以承担这一写作任务的人选。更有朋友对我说："你要是不写，对不起做了 12 年韬奋基金会理事长的经历，也对不起韬奋先生！"

这些话震动了我，感动了我，振奋了我，坚定了我。我郑重地接受了邀约，抑或说大家一拍即合，曾在韬奋先生塑像前的一个强烈念头，顿时成为一份责任。这份责任缘起于自觉与冲动，缘起于韬奋家乡人民深厚的感情，更缘起于新时代新闻出版业弘扬韬奋精神的需要，为此，我要投入比自己以往更多深切的情感和更为深致的理性去进行这项写作。这是一次必须具备充分的社会责任感、使命感的写作，一次需要自己全身心投入的写作；这更是一次学习之旅，一次生命体验之旅，是追随伟人一生的探寻之旅。我屏住呼吸，写下了这部书的书名：《心向光明：邹韬奋传》。

目录

第一章 少年时代

一个人少年时代的独特经历，可能触发其后续人生长久的应激机制和补偿机制。韬奋诞生于国耻之年、成长于民族抗争时代，这将激发出他强烈的政治敏感和爱国情怀。

少年时代

1 | 出生在国耻之年

邹韬奋籍贯是江西省余江县（今鹰潭市余江区）潢溪乡沙塘村。1895 年 11 月 5 日出生在福建省永安县（今永安市）。[①]

韬奋的家乡余江，在江西省的东北部，地处鄱阳湖平原的边缘。这里有武夷山脉与怀玉山的环抱，地势东北高、西南低，有信江与白塔河舒缓地流淌。余江不仅是一片山水相依的自然宝地，更是一处人文荟萃的历史名镇。

虽然余江古城只剩下古代城墙的残垣断壁——那是始建于明朝正德六年（1511）的古城墙，但那些残垣断壁至今依然屹立在信江沿岸，诉说着往昔的辉煌与沧桑。历史上，余江有过敢于犯上直言的宋代工部尚书汤汉，有过敢于坚持真

---

① 关于韬奋先生的出生地，现在普遍的说法是福建省永安市下渡村邹家大院。韬奋之女邹嘉骊在上海交通大学出版社 2015 年 10 月版《邹韬奋年谱长编》第 2 页附有“备考”：1980 年 8 月 15 日，二嫂朱中英北京来函，称“爸爸的出生地点，大姑（韬奋大妹邹恩敏）记得是福建闽侯”。2024 年 10 月，江西省鹰潭市余江区文史专家胡祖荣提出新说，据其考证，韬奋出生地应为余江区锦江镇福庆巷邹家祖宅。此祖宅一直由邹氏后人居住，现保存完好。如此，韬奋出生地可以再做考证。

理、主持公道的近代爱国律师吴迈，更是伟大的爱国者、著名的政论家、杰出的新闻记者和出版家邹韬奋的故里。20 世纪 40 年代，毛泽东同志提出了“热爱人民，真诚地为人民服务，鞠躬尽瘁，死而后已”的韬奋精神；20 世纪 50 年代，余江在全国率先消灭血吸虫病，打起了“战天斗地，敢为人先，不达目的决不罢休”的责任担当，毛泽东同志为此“欣然命笔”写下诗歌名篇《七律二首 · 送瘟神》。这让余江不仅拥有韬奋精神，还保有“血防”的精神，两种精神紧紧相连，铸就了余江人的气质与品格。

1908 年 11 月，13 岁的邹韬奋回到老家余江。此行是因祖父去世，他随父亲回老家奔丧，同时护送母亲灵柩归葬余江。韬奋在余江守孝 4 个多月，住在余江锦江镇福庆巷祖宅，守孝的同时，还在私塾里念书。

▼ 邹韬奋祖籍——余江沙塘邹家村

韬奋在老家余江居住的 4 个多月，大多时间是冬季。余江是赣东北比较寒冷的县份之一。这里时有降雪，可以欣赏到山水相映的雪景，感受到江南冬日的宁静与神秘。余江虽然没有北方地区那么严寒，却也让小时候一直居住在福建的韬奋享受到了这里冬天的乐趣。特别是在家乡他第一回遇到了下雪，他跟着村上的玩伴们对着雪花欢呼起舞。他手捧雪花，雪花即刻就化，不无遗憾，却也妙不可言。大人们不让孩子在寒冷的户外疯玩，少年韬奋很快就被大人们叫回屋来，围炉烤火。这里家家都会烧炭取暖，一家人围着炭火，烤火聊天，其乐融融。这也让他在屋里与叔伯亲友们有过许多交流。小孩不能插嘴，但是可以听，少年韬奋是最喜欢听大人说事的孩子。各种社会传闻使得少年人开眼界，长见识，启心智。韬奋的父亲对儿子的学习一直抓得很紧，不会让孩子在 4 个多月里荒废学业，所以读书学习依然是韬奋在老家余江每日必做的事。

4 个月后，正是余江油菜花开的时候，少年韬奋依依不舍地离开了家乡。此后他求学、办刊、流亡、奋斗，再也没能重返他可爱的家乡。

韬奋本名邹恩润。1914 年至 1926 年期间，他以本名邹恩润发表过 150 篇以上的作品，译述多部。韬奋，则是他在 1926 年 10 月主编《生活》周刊后长期使用的笔名。随着《生活》周刊的声誉日隆，韬奋的影响力与日俱增，人们不仅在一些重要场合尊称他“邹韬奋”，有时甚至亲切地称他“韬奋”，久而久之，“韬奋”替代了他的本名。

邹韬奋出生的 1895 年，正是中国近代史上至为耻辱的一年。

由于 1894 年中日甲午战争清军惨败，北洋舰队全军覆没，1895 年清政府被迫与日本签署丧权辱国的《马关条约》。条约的主要内容是：中国割让辽东半岛、台湾岛及其附属各岛屿、澎湖列岛给日本；开放沙市、重庆、苏州、杭州四地为商埠，允许日本人在通商口岸设立领事馆和工厂及输入各种机器设备；中国向日本赔款 2 亿两白银。消息传来，国内外反响强烈。

俄国得知中国被迫割让辽东半岛，当即以割让辽东半岛触犯了自己的利益为由，联合法国、德国迫使日本放弃。为此日本又向中国索要3,000万两白银为“赎辽费”，如此一来，中国一共向日本赔款2.3亿两白银。1896年，李鸿章为回报俄国帮助退还辽东半岛，与俄国签订密约，允许俄国在黑龙江、吉林到海参崴修筑由俄国人掌握的东清铁路。后来，沙皇政府以在太平洋取得不冻港口为由，出兵占领了旅顺、大连，并强制清政府签订了《旅大租地条约》，允许俄国人修筑自长春到大连的东清铁路，由此使整个东北地区陷入俄国控制之下，成了俄国的势力范围。

法国趁火打劫，除取得云南、广西、广东的矿山开采权和越南铁路延伸到广西境内的修筑权之外，1897年3月，又迫使清政府承认法国在海南岛拥有特殊权利。1898年3月，法国向清政府提出了四项苛刻要求：禁止将云南、广西和广东割让给其他国家，由法国人担任中国邮政总管，允许法国修建越南至云南的铁路，在中国南部海岸建立趸船基地。1899年11月，法国强迫清政府签订《广州湾租界条约》，租期99年。

1897年11月14日，德国军舰强占胶州湾，宣布山东为其势力范围。英国则强租九龙半岛与威海卫，宣称长江流域为其势力范围。

日本不仅通过《马关条约》霸占了中国的台湾及澎湖列岛，其狼子野心欲壑难填，转而盯上与台湾一海之隔的福建，1898年强迫清政府承认福建为日本所控制。

在列强瓜分中国的恶剧中，美国从不甘居人后。1899年9月，美国向英、法、德、俄、日等国提出对华政策的照会，其主要内容就是“门户开放”“机会均等”和“利益均沾”。在承认列强在华的势力范围的同时，美国要求享有和各国一样的在华特权。

1900年6月，俄、英、美、日、德、法、意、奥等八国组成联军，以镇压义和团运动为名，由天津向北京进犯。8月14日，联军攻陷北京，慈禧太后携光绪皇帝狼狈西逃。八国联军占领北京后，将北京城划为俄、英、日、美、法、德等几个占领区，实行军事统治。八国联军在京津地区烧杀抢掠，暴行累累，骇人听闻。1901年9月7日，俄、英、美、日、德、法、意、奥、西、比、荷等11个帝国主义国家胁迫清政府签订了丧权辱国的《辛丑条约》。《辛丑条约》的主要内容有：清政府向各国赔款白银4.5亿两；在北京设立使馆区，各国可以在使馆区内驻兵，中国人不准在使馆区内居住；各国可在从北京到山海关沿铁路12个战略要地驻扎军队；等等。这笔赔款习惯上被称为“庚子赔款”，是中国被西方列强侵略以来数额最大的一笔赔款。这项条约被史家称为中国近代以来失权最重的不平等条约。

韬奋一出生就生活在如此混乱、如此屈辱的时代，国难阴霾一直笼罩着少年韬奋。

2 | 成长在民族奋起抗争的年代

邹韬奋在福建生活到17岁，此后才到上海求学。

虽然邹韬奋的少年时期国难危急、社会动荡，然而，中华民族并没有坐以待毙，一直在奋起抗争。

自《马关条约》签订以来，全国上下群情激愤，抗议之声不曾停歇。特别是割让台湾的消息传出，顿时引起广大爱国人士的极大激愤。台湾籍举人汪春源等上书都察院，抗议朝廷“弃地畀仇”，并表示“与其生为降虏，不如死为义民”。国内报刊纷纷发表愤怒呼声，甚至直指朝廷：“我君可欺，而我民不可欺！”台湾当地人民更是“奔走相告，聚哭于市中”。台北等地鸣锣罢市，台湾各界联合宣布誓与台湾共存亡，“愿人人战死而失台，决不愿拱手而让台”。当日军进占台湾时，台湾军民进行了坚决抵抗，许多爱国志士英勇奋战壮烈牺牲的感人事迹广为传颂。

1895 年 5 月 2 日，北京发生著名的“公车上书”事件。康有为、梁启超等人抓住入京会试机会，联合各省应试的举人，联名上书请愿，对甲午战争的失败痛心疾首，认为割地赔款大失民心，坚决反对《马关条约》，呼吁清王朝变法维新。1898 年（光绪戊戌年）6 月，光绪皇帝接受康有为等改良派的主张，宣布变法，随后颁布了一系列变法诏令，史称“戊戌变法”。然而，变法很快就遭到以慈禧太后为首的保守派的打压，历时 103 天的变法最终宣告失败。康有为、梁启超等维新人士亡命海外。谭嗣同等“戊戌六君子”在北京惨遭清政府杀害。

1899 年秋，直隶（今河北）、山东一带爆发了义和团运动。义和团运动以“扶清灭洋”为口号，震动中外。这一运动遏制了帝国主义列强瓜分中国的狂潮，削弱了清政府的反动统治。1900 年 9 月，义和团运动在帝国主义和清政府联手镇压下惨遭失败。

1894 年 11 月，伟大的民主革命先行者孙中山在夏威夷檀香山成立兴中会，号召爱国志士团结起来“振兴中华，挽救危局”。1895 年 2 月，孙中山准备发起广州起义，以武装斗争的形式迈出民主革命的第一步。然而，这次起义不幸因为事前走漏风声而遭到破坏。1904 年 2 月，华兴会在长沙成立，会长为黄兴，副会长为宋教仁、刘揆一等。同年 11 月，光复会在上海成立，会长为蔡元培，中心人物有徐锡麟等人。1905 年 8 月 20 日，中国同盟会在日本东京举行成立大会，大会公推孙中山为总理，通过了会章，以“驱除鞑虏，恢复中华，创立民国，平均地权”为纲领。中国同盟会的成立，把以兴中会、华兴会、光复会等三个革命团体为基础的许多分散的革命组织联合成为全国性的统一的革命组织，中国的民主革命出现了一个新的局面。1911 年 10 月 10 日，以同盟会为核心的革命党人举行武昌起义，辛亥革命爆发。

在中华民族奋起抗争的年代，韬奋少年时代的生活地福建省，正是我国英勇维护主权、开展社会维新变革运动的重要省份之一。

清朝闽浙总督左宗棠在福建马尾创办了我国第一家造船厂——马尾船政局，组建了我国第一支舰队——福建水师，创设了我国第一所海军学校——马尾船政学堂，培养了严复、萨镇冰、邓世昌、詹天佑等一代民族英才。然而，1884 年，一场中法马江之战，福建水师全军覆没，震惊全国，给福建人民留下深深的痛与恨。

1895 年后，福建社会维新变革思想愈发活跃，主要代表人物是严复和林纾。严复对于近代中国的思考突破传统的桎梏，转而以西方生物进化论为基础，提出对中国近代社会的改革设想。他翻译的英国自然科学家赫胥黎的论著《天演论》在国内知识界引起较大的震动，获得梁启超的高度评价，对社会产生巨大影响。严复此后又译出《群学肄言》《群己权界论》《原富》等，对当时的思想界产生很大影响。林纾在不谙外文的特殊情况下，与留学海外的才子们合作翻译了 180 余部西洋小说，如法国小仲马的《巴黎茶花女遗事》、英国狄更斯的《块肉余生述》(现译为《大卫·科波菲尔》)、笛福的《鲁滨孙漂流记》等。林纾以文学的方式宣传了民主思想，让中国大众获得了透视世界各国文化的机会。

《马关条约》割地赔款，在福建省内引起巨大震动。随后，帝国主义掀起的瓜分中国的狂潮，进一步加深了福建民众的仇洋情绪，其突出例证就是福建反洋教斗争数量的剧增。在 1851 年至 1895 年的 44 年间，共发生教案 87 次；而 1896 年至 1900 年的短短 4 年，就发生教案 18 次。民众的反抗，体现了一种反侵略的自卫本能，其中愤激的感情宣泄相当强烈。

1896 年 4 月，华侨领袖、民主革命家、教育家黄乃裳独自创办《福报》，开福建近代报业之先河。报纸宣传变法维新，呼吁开放变革、挽回利权、富国强兵，强调实业救国。这份报纸给福建知识界、思想界乃至社会各界注入了一股新风。新闻性、思想性、可读性很强的维新报纸

《福报》在韬奋所在的大家庭里亦产生了很大影响。

韬奋16岁时，武昌起义爆发，福建省成为全国最快响应起义的省份之一。1911年11月7日，具有议会性质的福建谘议局召开会议，通过决议，成立新政府。鉴于福建清政府不能顺从交出政权，11月9日，福州起义正式打响，福建谘议局议员中的革命党人配合陆军第十镇驻福州部队主力，带领由书院学生42人组成的炸弹队进入福州城，投弹30多枚。福建光复后，福建全省人心大振。

韬奋当时在福州工业学校上学，福建光复的消息令同学们兴奋异常，他和几名同学约在一起去福州南大街二妙轩拍了一张身穿西装戴分头假发的照片留念。不久，孙中山先生由海外回国，路过福州时，全城万人空巷，夹道欢迎。孙中山先生头戴拿破仑帽，骑在马上，微笑着穿过街道。少年韬奋站在挤得水泄不通的人群中激动不已，热烈欢迎孙中山。

韬奋一直对孙中山先生十分敬仰。辛亥革命次年，他在南洋公学[①]附属小学上学，又约同学一起去大学部听孙中山的演说。1925年3月12日，孙中山于北京病逝。次日早晨，韬奋在报纸上读到这一噩耗，顿时悲痛难忍，他“拿着报的两手突然颤抖着，不由自禁地为之震悼下泪”。

韬奋生长在动荡年代是不幸的，可是，动荡年代的风雨浩劫铸就了他的品格、风骨和家国情怀。

---

① 南洋公学：上海交通大学和西安交通大学的前身，始建于1896年末，是中国最早兼有师范、小学、中学和大学这一完整教育体系的学校。1912年更名为交通部上海工业专门学校，后又更名为交通大学、交通大学上海学校，1956年分设成上海交通大学和西安交通大学。本书为便于叙述，依照邹韬奋入学时学校名称，一律称为南洋公学。

3 | 书香官宦之家的清苦生活

邹韬奋出身书香门第和官宦之家，可是，在韬奋幼时的记忆里，家里过的是十分清苦的生活。

余江沙塘村的邹家，真正称得上是一户书香门第。韬奋的高祖父邹继泗在科举中取得廪生资格[①]，曾祖父邹子律则取得优廪生[②]，继而获得拔贡，就职直隶州州判，改就儒学教谕[③]。曾祖父是一位博学多能、不求闻达、砥节砺行的塾师，他为人敦亲睦邻，家屡空而好济人急，受到宗族乡亲们的敬重。

邹家也是官宦世家。韬奋的祖父邹舒宇（1833—1908），字在宽（公度），号小春（晓村），自诩半一山人。咸丰十一年（1861）辛酉拔贡，朝考一等第三名，钦点七品小京官，分工部虞衡司，升本部主事，后又授中宪大夫（正四品），晋封通议大夫（正三品）。最终以福建候补同知衔任福建永安县、长乐县知县，马家巷抚民通判，迁延平府知府。祖父为官30年，虽然政绩粲然，所至有声，然而仕途坎坷，但他并不

① 明清时期的读书人考取秀才后，成绩优异的可以被选为廪生，享受朝廷的补助。

② 优廪生是指在明清时期的科举制度中，通过县、州、府三级考试（即童试）后，成绩优秀的秀才被授予的称号。

③ 拔贡，科举制度中选拔贡入国子监的生员的一种。清制，初定6年1次，乾隆七年（1742）改为每12年（即逢酉岁）1次，由各省学政选拔文行兼优的生员，贡入京师。选拔出来的生员被称为拔贡生，简称拔贡。经过朝考合格后，拔贡生可以担任七品京官、知县及教职；如不合格，则废除官职，称为废贡。邹子律任直隶州州判也就是佐助官，属于从七品官职，后来又改为儒学教谕，就是县衙里管理教育的官员。

以为意，一生以梅花自况，曾经以廉介庭训子孙："它日尔做官，当跟我，不要钱！"1900年他引年归山，依然家中积蓄甚微、身无长物、乐退安贫，后在余江沙塘村做私塾先生终老，75岁时故去。

韬奋的祖父严格管束家人，要求子弟晚辈刻苦学习，认真做事，节俭度日，坚守"书礼传家"之道。韬奋的弟弟邹恩洵在回忆祖父时说："我们的祖父由于苦读中了'功名'做了官。他因为自己是穷苦出身，极力清廉自持，只以'书礼传家'四个字作为他的心愿，并且受了初期的民主主义思想的感染；在清朝中叶后期'文字狱'风气还存在的时候，他的一篇文章中却写着'天下者天下人之天下，非一人之天下也'的大胆的话语。"1898年，戊戌变法期间，韬奋的祖父在一首诗中写道："易俗移风本极难，中流敢道挽狂澜。"作为一名下层官员，祖父目睹国运衰弱、朝政腐败、民生凋敝的现实，对维新运动显然是赞成的。

祖父经常以梅花自喻，作有很多首咏梅诗词。他在一首《题断梅》的咏怀诗中写道：

高枝一折近尘埃，
铁骨冰心总不灭。
任是雪霜倾力压，
花偏倒向上头开。

诗句语言朴素，对梅花的形象并未多加描绘，却突出了梅花不畏严寒、顽强生存的特点，耐人寻味，让我们感受到作者洁身自好、坚持操守、主张正义的高贵品格。

祖父的高贵品格和家族的纯正家风，对少年韬奋的人品培养和心智养成影响深远。

韬奋的父亲是一位官场失意者，也是一位人生奋斗者，他对少年韬奋的坚韧意志、不屈性格的养成更是影响至深。

▲ 邹韬奋的父亲邹国珍

韬奋的父亲邹国珍，字好意，号庸倩，生于1876年。1900年韬奋的祖父致仕，父亲获得做候补官的机会，他带着自己的家眷迁驻福州。邹家在经济上并不宽裕，尤其是韬奋的父亲带上妻儿到福州做候补官后，一家五口生活尤其窘困。韬奋曾经在回忆录《经历》中写道："当时父亲赤手空拳出来做官，家里一贫如洗。我还记得，父亲一天到晚不在家里，大概是到'官场'里'应酬'去了，家里没有米下锅；妹仔替我们到附近施米给穷人的一个大庙里去领'仓米'，要先在庙前人山人海里面拥挤着领到竹签，然后拿着竹签再从挤得水泄不通的人群中，带着粗布袋挤到里面去领米；母亲在家里横抱着哭涕着的二弟踱来踱去，我在旁坐在一只小椅上呆呆地望着母亲，当时不知道这就是穷的景象，只诧异着母亲的脸何以那样苍白，她那样静寂无语的好像有着满腔无处诉的心事。"

韬奋的父亲官场之路很不顺畅。他候补了好多年，一直等到辛亥革命前夕，才在福建省盐务局下面做了半年的浦城盐大使（相当于后来的盐场场长），这是一个没有品级的公职，属于佐杂一类的小官。可是这样的小官也只做了半年。1915 年，韬奋举家迁居北京，父亲在民国政府财政部印花税处第二科任科长。1919 年五四运动后，由于受实业救国思想的影响，父亲邀约旧友一起集资筹划创办纱厂，结果不仅工厂没有办成，反而欠了一身债，弄得终生贫困潦倒。父亲一生无党无派，也不信教，抗战爆发后，曾经有汉奸前来威胁利诱，要他出任伪职，均被他拒绝。1946 年，韬奋的父亲在北平去世。

韬奋的父亲尽管官场失意，事业受挫，生活困顿，可是他依然按照祖辈传下来的“书礼传家”之道修身齐家，对韬奋的学业从未放松。他亲自为 6 岁的韬奋发蒙，教他读《三字经》，俨然一副严父做派。为了让韬奋学好国学，养成良好的读书学习习惯，他每到年底就要“清算”儿子平日的功课，严苛要求儿子背熟古代圣贤之书，但凡背不好就要用竹板抽打手掌。桌上放着一根两指阔的竹板，儿子的背向着父亲，站立着背书，背不出的时候，父亲提示一个字，还背不出，就叫儿子回转身来，把手掌展放在桌上，放好后，父亲便拿起那根竹板很重地“啪”的一声打下去。少年韬奋既疼痛又羞愧，虽然失声痛哭，但是还要迅即忍住哭，回过身去接着再背。不幸又有一处中断，背不下去，经父亲再提示一字，不行，再打一下，年幼的他还得咬紧牙关忍着钻心疼痛，呜呜咽咽地背书。后来父亲把韬奋送去上福州工业学校，转而又把他送到上海的南洋公学，期望儿子在这所名校成长为实业救国的工程师。父亲对韬奋学业的用心，让我们感受到沉稳而坚定的如山父爱。

4 | 韬奋最挚爱的母亲

令韬奋最为刻骨铭心的，是母亲对他倾注了伟大的母爱。

韬奋深爱自己的母亲。他在母亲去世 29 年后写下一篇充满怀念之情的散文《我的母亲》，读来令人潸然泪下。

孩子思念母亲，在他们的心里，总觉得母亲最美丽，随着时间的推移，母亲在他们的记忆里越发美丽。韬奋在散文中写道：母亲是“活泼的欢悦的柔和的青春的美”，“我生平所见过的女子，我的母亲是最美的一个”。在少年韬奋的记忆里，大家族的大客厅里许多妇女里面，“没有一个及得到母亲的可爱”。

韬奋如此认定母亲的美丽，也可见他热爱母亲之深，怀念母亲之切。

韬奋的母亲出身浙江海宁查氏，是福建太和县[①]县丞、升用知县查济康的六女，大家闺秀，通文墨。她嫁到江西余江同样也是书香门第的邹家后，仍一直保持着读书的习惯。母亲喜欢看小说，她常常把所看的内容讲给跟随她来到邹家的年轻女佣妹仔听。母亲讲得动情动听，妹仔听着忽而笑容满面，忽而愁眉紧锁。章回体的长篇小说一下讲不完，妹仔就很着急地等着母亲再看下去，看后再讲给她听。往往讲到孤女患难或义妇含冤的凄惨情形时，两人都“热泪盈眶，泪珠尽往颊上涌流着”。多少年后，韬奋回忆道：“那时的我立在旁边瞧着，莫名其妙，心里不明白她们为什么那样无缘无故地挥泪痛哭一顿……不明白其所以然。现在想来，才感觉到母亲的情感的丰富，并觉得她的讲故事能那样地感动

---

① 史料如此。见邹嘉骊编著《邹韬奋年谱长编》，上海交通大学出版社 2015 年 10 月版，第 1 页。本书所引《邹韬奋年谱长编》均出自此版本，后不一一标出。

▲ 邹韬奋的母亲查氏

着妹仔，如果母亲生在现在，有机会把自己造成一个教员，必可成为一个循循善诱的良师。”其实，韬奋的母亲不仅是一位贤妻良母，也是一位良师，她言传身教，教诲影响了韬奋和他的弟妹们，尤其深深地影响了她的长子韬奋。

韬奋的父亲作为候补官员，忙着在官场周旋，家里全靠韬奋的母亲独力支撑。可当时母亲只有 20 岁，已经生了韬奋和他的二弟、大妹，迫于家里生活窘困，三个孩子的衣服鞋袜，没有一件不是母亲自己做的。母亲还时常接一些外面的女红来做，挣点小钱，补贴家用，日子过得很清苦。韬奋是个懂事的孩子，看见母亲那样劳累辛苦，心里很是不安。一个夏天的深夜，韬奋忽然从睡梦中醒了起来，他的床背紧接着母亲的床背，从帐里看得见母亲独自在灯下做鞋底。看到母亲如此劳苦，他怎么也无法安睡，辗转反侧，很想起来陪伴母亲。但是小孩子深夜不好好睡觉，是会受到大人责备的，他不敢贸然起床，可终究想出一个借口，叫了声母亲，说太热了，睡不着，要起来坐一会儿。后来韬奋回忆道："出乎我意料之外的，母亲居然许我起来坐在她的身边。我眼巴巴地望着她额上的汗珠往下流，手上一针不停地做着布鞋——做给我穿的。这时万籁俱寂，只听到滴答的钟声和可以微闻得到的母亲的呼吸。我心里暗自想念着，为着我要穿鞋，累母亲深夜工作不休，心上感到说不出的歉疚，又感到坐着陪陪母亲，似乎可以减轻些心里的不安成分。当时一肚子里充满着这些心事，却不敢对母亲说出一句。才坐了一会儿，又被母亲赶上床去睡觉，她说小孩子不好好的睡，起来干什么！"

少年韬奋虽然受到母亲轻声的责备，却也从责备中感受到了母亲深情绵柔的爱意。

母亲对韬奋的学习非常上心。韬奋的父亲并不是专业教书的人，且作为候补官员整天在外活动，家里的事用心自然不够。母亲觉得非请一位专业塾师即所谓"西席"来教才好，尽管家里经济困窘，她情愿节衣缩食，也要省下钱来请一位老夫子教儿子。韬奋后来回忆道："说来可笑，第一个请来的这位老夫子，每月束脩只须四块大洋（当然供膳宿），虽则这四块大洋，在母亲已是一件很费筹措的事情。我到十岁的时候，读的是'孟子见梁惠王'，教师的每月束脩已加到十二元……"母亲为了韬奋的学习进步真可谓不惜血本。

为了儿子的成长，母亲何止是不惜金钱，更是倾注了无限的母爱和心血。

韬奋的父亲"清算"儿子平日的功课，在夜里亲自听儿子背书，态度很严厉。陪坐在一旁的韬奋母亲，一面缝纫着，一面看到儿子小手掌被打肿，发出嘤嘤的哭声，她也发出唏唏嘘嘘的哭声。这是慈母痛心的呜咽，这让少年韬奋得到了莫大的安慰。可是，母亲一面呜咽着，一面哽咽着说："打得好。"她的饮泣吞声，为的是爱她的儿子；而勉强硬着心肠说"打得好"，为的是表示支持丈夫对儿子的严加管教，希望她的儿子学好上进。后来韬奋回忆道："由现在看来，这样的教育方法真是野蛮之至！但是我不敢怪我的母亲，因为那个时候就只有这样野蛮的教育法；如今想起母亲见我被打，陪着我一同哭，那样的母爱，仍然使我感念着我的慈爱的母亲。背完了半本'梁惠王'，右手掌打得发肿有半寸高，偷向灯光中一照，通亮，好像满肚子装着已成熟的丝的蚕身一样。母亲含着泪抱我上床，轻轻把被窝盖上，向我额上吻了几吻。"

此时此刻，母亲向儿子额上的吻一定是再轻柔不过的了，然而，在儿子此生此世的记忆里，一定是深刻的，永难磨灭的。

韬奋的母亲，一个大户人家、书香门第的女儿，15 岁嫁到邹家，16 岁生长子韬奋，前后一共生下三男三女。她苦苦支撑贫困之家，为了挣点小钱，深夜还在替人做女红。她呕心沥血哺育儿女，费尽心思教育孩子，很难想象她的生活里还有多少欢乐——倘若说有，那就是她带着女佣妹仔读讲章回体小说，看到韬奋兄弟能把那些古代名篇顺利背诵下来，少挨一点他们态度严厉的父亲的责打，她也能少流一点眼泪，还有，就是希望妹仔及时领回施米，让全家老小吃上饱饭。过着如此这般清苦的生活，韬奋的母亲，具有"活泼的欢悦的柔和的青春的美"的母亲终于积劳成疾，一病不起。

韬奋的母亲因病不治去世时，年方 29 岁。母亲临终前夜，神志还清醒，忍着泪分别把一个一个儿女叫到病榻前，用生命的最后一点点气力，一一轻声嘱咐她的孩子，要他们日后好好生活，好好念书，尊老爱幼，书礼传家，学会照顾好自己。年轻的母亲即将告别人世时，不怨天不尤人，只认自己命运多舛，只是不舍家人，尤其不舍自己六个年幼的子女。韬奋是长子，刚 12 岁，是母亲的最爱，最大的希望，也是母亲最为不舍的孩子。奄奄一息的母亲泪眼模糊，轻声叮嘱大儿子韬奋时间最长，她要她的大儿子孝敬父亲，看顾好弟妹，好学上进，少年韬奋泪

▲ 1908 年的少年韬奋

如雨下，一一哽咽应答。那是怎样一场令人肝肠寸断的生离死别，母子二人相看泪眼，心痛难忍。

韬奋对母亲的思念是那么深远。29 年后，韬奋在《我的母亲》一文中写道：

> 我的母亲只是一个平凡的母亲，但是我觉得她的可爱的性格，她的努力的精神，她的能干的才具，都埋没在封建社会的一个家族里，都葬送在没有什么意义的事务上，否则她一定可以成为社会上一个更有贡献的分子。我也觉得，像我的母亲这样被埋没葬送掉的女子不知有多少！①

---

① 三联书店编《韬奋：韬奋画传·经历·患难余生记》，生活·读书·新知三联书店 2004 年 6 月版，第 297 页。本书所引《韬奋：韬奋画传·经历·患难余生记》均出自此版本，后不一一标出。

母亲的悲苦人生和真挚的爱心深切地影响了韬奋的一生，使得他成为一位充满爱心的伟人。他爱家人，早早就尽力抚养弟妹、赡养父亲；他爱妻子，相濡以沫；他爱子女，舐犊情深；他爱事业同道，爱下属员工，为一位员工的早逝而挥泪作文；韬奋爱祖国，爱人民，爱读者，大声疾呼“推母爱以爱我民族与人群”，热情主张“竭诚为读者服务”，最终成为一位伟大卓越的爱国者。这些与他亲爱的母亲在他的心中早早埋下了一颗爱心的种子是分不开的。

5｜少年苦读志于学

韬奋 6 岁时，父亲为他发蒙，从《三字经》读起，此后为他请来“西席”塾师，教他读《孟子·梁惠王》《纲鉴》等古代名篇。韬奋 15 岁考入福州工业学校（原为苍霞中学堂），17 岁进入上海南洋公学附小插班学习，18 岁进入南洋公学中院上中学，22 岁升入南洋公学上院（大学）电机工程科（系）至 1919 年 24 岁时离开。

韬奋接受传统私塾教育的时间相当漫长，有近十年之久。据目前所能查到的资料，韬奋在这期间读过的书籍有《三字经》《弟子规》《孟子》。在私塾，韬奋理当读过《论语》的篇章，一定还读过《百家姓》《千家诗》《千字文》，这是必备的国学启蒙读物，连同《三字经》并称“三百千千”，对应著名的“四书”，俗称“启蒙小四书”。

已经出版的多部韬奋传记对韬奋幼时的这一学习经历表示过几乎是一致的同情和批评，一致认为“弄得他莫名其妙，苦不堪言！自然引不起兴趣”，一致认为少年韬奋有过苦读经历，因而对传统教育基本持否定态度。认为传统教育方法“陈腐”“无用”“封建”，几乎是近百年来我国教育研究中的常见现象，大多数人认为传统教育在内容上传授的知识老化僵化，在方法上呆板保守，读死书，死读书。百年来教育改革的主流，一直在呼唤科学、开放、创新的教育方法，这当然是必然趋势，然而对于传统教育的全盘否定，却也不无偏颇之处，在某些地方是经不起推敲的。试想，知识会老化僵化吗？认为知识老化僵化的观点难免会导致一概否定教育需要循序渐进的基本规律。又试想，读书不背不默就一定好吗？读书不背不默就能加强学生的记忆力吗？读书不背不默就能帮助学生提高语言表达力吗？机械记忆确实让孩子太累，令他们生厌，可是机械记忆就一定要全盘摈弃吗？不能否认，传统教育确实使得少年韬奋深感厌倦，对少年韬奋的精神和思想发展肯定产生了一定的消极影响，可是，苦读毕竟也帮助韬奋打下了扎实的知识基础，提高了他的认知水平。《孟子·梁惠王》一章中有许多名句，稍加熟读即可成为读者的人生格言。如“老吾老，以及人之老；幼吾幼，以及人之幼”，可是这句相当上口的名句紧接着有一句“天下可运于掌”，这就很容易让10岁上下的孩子难以记牢；又如，名句“乐民之乐者，民亦乐其乐；忧民之忧者，民亦忧其忧”之后，又有“乐以天下，忧以天下，然而不王者，未之有也”的深化讲述，孩子就不免会觉得难解难记。究其实，孟子关于民本和仁爱的思想，虽然句子结构较为特殊，让孩童觉得较难背诵，却也深刻影响了少年韬奋的思想品格。韬奋成年后事业上的奋斗历程，无不充满了家国情怀和为大众的仁爱之心。

严格的私塾教育对邹韬奋早期的思想发展当然会产生一定的消极影响，但同时也培养了他坚实的文学基础，这在他后来的写作中体现为深厚的文化底蕴和传统价值观的内化。私塾教育中的文言文学习当然也会影响邹韬奋后来的写作风格，却也使他学会运用典雅、精确的语言来表达思想。私塾教育中的儒家思想，特别是民本主义和社会责任感，应该使得邹韬奋很早就关注社会问题和人民生活，因而他的写作和出版工作具有强烈的社会批判性和人民性。

私塾教育的苦读还养成了韬奋受益终身的阅读习惯。在南洋公学的小学、中学乃至大学，在圣约翰大学，韬奋在课外时间阅读了大量中外文学名著，必须承认这是因为蒙学打下了良好的阅读基础和习惯。后面我们会讲到韬奋的“宝塔式读书法”，还会描述韬奋后来在法庭上口若悬河，雄辩滔滔，显露出他自幼读书学习养成的良好记忆力。韬奋写作行文流畅、文从句顺，成为极受大众欢迎的作家和新闻记者；韬奋编辑书刊字斟句酌，“最不能容忍错别字”，成为杰出的出版家，都有赖于他自幼打下的国学基础、文学基础、文字基础，具有扎实的“童子功”。这一切，与父亲早早为他发蒙、严格管控私塾教育不是没有一点关系的。

1910 年，15 岁的韬奋跟比他小两岁的小叔叔邹国珂一起考入福州工业学校。进入新式学堂读书，这是教育方法上的一大改变、学生精神上的一大解放。学习上的新景象，也给少年生活带来了新趣味。韬奋十分高兴，他下决心刻苦攻读，一刻也不放松，每次考试他都能和他的小叔叔邹国珂双双名列前茅。

然而，学习总是有困难的，这就需要学生具有一定的学习毅力。邹国珂和邹韬奋叔侄曾经为在学习上遭遇挫折而在私下里抱头痛哭。其实那也不是什么大不了的事。初学英文时，他们对形体相似的几个字母分不清楚，如 p 和 q、u 和 n、m 和 w，老师检测时他们经常搞混，闹出笑话。叔侄俩痛哭之后，知耻而后勇，发誓苦学，互相督促，互相勉励，生字单词反复背诵，反复默写，结果期中英文考试均上升为优等。后来韬奋的英文水平有很大提高，还真离不开他初学英文时苦学打下的基础。

在学习上，韬奋对自己要求严格，不论学什么功课，凡弄不懂的或模糊不清的问题，都要寻根究底，绝不容许半点马虎。他曾对小叔叔国珂提出你追我赶、相互超越的要求，不能躲懒取巧，两人为此约法三章，共同遵守。

福州工业学校是一所较早开办的新式学堂，除了开设电气、土木、机械、电信等专业课程，还有数学、物理一类课程。尽管韬奋对数学、物理这些课程不感兴趣，可为了实现父亲寄予他的“工程师”理想，他也得硬着头皮刻苦去学。

1912年，韬奋17岁，还没有从福州工业学校毕业，父亲就把他送进了上海的南洋公学，从附小、附中一直读到大学。当时实业救国的思潮极盛，父亲希望韬奋成为一名工程师。韬奋自己也很羡慕工程师这个职业，尽管他并不知道当工程师应当作什么贡献，只是感到工程师这职业收入是很高的，而家里很需要他在经济上作出贡献。他必须很勤奋地学习，成为一名受人尊重的工程师。承载着父亲的期望，韬奋进入了声名很响亮的南洋公学。

从此，邹韬奋在南洋公学开始了7年的学习生活。

尽管南洋公学是一所工科学校，可是校长唐文治提出“积极提倡研究国文，造成风气，大家对于这个科目也很重视”，“蹩脚的国文教员便不敢滥竽其间，对于教材及教法方面都不能不加以相当的注意”。[①] 从附小、附中再到大学，这是韬奋一生中相当重要的学习经历。特别是，韬奋在南洋公学接受了小学、中学总共5年的基础教育，这为他后来的知识结构、人文素养、思想发展都打下了很重要的基础。

在南洋公学附小、附中期间，韬奋最喜欢国文课。这不仅是因为他喜欢课程的内容，还因为他喜欢上课的老师。有两位国文老师对韬奋的影响深远。

一位是小学老师沈永癯。沈先生条理清晰的授课方式、渊博的知识、可爱的性格在韬奋心中留下深刻的印记，邹韬奋凡事“总是要认真，要负责，否则宁愿不干”[②] 的精神就传承自沈老师，他以身作则的崇高风范被韬奋当成一生的榜样。

---

① 《韬奋全集（增补本）》第7卷，第136、137页。

② 《韬奋全集（增补本）》第7卷，第132页。

沈先生批改学生作文很严，也很得法，他批卷不打分，只在好作文的题目上画三个圈，其次的画两个圈，再次的画一个圈。此外，作文中有精彩句子的，他会在点断处画双圈。这使得韬奋和他的同学们都特别认真地对待写作文。

“恩润君又是三个圈！”“恩润君有五处点断画圈！”班上常常有同学羡慕地高声宣布。

每次作文卷子发下来时，同学们都急不可待地探听谁得了三圈，谁得二圈，谁得一圈。下课后还争相比较谁的作文句子点断处双圈最多，有的同学还会大声宣布哪位同学作文得了三个圈。邹恩润同学自然是班上作文的翘楚，所作的常常是三圈作文，有一位同学的作文三圈也很多，自然而然两人之间就有了作文竞争。韬奋后来回忆道：“当时我们那种竞赛得津津有味的神情，大家都感觉到深切的兴趣。有了这样的竞赛，每星期都受着推动一次，大家都的确容易有进步。”①

南洋公学附中的国文老师朱叔子对韬奋的影响也十分深刻。朱叔子是一位极好的国文老师，总是充满激情地诵读课文，到了精彩处，他会提高音量大声诵读，喊得满脸涨红，青筋暴露，浑身震动，使得班上的学生个个肃然悚然。如此投入于教授课文内容的老师，使得韬奋终生难忘。韬奋格外敬重朱老师改文章的本领。每一次批改完学生的作文，朱老师都要把全部卷子订成一册，一篇一篇地讲评。朱老师改的每一个字都有他的道理，一定会把修改的理由讲明白，但凡作文里有一句精彩的话，朱老师都会指出来。有时候为了表示激赏，他还会像诵读课文的精彩处一样，提高音量大声诵读。学生们觉得有趣极了，常常在宿舍里模仿朱老师大声诵读某一个精彩句子，乐不可支。朱老师对学生作文的每一次批改，都能激发学生们进一步写好作文的动力。

邹韬奋后来成为一名杰出的新闻记者、出版家，同时还是一位很受

---

① 《韬奋全集（增补本）》第 7 卷，第 133 页。

大众拥戴的作家、政论家，与他上南洋公学附小、附中期间，受到沈永癯、朱叔子两位国文老师的影响关系极大。

邹韬奋具有比较高的英文水平。他后来从上海南洋公学破格考入全英文教学的上海圣约翰大学，插班进入西洋文学专业三年级学习，毕业后又做过英文秘书，兼任过七八年英语老师，翻译过若干英文著作，又因躲避迫害出国流亡两年，其英语功底之扎实可想而知。这扎实的英文功底，除了得益于他在福州工业学校初学英文时苦学打下的基础，还得益于南洋公学附中两位英语老师。

韬奋说自己不能忘却南洋公学附中的黄添福和徐守伍两位英文老师。两位老师深厚的英语造诣和独特的教学方法让韬奋受益匪浅。韬奋对这两位老师的评价非常高，认为他们的教学方法清晰有条理，提供的参考材料丰富，极大激发了他学习和研究英文的兴趣。黄添福老师教授英文时特别强调学生的英文阅读，每次课前总要指定学生预先阅读英文文学名著的具体内容，在课堂上则与学生共同用英文讨论文学名著的情节，每个同学都可能会被老师提问到，因此全班同学都集中注意力聆听老师和其他同学的讨论，以便为随时的提问做好准备。徐守伍老师上课时特别要求学生注意英文成语，也就是重视学生对英文语词和文法的学习，这使得韬奋和同学们的英文学习更加扎实。韬奋后来回忆两位英文老师的教学，不仅认为他们各具特色的教学方法让他受益匪浅，而且十分感佩他们的认真负责的态度。

在南洋公学附小、附中学习期间，韬奋开展了大量的课外阅读。韬奋喜欢在课外阅读《纲鉴》《左传》和古代史论，也常常找到梁启超的文章来读。他喜欢梁启超的文章几乎达到入迷的程度，自然也十分喜欢梁启超主编的《新民丛报》，直到上了附中，他还去跟附小国文老师沈永癯借往期的《新民丛报》来看，几本几本地借，他说“看入了迷”。学生宿舍晚上 10 点钟统一熄灯，他就在蚊帐里偷偷点蜡烛看，往往看到两三点钟。

在附中，韬奋把《古文辞类纂》《经史百家杂钞》《明儒学案》《王阳明全集》《曾文正全集》和唐宋八大家的各个专集（特别是《韩昌黎全集》）等重要古代经典，都“完全看了一下”。《古文辞类纂》是一本古代散文选集，收录了从先秦到明清的各类散文作品七百余篇。《经史百家杂钞》是又一部有名的古文选读本，全书共分论著、词赋、序跋、诏令、奏议、书牍、哀祭、传志、叙记、典志、杂记等11类。《明儒学案》是明末清初著名思想家、文学家黄宗羲的一部系统总结和记述明代传统学术思想发展演变及其流派的学术史著作，被梁启超称赞为“史学之光”。唐宋八大家的专集，指的是唐代的韩愈、柳宗元和宋代的欧阳修、苏洵、苏轼、苏辙、王安石、曾巩八位著名文学家的文学作品专集，其中韩愈（世称韩昌黎）被尊为“文起八代之衰”的重要人物。《王阳明全集》中的心学思想，《曾文正全集》中曾国藩的政治、军事思想及治国理念，都对当时社会影响很大。

曾国藩、胡林翼、曾纪泽的《三名臣书牍》这类书籍更是韬奋所爱。他坦言：“我却不是崇拜什么‘名臣’，只觉得这里面的文字都很精悍通达，对于他们处理事务的精明强干，尤其是物色人材和运用人材方面，感到很深的兴趣。”①

大量阅读古代经典名著，提高了韬奋的传统文化素养，激发了他的家国情怀和奋斗精神。他认为：“君子进德修业，欲兼善天下，初非为独善其身计也。”因此，他对大禹、孔子、王阳明等圣贤推崇备至。他认为：“大禹，古之圣王也，治滔滔之洪水，拯芸芸之众生，民到于今受其赐”，“孔子，古之圣人也，挽既溺之世风，传一线之道绪，东亚道德赖其维”，“王阳明，近世之大儒也，悟格物致知之学，倡圣贤良知之旨，振人心之委靡，惠后进以无穷”。他不空谈爱国，坚持认为国家名誉与国民息息相关，“故爱国者，非爱国而爱国也，乃爱己而爱国也，

---

①《韬奋：韬奋画传·经历·患难余生记》，第117页。

以吾国之名誉，即吾之名誉也”，“故不爱国者，谓之不爱己焉可也”。这种强烈的爱国情怀体现在他的日常行为特别是后来从事的事业上。

1915 年，韬奋在南洋公学附中学习，当时正值新文化运动发端，大量时事书刊成为韬奋热烈追读的对象。《新民丛报》《时报》《甲寅》《申报》《东方杂志》等都是他在自述中提到的著名报刊。韬奋经常阅读《新民丛报》，是因为这是梁启超主编和经常在上面发表文章的报纸，梁启超的社会改良思想使他耳目一新，梁启超酣畅淋漓的文笔让他拍案叫绝。1916 年 12 月 15 日，梁启超应邀到南洋公学进行演讲，韬奋把梁启超的演讲记录整理成文，发表在商务印书馆出版的《学生杂志》上。梁启超来南洋公学演讲，主要听众当然是大学生们，可是，在现场认真做记录并将记录正式发表在知名刊物上的却是邹韬奋这位附中学生，不免令人感佩。

发表梁启超演讲记录整理稿时，韬奋还附上了自己的感想：

> 其一，既知人人皆有抵抗外界艰危之能力，而此能力用之则功用愈显，不用则消灭无形，则吾侪当时时提醒而自策厉者二事焉：一为不可自暴自弃……二则常念人人皆具此固有抵抗外界艰危之能力，且此能力必常遇艰危而后发展滋荣，则吾侪此后无论有如何难堪之境遇，无论有如何难堪之阻力，而亦能泰然处之，从容御之，非但学问可大有成，而德性亦直上无前也……
>
> 其二，既知苟不奋力自辟一新境界，吾侪前途实无一毫生机之可望，则吾学界诸同志安可不惕然深自猛省哉！今夫学界青年，其以苟安为得计者，其亦知循此以往，国势再不能振。吾侪虽存苟安之志，不容吾有苟安之余地也。梁先生蛀虫之喻，切矣痛矣。虽然，徒猛省无益也，必继之以奋斗之精神。语云，置之死地而后

生。死地何以有生望？惟其能自知其危而力突重围也……

最后，韬奋还在文末向学生们呼吁：“吾侪既知前途之危险，各当提起精神，向正路而直趋，不可再如从前之醉生梦死，与时俯仰。”①

韬奋经常阅读《时报》，是因为那上面经常发表署名远生的《北京通讯》。他对著名记者远生（黄远庸）撰写的新闻通讯极感兴趣，认为他的通讯作品探究事物特别深入求真，行文流利、畅达、爽快、诚恳、幽默，让他十分喜欢。

韬奋也很注意阅读《甲寅》杂志上章士钊的文章。章士钊任《甲寅》杂志主编，陈独秀曾参加该刊编辑部工作。《甲寅》杂志“以条陈时弊朴实说理为宗旨”，讥评时政。韬奋认为章士钊文字的最大优点是能够心平气和地说理，文字的结构细密、周详，对政敌或争论的对方采取以理服人的态度，这也引发了韬奋做新闻记者的兴趣。

韬奋在南洋公学期间还阅读了大量的英文文学名著，不仅提高了文学素养，也夯实了英文基础。有意思的是，几年后他转学报考圣约翰大学西洋文学系，遇上一般考生很难过关的英文文学名著阅读理解，他却能轻松地一考而过，显然是得益于他多年来大量阅读打下的良好基础。

在中学时期，韬奋不仅阅读数量多、涉及面宽，还总结出了一套行之有效的读书方法，他称之为“宝塔式读书法”。所谓“宝塔式读书法”，即韬奋在全面阅读的基础上，给自己比较喜欢的内容做上记号，再看一遍；然后对其中尤其喜欢的内容看第三遍；末了，对于最喜欢的内容，特别摆放在一个地方，只要有时间就研读。借助这样的读书方法，韬奋不仅博览群书，还能突出重点，读有所思，读有所得，读有所成。

---

①《韬奋全集（增补本）》第 1 卷，第 116—118 页。

韬奋在南洋公学附小、附中时的学习成绩一直名列前茅，不过，他曾坦言，不是每门课程都是他喜欢学习的，数学就是他一直感到困难甚至痛苦的课程。他的成绩之所以能名列前茅，主要是因为他为了荣誉而坚持刻苦学了下来。再就是因为各科成绩都能达到优秀，始终以年级成绩第一、第二名领先其他同学，被校方评为学期“优行生”，可以获得减免学费的奖励。后来父亲投资实业失败，欠下了一大堆债务，家里经济陷入困境，无法支付韬奋的学费和生活费，“优行生”的学费奖励使得他有“绝处逢生”的庆幸。为此，韬奋加倍努力学习，学以自救。

只是靠“优行生”免学费还不是长久之计，生活中各种所需费用还得韬奋设法去找寻。一个偶然的机会，韬奋发现可以通过写作投稿取酬解决生活所需。从 1915 年起，邹韬奋开始向商务印书馆的《学生杂志》和《申报》的《自由谈》投稿。中学三年，头一年他发表了 4 篇作品，第二年发表了 11 篇，第三年发表了 18 篇。此外还有数十篇作文被校刊收录。韬奋的作品是越写越好，他很快成为在《学生杂志》上发表作品最多的三个学生作者之一。对于韬奋而言，作品发表了自然值得高兴，可是最值得高兴的是，这样一来，不仅解决了自己的学习和生活费用，也帮助解决了一起在南洋公学上学的二弟邹恩泳的学习和生活费用。

1917 年，邹韬奋以优异的成绩完成了南洋公学中院的学业。自接受蒙学教育到完成新式学堂的学习，这段学习经历为他此后接受高等教育和从事社会工作打下了良好的基础。他也因此激发了浓厚的读书学习兴趣，养成了良好的读书学习习惯，磨炼了坚强的读书学习毅力。中学三年期间，韬奋自觉进行写作，发表作品，显示了他具有良好的阅读和写作基础，标志着他的读书学习进入了相对成熟的阶段。

一个人少年时代的独特经历，可能触发其后续人生长久的应激机制和补偿机制。韬奋诞生于国耻之年，成长于民族抗争时代，这激发了他强烈的政治敏感和爱国情怀。祖父的高洁人格和父亲刻苦进取的精神，或能淬炼韬奋朴直正大的品格。书香官宦之家的清苦生活、家乡民风淳朴的民间生活，也许能帮助韬奋养成质朴敦厚的平民意识。他最挚爱的母亲的令人感动的美丽善良和不幸人生，应当使得韬奋自然而然产生补偿心理和良善的爱心——爱父母、爱弟妹、爱妻子、爱儿女、爱同事、爱朋友乃至爱所有值得善待的人们。少年韬奋的苦读和有志于学，更应当为他日后在风雨如磐、魍魉横行的世道里成长为逆袭前行的勇士起到了奠基性作用。

是的，所有这些，都还是“或将”“或能”“也许”……一个人的成长，还需要用他长久的努力去完成；而一个伟人的诞生，更需要他用一生的努力去克服独特的遭遇，克服非常人所能克服的艰难险阻，从而产生非同寻常的价值和意义。邹韬奋确实有着自己少年时代独特的经历，由此开启了他不同寻常的人生，可是，还需要他以坚实的步伐不断前行，朝着光明前行。

第二章 求学之路

他是如此地热爱自己的祖国，如此急迫地期待通过开展教育推动社会进步，如此热忱地呼吁爱国的、有责任心的知识分子承担起“知识救国”的责任来。他的求学之路，一直通向爱国为民的光明大道。

求 学 之 路

1 | 在两所著名大学深造

韬奋1917年升入南洋公学上院，进入大学电机工程科。两年后，他从南洋公学大学二年级转学考入上海圣约翰大学西洋文学系三年级。如此，他先后在中国近现代两所著名大学深造过。

南洋公学创立于1896年，由洋务派的代表人物盛宣怀倡导建立。当时中国正面临内忧外患，急需培养新型人才以图自强。盛宣怀在经营洋务企业过程中深感新型企业缺乏技术和管理人才，便奏请清王朝开办了南洋公学。

南洋公学校址就在现上海交通大学的徐汇校区。南洋公学首开中国近代公立普通教育及师范教育，在自身的发展中一直探寻着中国近代教育改革的新路，成为新式教育改革中的一个典范。南洋公学的教育思路概括为“中学为体，西学为用”，力求在传统文化、伦理道德的基础上，借鉴和运用西方的科学技术。因而南洋公学招收学生的首要条件就是古文要有一定水平，要有传统的道德伦理修养。南洋公学还特别重视国文教育，将国文科更名为国文系，国文大会演变为国文会考，年年举行，传承不辍。南洋公学的创办，打开了孔孟儒学长期独占的我国古代教育体系上的一个缺口，为西方科学技术的引进、资产阶级民主思想的传播打开了通道，

▲ 交通部南洋大学（南洋公学前身）校门

其意义是极为深远的。

南洋公学被称为“专学政治家之学”，这与盛宣怀注重教育的思想有着很深的关系。盛宣怀认为，一个国家的强大，不仅仅是有技术，还应该有思想，因此把南洋公学办成了我国最早兼有师范、小学、中学、大学这一完整教育体系的学校。这所学校超越了实业的视野，考虑了满足更广层面、更高层次的人才需求，对政学、艺学，包含法律、公法、政治、通商等教育高度重视。

南洋公学培养的人才旨在服务国家、服务社会，强调实践与服务的结合。1901 年，蔡元培出任南洋公学特班的总教习，他的教授方法堪称通识教育的典范。他倡导特班成立演说会，自拟题目分组定期进行演讲、辩论，以应必要时以语言唤醒民众之需。

1898 年南洋公学开办译书院，后来由商务印书馆的张元济先生出任译书院主事。张元济带领译书院译介了世界各国各类教材数十种，这对包括韬奋在内的南洋公学学生的学习发挥了重大作用。南洋公学强调中西文化的融合，不仅包括中国的经史大义，也包括西方的文化、科学知识与技术。张元济主持译介出版有关西学的书籍，如严复翻译的《原富》等，影响了中国一代学人的思想观念，推动了中国文化的变革。

经过多年的基础教育，韬奋对数学、物理这些课程已经失去学习兴趣，南洋公学的教育模式和人才培养的思路，反而使得韬奋愈发热爱文科学习，如此一来，反而同父亲设定的“工程师”目标渐行渐远了。

升入南洋公学大学第二年，韬奋开始萌生转学到文科院校的念头。

有一位考入上海圣约翰大学的戴姓同学跟韬奋偶然谈到，圣约翰大学可以作为韬奋转校的目标，韬奋便下决心转入这所大学。

圣约翰大学是美国教会在中国开办的大学，在当时颇受不少中国人诟病，认为这里“造就”了不少洋买办甚至是外国人的爪牙。不过韬奋认为自己是爱国的，是为了教育救国才去上这所大学，决不会进了这所大学就会去做洋买办甚至外国人的爪牙。他说，自己学好英文的目的是掌握好研究学问的工具，增长报效国家和社会的本领。这所学校的课程内容，比较合于韬奋的需要，他选择这所学校，是要使自己得到更好的成长。可是，圣约翰大学不但没有“优行生”的奖学金，而且向来是出了名的收费较高的贵族学校。尽管如此，韬奋也还是下决心转学，攒足学费后，即报考圣约翰大学西洋文学三年级。

一个工科大二学生要跨学科考入全英文教学的文科大三，这中间的考试难度可想而知。当时好多朋友都认为韬奋太大胆了。韬奋也不敢掉以轻心，在备考期间，差不多每天都处在惴惴危惧状态，每天夜里都开着“夜车”学到两三点钟，疲顿得难以言状。幸而韬

▲ 圣约翰大学的校门

奋自己平时已经看了不少与文科有关系的书籍，虽然那时并不知道自己要转文科，不过挡不住他喜欢看那些书，所以便常常看，不料在这个紧急备考的时候，居然发挥了用处。圣约翰大学要考英文文学名著阅读，在二十种左右的英文名著中选考四种，这当然不是临时抱佛脚所能速成的。韬奋决心大胆地拼一回，与其说是他的雄心壮志，不如说是因为他囊中羞涩，希望早些结束自己的大学教育。

韬奋先后在南洋公学和圣约翰大学学习深造，两所名校为他的成长提供了丰富的知识和精神的营养，在他人生中刻下了深深的印痕，他对两所母校都深怀感恩。

韬奋在圣约翰大学虽然只有两年，却自认为得到很多益处，尤其是快读的能力，得到很大的提高。一位教历史学的外国教授特别注重课外参考书的阅读，他所指定的参考书很多，而且强调学生的阅读笔记他要调阅检查，学生倘若不能快速阅读、快速做好笔记，将很难交卷。所以韬奋把大量的时间都用在图书馆里，这也极大地提高了韬奋的阅读能力。事后，韬奋由衷地感叹道：平心而论，对于（英文）这个工具的熟练，我不得不感谢我的母校——约翰大学。

在这一时期，韬奋还阅读过一大批英文著作，尤其对其中与教育救国相关的著作有着强烈兴趣，以至于在毕业后翻译出版了多部与教育相关的名著，其中包括美国教育学家杜威的《民本主义与教育》、英国哲学家罗素的《社会改造原理》等，编译出版了介绍欧美科学教育知识的《科学底基础》《职业教育研究》《职业指导》等一批书籍。由此可见，韬奋在圣约翰大学迅速扩大了自己的阅读面，开阔了社会视野，丰富了自己的知识结构。

新中国成立后，圣约翰大学师生为纪念杰出校友邹韬奋，请求将怀施堂改名为韬奋楼，1951 年，华东军政委员会批准了这个请求。1952 年秋，我国实行全国高校院系调整，圣约翰大学被撤销，该校许多学科调整并入上海多所高校，其中政治系和校址划归华东政法学院（现华东政法大学）。韬奋楼是华东政法大学的代表性教学楼，一直完好保存至今。华东政法大学于 1995 年——邹韬奋百年诞辰之际，在韬奋楼中心庭院立起了他的半身铜像，于 2024 年与韬奋基金会合作共建“韬奋新闻传播学院”和“韬奋新闻出版研究中心”。

韬奋在南洋公学 7 年，他的成长和深造在南洋公学里经历的时间最久。在南洋公学 20 周年校庆时，韬奋撰写了《对于吾校二十周纪念之感想》的专文，表达了对母校的感恩之心和深切认知。他在文章一开始就激越地写道：“美哉吾工业专门学校！美哉吾工业专门学校！吾工业专门学校者，吾中华新学之先锋，而优秀人才之渊源也。树东南之风气，震声誉于环球。有政治家出于吾校者乎？曰有。有实业家出于吾校者乎？曰有。有教育家出于吾校者乎？曰有。有文学家出于吾校者乎？曰有。有发明家出于吾校者乎？曰有。有运动家出于吾校者乎？曰有。有名画家出于吾校者乎？曰有。有小说家出于吾校者乎？曰有。乃至有震古烁今之名将，苦战疆场，百折不回，不惜以身殉，而为吾国民争回临危之共和，争回已亡之人格出于吾校者乎？曰亦有。猗与盛哉，吾工业专门学校！”①

南洋公学作为中国人最早创办的大学之一，诞生于兴学救国、兴学强国的时代思潮中，其校风必定是勤奋尚学、自强不息。韬奋对此在专文里指出：“梁任公先生尝谓吾校为吾国学校中之最有历史最有名誉者，恩润以谓吾校之学风亦可为吾国学校中之最可钦仰最可爱慕者。”他说：“谓吾校风有三不可及：一曰，吾同学皆知自尊其人格，而同时且知力尊他人之人格；二曰，吾同学皆知勤愤学问，而同时且极敬重他人之勤愤学问者；三曰，吾同学毫无奢侈恶习，而同时且知敬重他人俭朴而惟学是务者。吾同学以此似庸行而无足奇乎？人格为为人之基，勤愤为成功之诀，俭朴为立身之本。而吾校风皆具此，而吾同学皆行所无事以自淑其身，此吾侪所当自省而保存光大之者也，此全国学校所当闻风兴起而共效法者也。”

韬奋对南洋公学的深切认知最后聚焦于母校和校友们爱国救国的精神。他写道：“学者而知求学为卫国也，则任重而道远，不可以不弘毅也。抗之以高志，持之以至诚，扩其胸怀，远其眼光，刻苦坚卓，极深研几，师弟相勉，同学相辅，日精月进，攘臂前程，则此千圣百王仁人志士竭精敝神所缔造之国土，茹劳犯险所涵育之文明，庶几其不隳乎！庶几其不隳乎！此吾所愿吾同学躬与吾校二十周纪念之盛者，各以自觉而警醒也。”“自今以后，时势愈险，则望救世俊杰益亟；望救世俊杰益亟，则吾校同学益当自奋。于是吾校此后为国家培植人才之责任益重。故吾以为吾校此次二十周纪念，非仅纪念往者而已也，实使吾同学发自觉心，确审自己所处地位而力自奋勉也。”

韬奋为母校南洋公学校庆所发表的这一番感言，不仅揭示了南洋公学的优良传统，也体现了南洋公学一众杰出校友的文化自觉和爱国情

---

①《韬奋全集（增补本）》第 1 卷，第 95 页。

怀。上海交通大学、西安交通大学一直以韬奋为代表的杰出校友为骄傲。两所大学都在用韬奋精神来培养、引导、鼓励莘莘学子牢固树立爱国主义精神，培育无私的奉献精神。2020年，上海交通大学与韬奋纪念馆合作成立“韬奋研究院”，开始有计划地培养韬奋研究人才，建设全国韬奋研究的重要基地。

2｜在艰苦求学的日子里

说到韬奋的学习生活，甜酸苦辣咸，五味杂陈。对于这样一位享受免费待遇的“优行生”、“南洋公学优秀作文”高手，也是商务印书馆《学生杂志》和《申报》副刊《自由谈》的常客，甜美的感觉自然居多。可是，由于家庭经济变故，学业几乎难以维持，好在韬奋早早就能撰稿换钱，以文养学，还承担着二弟学习和生活的开支，也不无一番有趣的回忆。

可是，家庭经济还没有出现转机，韬奋又萌生了转入圣约翰大学的想法。圣约翰大学当时是出了名的贵族大学，学费也高得出了名。为了能交上昂贵的学费，韬奋在南洋公学大学二年级下学期休学，去江苏宜兴给人做了小半年的家庭教师，攒足学费后才回到上海报考圣约翰大学转学插班生。

从为了进入圣约翰大学而四处筹钱开始，到完成两年的圣约翰大学学业，韬奋一直在东筹西措、勤工俭学，成为这所贵族学校里一个每日为钱奔波的穷学生。如此说来，韬奋在圣约翰大学的两年求学生涯，实在是走了一条崎岖不平的苦学之路。

为了筹措学费，韬奋休学一个学期去往江苏宜兴蜀山镇的葛家做了半年家庭教师。葛家是当地的大户人家，在家庭教学上却也开明。韬奋负责教主人家的三个孩子，三个小学生的年龄都不过十一二岁，都在备考学校。在功课方面，全都由韬奋包办。他要讲解《论语》《孟子》，要讲历史和地理，要教短篇论说，还要教英文，要教算学，要教书法，要出题目改作文。读《论语》《孟子》并不是韬奋定的，这两本书三个小学生已经读过，主人要求韬奋替小学生讲解。韬奋自己是吃过私塾苦头的，知道私塾有偏重记忆、过度强调背诵而忽视理解的积弊，所以现在轮到自己做了私塾老师，他便反其道而行之，特别重视对学生理解力的训练，对于背诵并不强求，结果学生们在学业上都有很大的进步。葛家看到自己的孩子能够每天作一篇短篇论说，十分满意。

韬奋的秉性是认真的，即便打工挣钱做家教，用他的话来说，“为的是要救穷”①，他也一丝不苟。他本来只是为了挣学费而辗转来到乡村人家打工，不承想在这里可以自由施展自己的教学才能，实在也是人生的一桩快慰之事。小半年后，三个孩子一个考进了南洋公学中学，一个考进了南洋公学附小插班，还有一个就近考进了宜兴东坡中学。葛家很是满意。韬奋对此也深有感触，十多年后，他在回忆录《经历》一书里愉快地记录了那一段颇富田园诗色彩的教书先生经历。

韬奋一丝不苟的认真秉性伴随着他度过了一生，即便是打零工、做家教，他也毫不懈怠。他说，他“一点不愿存着‘患得患失’的念头，对于学生的功课异常严格，所毅然保持的态度是：‘你要我教，我就是这样；你不愿我这样教，尽管另请高明’”②。他在《经历》一书里回忆道，有一次他在一户人家担任家庭教师，那个家庭有一个“四太爷”掌握着全家的威权，大家对他都怕得好像遇到了老虎，看见他都要起立致敬。有一天四太爷走到书房门口，韬奋正在考问所教的学生的功课，那个学生见“老虎”来了，急欲起来立正致敬，韬奋不许他中

① 《韬奋：韬奋画传·经历·患难余生记》，第 144 页。

② 《韬奋：韬奋画传·经历·患难余生记》，第 144 页。

断，并说上课的时候是不许任何人来打扰的。事后那全家上下都以为“老虎”必将大发雷霆，开除这个大胆的先生，可是韬奋不管这些，而“老虎”也没有动他分毫。后来韬奋在回忆此事时说：“我所以敢于强硬的，是因为自信我在功课上对得住这个学生的家长。同时我深信不严格就教不好书，教不好书我就不愿干，此时的心里已把‘穷’字抛到九霄云外了！”①

韬奋一面认真地打工挣钱，一面在圣约翰大学西洋文学系开始了他的刻苦学习。可是，在宜兴蜀山镇葛家打工小半年挣到的算是比较丰厚的工资，也只够维持圣约翰大学一个学期的学费，而且在生活上他每每花销起来还总是锱铢必较，过着穷学生紧巴巴的日子。不久，问题又来了。韬奋的三弟邹恩鸿也来到南洋公学中学，他和二弟邹恩泳两人每月分别给三弟几块钱的生活费。如此一来，韬奋肩上的经济负担更重了。幸好这时圣约翰大学的图书馆需要聘一个助理员，每天晚上工作一小时，每月工资 9 块钱。平时去学校图书馆最勤快的邹韬奋最先听到这个消息，立刻毛遂自荐要来做这个助理员。韬奋的自荐居然被校长批准了，尽管只是一个月薪 9 块钱的工作，可对于韬奋来说也算是经济上的“柳暗花明又一村”。

这时他已经开始翻译杜威的著作《民本主义与教育》，他期待译著出版后能够拿到一笔丰厚的稿酬，可是，三兄弟在学校的学习和生活开支可是火烧眉毛的事情。韬奋只能继续给人家做家庭教师。因为韬奋在南洋公学是有名的高才生，所以圣约翰大学的许多同学热心介绍他到自己的亲戚家里去做家庭教师。需要韬奋做家教的学生大都是预备报考高中的，因此他要包办好几门课程，内容也有点复杂，好在韬奋在南洋公学打下的基础比较好，所以都能对付下来。韬奋在南洋公学时研究过一些古文，因此他给学生修改文言文的作文时，总能做到头头是道。尽管

---

① 《韬奋：韬奋画传 · 经历 · 患难余生记》，第 144 页。

韬奋在南洋公学时对数学非常头疼，但靠着当时“优行生”的努力，他给学生补习几何和代数，还是能够胜任的。在韬奋看来，一般的圣约翰的学生教国文和数学，总不及他这个南洋公学的高才生。靠着南洋公学和圣约翰大学对英语的重视和自己的日常积累，韬奋做家教时讲解英国文学也总能让学生心服口服。

为了解决经济困难，每天下午下课，韬奋就要匆匆往校外跑，做家教两个钟头，再赶回学校上晚自习。圣约翰大学的课程抓得很紧，韬奋经常要开“夜车”才能完成老师白天布置的作业。尤其是上海的秋冬两季，天黑得早，入夜后常有寒风袭来，韬奋做完家教背上书包就往学校赶，他饥肠辘辘，冒着寒风，脚步匆匆，那一种凄苦，那一种无奈，那一种坚毅，勾勒出贵族学校里一个苦寒学生的苦学之路。

能够在收费昂贵的圣约翰大学学习的学生家境大都是比较好的，在熙熙攘攘的同学群里，绝大多数同学都是西装革履。韬奋但求维持学业和生活，哪里顾得上穿着打扮！他常年穿的是阴丹士林棉布的灰色长衫，还有就是黑布中山装，两三件衣服穿了多少年。好在他的身材颀长，一直不曾发胖，衣服只要合身就好，从南洋公学穿到圣约翰，习以为常，哪里顾得上是不是褪色，是不是入时，是不是显得寒酸，这不是一个勤奋苦读的学生在意的事情。在校园里，青年韬奋总是匆匆来去，他腋下夹着书本，往教学楼赶路，去图书馆抢座位，到校外做家教，打零工，挣饭钱，攒学费，还要帮助弟弟。

两年后，拼到了毕业，毕业典礼在望，洋学堂还有一个规矩是韬奋始料不及的，学校规定，凡出席毕业典礼学生一律西装革履。这一下韬奋可遇到了巨大困难。那个年代做一套西装要三四百元，韬奋每月所挣只够他和弟弟们充饥度日，哪里去寻得这笔巨款！西服店的老板伙计服务殷勤，来到学生宿舍为毕业生们量身定制，同学们大都在宿舍里跟西服店老板谈笑风生，选择心仪的面料，韬奋却笑不起来。他寻了机会把西服店老板拉到一旁商量，请求赊账定制，店老板自然有生意上的灵活

▲ 1921 年邹韬奋在圣约翰大学毕业时，学校规定要戴学士帽，穿学士礼服

性，如约给韬奋做了他平生第一套西装。

到了毕业典礼那天，韬奋穿着赊账做的西装，夹在熙熙攘攘、快乐谈笑的同学和同学的家属中，虽然他俊朗的面庞上挂着轻轻的微笑，其实别有一番滋味在心头。后来他写道："我的大家族住在北平，自己还未结婚，没有什么娇妻，也没有什么爱人，来分受我在这刹那间的情绪上的反应。所以我很觉得好像是个孤零零的孤儿夹在怪热闹的环境中，想到平日的苦忙，想到平日的奔波，想到平日筹措学费的艰辛，想到这一天所剩下来的是三四百元的债务和身上穿着的赊账的西装！这种种零零碎碎的毫无系统的念头，像电闪似的在脑际掠过去，竟使我在那刹那间'生踢门陀'（Sentimental）起来了，眼眶里涌上了热泪——莫

名其妙的热泪。但在前后左右都充满着喜容和笑声，独有一个人掉泪，似乎是怪难为情的，所以立刻装做笑容，把那涌上来的热泪抑制着向里流。”①

韬奋的求学之路虽然交织着如此之多的酸楚、苦涩，可是，韬奋在毕业告别校园后，写下的回忆录里依然流露出对母校依依不舍的深情，足见他是一位一心向学的学习型人才。

3 | 一名出色的五四青年

1919 年 5 月，北京等地爆发了席卷全国的五四爱国运动，众多青年投入这场运动中。史家通常简称这些青年为“五四青年”。

韬奋也是一名出色的五四青年。

五四运动爆发时，韬奋正在葛家做全职家庭教师，颇有点与世隔绝的状态。7 月初，韬奋从宜兴回到上海，顾不得转学备考的紧张，立刻参加宗旨为“唤醒农工商各界，共做救国事业”“团结一致誓与旧势力抵抗”的上海《学生联合会月刊》的编辑工作，成为五四时期上海颇具影响力的大学生之一。韬奋在圣约翰大学的校刊《约翰声》上发表了《青年奋斗之精神与国家前途之希望》，号召青年坚持其奋斗的精神，向社会腐败恶习宣战。文中指出：“吾国前途之希望，其在青年之奋斗精神乎！”韬奋给青年奋斗精神下了一个定义：“抑吾所谓奋斗精神者，非以坚甲利兵与仇敌相见于疆场之谓也，盖以忠恳真挚之热诚，百折不回之毅力，与己身之腐败恶习奋斗，与社会之腐败恶习奋斗，与家庭之腐败恶习奋斗，不受前人种种腐败陈言所羁縻，不受现在种种腐败环境

---

① 《韬奋全集（增补本）》第 7 卷，第 164 页。

所诱惑，卓然自立，奋往前迈，夫然后青年奋斗精神凯旋之时，即国家前途希望如愿之日。”

在文中，韬奋激情赞美青年，希望青年焕发青春斗志：“青年之时代，天真未失，劣俗未染，盖在一国分子中，可谓志意最莹洁，思想最高尚，志气最焕发者。”对于国家前途，倘若“为境遇畏难苟且声色货利所降伏之青年多一人，即志意莹洁思想高尚志气焕发之青年少一人，亦即国家前途希望失其一分之力。其结果虽非短时期中所遽能逆睹，其影响所及，亦岂可忽乎哉！”为此，他激动宣称，一定要让“青年深明奋斗之精神及坚持此奋斗之精神”①。

韬奋的文章不仅写得激情充沛，而且说理细密，行文晓畅，引人思考。他认为，“夫事业之大小与成败之枢机，咸视奋斗精神为转移”，“惟有奋斗精神者”方能不畏境遇不畏难，不畏声色货利之诱惑。“青年奋斗之精神，非仅仅青年期中之奋斗而已。苟非终身以之，始终坚持，则己身之腐败恶习未尽，而社会之腐败恶习，已挟其万钧莫御之吸收力、软化力、陶冶力以俱来，至可怖也。”“愿吾全国青年念兹在兹，自审其责任之重，而坚持其奋斗之精神，与社会腐败恶习宣战也。”

韬奋对于青年奋斗的任务有比较深入的分析，他指出：“国家之改革在使政治入轨范，尤在使社会进化阻碍之腐败制度铲除务尽。为吾国社会进化阻碍之最大者，殆莫甚于家庭之腐败恶习……家庭之腐败恶习，作俑者实非吾侪自身之父若母，吾侪自身之父若母固亦曾受此腐败恶习之酷遇也。”为此，他反对“无知青年窃家庭革命之口实而攻讦乃父若母”。“青年诚有改革家庭腐败恶习之志，不当从事攻讦父母，当求从自身为始造一新家庭，当以自身之奋斗精神造一新家庭，为后来者模范。”“苟今后青年得父母尽其义务予我以教育之后，恃我奋斗之精神，自辟途径而求有所树立于世，毋以倚赖遗产之念萦怀，谁得阻

① 《韬奋全集（增补本）》第1卷，第170页。

我除此恶习者！……苟今后青年但力求己身德智体之发达，不成室则已，成室必恃奋斗之精神而为自立之新家庭，谁得阻我除此恶习者！己身战胜旧式家庭之腐败恶习矣，自我身而授此善制于我后嗣，为事乃益顺而易致焉。”

在充分说理之后，韬奋向广大青年发出激越呼吁：“吾国惨景阴凄，几已无复可望，青年奋斗精神，吾国前途惟一之希望也。汝祖国之魂，方辗转哀号于泥淖之中，望其子孙加以拯救也。拯救之人，非吾青年而谁！拯救之方，非吾青年之奋斗精神而何耶！”

这篇文章堪称五四运动大潮中的一朵强有力的浪花，在社会上产生了很大影响，以至于两年后，1921 年 10 月 10 日的《申报》全文转载了这篇文章。

在五四精神的影响下，韬奋的思想有了很大的发展，他积极主张反封建，提倡科学与民主。1918 年他只发表了 3 篇文章，1919 年他却发表了 18 篇文章，实可看出，五四青年韬奋思想异常活跃，斗争精神格外高涨。他这个时期的文章，并不只是呼喊口号，而总是就社会具体问题开展讨论，表达自己的独立见解。

韬奋自幼生长在旧式大家庭，故而对旧式家庭的弊端及其改造有着深切的认识。在《改造家庭之两大观念》一文中，他明确提出：“如果要改造中国社会，改造家庭问题就是一件极紧要的事情。”

他认为，要改造的第一个旧式家庭的观念是“组织家庭是父母娶媳妇，不是自己娶妻子”。韬奋认为，“父母娶媳妇是以父母为主体，自己娶妻子是以自己为主体，如果是把自己做主体，男女自己两方面的性情学问风采都应该有极明白的了解，极圆满的同意，不应该第三个人在里头干涉”。

韬奋认为要改造的第二个旧式家庭的观念是“组织家庭是替祖宗传后”。韬奋认为，“中国人看传后一件事情是最重的，以为没有后就是作孽的报应，以为祖宗因此断绝了香火，就要做饿鬼。……所以做父母的人极想早早看见孙子，于是乎等不到儿子能够自立，就急急的娶起媳妇来。以为娶媳妇是替祖宗办事，那里有子女主张之余地！因为这个缘故，就是很穷，有了儿子，媳妇是不可不娶的；不娶就要害得祖宗断绝香火”。韬奋特别强调要改造旧式家庭，“要先把自己做成社会上健全的分子”，如果除了成就自己之外，没有余力，就绝后也不要紧。他说：“中国社会上不知有几千万的男子受着这种观念恶果所束缚，不能发展他们的天才。更不知有几千万女子婉转哀痛于黑暗家庭之下，令人痛心。”①

韬奋在旧式家庭父母与子女的婚姻关系方面有直接的遭遇。他还在学校上学时，父亲未征得他的同意，就与原先在福建政界熟识的一位叶姓朋友相约两家结为“秦晋之好”，为韬奋与叶家女儿订下了婚约。为此，韬奋多次抗议，父亲却不以为意。更让韬奋觉得无奈的是，那位被父亲做主许配给自己的叶女士却逆来顺受，表示听从父母之命，此生非韬奋不嫁。

此事一度让韬奋很是苦恼。故而在讨论封建家庭观念时，他对此类现象大加批判。

韬奋对于深受封建制度摧残的广大妇女更是给予很大的同情。他从自己母亲的悲惨遭遇上，对封建社会里广大妇女的命运有着极为痛切的思考。

五四时期，韬奋先后发表了《妇女解放》《妇女觉悟的曙光》《男女问题的根本观》等文章，为妇女解放大声疾呼。他在《愿全国为女子者思之》一文中指出：“天下事之大病在不思，思则弊病立见，不思则虽极野蛮极无理性之事而犹奉为金科玉律，心中不敢稍存异念……女子何不思社会上何为视媳妇如翁姑之奴隶而从未见视女婿如岳父母之奴隶者？”韬奋对于封建家庭在夫妇生育问题上总是无端指责妇女而不能公

---

①《韬奋全集（增补本）》第1卷，第202—205页。

平对待夫妇各自的责任表示极大的愤怒。他说："诸如此类之事，不胜枚举，而稍有人类之脑神经者，不用思索，皆能明若观火，而全国女子则泰然处之，积重难返，岂不可怪哉？故吾恨丧尽良心之男子，尤痛不思之女子。愿全国为女子者思之！"[①]

那么，怎样才能使妇女获得解放呢？韬奋认为妇女首先要接受教育，自强才能自立。他说："最要紧的是现在那些躲在家中，过'千金小姐'生活的诸位女士，当极力向父母求得求学的权利。有了知识，有了自立技能，便可做堂堂的一个人，谁也不敢蔑视。这真全恃女界同胞自己觉悟啊！"他还举了当时的大同学院的事例。该校男女同学成绩最优者共 11 人，全校女学生只有 11 人，其中成绩最优者竟达 10 人；而众多男学生中，成绩最优者仅 1 人。为此，韬奋特别强调："女子天才本来不差，国中女同胞亦可以猛醒了。"[②]

对于妇女解放，韬奋提出至少有两方面的条件：一是经济上的解放，二是人格上的解放。他认为妇女在经济上的解放是经济社会发展的必然趋势，只有经济社会发达，妇女才能在经济上得到解放，而人格的解放尤为重要。必须打破旧式家庭制度，否则"男子奴隶看待妇女，妇女甘居奴隶的地位不改变，那吗顶好的妇女不过是良妻贤母中馈善良之动物罢了。人格人格，妇女只有这种格度，那怕你天天说天赋平等呵"[③]。

韬奋特别重视教育与民主、科学的关系，认为"国家之兴隆倾颓，以全国教育之发达与否为断"。

《民本主义与教育》是一部系统反映杜威的教育思想的专著。韬奋认为杜威是最有影响于中国的现代教育家，因此早在 1919 年就开始翻

① 《韬奋全集（增补本）》第 1 卷，第 212—214 页。
② 《韬奋全集（增补本）》第 1 卷，第 194 页。
③ 《韬奋全集（增补本）》第 1 卷，第 246 页。

▲ 邹韬奋 25 岁留影

译此书，并于1920年1月至8月，以《德谟克拉西与教育》为名，在《新中国》杂志上发表了此书的前四章。1928年3月该书由商务印书馆出版时，韬奋在译者序言中指出，“本书的要旨是要打破从前的阶级教育，归到民本主义的教育”，“教育即是继续不断的重新组织经验，要使经验的意义格外增加，要使个人指挥后来经验的能力格外增加”，继而提出民本主义的社会所应有的教育条件。“在最后一章的末了，杜威提出对于实行的教育制度上的两大主张：（一）学校自身须是一种社会的生活，须有社会生活所应有的种种条件；（二）学校里的学业须与校外的生活连贯一气。”①

韬奋就教育问题还先后发表了《提高知识程度》《学问与人生》《教育群众的责任在那里？》等文章，极力呼吁要普及教育，要培养大师和专业人才，要提高整个民族的素质。在《教育群众的责任在那里？》一文中，他尖锐指出：“国民是国家的重要分子。分子的教育程度，就是国家强弱的标准。这是人人晓得的道理，不消说得的……我们所当注意的，就是那些在下等社会未曾受过教育的人和许多没有能力和机会受相当教育的那般小孩子”。他认为“倘若有知识的阶级——指中学的教师学生以及各种专门高等和大学的教师学生——都有这种自觉，肯出热烘烘的血忱和极恳挚的诚意，大约每一校无不立一个夜学，把极紧急的知识，极实用的技能——如卫生识字写信阅报等等——输与他们”②，“他们”即那些在下等社会未曾受过教育的人和许多没有能力和机会受相当教育的那般小孩子。最后，他劝有知识阶级常常念着教育群众的责任，高谈主义很容易，但最重要的是要着实做去，教师学生们要切实地负起教育群众的责任。

韬奋还特别重视家庭教育，认为“家庭教育是人生一世的基础。有

---

① 《韬奋全集（增补本）》第12卷，第8、9页。

② 《韬奋全集（增补本）》第1卷，第201页。

了基础，学校教育就事半功倍，格外容易收效”。他在《改良家庭教育丛谈》一文中明确提出儿童的精神当改良。韬奋认为，“做父母的人千万不要糟蹋、摧残、抑制儿童本来的活泼的精神”，“我们的习尚，最怕动、最喜欢静”，但是我们不能“把成人的性情标准去对付儿童，强迫儿童，量度儿童”。①

在热情提倡办夜校、加强群众教育、改良家庭教育的同时，韬奋还非常理性地强调要提高全民族的科学技术水平。他在《提高知识程度》一文中，明确提出要培养中国自己在“任何一种知识或艺术里面”能够“任指导启迪之责任”，“为全国人民所企仰”的“泰山北斗的人才”。他特别突出地指出期待科学技术和教育方面的人才。“有专门发展天赋才能，以从事工程建筑的人，为工程建筑界宗仰之人物；有专门鞠躬尽瘁于教育的人，为教育界宗仰之人物；以至于有专门竭精阐思于其他种种特殊知识的人，为各界宗仰之人物。”他认为“凡是这种人才都是一国精华，足以自豪的。他们影响于社会的进步，实在大得很”。韬奋希望中国能够快点产生专门学者。他认为，“所谓专门学者，并非增加‘贵族的’阶级；摆点臭架子，乃是发展个性，就其性之所近，择一专业，极深研究，务得必到精粹。不为势利所诱，不为外界所迫，强毅坚忍，聚精会神，忠实于他的专业。然后以其所得，贡献于世。庶几专才愈多，社会进步愈速，有了实实在在的种子，然后才能够想法生长，使大多数平民的知识亦从而提高”②。

法国思想家卢梭说：“问题不在于告诉他一个真理，而在于教他怎样去发现真理。”一位优秀青年的求学之路，本质上是一场从“自我启蒙”到“启蒙他人”的蜕变。一个人的求学经历往往是其人生轨迹中至

① 《韬奋全集（增补本）》第 1 卷，第 209—211 页。
② 《韬奋全集（增补本）》第 1 卷，第 193 页。

关重要的阶段，这是一个人知识积累与能力塑造的黄金岁月，是思想觉醒与价值观形成的活跃时期。这一过程不仅塑造着他的思想、能力和价值观，也为他后来的成就奠定基础。在校园里最能接触到新的思潮，这有助于青年将求学与救国理想结合，自觉进行理想与现实的磨合，保持批判与反思，切实关心社会和实际问题。

我们说邹韬奋是一名出色的五四青年，不仅在于他具有那个狂飙时代进步青年的爱国激情、民主精神和科学追求，还在于他具有很强的务实精神的思考，体现了他当时所信奉的“教育救国”“知识救国”的思想。他是如此地热爱自己的祖国，如此急迫地期待通过开展教育推动社会进步，如此热忱地呼吁爱国的、有责任心的知识分子承担起“知识救国”的责任来。他的求学之路，一直通向爱国为民的光明大道。

第三章
艰辛起步

韬奋把生活书店的事业做强做大，管理团队坚强有力，书店的社会影响力迅速提升，跟他踏上社会之初从许多前辈身上学到了一些良好的为人处世之道和令他佩服的工作经验是分不开的。

艰辛起步

1｜就业之路崎岖坎坷

1921 年 7 月，韬奋从圣约翰大学毕业，就正式走进社会，踏上了崎岖的就业之路。

邹韬奋从南洋公学转学到学费高昂的圣约翰大学，为的是以后能到新闻出版界谋一份职业，做一名出色的记者、编辑。可是，眼下大学毕业了，在新闻出版界还是求职无门。为了过日子，更为了归还在大学欠下的几百元债务，韬奋只好另找门路，在各处寻求机会。对此他自嘲地回忆道："以前'走曲线'求学，现在又不得不'走曲线'就业了。"① 话说得幽默轻松，其实对于囊中羞涩、还债心切的大学毕业生，个中的无奈而又复杂的滋味可以想见。不过，从这句自嘲里，我们也可以看出韬奋豁达幽默的性格。

韬奋所希望的就业，就是在新闻出版界找到一份工作。而一份用于糊口的工作，在大学毕业前的一两个月，韬奋在朋友毕云程的帮助下已经找到，那就是前往厚生纱厂担任老板穆先生的英文秘书。

这份工作当然不是韬奋所愿。可是，赶快找一份工作，赶快领到薪水养活自己，归还上学时欠下的学费，是他当时

---

① 《韬奋全集（增补本）》第 7 卷，第 165 页。

的第一要务。

韬奋进入厚生纱厂后，没过几天，穆先生就创办上海纱布交易所，把韬奋调到纱布交易所担任英文秘书。其实纱布交易所里面关于英文的信件很少，英文秘书每天只用翻译几页文件，那上面永远是关于纱布交易项目的英文，内容始终不变，有变化的只是数字。每月薪水不少，足足 120 元。韬奋明白，像他这样刚毕业的大学生，这薪水不能算少，可是他觉得每天的工作模式都很呆板，并不符合他的爱好，他不喜欢这种简单且太过于机械的工作。他后来说他进入出版业后，任何机械的事情或是任何小事情，他都干得津津有味。有人喜欢钱多事少的工作，韬奋当然也喜欢钱多，钱多可以还债，钱多可以帮助弟妹，钱多可以买书，可是他更喜欢有挑战的工作，他觉得这是人生的意义所在。有意义地工作，是韬奋一以贯之的人生兴趣。在纱布交易所，他觉得没有什么意义，尤其觉得这是用不着一个南洋公学大学和圣约翰大学毕业生来办的事情。这里的空闲时间实在太多，他对此感到不安。他是一个胸怀大志、抱有职业理想的有为青年，他不能苟且于无所事事、得过且过的无聊日子。于是，他一边做着交易所的英文秘书，一边到处寻找自己理想的就业机会。

一个偶然的机会，他打听到申报馆那里似乎有入职的可能。

《申报》是当时上海滩上一份声名显赫的大报。韬奋打听到，申报馆的经理张竹平先生是他圣约翰大学的校友，他就借着这个关系前往拜访。他除了跟张竹平套一套校友之谊，还有就是诚恳地表示希望进入新闻出版界服务，拜托校友张经理帮忙。张竹平态度倒也热情，说在学校时他就对韬奋的优异成绩很有耳闻，于是一面应承着以后有机会自当帮忙，一面拿出一份近 2 万字的英文文件叫韬奋带回家去翻译。这让韬奋看到了熹微的曙光，于是他很卖力地在最短的时间里翻译完那份文件送去。张经理看后表示满意，可是并没有说是否录用他，只是送给他 20 元稿费，叫他回家再等机会。

一心向往新闻出版界的韬奋，便如此这般第一次与申报馆工作的机会擦肩而过。

不过，韬奋觉得这样比空手而归要好很多，除了收获 20 块钱的生活费用，似乎也还算是跟申报馆建立了某种联系。

不久，张竹平先生通知韬奋去见面，说申报馆有不少英文函件需要人帮忙翻译，叫韬奋去帮帮他的忙。不过，张经理郑重说明，这只是以私人的名义去帮他的忙，还不算是正式职员。韬奋知道这并不意味着就业，但毕竟是进到新闻出版界做点有意义的事，何况还有额外报酬支撑他还债。于是他一面答应下来，一面表示感谢，一面还希冀接下来自己努力干活或许能感动报馆，以获得正式入职的机会。

张竹平这次并没有让韬奋把文件带回居所加班干活，而是要他进到申报馆办公室配合自己工作。如此一来，比起头一回，韬奋好像离申报馆又近了一步。

此后三个星期，每天下午 6 点后，韬奋离开纱布交易所，就匆匆走进自己心仪许久的申报馆，到张竹平一间小小的办公室里做事。韬奋工作的小桌上摆了一架英文打字机，张竹平的办公桌上横七竖八地堆着不少待复的英文函件，一个口述，一个打字，两人往往要连续工作到晚上 10 点多钟。

这次的工作方式是，张竹平口述回信内容的大意，韬奋在英文打字机上译成正式的英文回信。这事对于英文水平颇高的韬奋来说本不算难，可是，很快韬奋就体会到了它的难度，难就难在张竹平口述前并没有想好复信的内容，不仅做不到“袖手于前，疾书于后”，而且在口述过程中经常临时改换主意。有时韬奋在打印机上“疾书”过半，张竹平忽然又有了新的想法，于是断然叫停，决定重新来过。

最恐怖的是，有时眼看一封信就要煞尾了，可爱的校友忽然挠着秃头，说还有更好的意思，断然宣布重新来过。这可让韬奋大有受挫之感，暗暗叫苦不迭。

就这样，韬奋每夜工作到10点钟，手不停歇地在打字机上工作，费神又费力。这对于年轻人而言，倒也算不得什么，可怕的是，每封信打到最后一行的时候，他心里就紧张起来，担心这位口述者突然一声断喝“不行，重新来过”。这几乎成了那些日子里韬奋的心理疾患：强迫症。心理疾患对人最是折磨。韬奋后来回忆道：“每夜这样工作了几小时，走出申报馆门口的时候，总是筋疲力尽，好像生了一场大病刚好似的。”①

不过，韬奋虽然为张先生缺乏深思熟虑、零零碎碎地转变念头的口述而痛苦，认为这应该成为自己今后工作的教训，可是他又从积极的方面学得了张先生不管不顾追求把事情做好的态度。求完美，说到底是人生前行路上的一种正能量。韬奋后来回忆道：“这样干了三个星期，把堆积的英文信件清理之后，才告一段落。当时我得到多少金钱的酬报，现在已不记得，但我好像做了三星期的练习生，学得办事的认真态度，却是无价之宝。”

一面是“筋疲力尽”，一面是“无价之宝”。在后来的岁月里，韬奋带领工作团队能做到既认真又高效，还能设法使得大家心情舒畅，这段经历为他提供了宝贵的经验和教训。

三个星期的工作结束了，青年韬奋只是在申报馆的一间小办公室里多打了一份零工，还是看不到入职新闻出版界的希望。

纱布交易所英文秘书的工作还在维持着，这毕竟是韬奋解决眼前生存需求、归还债务的重要经济来源。

韬奋继续多方寻找合适的工作。

通过一位校友的介绍，韬奋找到了一份英文教员的工作。

韬奋当时居住的青年会宿舍隔壁的上海青年会中学愿意聘请韬奋担任该校的英文教师。为了进一步方便韬奋安排时间，校方特意把上课时

---

① 《韬奋全集（增补本）》第7卷，第169页。

间安排在午后的一小时，避免妨碍到他在纱布交易所的办公时间。

韬奋只做过学生的家教，不曾在中学里教过书，而且分派给他的班级，刚刚发生过学生闹事，学生们驱赶了他们不喜欢的教师。可是，不承想，韬奋的教学很受学生们的欢迎，到了学期末，学生们集体要求学校下学期安排邹先生继续执教。这让学校和韬奋都有了相当好的印象。韬奋想，倘若教育界能有相当的机会，不妨朝着这个方向去努力。

2｜获得一片用武之地

韬奋在他的回忆录《经历》一书里深切回忆过南洋公学和圣约翰大学的多位好老师，这些好老师在韬奋的求学之路上或多或少、或深或浅地影响过他，使得他多少年后一直念念不忘。在《经历》一书里，他还提及过对他进入社会、寻求就业机会给予提携帮助的一些朋友、校友、社会贤达。可是，在韬奋就业过程中给予他最重要的提携帮助，甚至关乎韬奋此生事业成败的人中，称得上名师者，黄炎培[①]则是首先应提及的一位。

在《经历》一书中，韬奋深情地回忆过黄炎培先生给予自己的提携和帮助："黄先生请我去是煞费苦心的。"

黄炎培，1899 年入南洋公学师范院学习。1900 年 3 月，他与蔡元培等发起成立中国教育会，1917 年 5 月，联合蔡元培、梁启超、张謇

① 黄炎培（1878—1965），字任之，清末举人，著名民主人士、教育家，我国近现代职业教育的开创者。新中国成立后，黄炎培先生历任中央人民政府委员，政务院副总理兼轻工业部部长，政协第一届全国委员会常委，政协第二、三、四届全国委员会副主席，第一、二、三届全国人大常委会副委员长，中国民主建国会第一、二届中央委员会主任委员等职。

等48人在上海发起成立中华职业教育社[①]，任理事长。中华职业教育社是中国历史上最早致力于宣传研究并开展职业教育的专业机构。

1918年，黄炎培在上海创办了中华职业学校，这所学校成为中国近代职业教育的先驱。黄炎培先生致力于通过职业教育，使无业者有业，使有业者乐业，为青年提供了学习技能、实现自我价值的重要平台。他还在上海、重庆、成都、昆明、桂林等多地创办了多所中华补习学校和职业指导所。这些机构为更多青年提供了接受教育和职业规划的机会，帮助他们融入社会。

黄炎培开展的职业教育实践形式多种多样，直接创建改建扩建学校24所、职业补习教育机构49所、职业指导机构25处，兴办农村改革事业30余处，数以万计的民众特别是年轻人因此受益。1925年10月，他创办《生活》周刊并题写刊名——端庄厚重的颜体“生活”二字，一直为生活·读书·新知三联书店使用至今。他亲自撰写《生活》周刊《创刊词》，指出创办周刊的宗旨之一便是“专门用来宣传职业教育及职业指导的消息和简要的结论”。

黄炎培先生不仅在我国近现代职业教育开创和理论实践上作出了重要贡献，他也是著名的“窑洞对”的参与者。1945年7月，黄炎培等人到延安考察，发出感想，希望中国共产党找出一条新路，跳出历史周期率的支配。“窑洞对”是毛泽东和黄炎培在延安窑洞关于历史周期率的一段对话，至今仍被引用为关于政权建设和民主建设的经典之谈。

1922年，黄炎培先生经过多方了解，慎重考察，决定接纳韬奋进入中华职业教育社。他慧眼识英才，1926年又指定韬奋接任《生活》周刊主编，这才有了后来我国新闻出版界《生活》周刊崛起的神话故事。

---

① 新中国成立后，中华职业教育社一直在发挥重要作用，现仍为全国性群众团体，其省级组织已覆盖除香港特别行政区、澳门特别行政区和台湾地区以外的31个省（自治区、直辖市）。

当时，韬奋注意到中华职业教育社在社会上声誉渐隆，在百般寻求就业机会未果的困境里，他忽然生出念头：何不前往一试？

邹韬奋与黄炎培是南洋公学校友，但两人年纪相差很大。虽然如此，韬奋倒是在南洋公学有幸见到过黄炎培学长。当时韬奋在南洋公学上小学，曾经有老师带着他去上院礼堂听黄炎培先生作关于美国教育考察的演讲。那是韬奋第一次见到黄炎培，而黄炎培那时压根儿不可能注意到韬奋。

随着中华职业教育社创立和发展，“职业教育”成为社会热词，黄炎培之名如雷贯耳。大学毕业生邹韬奋虽然职业理想是做新闻出版，却也高度赞同“职业教育”，拥护“教育救国”的主张，认为这也是人生大光之道。韬奋认为值得前往中华职业教育社一试，于是大着胆子写了一封信给黄炎培。

信寄出后，韬奋数着日子等候回音。

黄炎培显然颇为重视这位素昧平生的年轻校友的来信，不仅因为此人的信写得情辞恳切，书写很有文人气韵，信纸上一气呵成的行书干净利落，洒脱而不拘泥，透露出其学识、修养、品位，还因为韬奋在信里陈述了自己多年来发表过若干文章，这让具有很深学养的黄炎培心生喜欢。

恰好彼时中华职业教育社正在物色一名中英文都具有相当水平的编辑人才，黄炎培接信后即让人约邹韬奋前来面谈。这实在让青年韬奋喜出望外。黄炎培跟青年韬奋进行了十分慎重的考察谈话，他感到印象不错。此后黄炎培让韬奋送来几本他发表有中英文作品的校刊《约翰声》，表示自己要仔细阅读上面刊登的韬奋的文章，而后又托人从纱布交易所老板穆先生和在申报馆经理室做事的圣约翰大学校友那里详细了解韬奋的为人品行，考察得不可谓不周密审慎。

黄炎培，这位人称任公的社会名流，用仁慈而深邃的目光长久地打量着面前这位雄姿英发、才华横溢的青年才俊。

邹韬奋，一个敢于在两所名校间跨校选择，在职场里左冲右突的青年大学生，既彬彬有礼又侃侃而谈，圆框眼镜下的一双眼睛熠熠闪光。

黄炎培这位见多识广、阅人无数的教育家、政治家、社会活动家，显然并不只是把韬奋当作一般的求职青年去考察，更像是在对一位抱负宏大、谈吐不凡的青年才俊作一番深度了解，也可以看作中华职业教育社的责任掌门人在对一位有可能成为职教社未来领军人物的人才作仔细确认。

在进行了认真的考察后，黄炎培决定聘请韬奋到中华职业教育社担任编辑股主任，负责编辑黄炎培任主编的《教育与职业》月刊，编译中华职业教育社的“职业教育丛书”。

“但愿一识韩荆州”！韬奋立刻辞去薪金优厚却毫无前途的纱布交易所英文秘书职务，毅然决然跨进了中华职业教育社大门，义无反顾地走上了出版编辑岗位。

我们说韬奋“毅然决然”，并非言过其实。彼时中华职业教育社正处于创业阶段，按社内薪酬规定只能支付编辑股主任60元月薪。而韬奋还在设法偿还学费，可竟然舍纱布交易所120元而就职教社60元，不是“毅然决然”又是什么！

殊不知，在韬奋的心目中，在纱布交易所做英文秘书只是一份职业，而入职中华职业教育社将获得一片天地，韬奋寻求的是一片广阔天地！

黄炎培一方面很欣赏青年韬奋为了事业宁可舍弃原有两倍于现在月薪工作的壮举，另一方面也以他的悲悯之心，想方设法帮助这位青年才俊克服经济上的困窘。作为中华职业教育社的最高领导，黄炎培先生告诉韬奋，每天只需到社里工作半日，剩下半日，他可以介绍韬奋到江苏教育会科学名词审查会兼职，编辑各科名词，而且办公的地点与职教社距离很近，一切都很方便。这样一来，可以保证韬奋的薪酬没有减少，接受的工作也是他觉得相当有意思的事情，而不再是过去那种每天百无聊赖地对着那几页关于纱布交易项目英文文件的机械工作。

如果说在此前后，有各种良师益友帮助韬奋谋求过各种工作，终归只是为着解决这名大学毕业生糊口还债、稻粱苦谋的问题，那么黄炎培先生决定接纳大学毕业生韬奋进入中华职业教育社，这对于自少年起就满怀家国情怀、鸿鹄之志的青年邹韬奋，岂止是一般的提携帮助，而是让他获得了一片用武之地。

3 | 起步与磨炼

从 1922 年进入职教社，到 1926 年 10 月接办《生活》周刊，短短的 4 年里，韬奋除了编辑《教育与职业》月刊并为其撰稿，还编译出版了“职业教育丛书”等多种书籍。虽然薪酬不高，但工作内容是韬奋感兴趣的，大有乐此不疲的意兴。

韬奋每天的工作很有规律，上半天去职教社上班，编译“职业教育丛书”和编辑《教育与职业》月刊，下半天去科学名词审查会，做名词审查工作。名词审查工作花费时间不是太多，就有点闲暇。恰好离职教社办公处不远的海澜英文专门学校需要聘请英文老师，韬奋便被他们请去教两三个小时的书，课程是英文文学和英文地理，上课时间都安排在韬奋办公以外的时间，有时在清早，有时在午饭后。这是零星的外快工作，也算是帮朋友忙吧。

约莫过了一年光景，当时在中华职业学校担任校长的顾荫亭先生，在物色一个英文教员时，忽然想到了韬奋。刚好科学名词审查会的工作也到了告一段落的时候，韬奋便欣然接受了顾校长的邀请。此后，他每日上午在中华职业学校教英文，并兼任该校英文教务主任，下午仍在职教社主持编辑股的事务，夜里则用来备课、改作业和阅读。只要有事情做，把一天的时间填满，韬奋便觉得生活过得充实，心情便平稳许多。

韬奋做任何事都是认真负责的，尽管做职业教育并不是他的职业理想，可是他仍然恪守“受人之托，忠人之事”的古训和“干一行，爱一行，钻研一行”的职业人信条，恪尽职守，认真投入到职业教育工作中来。

1922 年 7 月，韬奋进入职教社不久，就有幸跟随黄炎培、沈肃文代表职教社前往济南参加中华教育改进社的年会。沈肃文是职教社的领导成员，后来担任过浙江大学总务主任、西南联大秘书，新中国成立后在轻工业部做过司长，他对新入职的青年韬奋颇为赏识。

会议短短几天，韬奋连续三次发出了关于会议的详细报道，报道内容先后在 7 月 5 日、7 日、8 日的《申报》上发表。此后他又陆续发表了《职业教育之鹄的》《中国之职业教育》等数十篇文章，介绍国内外职业教育状况，同时发表自己对于职业教育的一些看法。他的勤奋和敏捷颇受黄炎培、沈肃文赞赏。

韬奋在《职业教育之鹄的》一文中，针对当时对职业教育的模糊认识，澄清了普通教育和职业教育的区别。他说：“就广义言之，普通教育亦为预备能得相当职业之良善公民，职业教育易与普通教育混淆者在此。然吾人当知一人因境遇与志趣之不同，其主要之鹄的亦异。其主要之鹄的既异，则其所受教育之内容与方法亦随之而异。”[①]

在《中国之职业教育》一文中，韬奋“本诸历史眼光与态度”，从“旧式之徒弟制度”“清代之实业教育”“民国以来之职业教育”到“最近职业教育之趋势”，叙述了“中国职业教育之沿革，备研究吾国职业教育者之参考”。

在回顾了中国职业教育的历史沿革与发展历程后，韬奋指出：“如上所述，我国职业教育产生颇早。然职业教育四字在我国成一专门名词，而得邀社会重视，犹是最近期内事。盖社会生计压迫之直接结果也。惟职业教育之实质，既为我国所固有，则今之提倡职业教育，其道

---

① 《韬奋全集（增补本）》第 1 卷，第 271—272 页。

亦不假外求，第就现在之实业教育而竭力加以研究改良推广可耳。”

韬奋还就当时呼声很高的普及教育、义务教育和职业教育的关系发表了自己的看法。他写道：“我国言普及教育已历有年，究之，闻其声而未见其实。近顷义务教育之声浪益高。各省区多实行规划举办者。虽然，教育而诚欲普及，且普及之后而欲有益民生也，则职业教育亦与有联带关系矣。夫平民社会本不暇受教育，其所急只为生计，今欲强迫其子弟悉受教育，非兼为其生计着想不可。否则义务教育完成，而其通常为徒弟之期亦已过去。其将何以善后？故一面施行义务教育，一面宜注重职业准备。此项职业准备固宜参酌地方情形而设施。然我国农人占全国人口百分之八十五，自尤以乡村农业教练为重要。由是言之，欲普及教育，必先使农人子弟均受教育。欲农家遣其子弟入学，必先使乡民得受教育之实效。而欲教育得实效，必先于乡村小学注重农科，即所谓农

▲ 1924 年邹韬奋在上海

村教育，今中华农学会方竭力鼓吹提倡也。”①

由于认真负责，干一行，爱一行，钻研一行，韬奋很快就在职业教育研究方面引起行业关注。《教育与职业》月刊经他主持编辑和撰稿，影响不断扩大。他负责编译的《职业教育研究》、《职业智能测验法》、《职业指导》、《职业指导实验》第二辑、《职业心理学》、《书记之知能与任务》等纳入“职业教育丛书”在商务印书馆出版，成为商务馆职业教育方面的看家书。而他的写作水平得到提升，逻辑性很强的论辩式写作风格在很多讨论职业教育的文章中更是得到很好的展示。

韬奋在职教社，不仅获得了黄炎培所提供的机会和环境，更为重要的是，初入职场的他从黄炎培等职教社前辈那里获得了许多有益的经验和教训。

韬奋在《经历》一书中记下了一次难忘的经历。

为了编译“职业教育丛书”，邹韬奋替职教社订购了几十种关于这方面的英文参考书，自认为可以在专业上确保书籍的编译质量。可是不曾料到，韬奋编译的第一本书就遭到了黄炎培先生的批评。

在此之前，韬奋只译过一本杜威著的《民治与教育》，对于编译书还没有什么经验，现在负责编译《职业智能测验法》，他仗着自己英文好，并没有考虑中文读者的阅读习惯和阅读能力，只是依据英文书的内容和顺序，就“依样画葫芦似的”把英文译成三万多字的中文，自认为不错，因为已经很卖力了。他兴冲冲地把书稿送给黄炎培。可是，第二天黄炎培拿着书稿来到韬奋的办公桌旁，对韬奋编译的文字进行了一番“诚恳而严格的批评”。他批评的要点是：你在编译这本书的时候，不要忘却我们的重要的对象——中国读者，我们要处处顾到读者的理解力，顾到读者的心理，顾到读者的需要，而这里写成的东西在编法和措辞方面都依照英文原著，看上去是合于英美人胃口，可是未必就合于中国读

---

①《韬奋全集（增补本）》第 1 卷，第 272—285 页。

者的胃口。

邹韬奋“在那刹那间好像背上浇了一大盆的冷水；老实说一句，觉得一肚子的不高兴”，实在是大失所望。他心想自己可是很卖力地编译了三万多字，怎么会招来这样的结果？这是许多初入职场而又心志很高的年轻人难以避免的不服气情绪。可是，韬奋没有办法不接受这一番批评，他说：“黄先生的话却有很充分的理由，尤其是他指导青年时候那种心平气和轻声解释的诚恳态度，使我发不出脾气。我接受了他的批评，从头写过，写完了一万字就给他看，并把全书的纲要也写出来给他看。”

这一次的结果当然很得黄炎培的赞许。他不仅大加称赞，还立刻交给职教社的沈信卿先生看。沈先生看了也大加称赞。

这个经历令韬奋终生难忘。韬奋之所以难忘，不仅是因为他的工作得到黄炎培等职教社的前辈欣赏和称赞，更因为黄炎培给予的批评“很有益于我以后的著作方法，很有助于我以后办刊物时的技术”，韬奋认为这是有志著述的人们最要注意的一个原则：“在写作的时候，不要忘记了你的读者。”①

韬奋一直很注意在职场中学习，正如他后来在生活书店和员工们所主张的：“且做且学，且学且做，做到这里，学到这里。”1927 年他曾被张竹平拉去兼任《时事新报》的秘书主任，那时张竹平担任董事长的时事新报馆聚集了不少新闻界名流，如总主笔陈布雷，他后来做了蒋介石的“文胆”；总经理由潘公弼担任，他曾经跟邵飘萍合办东京通讯社，还做过北京《京报》主笔、上海《商报》主笔、新加坡《星洲日报》总主笔、长春《中央日报》社长、复旦大学兼职教授等。

在《时事新报》兼职期间，韬奋认为这是他又一次很重要的学习机会。担任时事新报馆秘书主任后，全馆事无巨细，几乎都要韬奋用心去做，他只好把中华职业学校英文教员的兼职辞掉。

---

①《韬奋全集（增补本）》第 7 卷，第 173—174 页。

韬奋和总经理潘公弼在一间办公室里。潘公弼当时在新闻界已有十几年的经验，韬奋和他相处一年，自觉在学习方面得到不少益处。韬奋和全馆各部门的事情都有相当的接触，他说这个职责给他“以一个很好的‘练习’机会。尤其使我得益的是潘先生对于新闻业经验的丰富。他对于新闻业的种种方面都很熟悉，因为他都经历过的。他在编辑方面，由校对到总编辑和总主笔，都干过；在营业方面，他也干过这种种职务。因为他对于各部分的工作内容都有透彻的了解，所以他解决各部分问题的时候都有独到的见解。”韬奋认为自己从潘公弼身上学到的最重要的是为人处世的态度。潘公弼处理事务有一个特点，那就是解决工作中的问题，“一点都不着急，一点没有疾言厉色。任何同事进来和他商量什么事情，或甚至和他大起争辩，他总是对事对人根据他的见解作坚决的应付，很从容不迫地作坚决的应付”[①]。潘公弼无论如何总是和和气气的，韬奋从没有看见他发过脾气，可是他在处理事情中从不马虎随便，给韬奋留下很深的印象。

在《时事新报》兼职一些日子后，韬奋发现张竹平想利用他的英文特长，试图把他打造成一个英文广告员，让他去跟一些洋人公司的老板打交道，虽然这将意味着收入不菲，却让韬奋心生厌倦。他说：“要我勉强做一个英文广告员，比要我勉强做一个工程师还要难过十万倍。”不久，韬奋主持的《生活》周刊事业突飞猛进，需要他全力投入了，他便主动辞去时事新报馆的工作，也就和所谓的“英文广告员”永诀了。

几年后，韬奋把生活书店的事业做强做大，管理团队坚强有力，书店的社会影响力迅速提升，跟他踏上社会之初从许多前辈身上学到了一些良好的为人处世之道和令他佩服的工作经验是分不开的。

---

① 《韬奋：韬奋画传·经历·患难余生记》，第 184 页。

第四章 热爱生活

他确实是父母亲的好儿子、妻子的好丈夫、儿女们的好父亲、弟妹们的好兄长。这一切的“好”集于他的一身，实在是出于他有一颗善良的心，一颗大爱之心。他的善良、他的爱心，让他身边的许多人总能感觉到，他在生活中总是向上向善，心向光明。

热爱生活

1 | 不忍之心，昙花之缘

五四时期，韬奋曾经写过多篇文章批判令人窒息的封建礼教，强烈要求男女青年在婚姻上的自由权。而他的婚姻问题也发生过一次波澜，还在上学期间，父亲做主让他与一位从未谋面的女子结婚。在五四精神的洗礼下，韬奋对这件事向家里提出了抗议。

不过，韬奋对于社会改造和家庭改造的关系有着自己的看法，在他看来，重要的不是批判，而是建设。兼之韬奋自来就是一个尊重父母的孝子，他虽然对这门婚事发表过抗议，说到底也就是口头上的抗议，并没有闹成父子间的纠纷。

父亲给韬奋订下的未婚妻名叫叶复琼，是一位出身诗礼之家的小姐，自幼在家中读诗学礼，且工于针黹。可是，她没有进过学校，这是青年韬奋很不满意的地方，况且两人从没见过面，没谈过话，全由父母之命订下了婚约，这也是青年韬奋尤其不能接受的地方。前面我们说到过，韬奋为此多次抗议，可双方家长并不理会，叶复琼也秉着诗礼之家的教诲，表示情愿为着韬奋而终身不嫁，这个婚约就成了一个僵局。

虽陷僵局，可久而久之，本性良善的青年邹韬奋终究于心不忍。

韬奋后来在《经历》一书中写道："我每想到有个女子为着我而终身不嫁，于心似乎有些不忍，又想她只是个时代的牺牲者，我再坚持僵局，徒然增加她的牺牲而已，因此虽坚持了几年，终于自动地收回了我的抗议。"①

韬奋良善的秉性和博爱的胸怀使得这个僵局得以悄然化解，也不妨理解成他从对母亲悲惨命运刻骨铭心的记忆推及对现实中善良而无辜女性的同情，让他放弃了原初的抗议。

这就有了韬奋的第一次婚姻。

韬奋为人不仅心地光明、良善博爱，且极富责任心。彼时他不仅还清了上学时的债务，还攒下了几百元钱，这笔钱全部用在了他的初次婚姻上。他希望自己的人生就此迎来一个幸福的开端。

婚后，韬奋和叶复琼成了一对恩爱夫妻。韬奋回忆道："结婚后，我的妻待我非常的厚。她的天性本来非常笃厚，尤其是对于她的母亲。"韬奋看人颇有独到之处，他看到妻子对她母亲的孝敬，认定她是秉性笃厚之人。

韬奋不仅在生活上得到妻子体贴入微的照顾，在事业上也得到她的帮助。彼时韬奋正在翻译杜威的《民本主义与教育》，妻子也就夫唱妇随，青春相伴，为书稿做誊录校对。全书完稿，韬奋在《译者序言》中记下了这一过程："若非有她时常督促鼓励，恐怕这本书至今还不能完毕。这也是我要特别志谢的。"②

可想而知，两个年轻人经营自己的婚姻是用心的，健康的，求完美的。

可是，不到两年时间，叶复琼不幸染上了伤寒病。当时伤寒病是一种死亡率比较高的急性传染病，叶复琼没能躲过病魔，撒手人寰。

---

① 《韬奋：韬奋画传·经历·患难余生记》，第 181 页。

② 《韬奋全集（增补本）》第 12 卷，第 9 页。

韬奋为叶复琼的病亡痛苦不堪。后来他在《经历》一书中追忆道："她死了之后，我才更深刻地感到她的待我的厚，每一想起她，就泪如泉涌地痛哭着。她死后的那几个月，我简直是发了狂，独自一人跑到她的停柩处，在灵前对她哭诉……我知道她活的时候是异常重视我的，但是经我屡次的哭诉，固然得不到什么回答，即在夜里也没有给我什么梦。——老实说，我在那时候，实在希望她能在梦里来和我谈谈，告诉我她的近况！这种发疯的情形，实在是被她待我过厚所感动而出于无法自禁的。我在那个时候的生活，简直完全沉浸于情感的激动中，几于完全失去了理性的控制。"①

曾有西方哲人指出，人们为亡者的哭泣往往出于对人类自身悲惨命运的同情。韬奋对亡妻的痛哭，不仅出于两人之间的情感，肯定也包含他对现实里众多妇女悲惨命运的巨大同情，甚至还包含他对自己不幸早逝的母亲深深的怀念。

韬奋为叶复琼的笃厚深深怀念，可见他格外看重一个人性格上的笃厚，也表明他自己就是一位待人特别良善的人。待人特别良善的韬奋，在踏入社会之初，无论是立业还是成家，就遭遇过各种困难和艰辛，这使他的意志得到磨炼，成为一个重情重义、爱憎分明、不畏艰险的人。

2 | 沐浴爱河的幸福婚恋

1926 年，是邹韬奋的生活和事业十分重要的一年。

1926 年 10 月，受黄炎培等前辈的器重和托付，韬奋接过了《生活》周刊主编的重担，正式开启了自己的新闻出版事业。从此，"生活"成

---

① 《韬奋：韬奋画传·经历·患难余生记》，第 182 页。

了韬奋此生为大众服务的鲜明标志，在中国现代新闻出版史上留下了浓墨重彩的一章。后面我们将用很大篇幅来讲述这一华章。

韬奋在新闻出版史上的“生活”华章离不开他的终身伴侣沈粹缜。

1926 年元旦，韬奋与出自书香门第的苏州小姐沈粹缜经过半年多的两地恋，幸福地步入婚礼殿堂。

邹韬奋与沈粹缜的爱情可敬可书。

在爱情婚姻的大千世界里，男女双方，有的是坠入爱河，终成眷属；有的却是先结婚后恋爱，亦成正果；而有的是虽有爱而无果；有的是始终用心弥合，心力交瘁，终究无爱无果。韬奋粹缜之爱，起于纯爱，成于真爱，长相厮守，相濡以沫，甘苦与共，终生灵魂相伴，不离不弃，成就世间佳话。

1925 年，中华职业教育社副理事长杨卫玉先生，不忍看因为叶复琼病逝情绪极为低落的韬奋持续消沉，便设法帮助他尽快从丧偶之痛中走出来。

数月后，杨卫玉打算把时任苏州女子职业学校美术科主任的年轻女教师沈粹缜介绍给韬奋。

沈粹缜天资聪颖，知书达理，艺术修养很好。她自幼受到两位姑母的艺术影响，酷爱刺绣，心灵手巧，在艺术上有很高悟性。尤其是沈粹缜的二姑母沈寿，是一位杰出的刺绣艺术家，享有“神针”之美誉，曾受清末民初著名实业家张謇之邀，联合创办南通女红传习所，并出任所长。沈粹缜跟在二姑母身旁，得到“神针”大师的真传，耳濡目染，悉心领会，在刺绣工艺上取得了相当的成就，很快就较好地掌握了山水人物、翎毛花卉的绘图与绣工技法。1921 年杨卫玉出任苏州女子职业学校校长，经过坊间名人推荐，把年仅 21 岁的沈粹缜从南通请回苏州，出任该校美术科主任。

丧偶之后，韬奋一直提不起兴趣再谈婚娶，可是经不起杨卫玉一再劝说，韬奋只好“从善如流”。杨卫玉告诉他，良辰美景难再，此次若错过这位苏州才女，恐怕此生再无此等良缘。

杨先生这番话不由得韬奋不好奇，不动心，他答应“从善如流”，权且见上一面。

一天，杨卫玉安排沈粹缜带一群毕业班的学生到上海来参观，同时安排韬奋在同时间去往昆山做演讲，一个南来一个北去，便在上海火车北站候车室有了一次无意中的邂逅。韬奋在杨卫玉介绍下见到了沈粹缜。两人虽然是人生初见，却都有惊为天人之感。六十多年后，沈粹缜带着会心的微笑，风趣地说：“车站相会，这是韬奋第一次见我，我可是蒙在鼓里，一点不知道的。”

韬奋自然是“有备而去”。对方早就经过杨卫玉的介绍夸赞，他已经有心理准备，可是乍然初见，沈粹缜气质如兰草般绰约而清爽，仿佛不染尘世纤尘，白皙平静的面容宁静而温婉，在一众学生的簇拥下，似有无限温存和柔情，韬奋大有“众里寻他千百度，蓦然回首”的惊喜。恨只恨这是火车站邂逅，不可能停留太长时间，韬奋只好不舍地跟沈粹缜小姐礼貌告别。沈粹缜并不晓得底细，她的言行举止平静、礼貌、得体，如此一来，愈发让邹韬奋很是不舍。

韬奋这才相信杨先生所说“倘若错过，再无此等良缘”的良言。等不了两天，他就请杨卫玉领上他直接前往苏州女子职业学校拜访沈老师。杨先生坚信自己的眼光，看到平素言行儒雅的青年邹韬奋一副迫不及待的样子，竟然不作任何掩饰，自然是欢喜异常，当即领上韬奋直奔苏州。

韬奋、粹缜两人再度见面，韬奋已经从“从善如流”变成了“迫不及待”，欢喜之情已经溢于言表。而沈粹缜经杨卫玉热情介绍，很是为英俊开朗、才华横溢的韬奋所折服。沈粹缜尤其敬重韬奋苦学成才、自立奋斗的人生经历。交谈间，一件事更是让两个人感到意外欣喜：邹韬奋生于 1895 年，沈粹缜生于 1901 年，可是，两人的生日竟然同是 11 月 5 日，倘若两人结合，今后将同一天过生日，何等有趣！这不是天作之合又是什么！两颗年轻的心顿时拉近了距离。

韬奋、粹缜就此建立恋人关系。

沈粹缜后来回忆说：“韬奋的感情是热烈的、专注的，对爱情也是如此，正像他后来对他毕生从事的革命文化事业一样。在第一次和我见面以后，他经常给我写信，后来几乎每周要给我写一两封信。他在爱情方面，不仅热情洋溢，而且也能体贴人，还很风趣。”①

真可谓“情不知所起，一往而深”。两人坠入爱河后，韬奋真正品尝到了人间至真至善的恋爱之情。

1925 年 7 月，在几位亲友的见证下，韬奋和沈粹缜在苏州留园订了婚。此后，两人热恋持续了半年多，沈粹缜回忆道：“他每个星期必定来苏州看我，早车来，晚车走。以后，甚至周六晚上就来，借宿在旅馆，星期天可以和我盘桓一个整天。苏州园林多，能够提供游息的场所也多，这大约半年左右的恋爱生活，在韬奋一生中，是绝无仅有的，而这种纯属私人的生活中，也同样反映出来了他的专注不二。”② 苏州的山塘街和耦园是两人常去的地方。山塘街被誉为“姑苏第一名街”，是文人墨客钟爱之地。耦园则是苏州唯一一座象征爱情的园林，具有“佳偶天成”的寓意，非常适合情侣们共度浪漫时光。

“惟大英雄能本色，是真名士自风流。”热爱事业，热爱生活，敢爱敢恨，这正是韬奋的人生本色。韬奋内心总像有一团火，无论对自己的事业还是对自己的爱人，总是那么热情而专注，总也心向光明。

1926 年元旦，两人迎来了幸福的婚礼。

婚礼在上海永安公司楼上的大东酒家举行。婚礼规模不大，但气氛热烈，宾主尽欢。热烈、简朴，这是韬奋和粹缜的一致主张。看到

---

① 邹嘉骊编《忆韬奋》，生活·读书·新知三联书店 2015 年 10 月版，第 371 页。本书所引三联书店的《忆韬奋》均出自此版本，后不一一标出。

② 邹嘉骊编《忆韬奋》，第 371 页。

▲ 1926 年邹韬奋和夫人沈粹缜合影

眼前心爱的新娘不仅美丽动人、惊艳全场，而且并不矫饰造作，一副才貌双全、知书达理的知识女性模样，韬奋的心里充满了幸福感，充满了爱。

3 | 相濡以沫的好夫妻

刚刚完婚，沈粹缜一些勤俭贤淑的做法就令韬奋深受感动。

韬奋虽然为婚礼准备了自以为足够的钱款，可是婚礼结束，他发现还是超支了，欠上了债。沈粹缜知道韬奋举债了，悄无声息地将结婚时韬奋送她的一只镶嵌珠宝的手镯和一只精致珠花送到店铺变卖了拿去还债。韬奋事后知道了，面对如此善良贤淑的妻子，心里既难过又感动，两人相拥垂泪不止。

妻子的勤俭贤淑，韬奋在之后的岁月里点点滴滴地铭刻于心。

结婚之后，他们原打算在苏州安家，这样可以方便沈粹缜在苏州上班，为此已经在苏州做了租房安排，可是这样一来，韬奋每周要往返于上海和苏州之间，无论经济上还是时间上都不划算。沈粹缜不忍浪费韬奋的时间，断然决定放弃原来的安排，辞去了苏州女子职业学校每月 60 元薪水的工作，改在上海安家，悉心照顾韬奋的生活。

从此，两人开始了他们志同道合、相濡以沫的生活。沈粹缜仔细关注着丈夫的生活规律和节奏。韬奋下班回到家里，包里总是塞得满满的，晚饭以后他就开始处理稿件和读者来信。此外他还要利用晚上的时间编译一些东西，这既是他自己的爱好，又可以增加一些收入补贴家用。

粹缜担心韬奋太过辛苦会影响身体，就温柔却明确地规定他每个晚上只能译 2,000 个字，韬奋知道这是妻子的爱，也就顺从地答应。韬奋工作时，粹缜从不干扰他，当发觉韬奋疲倦时，她就送上一杯茶水，让他歇息片刻。她自己则坐在书桌旁，就着灯光，浏览韬奋的译文，表示对丈夫的劳动成果兴致盎然，大有欣赏的意思。她读得认真，有一次她看到译文中有些句子略显冗长，就对丈夫说："你译的句子太长了，读者看起来吃力得很。"一旁歇息的韬奋听后连连点头，立刻热烈回应，惊喜道："你倒蛮厉害的，看得出问题。"丈夫对妻子的意见非常重视，立刻动笔修改。夫妻俩相敬如宾，其乐融融。

有时候韬奋也会把从读者来信中看到的感人故事讲给粹缜听。他娓娓道来，粹缜听得认真，常常觉得有趣，有时候还受到感动，这也让韬奋受到鼓励。有一次昆明的一个女青年来信诉说自己在生活和爱情中的遭遇不幸，萌发了自杀的念头。韬奋回信开导她、鼓励她勇敢地生活下去。女青年得到了韬奋的温暖安慰和指导，来信说自己重新鼓起了生的勇气。韬奋把这故事说给粹缜听，知书达理的粹缜很是感动，愈发支持韬奋的工作。

在后来的岁月里，韬奋和粹缜总是互相关心，互相倾听，互相理解。

沈粹缜全力支持邹韬奋的事业，在家庭中扮演好贤内助的角色。她要带孩子，要操持家务，虽然忙碌的邹韬奋很少顾家，但她从不以琐事和经济上的困难来影响丈夫。韬奋在日常生活中有些"低能"，身上有几个铜板都弄不清楚，沈粹缜不得不像照顾孩子一样地照顾他，她细心地包好铜板放在他身上口袋里，供他买电车票、乘坐黄包车。家里吃饭时，粹缜总是让丈夫和孩子们吃好一些的饭菜，自己则拣些差的吃。尽管生活贫困、颠沛流离，她仍含辛茹苦悉心培育子女。

韬奋作为家中长子，上有老父亲需要他照顾，下有十几个弟妹生活上的困难需要他帮助解决，这些责任韬奋虽然都一一承担，可是他总是在周刊社奔忙，家里的事情只能靠沈粹缜去一一落实。韬奋的父亲邹国珍来上海与韬奋他们同住过一段时间，沈粹缜对公公非常孝顺，经常亲自买酒做菜伺候老人。老人对大媳妇非常信任，多次对她说："以后八妹九妹就都要靠你们了。”

邹韬奋一生历经磨难，沈粹缜始终不离不弃，默默相伴。太平洋战争爆发，地下党组织帮助韬奋、茅盾等进步文化人士撤离港岛，为安全考虑，组织决定韬奋只能一人先走，沈粹缜带着三个孩子随后再做撤离安排。对于那一次家人分离，很多年以后，女儿邹嘉骊不止一次见到妈妈在接受记者采访时，总是哽咽流泪。她回忆道：“原来那是爸妈两人一次单独的对话。房间里只有他们两人，窗外还响着枪炮声，爸爸含泪跪下了，握着妈妈的手托孤：今后我们能见面最好，不能见，你要带好三个孩子，有困难找共产党。看到妈妈流泪，我还体会不到她为什么会那样伤心。”[①] 一对患难夫妻，虽一生漂泊，既以身相许，便一生一世追随，将夫妻恩爱推向极致。

韬奋临终前，最放心不下的是自己的妻子。在病榻上，他挣扎着用颤抖的手在一张纸上为妻子写下了遗言“不要怕”三个字。这是近 20 年的日日夜夜韬奋经常用来安慰妻子的一句话。韬奋数次流亡避难，每一次都要坚定沉稳地安慰妻子“不要怕”；七君子事件，国民党军警深夜敲开他们的家门，将韬奋带走时，韬奋也是坚定沉稳地安慰妻子“不要怕”；全家被迫离开重庆，避难香港，隐居东江，辗转桂林，韬奋还是这样安慰妻子和儿女们。在这对夫妻生离死别的最后关头，韬奋还是如此心疼妻子，抚慰妻子，鼓励妻子，其中蕴含着多少爱意，多少不舍，多少关切，不离不弃！

邹韬奋和沈粹缜此生就是不离不弃。韬奋病逝后，沈粹缜没有害怕，没有气馁，她要跟韬奋未竟的事业永远在一起。在周恩来、邓颖超的帮助和鼓励下，她积极投身抗日救国运动和人民解放事业，参加人民

---

① 邹嘉骊：《我的文字生涯——循着父亲韬奋的足迹》，上海三联书店 2020 年 1 月版，第 175 页。本书所引《我的文字生涯——循着父亲韬奋的足迹》均出自此版本，后不一一标出。

救国会、上海妇女联谊会等团体的革命活动。她毅然决然地将两个儿子送往延安和苏北解放区参加革命，带领女儿整理韬奋的文稿和书籍。

抗日战争胜利后，周恩来同志于1945年9月12日专门致信沈粹缜，特别对粹缜给予了高度的赞扬。他写道：“韬奋先生生前尽瘁国事，不治生产，由于您的协助和鼓励，才使他能够无所顾虑地为他的事业而努力。”

1949年3月，沈粹缜在北京参加了全国妇女代表大会；同年6月至10月，参加中国人民政治协商会议第一届全体会议的筹备工作。1949年11月，在中国福利会会长宋庆龄的热情关心下，她担任了刚刚建立不久的中国福利会托儿所所长。1951年6月至1978年6月，沈粹缜同志先后担任上海市妇女联合会福利部部长、上海市妇女联合会副主任。1961年6月，她加入了中国共产党，并成为政协第二届至第六届全国委员会委员、第一届至第六届全国妇女联合会执行委员，后又担任中国福利会秘书长、顾问，上海宋庆龄基金会副主席等职务。

沈粹缜的全部努力正如韬奋生前所愿，她一直生活在韬奋所思所想里，生活在韬奋的事业里，不离不弃。

4 | 舐犊情深的好父亲

韬奋对爱妻是相濡以沫，对儿女则是舐犊情深。

韬奋和粹缜生了三个孩子，两男一女：长子乳名大宝，叫嘉骅（后更名为家华）；次子乳名二宝，叫嘉骝（后更名为竞蒙）；小女乳名小妹，叫嘉骊。自从有了孩子，韬奋每天晚饭后，总要逗着孩子玩一阵子才走进他家中的工作室，这几乎成了他家庭生活中莫大的乐趣。韬奋是爱孩子的，不论工作多忙，他总要抽点时间和孩子玩。和爸爸在一起

▲ 全家合影（左起：长子嘉骅，夫人沈粹缜，邹韬奋，前排幼女嘉骊，次子嘉骝）

玩，也成了孩子们快乐无比的幸福时光。

在孩子们的心目中，爸爸常常皱着眉头思考问题，总是紧张严肃的表情。可是只要来到孩子身旁，他就立刻喜笑颜开，成了一位说话风趣、和蔼可亲，特别喜欢逗小孩的爸爸。韬奋从不对孩子疾言厉色。有一次，小女儿不晓得受了什么委屈，独自趴在地上哭闹，任谁劝也劝不住，韬奋只好也伏在地板上陪着小女儿一起“哭”。爸爸假哭的声音可能十分可笑，惹得小女儿哭着哭着竟然破涕为笑。

孩子长大一些后，韬奋对孩子的教育也很注意方式方法。比如平时吃饭、盛饭，他都要孩子们自己动手，不让他们滋长饭来张口的优越感。除了一日三餐，沈粹缜不让孩子们吃零食，也不赞同给孩子们零用钱，主张对孩子管教得严格一些。韬奋则主张给孩子们一些零用钱，让他们随时买一些学习中需要的东西，说这样可以培养他们独立生活的习惯和能力。对孩子的学习他尤其注意。一天晚上回家，听说嘉骝因为古文背不出来，在学校被老师责打而啼哭，韬奋不但不责怪孩子，反而认为老师体罚得不对，连晚饭都没顾上吃，立刻到学校给老师提意见去了。

幼时曾经因为背诵不出古文遭到过父亲竹板责打的韬奋，难以抑制自己的舐犊之情，毫不犹豫就上前维护自己的孩子。

1933 年 7 月至 1935 年 8 月，韬奋在海外流亡。在英国伦敦时，他与一位记者朋友谈到失眠，说到自己近期失眠的原因是挂念远在国内的幼小的长子大宝嘉骅（家华），令人听了不禁动容。韬奋说，他的最大的小孩是男孩，今年 7 岁，人很聪明，那么小年纪在学校就已经可以写“小文章”。最近接到家书说他病了，而且病得很厉害，使得自己三夜不能入睡。他说：“当我午夜焦思的时候，我便想起我曾因他有一次不知为什么事得罪了他的母亲，弄得他的母亲哭了，轻轻的打他两掌，虽然只是轻轻的，可是他立刻陷入一种恐怖状态，甚且整个的身体在战栗，我想到他的病，便联想到我曾打他，想到我曾打他，便想到他的战栗，便想到我的残忍，在这种情形下，无论如何是不能入睡的，后来我得到了平安的回电，才得恢复睡眠。今后，我决定不再触动他一指。”[①]

我曾经在拜访家华同志时请教他是不是被父亲打过，家华同志微笑道：“在我们的记忆里，父亲从来没有打过我们。”可是，父亲却时时念及此事而无尽地懊悔反省。孤身一人在海外流亡，又挂念偶尔生病的儿子，反省自己曾经对孩子爱护得不够，竟至失眠三夜，这是何等至情至善的舐犊情深！

三个孩子都真切感受到自己拥有父亲母亲的大爱，并感念终身。

父亲邹韬奋去世后，长子邹家华化悲痛为力量，立刻前往苏北解放区，成为一名新四军战士。后来党组织安排他到哈尔滨工业大学学习，之后又赴苏联莫斯科包曼高等工业学院机械制造系学习。邹家华在新中国建设和改革开放中作出了卓越贡献，是我国经济建设战线、国防工业战线和社会主义法治建设的杰出领导人。邹家华同志曾任中共中央政治局委员、国务院副总理、全国人大常委会副委员长。2025 年 2 月 16 日 23 时 42 分，邹家华因病在北京逝世，享年 99 岁。

2025 年 2 月 20 日，新华社、中央广播电视总台发布了邹家华同志逝世的电讯，并详细报道了邹家华同志遗体告别仪式。

彼时，我参加了在北京八宝山革命公墓礼堂举行的邹家华同志告别

---

① 邹嘉骊编著《邹韬奋年谱长编》，第 493 页。

仪式。我在邹家华同志的遗体前肃立默哀，向邹家华同志的遗体三鞠躬。看到邹家华同志的遗体安卧在鲜花翠柏丛中，我忽然想起邹家华同志曾经跟我们动情讲述父亲的感人故事，不禁悲从中来，热泪夺眶而出……

自 2011 年 12 月至 2023 年 12 月，我在韬奋基金会工作的 12 年里，每年都有两三次机会专程前往拜访邹家华同志，向家华同志请教关于韬奋研究中的一些问题，汇报韬奋基金会的工作。家华同志总是十分认真地听取汇报，给我们作指导，还时常抽空给我们讲述韬奋革命人生的往事。

2017 年 5 月的一天，我们谈到韬奋对三个孩子的爱护和教育，家华同志忽然很有感触，他说："在上海期间，包括后来在重庆、香港，看起来我们全家有很多时间在一起，其实，真正有交流的机会还是很少很少。《生活》周刊的事业发展起来了，越做越大了，后来又扩张成生活书店，和国民党政府的斗争也越来越激烈，父亲工作也越来越忙。平时，他总要加晚班，难得回来吃晚饭。我们吃了晚饭做作业，作业做完了就要按时上床睡觉，父亲那个时候肯定还没有回家。第二天早上，我们起来上学，父亲早就出门上班去了。一早一晚几乎都见不到人，更不可能说得上话。"

说到这里，气氛有点儿压抑。遥想数十年前的生活情状，从家华同志的讲述中，我们体会得到韬奋和他的子女们在艰难岁月的苦难生活，感受得到子女们对革命者父亲韬奋的敬重和眷恋。

"后来，"家华同志的讲述总是很连贯，很有逻辑性，"日寇侵占香港九龙后，1942 年初，党组织设法把韬奋、茅盾等一批文化名人从香港护送到广东梅县。这里是东江游击总队的根据地，我们全家被安排在游击队的茅寮里住了一段时间，算是一种隐居，一家人这才算得上是真正的朝夕相处。父亲给我们讲故事，讲见闻，讲道理，还给我们上课，帮我们养成学习的习惯，有时候还带我们到小河沟里捞鱼捉虾，快乐得很。可是，这样的时间也就三个月，后来因为战争形势紧迫，党组织又派人把母亲和我们三个孩子护送到桂林，把父亲护送前往新四军苏中抗日根据地，一家人只好暂时分开。”

虽然一家人朝夕相处只有三个月，回味时也足以令老领导家华同志面庞上透出红晕——这是怀念父亲动了感情泛上的红晕，激动的红晕。

邹家华同志对父亲邹韬奋的深情回忆，让我们对韬奋先生的家风深深地感佩。

为了抗日事业，也为了躲避国民党当局的迫害，韬奋和他的儿女们不屈不挠，心向光明，一往无前。

邹韬奋和沈粹缜的次子邹嘉骝（竞蒙）和幼女邹嘉骊后来也都走上了革命的道路。

1943 年年末，沈粹缜急于赶往上海照料患病就医的韬奋，路途遥远，让长子家骅先行一步，自己身边带着幼女嘉骊随后赶去，把次子嘉骝留在桂林让生活书店照看。1944 年湘桂撤退时，嘉骝随生活书店员工一起撤退到重庆。周恩来见到韬奋的次子，十分疼爱，立刻安排工作人员把他装扮成中共领导人王若飞同志的小警卫员带去延安，请中央有关部门照顾安排。在桂林时为了躲避国民党军统特务的追杀，嘉骝曾经化名沈竞蒙，到了延安后他恢复了邹姓，名字就沿用了“竞蒙”。后来，竞蒙进入延安大学自然科学院机械工程系学习。有一次，他和几个同学一起去当时驻扎在延安的美军观察组气象台学习，在学习和实践中他爱上了气象科学。新中国成立后，他一直工作在新中国气象事业第一线，担任过中国气象局局长、名誉局长，国际欧亚科学院院士，连任过两届世界气象组织主席，成为此前在联合国专门机构连任两届主席职务的唯一中国人。邹竞蒙为中国气象事业和世界气象事业作出了重要贡献。可是，他一生最大的遗憾是父亲病逝时，他却关山阻隔，未能陪伴在亲爱的慈父身旁。每每念及，他都不禁动容。

韬奋最心爱的小女儿邹嘉骊，一直追随父亲的事业，从事文字工作。1946 年，年方 16 岁的邹嘉骊就参与韬奋图书馆的筹建工作，做了大量文稿和书籍的整理工作。新中国成立后，嘉骊成为上海新文艺出版社（上海文艺出版社）的编辑，后又担任韬奋纪念馆副馆长、馆长，韬奋基金会秘书长、副理事长。在韬奋著述的文献整理和韬奋研究的资料收集方面，嘉骊做了大量工作。她为 14 卷近 800 万字的《韬奋全集》编辑出版作出了重要贡献。她编选的《忆韬奋》深受读者的欢迎，编著的《邹韬奋年谱长编》成为韬奋研究最重要的文献资料。

我在韬奋基金会工作期间，从 2011 年至 2023 年，每年都要去上海看望邹嘉骊老师。我们都尊称她“嘉骊姑姑”。我本人在韬奋研究方面开展的一些工作，都多得嘉骊姑姑的指教。

我一直为家华同志跟我说过的韬奋全家在广东梅县农家茅寮里“一家人朝夕相处有三个月”的难得团聚而感动，事后不久，我去上海看望嘉骊姑姑，说起这件事，嘉骊姑姑断然表示不同意哥哥的说法。她说：“哪里有三个月！两个月多一点。”嘉骊老师的口气里有眷念，有不舍，有无奈。我感到意外的同时也有难过。战争年代，韬奋和他的妻儿们的团聚是多么不易！我理解，当时还只是 10 多岁的幼女的她对与父亲的别离更为敏感，更为难过，因而她记忆中的时间比哥哥的要短很多——因为她跟最亲爱的父亲已经永远不能在一起了。

5 | 韬奋和他的弟妹们

一个好丈夫，往往也是一个好父亲，在生活中也应该是一个好儿子、好兄弟。只要是真正的好，四者应该是统一的。

邹韬奋对家人们正是如此这般的好。

韬奋是家中长子，下面有包括同父异母在内的弟妹共 14 人。他和二弟邹恩泳年龄最相近，一起求学。韬奋早早就通过写作挣得稿费，解决与二弟一起上学的费用，后来三弟也来到南洋公学上学，韬奋又和二弟一起帮助解决三弟上学的费用。二弟很早就参加工作，跟着兄长韬奋一起照顾父亲和其他弟妹。弟妹里有几个不幸早逝，其余大多数是在韬奋的帮扶下完成学业的。四弟邹恩洵、六弟邹恩洺、大妹邹恩敏、二妹邹恩俊、四妹邹恩淑、六妹邹恩慧，都念念不忘大哥对他们的养育和栽培之恩。新中国成立后，在新疆医学院任教授的六弟邹恩洺曾对人说：“那时我们家很穷，我是靠大哥的帮助才读完大学的。没有大哥，就没有我今天的成就。”①

六弟邹恩洺是韬奋同父异母的弟弟，韬奋一样尽己所能照顾他。

四弟邹恩洵和四妹邹恩淑在韬奋的影响下，先后加入了革命的队伍。

抗日战争爆发，四弟邹恩洵在江西因为参加救亡运动而被捕，国民党江西省政府诬陷他是“汉奸”，企图将他置于死地。国民党两个军官审问他的时候问：“你是不是邹韬奋的弟弟？你对于‘人民阵线’派的主张认为怎样？”他傲然回答：“我是他的亲兄弟，我不知道中国有什么‘人民阵线’。我对我哥哥的主张完全同意的，因为他的主张完全正确的。”韬奋获悉此事后非常气愤，全力进行营救，他把邹恩洵的审讯材料全部要来作为辩护的根据，迫使当局释放了邹恩洵，并不得不承认他们是“误会”了。

邹恩洵后来撰文怀念大哥韬奋。他充满深情地写道：我们是兄弟，也是战友与同志！②

邹恩洵回忆道：“我能够长大，受到教育，可以说是两个哥哥③亲自

① 陈挥：《韬奋评传》，上海交通大学出版社2009年7月版，第77页。本书所引《韬奋评传》均出自此版本，后不一一标出。

② 邹嘉骊编《忆韬奋》，第42—43页。

③ “两个哥哥”即邹韬奋和二弟邹恩泳。韬奋曾经通过勤工俭学帮助二弟恩泳完成学业，后又带着二弟一起资助四弟恩洵等弟妹的生活和学习。

抚育了我的结果。他们不但在经济上、物质上供给我，还用正确健康的思想教育我。他们是我的好哥哥……我永久地以我有这样一个哥哥为光荣！……1937 年 8 月间，他从苏州监狱里出来回到上海的时候，我也正在全国学联工作。而我来上海他是不知道的，我去找他，我们七八年没见面，突然见面了，我们那时候真不知道从什么地方谈起，两个人无言对视了很久，彼此心里都充满了各种悲欢无限的情感……1938 年 3 月间，我到武汉又找了他。有一次我们谈到深夜，我和他谈得很深切，但我始终没表露出我是共产党员，而他，好像早已猜透了，在许多问题上他用微笑的态度答复我，他心里一定在说：'好弟弟！你走的路很好！是正确的道路！'"

韬奋作为长子，带出了良好家风。手足兄弟，大爱无疆，润物无声，细腻绵长。

邹韬奋先生在生活中的诸多方面都让他的亲人、朋友和同事们真切感受到，他确实是父母亲的好儿子、妻子的好丈夫、儿女们的好父亲、弟妹们的好兄长。这一切的"好"集于他的一身，实在是出于他有一颗善良的心，一颗大爱之心。他的善良、他的爱心，让他身边的许多人总能感觉到，他在生活中总是向上向善，心向光明。

第五章 《生活》神话

邹韬奋主编《生活》周刊，逐步开启了自己的人生职业理想，以“竭诚为读者服务”的态度，从为青年的修养进而为社会大众主持正义，到为挽救祖国的危亡，强烈呼吁抗战，自始至终体现着他为大众、爱祖国、敢斗争的精神，在“我们这一群”的团结奋斗下，在中国共产党人的支持帮助下，创造了当时出版业的《生活》神话。

《生活》神话

1 | 低调主编创造的神话

1926 年 10 月下旬，中华职教社内部有个小小的职务调整，职教社的《生活》周刊主编王志莘请辞。他原先留学美国专攻金融学，现在忽然有了到银行任职的机会，便辞去了主编职务。黄炎培理事长与职教社几位负责人商量后，决定请编辑股主任邹韬奋出任主编——当时邹韬奋用的还是原名邹恩润。

黄炎培先生召见韬奋，通知他去《生活》周刊任职这一决定。在黄炎培的办公室里，韬奋见到了已在座的徐伯昕①。徐伯昕在《生活》周刊做出版经营总务已近一年，他比韬奋小上好几岁，中等身材，国字脸上常常是和颜悦色，常常面带微笑，身板略显单瘦，行走很是敏捷。

由于忽然接到黄炎培的通知，韬奋事先没有一点心理准

---

① 徐伯昕（1905—1984），原名徐亮，江苏武进（今常州）人。生活书店创始人之一。1944 年加入中国共产党。1949 年 4 月，出任中共中央宣传部出版委员会委员。新中国成立后，担任出版总署办公厅副主任、发行局局长兼新华书店总经理、文化部电影局副局长、中国出版工作者协会副主席等职务。系政协第二、三届全国委员会委员，政协第四、五、六届全国委员会常委，第一、二、三、五届全国人大代表。1956 年后专职从事统战工作。曾任全国政协副秘书长。

备，就没有当即爽快地应承下来，而是沉默了一会儿。

黄炎培倒也不在意韬奋的沉默，看上去年轻人有点低调，或许还有点犹豫畏怯。没关系，他素来欣赏年轻人不轻易言诺的稳重。他继续嘱咐韬奋尽快接管杂志，并叮嘱一旁的徐伯昕安排好邹韬奋的一应事务，向邹韬奋汇报杂志的相关事宜。

▲ 徐伯昕

邹韬奋和徐伯昕一起从黄炎培的办公室退了出来。

两人走到僻静处，徐伯昕十分友好地凑近邹韬奋，轻声说："邹先生，这个主编，你能做好。"

韬奋看了徐伯昕一眼，本想诘问他"何以见得"，徐伯昕倒先说了，他说："王先生学的是金融，办杂志只是权且的事。你不一样，你是圣约翰的高才生，全社上上下下有口皆碑的大才子，都说你笔头很硬，一定能办好。"

徐伯昕这一番当面夸奖，反而弄得韬奋不好意思起来，除了连声客气道谢，只好连说"再想想"。两人就此别过。

大学毕业后，邹韬奋虽然一直希望从事新闻出版业，可是，他大体希望从事的是新闻报业，不曾太多考虑过杂志，对于直接担任杂志主编更没有任何准备。

涉足彼时的上海杂志界，那是谈何容易的一件事！且看当时的情形——

"1920—1930 年代，作为我国当时现代出版中心的老上海，杂志界可谓五花八门，消遣类生活时尚杂志竟有一百多种，文学类杂志随时创刊又随时关张，多数杂志的寿命只有一两年。当时比较引人注目且比较稳定出版的杂志是《东方杂志》《小说月报》《良友画报》等。《东方杂志》由商务印书馆出版，是当时首屈一指的大型综合性杂志。刊物记录历史风云变迁，刊载当月中外重大政治、经济、文化事件和要闻，并且选录当时各种官商报纸刊物所载的重要文论和新闻要事，内容广泛丰富，是名人发表作品的重要园地。《东方杂志》自1904年创刊，发展到1931年时正可谓如日中天。《小说月报》也由商务印书馆出版，创刊于1910年，同时也是文学研究会的机关刊物。文学研究会倡导'为人生'的现实主义文学，因而刊物倡导为人生的艺术，推动新文学运动的发展，到1931年已经发展成为当时我国创刊最早、规模最大、影响最广的新文学刊物。《良友画报》由上海良友图书印刷公司出版。这是一本从鸳鸯蝴蝶风格向海派文化成功转型的通俗类杂志。转型后，画报一洗鸳鸯蝴蝶派的旧习沉疴，逐渐从无聊消遣成为增广见识，深入浅出地宣传文化美育，启发心智，丰富常识，开拓生活视野的杂志，一度成为老上海的畅销刊物。"①

《生活》周刊只是一本期发量只有2,800份的小杂志。小到去报刊摊前问起它的名字，报摊老板想都想不起来——此前这本杂志主要是赠送，送给在职业教育社上学的学员，基本上还不曾上过报摊。

杂志寂寂无闻倒也罢了，问题是按照职教社的岗位定薪，杂志主编的薪酬比编辑股主任要少十多元。邹韬奋和沈粹缜刚刚喜得贵子，家里正是花钱的紧要关头，韬奋不能不盘算这可如何是好。还好，沈粹缜看到韬奋回到家一直愁眉不展，追问之下，得知职务调整、薪酬下跌的事情，沉吟片刻，竟然劝慰丈夫赶快接下来。她的意思是黄先生亲自找你谈，很给面子的，我们不能不给黄先生面子；全职教社黄先生单挑了你来主编杂志，也是足够重视的事情；至于少了一点钱，苦也苦不到哪里去的。

---

① 聂震宁:《韬奋精神六讲》，生活·读书·新知三联书店、人民出版社2015年11月版，第5—6页。本书所引《韬奋精神六讲》均出自此版本，后不一一标出。

▲ 上海辣斐德路《生活》周刊社过街楼外景

夫人如此识大体、顾大局，男子汉大丈夫岂能畏首畏尾！第二天韬奋就到杂志社的办公室——辣斐德路（今复兴中路）上一间小小的过街楼，跟徐伯昕碰面。徐伯昕为邹先生没有当即应承下来担心了一夜，一大清早猛然看到他出现在办公室门口，顿时惊喜无比，连忙招呼邹先生，跟邹韬奋连连握手，连声说“不好意思，杂志社太逼仄了”，好像是他作为先来的人，要为办公地方太逼仄负责任。徐伯昕的忠厚诚恳由此可见一斑。邹韬奋谦和地笑笑，饱读诗书的他听徐伯昕说“逼仄”，却莫名其妙地想起《文选》里张衡的名篇《西京赋》的名句：“麀鹿麌麌，骈田逼仄。”那是形容鹿群聚会，地方太小的意思。他微笑道：“人少不用嫌地方逼仄。”

韬奋看过街楼虽小，却有一扇比较大的窗户，于是打趣道："楼小窗户大，有光天地新。只要有光明就好！"

徐伯昕看邹先生十分好说话，而且有趣，顿时轻松下来，赶忙跟他汇报杂志工作。从此，邹韬奋和徐伯昕结成了事业上的伙伴，而且是此生最长久的合作伙伴，是亲密战友，乃至生死之交。当然，这些都是后话。

邹韬奋接任《生活》周刊主编，他为自己这个主编取了一个笔名：韬奋——取的是"韬光养晦，奋发有为"的意思。韬光养晦，自然是要低调；奋发有为，却又要做一番事业。两者结合，体现了邹韬奋做人做事的风格。

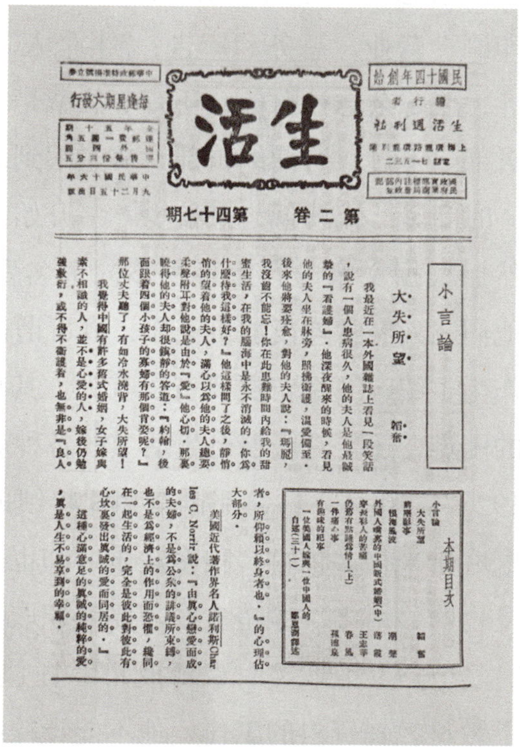

生活

民國十四年創始

發行者 生活週刊社

中華民國十六年九月二十五日出版

第二卷 第四十七期

小言論

大失所望 韜奮

我最近在一本外國雜誌上看見一段笑話，說有一個人患病很久，他的夫人是他最誠摯的『看護婦』，他深夜醒來的時候，看見他的夫人坐在牀旁，照拂衛護，溫愛備至。後來他將要痊愈，對他的夫人說：『瑪麗，我沒齒不能忘！你在此患難時間內給我的甜蜜生活，在我的腦海中是永不消滅的。你爲什麼待我這樣好？』他這樣問了之後，靜悄悄的望着他的夫人，滿心以爲他的夫人總要柔聲附耳對他說是由於『愛』他心切。那裏曉得他的夫人却很鎮靜的答道：『約翰，後面跟着四個小孩子的寡婦有那個肯娶呢？』那位丈夫聽了，有如冷水澆背，大失所望！

我覺得中國有許多舊式婚姻，女子嫁與素不相識的人，並不是心愛的人，嫁後仍勉强敷衍，或不得不衛護着，也無非是『良人者，所仰賴以終身者也。』的心理佔大部分。

美國近代著作界名人諾利斯Charles C. Norris說：『由眞心戀愛而成的夫婦，不是爲公衆的評議所束縛，也不是爲經濟上的作用而恐懼，纔同在一起生活的，完全是彼此對彼此有心坎裏發出眞誠的愛而同居的。』

這種心滿意足的眞誠的純粹的愛，眞是人生不易享到的幸福。

本期目次

小言論 大失所望 韜奮

外國人嘲笑的中國新式婚姻（中）

▲《生活》周刊第二卷第四十七期，首次使用"韬奋"笔名的文章

虽然主编低调登场，可没过多久，杂志却“奋发”起来了。《生活》周刊的发行量很快就发生了变化：1927年开始出现在上海市区的许多报摊上，报摊上渐渐有读者翻看，邮局也开始征订；1928年周刊就每期发行4万份；1929年每期发行8万份（从这一年起，杂志形式从早先的8开单张改造成16开订本，显得庄重、大方、厚实）；1931年末，期发量增至12万份，1933年达到15.5万份。而当时顶尖的畅销刊物《良友画报》，期发量最高时也只有4万份。

这不是《生活》神话又是什么？

这个神话的主角就是低调上任的邹韬奋。

这个神话并不是因为邹韬奋有什么独得之秘，而是他和杂志社的同事奋发有为创造出来的。

所谓杂志社，连同韬奋在内，只有“两个半人”。一位是徐伯昕，负责印刷、营业、总务和广告；“半个人”指的是孙梦旦，他是职教社的会计，兼职杂志社财务；还有一位就是邹韬奋，在杂志社负总责，负责编辑部。不过，所谓编辑部，从主编到编辑，就邹韬奋一人。因为是周刊，时间紧，稿酬低，来稿少，一开始绝大多数文章是韬奋直接撰写的，然后根据文章内容用各种不同笔名发表。为了办好刊物，按时出刊，他们三人经常连夜加班工作，真可谓奋发有为！

作为主编，邹韬奋更要奋发有为。其实，他除了要克服事多人少时间紧的困难，还要克服自己生活上的各种麻烦。

1926年10月3日，邹韬奋和沈粹缜的大儿子邹嘉骅诞生，为温馨的小家庭带来很多惊喜、很多欢乐，却也平添了许多生活上的琐事，家庭开支也明显增多。韬奋愈发需要兼职取酬补贴家用。他先是兼职英文学校教员，后又兼职《时事新报》秘书主任，还要完成职教社编辑股主任编撰教材教辅资料的工作，他不能让粹缜和爱子在经济上有一点点困窘。接手《生活》周刊后，他只能在完成兼职工作后，晚上回社里加班编辑到半夜。他总是在清冷的夜半时分，才能赶回家中陪伴他心爱的妻儿。

很快，为了专心办刊，韬奋辞去了英语教员的兼职，接着，又辞去了《时事新报》的要职，后来把职业教育社编辑股主任的工作也坚决交出。他要把自己全部精力投放到《生活》周刊上。

“全部精力投放”，说起来是一句意气风发的激情话语，可是，家里又增添了嗷嗷待哺的婴儿，他和妻子沈粹缜要完成更多家务。此外，还有大家族的牵累，他与二弟邹恩泳共同承担大家族生活上的种种困难。每逢家人生病，就正如他自己说的，他就急得“像热锅上的蚂蚁”。他自己在《生活》周刊上发表的任何文字从来不取稿酬，只是靠业余翻译一些书，拿些版税来补贴家用。

最初两年，《生活》周刊经常有一整期的文稿都是韬奋编写，用各种笔名发表，可是他从来不取分文。据统计，韬奋在《生活》周刊前后使用过 19 个笔名发表文章，一个主编的独角戏，竟然也使得一本杂志有斑斓之感。

周刊的主编署名是“韬奋”，读者们很快发觉，《生活》是越来越“奋发有为”了。

韬奋接手主编周刊后，第 1 期就发表了文风素朴、语气平和、言简意赅的《〈我所望于《生活》周刊的几点管见〉编者附言》。他写道：“本刊文字诚当力求浅显，然同时并当顾到雅达，使读者不但改进思想，并能获得以文会友之益。”①

归纳起来，也就是雅俗共赏，力求浅显，开卷有益，以文会友。

《生活》周刊开宗明义：希望以文会友。

韬奋本人在编刊当时和后来的回忆文章中都体现了“竭诚为读者服务”的精神。他说：“《生活》周刊是以读者的利益为中心，以社会的改进为鹄的，就是赚了钱，也还是要用诸社会，不是为任何个人牟利，

---

① 《韬奋全集（增补本）》第 1 卷，第 543 页。

也不是为任何机关牟利。”[①]后来，邹韬奋在《我们的立场》一文中写道：“我们是立于现代中国的一个平民地位，对于能爱护中国民族而肯赤心忠诚为中国民族谋幸福者，我们都抱着热诚赞助的态度”，“我们不愿唱高调，也不愿随波逐流，我们只根据理性，根据正义，根据合于现代的正确思潮，常站在社会的前一步，引着社会向着进步的路上走。所以我们希望我们的思想是与社会进步时代进步而俱进。”[②]

韬奋是认真观察大众读者的需求，努力与大众读者一同前行，始终与大众读者保持密切的联系的。他说：“一般大众读者的需要当然不是一成不变的，所以不当用机械的看法，也没有什么一定的公式可以呆板地规定出来。要用敏锐的眼光和深切的注意、诚挚的同情，研究当前一般大众读者所需要的是怎样的‘精神粮食’：这是主持大众刊物的编者所必须负起的责任。”[③]

韬奋主编第 1 期就在周刊上开设了《读者信箱》专栏。《生活》周刊的《读者信箱》从 1926 年 10 月开始，一直持续到 20 世纪 30 年代。韬奋不仅在《生活》周刊上开设《读者信箱》专栏，还在后来主办的其他 5 份刊物和 1 份报纸中都保持了这一栏目。据不完全统计，以“生活”的名义回复读者的来信超过 4 万封，韬奋本人亲笔回复的就超过 1 万封。《读者信箱》成为《生活》周刊的一个突出特色。

一个主编在完成一本杂志内容的写作和编辑事务之余，几年内给读者亲笔回信万余封，举目中外期刊界，这大约也属于神话传说了。

《生活》周刊的读者服务，极大地增强了杂志与读者的黏度。

韬奋接手杂志后即确定宗旨为“暗示人生修养，唤起服务精神，力谋社会改造”，而且方向较定，努力亦较专。他表示：“依最近的趋势，

---

① 《韬奋全集（增补本）》第 5 卷，第 453 页。
② 《韬奋全集（增补本）》第 3 卷，第 264—265 页。
③ 《韬奋全集（增补本）》第 7 卷，第 205 页。

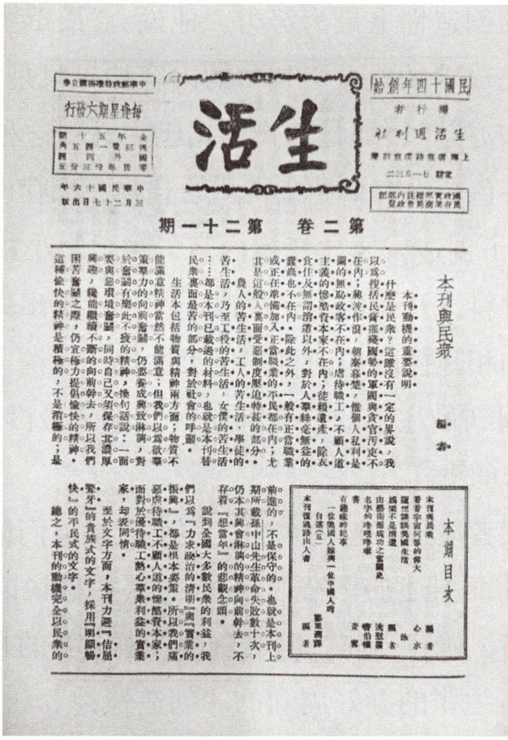

民國十四年創始

發行者 生活週刊社

每逢星期六發行

中華民國十六年三月二十七日出版

生活

第二卷第二十一期

本刊與民衆

編者

本刊動機的重要說明

什麼是民衆？這雖沒有一定的界說，我以爲：搜括民膏，摧殘國勢的軍閥；與貪官污吏，不在內；興波作浪，朝秦暮楚，惟個人私利是圖的無恥政客不在內；虐待職工，不顧人道主義的慘酷資本家不在內；徒賴遺產，除衣食住及無謂消遣以外，對於人羣絲毫無益的蠹蟲也不在內。除此之外，一般有正當職業或正在準備加入正當職業的平民都在內；尤其是這般人裏面受惡劣制度壓迫特甚的部分。農人的苦生活，工人的苦生活，學徒的苦生活，乃至工役的苦生活，女僕的苦生活……都是本刊已載過的材料，也就是本刊替民衆裏面最苦的部分，對於社會的呼籲。

生活本包括物質與精神兩方面；物質不能滿意，精神當然不能滿意；但我們以爲欲策羣力的向前奮鬥，仍要養成興致淋漓，對於奮鬥有樂此不疲的精神，換句話說：一面要與惡環境奮鬥，同時自己又須保存其濃厚興趣，纔能繼續不斷的向前幹去，所以我們困苦奮鬥之際，仍宜極力提倡愉快的精神。這種愉快的精神是積極的，不是消極的；是前進的，不是保守的。也就是本刊上期所載孫中山先生革命失敗數十次，仍本其興會淋漓的精神向前幹去，不存着『想當年』的悲觀念頭。

說到全國大多數民衆的利益，我們以爲『力求政治的清明』與『實業的振興』，都是根本要策。所以我們痛惡虐待職工不顧人道的慘酷資本家；而對於優待職工熱心羣衆利益的實業家，却表同情。

至於文字方面，本刊力避『佶屈聱牙』的貴族式的文字，採用『明顯暢快』的平民式的文字。

總之，本刊的動機完全以民衆的

本期目次

本刊與民衆 編者
看看宇宙何等的偉大 心水
隨便談談美國生活
娛樂不是消遣 編者
由藝術而成功之奮鬭史
名字的嗜哩嗜囉
書
有趣味的記事
一位美國人與一位中國人呢
自述(五)
本刊復過路由人書 編者

▲《生活》周刊非常重视与民众的联系，对读者来信每信必复

材料内容尤以时事为中心，希望用新闻学的眼光，为中国造成一种言论公正评述精当的周刊。”[①] 这一宗旨也就预设了刊物的内容特色。韬奋在编辑撰稿过程中，尽量运用高超的编辑艺术，创造生动的形式，展现正确的思想内容。正如他在办刊寄语中所敬告读者的那样：“本刊期以生动的文字，有价值有兴趣的材料，建议改进生活途径的方法，同时注意提醒关于人生修养及安慰之种种要点，俾人人得到丰富而愉快的生活，由此养成健全的社会。”[②]

① 《韬奋全集（增补本）》第 3 卷，第 264 页。

② 《韬奋全集（增补本）》第 1 卷，第 839 页。

韬奋在刊物的创造性上最为努力。他说："最重要的是要有创造的精神。尾巴主义是成功的仇敌。刊物的内容如果只是'人云亦云'，格式如果只是'亦步亦趋'，那是刊物的尾巴主义。这种尾巴主义的刊物便无所谓个性或特色；没有个性或特色的刊物，生存已成问题，发展更没有希望了。"为了创造，要"变换内容，注重短小精悍的评论和'有趣味有价值'的材料，并在信箱一栏讨论读者所提出的种种问题。对于编制方式的新颖和相片插图的动目，也很注意。所谓'有趣味有价值'，是当时《生活》周刊最注重的一个标语。空论是最没有趣味的，'雅俗共赏'的是有趣味的事实"。[①]

韬奋认为，读者最感兴趣的东西，往往也是他们最关心、最想知道的事情，这就是前面引述的韬奋的名言："要用敏锐的眼光，和深切的注意，诚挚的同情，研究当前一般大众读者所需要的是怎样的'精神粮食'。"这就是他所主张的办好周刊的"创造精神"和杜绝"尾巴主义"的着力点。我们看他起草的一则《特别征文》，就能明白他的内容兴趣所在。他在启事中写道："苟有事实可举，亦请不必计及文之工拙，惠然赐稿。"他十分注意刊物内容的有趣，坦诚地表示，他所认为有趣的题材主要有三种，一是新鲜的事实，二是"闻所未闻见所未见"的国内外各种社会实情，三是著名历史人物的经历。

"内容贵精不贵多"，这是韬奋最为强调的办刊原则。"尤其是周刊，每星期就要见面一次，更贵精而不贵多，要使读者看一篇得一篇的益处，每篇看完了都觉得时间并不是白费的。要办到这一点，不但内容要有精彩，而且要用最生动最经济的笔法写出来。要使两三千字短文所包含的精义，敌得过别人的两三万字的作品。写这样文章的人，必须把所要写的内容，彻底明了，彻底消化，然后用敏锐活泼的组织和生动隽永的语句，一挥而就。这样的文章给予读者的益处显然是很大的：作者替

---

① 《韬奋：韬奋画传·经历·患难余生记》，第 186 页。

读者省下了许多搜讨和研究的时间，省下了许多看长文的费脑筋的时间，而得到某问题或某部门重要知识的精髓。”①

这就是《生活》周刊自 1926 年 10 月交到韬奋手上后，他所做的努力，也就是一份原本寂寂无闻的杂志在沪上杂志的密林里脱颖而出的基本路径。

2 | 编辑部的苦乐岁月

《生活》周刊脱颖而出的原因，首先在于韬奋一开始就确立了“竭诚为读者服务”的办刊原则，同时设计了与服务读者相关联的各项举措，不过，论成功的原因，其最不可缺少的是韬奋的奋发有为和带领办刊队伍的艰苦创业。

所谓“办刊队伍”，前面说过，连同韬奋在内，也只有“两个半人”。这“两个半人”就挤在上海一条街道一个小小的过街楼里做事。韬奋回忆道：“当时在辣斐德路一个小小的过街楼，排了三张办公桌就已觉得满满的，那就是我们的编辑部，也就是我们的总务部，也就是我们的发行部，也就是我们的广告部，也就是我们的会议厅！我们没有大宗的经费，也没有什么高楼大厦。我们有的是几个‘患难同事’的心血和努力的精神！我们有的是突飞猛进的多数读者的同情和赞助！《生活》周刊就在这种‘心血’、‘努力’、‘同情’和‘赞助’所造成的摇篮里长大起来的。”②

韬奋深情回忆道：“我永远不能忘记在那个小小的过街楼里，在几

① 《韬奋：韬奋画传·经历·患难余生记》，第 196 页。
② 《韬奋：韬奋画传·经历·患难余生记》，第 189 页。

盏悬挂在办公桌上的电灯光下面，和徐、孙两先生共同工作到午夜的景象。在那样寂静的夜里，就好像全世界上只有着我们这三个人；但同时念到我们的精神是和无数万的读者联系着，又好像我们是夹在无数万的好友丛中工作着！我们在办公的时候，也往往就是会议的时候；各人有什么新的意思，立刻就提出，就讨论，就议决，就实行！”①

即便是简陋逼仄的工作场所，尽管人少事多，韬奋却从不敢在杂志编辑出版质量上有丝毫的马虎。他说：“我的工作当然偏重于编辑和著述方面。我不愿有一字或一句为我所不懂的，或为我所觉得不称心的，就随便付排。校样也完全由我一人看，看校样时的聚精会神，就和在写作的时候一样，因为我的目的要使它没有一个错字；一个错字都没有，在实际上也许做不到，但是我总是要以此为鹄的，至少能使它的错字极少。每期校样要看三次。有的时候，简直不仅是校，竟是重新修正了一下。”

韬奋直接掌握一份杂志，进入了自己最希望从事的新闻出版业，而且这是属于一不小心忽然得到的机会。他有抱负，有激情，有本事，恨不得立刻得到读者的赞许。

要得到读者的赞许，就要在服务读者上下功夫。韬奋他们有的是这方面的热情，也有的是点子，三个年轻人，正是当打之年，大有意气风发、马到成功的气概。不过，有人说，理想很丰满，现实很骨感。出版人的热情与理念，最终只有落到实务上并得到读者的认可，庶几才接近成功，而这中间，出版人究竟需要付出多少努力、多少心血，只有个中人寸心可知。

韬奋他们从《生活》周刊接办当期开始就设立《读者信箱》，热情、诚恳、周到、亲切地为读者解答各种问题，在读者中发挥了巨大的吸引效用。试想，那是一个社会乱象迭出的世道，何曾有媒体敢于

---

①《韬奋：韬奋画传·经历·患难余生记》，第189页。

公开面对广大读者回答各种问题？这是中国报刊史上不曾有过的事情。起初几期周刊，刊载的读者来信反映的问题就已经五花八门、无奇不有，既有许多现实问题，如求学问题、家庭问题、婚恋问题、职业问题、社会公平问题，其中还有非常私密的事情，如恋爱困惑、交友之道、个人情绪。读者对父母都难以启齿的事情，却都写信向主编倾诉求教。对于这些来信，韬奋无不以关切的心情认真作答，那亲切的口气，像是邻家大哥，又像是“知心大姐”，直叫人心头暖意融融。一时之间，《生活》周刊的《读者信箱》在许多读者尤其是青年读者的心目中灿若夏花。读者来信越来越多，有时候一天有一千多封。韬奋并不嫌烦，只是乐在其中。他说：“做编辑最快乐的一件事就是看读者的来信，尽自己的心力，替读者解决或商讨种种问题。把读者的事看作自己的事，与读者的悲欢离合，甜酸苦辣，打成一片。”韬奋深情地说他答复读者的来信热情“不逊于写情书，一点不肯马虎，鞠躬尽瘁，写而后已”。[①]“我每天差不多要用全个半天来看信。这也是一件极有兴味的工作，因为这就好像天天和许多好友谈话，静心倾听许多读者好友的衷情。”[②]

读者来信越多，也就意味着购买刊物的读者越多，杂志社的收入越多，可以适当增加成本开支。韬奋这才增加四个人来做读者来信的读信、复信工作。在韬奋精心指导下，四个人认真处理所有读者来信，选择来信发表、作答。许多来信不能发表，他们就作答。有的回信写到数千字之长，如果问题比较专业，像法律、医疗等方面问题，还要请教相关专家。最不可思议的是读者来信托买东西，周刊就成了“书报代办部”，实实在在代为办理。韬奋风趣地回忆道：“最有趣的是有的读者有因为夫人要生产，托我们代为物色好的产科医院，有的读者有因为吃官

---

① 《韬奋全集（增补本）》第 9 卷，第 720、721 页。

② 《韬奋全集（增补本）》第 7 卷，第 200 页。

司，托我们代为介绍可靠的律师，乃至远在南洋的读者，因为母亲和夫人要买国内的绸缎衣料，也委托我们，代为选购，我们无一事不是尽我们的心力做去，以最诚恳的心情做去。只须于读者有点帮助。我们从来不怕麻烦，不避辛苦，诚心恳意地服务。”[①]

《生活》周刊如此热情服务读者，当然首先出于编辑出版人的公益精神，不过，也不能就此认为办杂志只是一项公益慈善事业。事实上，韬奋他们是把这件事当作杂志社的读者工作来做的，努力通过服务，达到团结更多读者的目的，也使得杂志的内容更加贴近社会，贴近人间疾苦、人生百态，把杂志办得更加生气勃勃。他的助手程浩飞感慨道：“韬奋看读者来信真可以说‘乐此不疲’，常常一直看到深夜。这是什么样的精神？这是名副其实的、永远立足于大众、毕生为大众服务的一个革命的新闻工作者的精神。”[②]

韬奋总结自己办刊的经验，很是看重杂志对读者的服务。他说：“生活书店可以说是服务社会起家的。生活书店的前身是生活周刊社所附设的书报代办部，是完全以对读者尽义务为宗旨的，当时生活周刊社不但为读者代办书籍和报纸而已，其实对于读者的种种需要只要是我们的力量办得到的没有不竭尽心力为他们服务。”[③]“由于这种疲而不倦劳而不厌的傻子似的‘服务精神’——生活最可宝贵的传统精神之一，生活的读者也就把他视为最可靠的最亲爱的‘好朋友’。”[④]他自问自答道：“‘生活’为什么能得到国内外广大读者的这样爱护和支持呢？说来也很简单，它内部的基础建立在苦干的精神和民主的纪律，它外部的基础，除了书刊有着正确丰富的内容外，最重要的是自从生活周刊社成立以来

---

① 《韬奋全集（增补本）》第 9 卷，第 696 页。

② 邹嘉骊编《忆韬奋》，第 439 页。

③ 《韬奋全集（增补本）》第 9 卷，第 696 页。

④ 《韬奋：韬奋画传·经历·患难余生记》，第 372 页。

的传统的对于读者竭尽心力的服务精神。"[①]"我们的这种服务精神，引起了国内外广大读者群众的深刻同情，于是对于我们文化事业给与非常热烈的赞助。他们对于我们书报特别信任，（同时当然也因为我们所出的书报有正确的内容）我们的文化事业便由此一天天向前发展起来，我们现在不但保持我们对于社会的这种传统的服务精神，而且还要尽量发展这种传统的服务精神，由此使我们的文化事业得到更大的开展，由此使我们的工作对于国家民族有更普遍而深刻的贡献。"[②]

《生活》周刊崛起的神话需要从多方面来解读，但似乎很少有人从企业管理的规律和发展趋势方面做过分析。20 世纪二三十年代，国际上盛行美国泰勒式的"科学管理"，企业严加管控时间成本、人工成本，高度强调生产效率；直到第二次世界大战后，才开始转向以行为管理为主的"经验管理"，主张"以人为本"和"项目管理"。韬奋主办《生活》周刊时，整个社会正处于"科学管理"的热潮中，极少有企业提出"以人为本"的管理，更不大可能扩展到为社会服务，而韬奋他们在出版业独树一帜，热情表示"竭诚为读者服务"，实为领异标新，走在了时代前面。

3 | 根本还在内容

韬奋对自己所主持的书刊出版，一直就坚持一个理念：根本还在内容。

《生活》周刊的成功根本还在于内容上对读者的吸引力。

---

① 《韬奋全集（增补本）》第 10 卷，第 340 页。

② 《韬奋全集（增补本）》第 9 卷，第 696—697 页。

韬奋接办《生活》周刊后，自己低调起步，却对社会上的“小人物”高调同情，“不平则鸣”。只要社会有不公，普通民众有不平，韬奋就会秉持“服务之彻底精神”，在周刊上发声。

秉持“服务之彻底精神”，韬奋在刊物的“小言论”的写作上用力最多。他说：“每期的‘小言论’虽仅仅数百字，却是我每周最费心血的一篇，每次必尽我心力就一般读者所认为最该说几句话的事情，发表我的意见。这一栏也最受读者的注意；后来有许多读者来信说，他们每遇着社会上发生一个轰动的事件或问题，就期待着看这一栏的文字。其次是信箱里解答的文字，也是我所聚精会神的一种工作。”①

秉持“服务之彻底精神”，韬奋在编辑工作和写作上一直保持着“明显畅快”的文风。他的理想目标就是与读者做成好朋友。所以，他对于与读者谈心交流的文章倍加小心。他坦诚地写道：“写文章的人不要以为读者是易欺的，读者不都是瞎子聋子，他们也有听到正确事实和公平判断的机会，他们自己也有根据正确事实，引伸公平判断的能力。所以惯于下笔胡说八道的人固然引不起读者的信任，即使平日持论比较公平，被人视为社论能手的先生们，一旦写了违心之论，或有意歪曲事实的文章，也仍然要引起读者的不满以至愤怒。”②

1990年，著名记者、美国耶鲁大学教授赵浩生在《解放日报》上撰文回忆韬奋60年前对他的影响。他说当时他在复旦大学念大学，“至今我还清清楚楚地记得，每期《生活》周刊在学校饭厅门前的地摊上出现时，同学们都一改拥进饭厅去占座位抢馒头的活动，而如饥似渴地抢购《生活》周刊。一册到手，大家就精神物质食粮一起狼吞虎咽；而最迫不及待要看的，就是韬奋的时事评论和连载的游记。《生活》周刊的内容并不限于时事、报道，更使青年读者敬重热爱的，是思想和学习的指

① 《韬奋：韬奋画传·经历·患难余生记》，第187页。
② 《韬奋全集（增补本）》第10卷，第42页。

导。我和当时所有青年人一样，我们的心情是国事如麻，寇深事急，抗敌御侮的热血奔腾，求知上进的欲望如饥似渴。《生活》周刊恰恰满足了青年的这两个需要。当时每一个人都感到《生活》是我们的生活，韬奋是我们的导师”。①

1928年，《生活》周刊对济南“五三”惨案作出强烈反应。

5月3日，在济南，日本军队按照预谋向北伐军驻地发起了大规模的军事进攻，把济南变成了屠杀中国军民的杀人场，共杀死中国军民6,000多人，伤1,700多人，激起了全国人民抗议怒潮。“打倒日本帝国主义”及抵制日货的怒潮随即席卷全国。《生活》周刊表现出前所未有的激愤，连续两个半月刊登黑体大字标题“时刻勿忘暴日强占济南的奇耻”，发表《济南惨剧后我们应该怎样？》等文章，愤怒控诉日军暴行。《生活》周刊正气凛然，锋芒犀利。一时间，许多读者争先恐后购买这份周刊，因为在上面不仅能读到最新的新闻和爆料，更能读到主编令人拍案叫绝的“小言论”。

自济南“五三”惨案之后，《生活》周刊主编韬奋先生的政论性内容越来越受到社会强烈关注。

上海大光明电影院发生过一件观众抗议丑化中国人的美国电影事件，提出退票罢映。那是1930年2月22日，美国电影《不怕死》(又名《上海快车》)在大光明电影院上映，影片充满了歪曲、丑化和侮辱中国人的镜头。复旦大学教授洪深观影时怒不可遏，当即跳上舞台，发表慷慨激昂的演讲，抗议帝国主义对中国的侮辱。现场的许多观众也纷纷要求退票。大光明影院的经理气急败坏，一面让雇佣的外国经理带人把洪深揪到经理室威胁殴打，一面请来外国巡捕把他拖到老闸捕房关押。

消息传到韬奋这里，他即刻拍案而起，决定《生活》周刊坚决介

---

① 赵浩生:《我是韬奋先生的学生》，载《解放日报》1990年11月13日。

人。他打电话到老闸捕房抗议，要求立即放人。在捕房外中国民众的抗议下，在一个又一个抗议电话的谴责下，捕房不得不在三小时后释放洪深。次日清晨，韬奋即带着《生活》周刊的同事去看望洪教授，向他表示致敬。紧接着3月9日的《生活》周刊上发表了《大光明中大不光明》一文，抨击整个事件“简直是十全奴性的十足表现，卑鄙龌龊鲜廉寡耻到了极点”。这时某些报刊居然还让某些人以专家身份出来替美国电影狡辩，韬奋毫不留情地讥讽道：“凭藉外势欺凌本国同胞的厚脸专家，亦不得不稍稍顾到只要钱不要脸的无耻勾当实可为而不可为，替民族精神略留生气。”他呼吁：“现在我们要提倡为正谊公道及民族前途就是死也不怕的精神。”“我因此对洪君此事乃不胜其佩仰”！[①]

《生活》周刊的进步、公正的形象越是受到读者的拥护，越会引起达官贵人们的警觉。有好心人规劝韬奋息事宁人，韬奋高调回应：“编辑可不干，此志不肯屈。”[②]

做一个敢于主持公平正义的新闻出版人，正是韬奋的理想和志向，当理想志向与现实危险纠结在一起时，他必定依然朝着自己的志向去做。此后多少年，他都义无反顾、慨当以慷地这样去做。

邹韬奋就是这样一位新闻出版人：编辑可不干，此志不肯屈。

在广大读者的心目中，《生活》越来越好看了。1930年11月，周刊又爆出了国民党安徽省政府主席陈调元奢靡之风的丑闻。虽然是省主席，在上海给家中母亲做寿，本来无可厚非，可是这位省主席竟然花了十万元，那就实在令人咋舌了。老太太的寿宴连办两天，在沪西陈宅设置礼堂，遍扎彩色栏杆，并扎五色松柏电灯牌楼，自朝至暮，沪上各机关团体、党政要人，均前往祝贺，京剧歌舞，名角满堂，宴席不断，盛况罕见。消息一经传出，韬奋立刻以敏锐的新闻触觉和强烈的正义感，

---

① 《韬奋全集（增补本）》第3卷，第544、545页。
② 《韬奋全集（增补本）》第2卷，第383页。

写了题为《民穷财尽中的阔人做寿》的文章，怒斥这个高官穷奢极侈的行为：“呜呼！在此民穷财尽，哀鸿遍野的中国，身居高级官吏，何得有此丧心病狂的举动！”“试读陕民最近乞赈之电，‘路旁白骨，村中绝户’，‘流亡载道，死丧枕藉’，‘惨情苦况，亘古罕闻’，苟有人心，能无悲恻……”他怒斥道：“一掷巨万阔阔的青天白日下的高级官吏，不知他的钱是那里来的，本人不以为耻，社会不加制裁，且有‘党政军界各要人各团体等’趋跄恐后的凑热闹！呜呼！哀莫大于心死，中山先生在天之灵而有知，哀此民生，复见此奢侈荒谬的公仆，其唏嘘悲愤之情状必有非吾人所忍言者！”①

《生活》周刊还连续发表了《人力车夫所受的剥削》《励志社的祝捷盛宴》《平民住宅与阔人洋房》等文章，对于高级官吏奢侈糜烂的生活，毫不留情地予以揭露；对于穷苦百姓的遭遇，表达了深切同情。韬奋后来回忆道：“也许是由于我的个性的倾向和一般读者的要求，《生活》周刊渐渐转变为主持正义的舆论机关，对于黑暗势力不免要迎面痛击；虽则我们自始就不注重于个人，只重于严厉评论已公开的事实，但是事实是人做出来的，而且往往是有势力的人做出来的；因严厉评论事实而开罪和事实有关的个人，这是难于避免的。”②

只要循着“个性的倾向和一般读者的要求”朝前走，就会有更大的考验在前面。

紧接着《生活》周刊对民国政府交通部部长兼大夏大学校长王伯群奢靡贪腐丑行的披露抨击，就是对韬奋的人格和胆魄更加严峻的考验。

这件事的对手是国民党中央执委、国民政府交通部部长，他的妹夫是国民党军事巨头何应钦。1931 年间，他用 10 万元强娶大夏大学一名“才貌双全”的毕业生做小老婆，还在上海愚园路 310 号建了一栋价值

① 《韬奋全集（增补本）》第 3 卷，第 598、599 页。
② 《韬奋全集（增补本）》第 7 卷，第 202 页。

50万元的“新屋”。其婚礼更是挥霍十数万元。一时间沪上舆论大哗。邹韬奋岂能坐视不管，他立刻在《生活》周刊上著文：“当此民穷财尽的中国，应以救国为己任的党员而复身处高等官吏地位，个人的穷奢纵欲，实为国民的罪人。”王伯群欲盖弥彰，竟然致信《生活》周刊狡辩，自夸“素尚俭约”。韬奋一面将王伯群的信发表到周刊上，一面派记者进行深入调查。记者查出王伯群经办交通部的一处公共建筑项目时，让承建方公司同时承造他自己的“新屋”。“新屋”共有四层，规模宏大，结构考究，材料昂贵，外带一个占地两亩的花园。韬奋请专家核算，认为造价在40万元以上（还不包括内部装修），该公司却只收取18万元。记者给这座私宅拍了5张照片，韬奋决定将照片和调查结果一起在周刊上公之于众。

王伯群急忙找人前来说项，并给周刊带来10万元巨款，打算用金钱堵口。可想而知，说客自然是碰了一鼻子的灰回去。第二天，韬奋接到了几封匿名信，警告他小心。邹韬奋何曾在邪恶势力威胁面前退缩过！韬奋依然在周刊上披露了记者的调查结果，并发表言论：“在做贼心虚而自己丧尽人格者，诚有以为只须出几个臭钱，便可无人不入其彀中，以为天下都是要钱不要脸的没有骨气的人，但是钱的效用亦有时而穷。……俗语谓‘若要人不知，除非己莫为’，苟有亏心之事，必有拆穿之日，终必为社会所唾弃。”①

韬奋这种威武不能屈、富贵不能淫的精神，使得周刊深得读者的拥戴。《生活》周刊必定要成为20世纪30年代的上海名刊。

---

①《韬奋全集（增补本）》第3卷，第423页。

4 | 高举抗战的旗帜

1931 年 9 月 18 日，日本悍然制造九一八事变，蓄意发动了侵华战争，是日本帝国主义侵华的开端。

中华大地震动了！中国人民愤怒了！

《生活》周刊是全国最先发出强烈抗议呼声的周刊。

韬奋在报道中充满悲愤地指出：这是全国一致伤心悲痛的国难！韬奋一口气写了《应彻底明了国难的真相》《唯一可能的民众实力》《一致的严厉监督》《对全国学生贡献的一点意见》等四篇“小言论”。这些“小言论”成为当时读者争相议论的热门话题。周刊揭露日本军队在沈阳、长春等地烧杀抢掠的滔天罪行，并在“伤心惨目”的大标题下加上了“刻骨铭心！没齿不忘！”的副标题。在文末，韬奋再次呼吁：“全国同胞！永远勿忘东北同胞的哭声惨呼！”

《生活》周刊高高举起抗战的旗帜！

既然要高举抗战旗帜，必然要针对蒋介石国民政府奉行妥协投降的“不抵抗”政策发出谴责，韬奋一系列的文章震撼舆论，《宁死不屈的保护国权》《宁死不屈的抗日运动》《宁死不屈的准备应战》《决死之心和怯懦自杀之区别》《应有牺牲的决心和奋斗的计划》等，一连串的标题都与“死”字密切关联，“宁死不屈”“决死之心”“应有牺牲的决心”……韬奋悲愤地写道：“国难至此而尚不作应战的准备，更为全世界上最无耻的民族。”他号召抗战：“不战而死，不如战而死，全国死战偕亡，胜于伈伈伣伣做亡国奴；况且真能全国死战抗敌，或许于一部分之牺牲外，尚得死里求生。”“保护国权，须全国人人有决死之心；抗日运动，须全国人人有决死之心；准备应战亦须全国人人有决死之心；故人人有决死之心，实为救国的首要条件。”①

《生活》周刊的声名大振，发行量陡增，连续数周在报摊上被读者抢购，供不应求。

为支援奋勇抗日的东北军马占山部队，《生活》周刊发起组织捐款的启事。

九一八事变后，日军占领辽宁、吉林，正当长驱直入黑龙江之际，驻守黑龙江的东北军马占山将军向全国发出通电，带领军队，誓死力抗。这一抗敌卫国的义举与二十多万东北军撤回关内的行动形成极大反差。一时之间，凡爱国者无不为之激情欢呼。

《生活》周刊发起为马占山部队捐款的行动，乃是此前全国报刊界不曾有过的做法。

韬奋在周刊的“小言论”中指出：“马将军卫国抗敌的精神，不但足以争回国家民族的人格，而且足以唤起全国民众的忠魂。”马占山曾经发誓，只要“一口气尚在，决不将国土拱手让人，军队完了，到黑东荒练民团再干”。韬奋深受感动，认为：“这种只知有国家民族而置个人生死祸福成败于不顾的大无畏精神，倘能全国一致如此，谁能动我分毫？”②

《生活》周刊捐款义举震动了社会各界，一时之间，杂志社的门口挤满了男女老幼各种热心读者，捐款者络绎不绝，甚至一些孩童都挤在人群里慷慨捐款。《生活》周刊的十几个同事，他们全体动员，收钱的收钱，记账的记账，打算盘的打算盘，忙得喘不过气来，从未有过这般激动和兴奋。每天他们都要把捐款人姓名和数额造好册表赶着安排到周刊上登出广告。不到一个月，就收到捐款120,020元。

为了把捐款尽快送到前线将士手中，也为了把这项捐款工作做得无

---

①《韬奋全集（增补本）》第5卷，第72、73页。

②《韬奋全集（增补本）》第5卷，第89、90页。

可挑剔，周刊特地印制了《征信录》，公布分寄每一位捐户，收据也制版公布。总账目由著名会计师潘序伦查核，给予证明书公布。由此也可见韬奋一丝不苟的工作态度。

韬奋亲切地回忆道："其中有一位'粤东女子'特捐所得遗产二万五千元，亲交给我收转。这样爱国的热诚和信任我们的深挚，使我们得到很深的感动。"当时捐款的更多是平民百姓。"往往有卖菜的小贩和挑担的村夫，在柜台上伸手交着几只角子，或几块大洋，使人看着发生深深的感动，永不能忘的深深的感动！"①

九一八事变之后，《生活》周刊更加自觉地站在抗战前列。韬奋和他的同事们更加认定了人民大众的立场，更加坚定地走上了爱国为民的爱国主义道路。

1932年1月28日，日本帝国主义发动了对上海的入侵。驻扎在上海的国民革命军第十九路军奋勇抗击。淞沪"一·二八"抗战爆发。《生活》周刊奋起声援十九路军。1月29日，周刊一天中出版两次紧急号外，竭力"唤起民众注意，共赴国难"。1月30日，韬奋在周刊的紧急临时增刊上撰文指出："日人此次为有计划之毁我国家民族，已暴露无遗。国果亡，族果灭，则国人之福利，家族之安宁，何所希冀？""时势虽极危急，我们只有向前奋斗，至死不懈，不必恐慌，亦无所用其悲观；我们要深切明白只须我们能奋斗，能奋斗至死不懈，我们最后的胜利实在我们手中，任何强暴不能加以丝毫的改变。我们应利用这种空前的患难，唤醒我们垂死的民族灵魂，携手迈进，前仆后继，拯救我们的国族，复兴我们的国族。"为此，他向上海全市同胞呼吁："故我们应有财者输财，有力者努力，慰劳我前方义军，协助我前方义军。""我们的救国义军既忠勇奋发以赴国难，我们国民应全体动员以作后盾，庶几军心增壮，战力增烈。商界罢市已为一种表示，各界均应速

① 《韬奋：韬奋画传·经历·患难余生记》，第199页。

有秘密之有力组织，各尽能力所及，分途并进。”“若再麻木不仁，隔岸观火，则自降于劣等民族，灭亡乃其应得之结果了！”[①]

在淞沪“一·二八”抗战期间，《生活》周刊的紧急临时增刊第3号发表了韬奋的《沪案与整个的国难问题》，严正驳斥日本人所谓“沪案与东北无关，只是上海的地方问题”的谬论，指出，“要根本解决沪案，非与整个的中日问题连同解决不可”[②]，显示出他坚定抗战的立场和日见深刻成熟的政治洞察力。韬奋亲自撰写的长篇通讯《上海血战抗日记》，除了在周刊上连载，还出版了单行本，以便外地读者特别是海外读者及时了解淞沪“一·二八”抗战。韬奋还和鲁迅等43人联名发表《上海文化界告全世界书》。其后43人又扩大到129人，声势更为浩大，发表了《为抗议日军进攻上海屠杀民众宣言》。

正义的激情不断带来创意的急智，在血与火的日子里，邹韬奋为了抗战而创举不断。

《生活》周刊做出了一个惊人的创举：筹办生活伤兵医院。

在淞沪战争中，韬奋看到上海医院床位太少，有些伤兵只能住在过道里，医院困难重重，医护人员严重不足，医护工作跟不上，不能迅速减轻伤兵的痛苦。所见所闻，让邹韬奋泪流满面，他当即决定由《生活》周刊出资筹办生活伤兵医院。

筹办医院第一件事是聘请院长。韬奋聘请到著名外科专家王以敬出任院长。王以敬是韬奋在南洋公学的老同学，原学土木科，后来跟韬奋一起转学投考圣约翰大学。王以敬选了医科，是优秀校友。1921年韬奋在圣约翰大学《约翰年刊》上撰文介绍8位优秀的学友，王以敬就是其中一位。他以济世救人为主题赞美王以敬，称赞他“博士忠厚勤学，非特卫生，且卫德云”。韬奋找到这位优秀校友，两人一拍即合。

---

① 《韬奋全集（增补本）》第4卷，第12—13页。

② 《韬奋全集（增补本）》第4卷，第17页。

筹办医院同等重要的是解决院址问题。圣约翰大学的附属中学青年中学（现上海中等职业教育中心）校长瞿同庆深为韬奋的义举感动，慷慨腾出该校的两幢洋房交付与韬奋他们使用。

医院还需要一批医护人员。招聘启事在报上刊登后，知道是救护十九路军受伤将士，许多有志青年蜂拥而至。医院只需录用20多人，而前来报名的竟有六七百名年轻人。50多年后，一位当年曾被生活伤兵医院录取的护士薛友兰回忆道："当时没有别的想法，就是爱国。"在热心的《生活》周刊读者们的慷慨资助下，生活伤兵医院于3月4日正式开院。

全院有近200个床位，医护人员每天为伤病员清创换药、包扎伤口，并为他们读报、代写家书。薛友兰说，她自己究竟写过多少封信已经记不清楚了，只记得蔡廷锴、蒋光鼐领导的第十九路军战士打仗十分勇敢。[①]

第十九路军蔡廷锴将军特致电邹韬奋祝贺伤兵医院开院，并发出通电："为救国保种而抵抗，虽牺牲至一人一弹，绝不退缩，以丧失中华民国军人之人格，此心此志，质天日而昭世界，炎黄祖宗在天之灵，实式凭之。"

生活伤兵医院开院那天，邹韬奋来到医院，亲自慰问受伤将士，并把带来的100本最新出版的《生活》周刊分别赠送给轻伤员。他在文章中写道："此皆为我民族力争生存而牺牲的同胞，见其痛状，听其哀声，使人感激崇敬悲怆的情绪，萦怀不能自已。"[②]

一个民间机构的杂志社，"为了社会的需要，不计任何利益，创办一家公益医院，在中外杂志史上都是罕见的事情。一个杂志社，在国家危难之际特别是战争期间，倾力奉献，创办一家伤兵医院，在中外杂志

① 陈挥：《韬奋评传》，第137页。

② 《韬奋全集（增补本）》第4卷，第49页。

史上更可谓迄今仅见。”[①]

因为国民政府拒不增援，第十九路军寡不敌众，腹背受敌，被迫全线撤退，淞沪“一·二八”抗战终于以国民政府当局与日本签订屈辱的《淞沪停战协定》而夭折，令国人悲愤不已。然而，第十九路军英勇抗敌的光荣事迹却永载史册，《生活》周刊爱国抗战的壮举得到广大读者的热烈拥护。

一个出版人，认真办杂志不难，能得好文章为难；得好文章不难，能得读者信任为难；得读者信任不难，能得读者不离不弃为难；得读者不离不弃不难，能得英雄壮举为难；得英雄壮举不难，能得世道人心为难。韬奋的《生活》周刊，这一切都做到了，成为当时新闻出版文化界爱国抗战的一面旗帜。

5 | 韬奋和“我们这一群”

我们说，《生活》周刊如神话般崛起，神话的主角是主编邹韬奋，可是，办杂志从来就是一场团体赛，一份杂志的崛起是离不开邹韬奋的同事们的。对此韬奋深有体会。多少年后，他深情地说道：“友谊是天地间最可宝贵的东西，深挚的友谊是人生最大的一种安慰。古人曾有‘得一知己，虽死无憾’的话语，也是形容真切友谊的可贵。古今从友谊中不知发生了多少可歌可泣的故事！我们这一群，是为着进步的文化事业而共同努力，我们是同事，但同时也是好友。我们彼此之间应该有着深挚的友谊；我们彼此之间应该有着深厚的同情，亲切的谅解，诚恳

① 聂震宁：《韬奋精神六讲》，第 39 页。

的互助。亲密恳切的友爱应该笼罩着我们的整个的环境。”[①]

“我们这一群”，多么亲切，多么真诚，多么动人的称呼！

韬奋接手《生活》周刊，是从一间小小过街楼、“两个半人”起家的。在此后的快速发展中，对韬奋支持最多、出力最大的是徐伯昕，在此后将近20年的岁月里，他们成为亲密战友。1926年，徐伯昕协助邹韬奋主办《生活》周刊；1932年，他跟韬奋一起创办生活书店；1944年，他照护在临终前的韬奋身边，记下了韬奋的临终遗言。徐伯昕工作勤奋，多才多艺，能写能画，亲自设计《生活》周刊版面，跑印厂，拉广告，推销刊物。周刊发行量快速增长，与他不辞辛劳跑市场、做分销分不开。周刊由单张改为本子，徐伯昕出力最多。当时韬奋同他商量又商量，因为印成本子篇幅增加，纸张增加，增加了装订费又不能过多增加读者负担，刊物弄不好会入不敷出，必须做好成本核算。周刊全靠自身营收才能活下去，扩张起来。徐伯昕不愧是出版业的一位经营天才。他用增加刊登广告的方法弥补了成本的增长，使得刊物在销售盈利模式的基础上适度发展成为销售盈利加广告盈利的模式，这是大众刊物最优化的一种发展模式。

徐伯昕在组织广告发布中发挥了出色的活动才能。首先，他和韬奋有一个一致的立场和理念，坚持“将所刊登的广告提升到‘报格’‘刊格’的高度上来审定，强调刊登广告与刊登言论新闻一样，要向读者负责”[②]。他当时替薄薄的一本《生活》周刊所拉的广告，每期有五六十个，算得上广告业务相当丰盈。尽管如此，周刊对广告内容限制还是非常严，疑似妨碍道德的广告不登，有招摇嫌疑的广告不登，堕胎、花柳病药的广告不登，特别是不可靠的医疗广告不登，明确有国货代用品的外国货广告不登。虽然这也不登那也不登，可是由于刊物销量增加，徐

① 《韬奋全集（增补本）》第9卷，第704—705页。

② 聂震宁：《韬奋精神六讲》，第109页。

伯昕拉广告的手段高明，广告业务仍然大大地发展起来。他们坚持在民族品牌中招徕广告，如中华珐琅厂、五洲大药房、梁新记牙刷厂等上海的名牌厂商，《生活》周刊都拉到了广告。同时，徐伯昕发挥自己的绘画设计才华，主动为厂商设计广告式样，还经常翻新，使得厂商和顾客都提升了兴趣。当时洋货充斥市场，《生活》周刊宣传国货的爱国思想，成为其广告业务上的一大特色。改成订本后的《生活》周刊，印数陡增至 8 万份、12 万份，这对厂商刊登广告的吸引力显著加大。一时间，《生活》周刊成为当时沪上刊登广告最多、广告式样最为新颖的一家杂志，引起上海整个广告界的震惊。

徐伯昕的经营思路灵活通透，他建议将周刊《读者信箱》的文章和长篇连载的文艺性文章分别编辑成单行本出版，不断获得新的业务盈余。周刊的内容与时俱进，刊物的经营面貌一新，盈余日积月累，为此后成立生活书店，在经济上做好了准备。

“两个半人”中的“半个人”孙梦旦，毕业于上海中华职业学校商科专业，是韬奋的学生。孙梦旦非常尊敬邹韬奋夫妇，一直在韬奋夫妇前执弟子礼。韬奋主编《生活》周刊，已经担任中华职业教育社会计的孙梦旦，主动提出要求兼任《生活》周刊的会计，还担任发行工作。他身材略高，脸上总是一副诚朴、木讷少语的表情，对同事却非常关心。与韬奋出行办事，韬奋时常为构思文章而忘记买票，甚至忘记下车，总是他主动帮忙买票并提醒邹韬奋下车。

在日常工作中，分内分外的事情孙梦旦都主动去做。韬奋他们加班到深夜，他也把事情做到深夜，“半个人”自觉作为一个人参与到刊社的所有事情里。他起早贪黑，有时头疼也坚持工作，甚至在脑袋上包块湿毛巾继续干活，熬到深夜也要把工作完成。他对待工作中的财务问题非常认真，常常亲自给作者送稿费，鲁迅先生的稿费他总是亲自登门呈送。到了 1928 年，周刊新进了两名员工，“半个人”的历史使命才告结束，而这个人——孙梦旦早就在周刊社里发奋工作了两年多。

孙梦旦为《生活》周刊和后来生活书店的发展作出了重大贡献，尤其是在生活书店发展到55家发行处后，他统领全部财务工作，培训财会人员，日夜操劳，以至于患上了肺结核病。即便身患重病，孙梦旦仍然坚守岗位，冒着战乱去武汉分店查账。

毕云程是《生活》周刊“我们这一群”中特殊的一员。

毕云程是韬奋的老朋友。在周刊社的同事里，他们二人认识最早。1918年的冬天，二人在一位律师好友家中认识，一见如故。韬奋欣赏毕云程的豪爽之气，而毕云程初见韬奋就对他儒雅的谈吐、渊博的学识和忧国忧民的抱负十分佩服。当时韬奋还在南洋公学上学，正忙于设法转考圣约翰大学。毕云程在商务印书馆工作，同时在上海纱业公司担任书记，并为同业学徒办了一所夜校。

1919年秋，韬奋如愿考取圣约翰大学。去学校报名时，发现准备的学费还是不足。原本就晓得圣约翰大学的学费非常贵，可是没想到是这么昂贵！韬奋窝在寄宿的四川路桥南首的青年会宿舍里，一筹莫展。毕云程听朋友说韬奋上学缴费遭遇困难，立刻带上钱款乘车赶来，如数借给韬奋，解了他燃眉之急。

后来韬奋大学毕业，找到的第一份工作，即厚生纱厂兼棉纱交易所英文秘书，也是毕云程介绍的，两人的友谊与日俱增。

韬奋主编《生活》周刊后，遇到棘手的事情，很自然就会打电话约毕云程一起商量。韬奋看毕云程对事物的认识颇有见地，便约他担任周刊特约撰稿人。不过，由于经费的限制，周刊的稿酬每千字只是4角钱。毕云程并不计较，只是认真去写。每次有了灵感写成文章自觉满意，就亲自乘黄包车送到编辑部，来往车费恐怕要超出所得的稿费。毕云程后来回忆当年在韬奋的鼓励下，成为《生活》周刊的第一个特约撰稿人的往事，说：“那时候我兴致勃勃地为《生活》周刊写稿，决不是为了每千字4角钱的稿费，完全出于为广大读者服务的热情。我的知识很不够，写的稿子很平庸。但正当广大读者需要精神食粮的时候，更由于韬奋的积极努力，不断改进，边做边学，边学边做，摸索着向前发展，这一种做法，刚巧适应了那时候广大读者的迫切需要。”后来，毕云程成了周刊受欢迎的撰稿人。他当时虽然还只是撰稿人，可事实上早就参与“我们这一群”。1933 年 7 月韬奋被迫出国流亡考察，毕云程也就按照韬奋的安排，来到《生活》周刊和生活书店，跟随徐伯昕、胡愈之[①]、艾寒松一起负责各种事务。1934 年到 1936 年，毕云程正式担任生活书店总经理，并担任《世界知识》半月刊的主编和发行人。即便是在国民党反动派的白色恐怖下，毕云程仍然秘密加入了中国共产党，勇敢地与沈钧儒、邹韬奋、杜重远、金仲华等同志并肩战斗，宣传抗日民族统一战线，为抗日救国事业作贡献。新中国成立后，1950 年夏，受宋庆龄邀请，毕云程担任中国福利会秘书主任、中国人民救济总会上海分会常务委员、中国红十字会上海分会理事。此外，他还担任过华东财政经济委员会专员、上海市政协委员、上海市文史馆馆员。他以巨大的热情参与韬奋纪念馆筹建工作，并出任韬奋纪念馆首任馆长。

“我们这一群”中还有一位重要撰稿人杜重远。杜重远早年留学日本，回国后成为著名实业家、知名抗日爱国人士。九一八事变后，他积极投入抗日救亡运动，曾以记者身份在湘、鄂、川、赣、沪等地活动，

---

① 胡愈之（1896—1986），原名学愚，字子如，浙江上虞人。青年时代进入商务印书馆做练习生，后来成为商务印书馆《东方杂志》的编辑。一生集记者、编辑、作家、翻译家、出版家于一身，成为在多方面成就卓著的革命学者。在五卅运动中，曾经写下举世闻名的《五卅事件纪实》，造成很大影响。他学识渊博，是新闻出版界少有的“全才”。他早年与沈雁冰等成立文学研究会，参加中国民权保障同盟，1933 年加入中国共产党。1937 年 7 月，与蔡元培等上海文化界知名人士联合组织成立了上海文化界救亡协会，积极组织发动文化界人士及民众投身抗日救亡运动。抗战胜利后，在海外宣传党的方针政策。新中国成立后，历任《光明日报》总编辑，国家出版总署署长，中国民主同盟中央委员会副主席、代主席，政协第五届全国委员会副主席，第六届全国人大常委会副委员长，第一届中国出版工作者协会名誉主席等职。

鼓动民众抗日救国。他曾在《生活》周刊上发表许多见闻文字。韬奋出国流亡时，杜重远也受到韬奋委托参与《生活》周刊编辑事务。《生活》周刊被查禁后，他挺身而出创办《新生》周刊，自任总编辑和总发行人，倡导发动“一场自己的反帝抗日的民族革命战争”。1935年5月，由于《新生》周刊刊登《闲话皇帝》一文，日本帝国主义借机挑衅，国民党当局竟屈从日本帝国主义要求，勒令《新生》停刊。同年6月，在《新生》周刊行将被反动当局查封的严峻时刻，杜重远依然撰文揭露敌人的阴谋，并坚定地表示：“最后胜利不是属于帝国主义者，到底是属于被压迫人民啊！”同年7月9日，江苏高等法院二分院再度开审《新生》周刊案。在日方压力下，法院当庭宣判杜重远犯“散布文字共同诽谤罪”，判刑一年两个月，立即送监执行并不得上诉。杜重远愤怒地疾呼：“法律被日本人征服了！我不相信中国还有什么法律！”旁听群众极为愤懑，高呼“打倒卖国贼”，并散发拥护《新生》周刊的传单，且用各种硬器向法官及日本人掷去，一时秩序大乱，成为轰动中外的“《新生》事件”。韬奋为此提前结束国外行程，回国声援战友杜重远。韬奋乘船回到上海，刚登岸就把行李交给妻儿，自己立刻去往监狱，“眼眶里含着热泪”探望杜重远。

此后，杜重远全身心投入抗日救亡运动。1938年他在武汉、香港等地多次见到周恩来，逐步树立起对中国共产党的坚定信念。1939年，他被邀请去新疆创办新疆学院（新疆大学前身），并任院长。他在新疆学院开讲中国共产党的统一战线课，组织“新疆学生暑期工作队”进行抗日宣传，并经常在《反帝战线》上发表宣传进步思想的文章。1943年遭军阀盛世才杀害。

“我们这一群”中还有一位经过一番周折才进入周刊社的艾寒松。

艾寒松是江西人，1930年从复旦大学毕业。他是《生活》周刊的忠实读者，曾化名“何敬之”给主编韬奋写了一封七千字的长信，阐述了他对人生的看法，提出了“凡是被压迫的人类，都要起来革命，和那一样圆颅方趾却享着特权的人类拼个你死我活”的观点。韬奋看后很感兴趣，觉得这个读者有清晰的思想与正确的观念，立刻写信约他前来面谈。由于艾寒松使用的化名何敬之没有人知道，韬奋这封回信就被作为待领邮件搁在复旦大学传达室。韬奋认真和负责任的品格使得他一直牵挂这件事。因为迟迟没有得到艾寒松的回应，韬奋就把那封信略加删改之后，刊登在《生活》周刊上，并在按语中表示赞成作者的见解，还请作者何敬之“以最近行踪见告”。后来，艾寒松有天偶然路过大学传达室门口，看到了这封信，大喜过望，立刻赶到《生活》周刊社。韬奋对艾寒松的来信深为赏识，经过面谈更觉人如其文，而艾寒松早已把韬奋先生引为导师，两人一见如故，韬奋当场决定聘他为杂志社的总务主任。此后，艾寒松在周刊上先后发表了一系列研究、宣传马克思主义基本原理的文章，对《生活》周刊的发展作出了很大贡献。1933 年韬奋被迫出国考察，《生活》周刊的编辑即由艾寒松和胡愈之负责。后来艾寒松又和杜重远创办《新生》周刊，并担任《太白》半月刊编委。1935 年因《闲话皇帝》一文涉及日本天皇，导致“《新生》事件”，杜重远被国民党政府判刑入狱，艾寒松则被迫流亡国外。1938 年回国后，他加入中国共产党，后任中共上海市文委委员，并担任生活书店编审委员等职。1942 年艾寒松赴苏北解放区，任盐阜大众报社总编辑兼社长。1946 年到上海，曾任《民主》《群众》《新文化》等期刊编辑。新中国成立后，历任江西省教育厅厅长、江西省委宣传部副部长等职。

1931 年 10 月，韬奋结识了胡愈之。1942 年，在广东东江游击区一次聚会上，韬奋说，一个偶然的机会，认识了潘汉年①，后来才认识了胡

---

① 潘汉年（1906—1977），无产阶级革命战士，坚定的马克思主义者，中国共产党隐蔽战线、文化战线和统一战线的卓越领导人。1929 年至 1931 年曾任中央文化工作委员会书记、中国左翼作家联盟党团书记。新中国成立后任中共上海市委副书记、上海市常务副市长。

愈之。

邹韬奋和胡愈之两人一见如故。韬奋请胡愈之每周为《生活》写一篇关于国际问题的评论文章，文章可用笔名“伏生”发表。随后，胡愈之为《生活》周刊写了第一篇文章《一年来的国际》，在文章中预言日本对中国的侵略将成为第二次世界大战的序幕，这一观点与邹韬奋的抗日主张不谋而合。从此，胡愈之成了《生活》周刊的专栏作家和经常撰稿人，他以“伏生”“景观”等笔名撰写了很多文章，为刊物注入了新的活力。在胡愈之的直接参与和影响下，《生活》周刊从以往主要谈生活问题和职业修养，转向为关心和议论国家民族大事。

韬奋认定应当邀请胡愈之成为自己的合作者，邀约他进入周刊社来做事。可是，胡愈之碍于自己的身份，表示只做周刊社的特约撰稿人，没有必要正式入职。韬奋不好强人所难，便邀请他参加周刊社的一些讨论会。周刊社每周有一次编辑讨论会，一般在餐馆进行，韬奋请胡愈之参加，胡愈之尽一切可能参加，在谈论时事、讨论每期刊物内容时，他往往会相应地提出一些问题供大家思考和讨论，借以达到提高编辑人员思想认识的目的。从此，周刊的内容有了明显变化，几乎每期内容都以宣传抗日为宗旨。胡愈之已经成为“我们这一群”的特殊存在。

韬奋对“我们这一群”的同仁们心心念念，1939 年他撰写了一部《生活史话》，仔细回忆《生活》周刊社前前后后的许多同人。《生活史话》从黄炎培、杨卫玉等领导组织创刊说起，说到“两个半人”白手起家；从远在美国留学的李公朴、在德国留学的王光祈和在日本留学的徐玉文为周刊撰写文章，说到毕云程等人特约撰述；还仔细回忆为了做好《读者信箱》，特别增加了四个助手，为了服务读者聘任具有精细化服务精神的严长衍担任“书报代办部”主任，等等。“我们这一群”的人数从“两个半人”增加到 20 多人，直至后来生活书店有 60 多人。韬奋虽然已经名满天下，可他始终以“我们这一群”为自豪，永远感念与他一同心向光明的同事们。

6 | 但做“生活”，不做“老板”

1932 年，韬奋和徐伯昕决定创办生活书店。

自 1931 年以来，国民党政府对《生活》周刊的干预越来越厉害，九一八事变后，这种干预愈演愈烈，主办单位中华职教社主要负责人黄炎培被蒋介石召见，蒋对黄严词训斥，并限期改正。为了保护中华职教社正常运转，也为了让《生活》周刊社自主发展，黄炎培决定让《生活》周刊社从中华职教社独立出去。与此同时，韬奋和徐伯昕决定在已经运营多年的“书报代办部”的基础上成立生活书店，《生活》周刊社也同时归属生活书店。

我们知道，是黄炎培先生当年慧眼识英才，邀请邹韬奋加入中华职业教育社，后来又指定韬奋接任《生活》周刊主编，给了青年韬奋纵横驰骋的一片天地。黄炎培十分珍视他亲手创建的《生活》周刊社，一直热情支持韬奋和他的事业，尤其关爱着日夜奋斗的韬奋。他一心要保护韬奋和他的事业，于是做出决定，让《生活》周刊社独立运营，把周刊社的盈利积累尽数交由周刊社掌握，也就是说，职教社给了新成立的生活书店一笔宝贵的启动资金。

生活书店就要成立了，周刊社的同人们为此欢欣鼓舞，自然而然地有同事开始把韬奋叫作书店“老板”。

韬奋听到有人叫他“老板”，晓得这是同事出于事业的发展而高兴，可是，他不喜欢别人叫他“老板”。

他从来就不喜欢做“老板”，更不喜欢人家把他叫作“老板”。

他诚恳地请教新结识的文化名人胡愈之，问他有什么办法可以只做“生活”不做“老板”。

韬奋与胡愈之是九一八事变后十多天才认识的。两人一见如故，自那以后成为终生不渝的战友。

1927 年，蒋介石发动“四一二”反革命政变。胡愈之目睹商务印书馆所在地宝山路上革命群众惨遭屠杀、血流遍地的情景，义愤填膺，当即起草了抗议书，和郑振铎等 7 人在《商报》上公开谴责这一“率兽食人”的滔天罪行。1928 年 1 月，胡愈之为了暂避国民党反动派的迫害，以《东方杂志》驻欧洲特约记者身份去往欧洲，1931 年 2 月回国，回国途中又到苏联进行了访问，对资本主义和社会主义都有了较深的了解，撰写了畅销一时的《莫斯科印象记》。

韬奋读过胡愈之的《莫斯科印象记》，对这本比较系统地介绍苏联的政治、经济和人民生活状况的著作，很感兴趣，特意写了书评文章《读〈莫斯科印象记〉》，在《生活》周刊上向读者作了热情洋溢的介绍。

胡愈之读过韬奋很多文章，深感其言辞犀利、立场坚定，与自己在很多方面不谋而合。通过一段时间仔细观察，胡愈之发现韬奋具有真诚的爱国热情，在儒雅的外表下有一副敢作敢当的硬骨头，而《生活》周刊已经成为深受广大读者喜爱的大众文化普及刊物，应当予以支持。于是，胡愈之请人帮助邀约韬奋见面。

《莫斯科印象记》的书评在《生活》周刊上发表后，读者反响热烈，认为书写得好，书评文章也很好，相得益彰。韬奋很受鼓舞，萌生了结交胡愈之的念头。听毕云程说他与胡愈之早年做过英文学校的同学，韬奋便请他联系胡愈之，表达约见的想法。两人尽管此前还只是神交，却也一拍即合。1931 年 10 月初，他们在上海闸北宝山路的商务印书馆东方图书馆有了第一次见面。

会面那天，韬奋先到了一步，一者是韬奋做事从来雷厉风行，行动相当敏捷；二者是有毕云程陪同前来，他是“老商务”，轻车熟路。

他们刚到图书馆，就见到胡愈之匆匆赶来。

胡愈之是一副读书人的素朴形象。他身材矮小，头却特别大，而脸长额阔。他的形象也许并不取悦人的眼睛，那内在的智慧却能感染人的灵魂。韬奋觉得他那硕大的头颅里满是真知灼见，这正是韬奋至为佩服的。胡愈之衣着朴素，手里拿着一本什么书报，步履匆匆，低头疾走，旁若无人，让韬奋觉得这是一位义无反顾、一往无前的勇士。韬奋热情地迎上前去。二人握手后并不特别寒暄，找到座位，谈话直奔主题。胡愈之开头就对《生活》周刊做了热情、中肯的评价，特别对九一八事变以来周刊的突出表现给予热烈赞许，让韬奋大有得一知己的幸运感。胡愈之的家乡口音重，别人不容易完全听懂，可是韬奋多年生活在上海，对江浙各地方言接触较多，对胡愈之的口音并不感到陌生。两人从办刊到分析国际国内形势等问题谈了三个多小时。

胡愈之很亲切很健谈，分析形势全面、深刻。韬奋相当欣赏胡愈之对很多问题的见解。此后，他曾坦言，胡愈之是“我生平最佩服的一位朋友”。这句话是韬奋在为胡愈之的《伏生国际论文集》所作的序言中写下的。

胡愈之也对韬奋十分信任。随着两人密切交往合作，日久月深，两人结成了莫逆之交。韬奋和当时一般知识分子有许多不同点，他有一副硬骨头，有热情，能从善如流，他也疾恶如仇，是一位真正的战士。他的仪表是温柔而文弱的，内心却坚强无比，待人接物，彬彬有礼，而立身处世不容有半点苟且。只要读过《生活》周刊上揭露帝国主义和腐败权贵的报道和“小言论”，就可以知道韬奋是确实做到了“富贵不能淫”与“威武不能屈”的。他决不向恶势力妥协，他用一切机会来揭发暴露社会的黑暗面，他不愧为一个真正的战士。

胡愈之发现韬奋不像一般知识分子爱做领袖、爱出风头，但他有的是对国家、对民族、对人类的真正热情，是这种热情驱使他牺牲生活享受，献身于最艰苦的文化事业，而且乐此不疲。韬奋没有一般的知识分子自命不凡、目空一切的坏脾气，他从不感到自我满足，而是不断地虚心学习。胡愈之从心底里赞佩这样的知识分子。[①]

邹韬奋与胡愈之的这次会见十分重要。两人相约合作。从为《生活》周刊撰稿开始，延续了十多年深度合作，不仅使得"生活"的事业开局良好、坚毅前行，还使得韬奋的世界观发生重要转变。

两人相约合作之后，韬奋的阶级和阶级斗争观念逐渐明朗。1932 年 10 月 15 日，韬奋在回答读者来信时指出："中国所需要的'团结'决不是和反革命势力妥协的团体……必须能把中国大多数被压迫被榨取的劳苦大众的问题解决，把目前一切残酷不合理的制度改变，使各人都过着合理的生活，然后中国问题才能求得真正的解决……"[②]

两人相约合作之后，韬奋对帝国主义、军阀官僚、土豪劣绅的认识渐趋深刻。他指出：帝国主义是军阀官僚的后台，军阀官僚是土豪劣绅的靠山，而军阀官僚是帝国主义的傀儡走狗。这是韬奋在思想转变上的一个重要方面。

两人相约合作之后，韬奋对社会主义逐步有了认识。早在 1931 年 10 月，《生活》周刊就曾在第六卷第四十二期上发表《世界的趋势和中国的前途》一文，指出世界的大势已经很是鲜明，正在进入一个转变时期，一方面资本主义已由极盛时期而渐趋于衰落，一方面社会主义的思想已深入于一部分人之脑筋，而有渐渐发荣滋长的趋势。

在生活书店筹建过程中，胡愈之发挥了重要作用。筹建生活书店是一件大事，这是 1932 年初韬奋、徐伯昕跟胡愈之讨论最多的事情。韬奋不无烦恼地请教胡愈之，自己只愿做好"生活"，并不想做"老板"，究竟如何是好。胡愈之为此愈发敬重韬奋，愈发喜欢这位襟怀坦荡、毫无私心的战友。他根据自己多年来对各种生产经营制度的研究，建议

---

① 韬奋纪念馆编《邹韬奋研究（第二辑）》，学林出版社 2005 年 11 月版，第 104—108 页。

② 《韬奋全集（增补本）》第 5 卷，第 427 页。

把生活书店办成出版生产合作社。韬奋知道这种制度具有社会主义社会的经济制度因素，很是感兴趣，两人热烈地讨论起来，甚至推演了一番，实可谓英雄所见略同！他请胡愈之执笔起草合作社章程。后来，韬奋在生活书店的内部刊物《店务通讯》发表的《我们的胡主席》一文中写道："胡主席是本店的最有功勋的一位同事。他在《生活》周刊时代就经常替我们写国际文章……他参加本店创办时的计划，等于本店'大宪章'的'社章'就是由他起草的。他对本店的重大贡献不仅是编审，在实际上是包括了我们的整个事业。但是他总是澹泊为怀，不自居功。他的计划力极为朋友们所心折，所以有'诸葛亮'的绰号。……他的特长不仅文章界人讽诵，而且对出版营业无所不精，他的特性是视友如己，热血心肠。他是我们的事业的同志，患难的挚友。"[①]

韬奋请教胡愈之如何才能不做"老板"做好"生活"，也就是说怎样才能践行"努力为社会服务，竭诚谋读者便利"的宗旨，胡愈之提出了"出版生产合作社"的制度构想。韬奋跟他进行了一番热烈的讨论，又把徐伯昕找来，三个人一起就理论与实践的结合反复琢磨了一番，达成了高度统一的意见。

按照胡愈之帮助起草的章程，生活书店作出了当时其他书店不曾有过的规定：出版生产合作的社员们人人占股，股份封顶，平股平权。在管理上坚持三项原则：经营集体化、管理民主化、盈利归全体。这样的组织形式在当时是独创，非常适合不以营利为主要目的的生活书店。章程经全体社员大会通过。

生活书店初创时，中华职教社把《生活》周刊社结存下来的 2,000 元钱，连同一些库存书刊和办公用具等，折合成 38,690 元，尽数交由生活书店拥有。韬奋、徐伯昕与已经在职的 20 余名工作人员，按照过

---

① 《韬奋全集（增补本）》第 9 卷，第 256—257 页。胡主席指胡愈之，后来担任《生活》周刊编委会主席一职。

去所得的工资总额多少计算，按比例分配给全体职工，作为各位社员入社的股金。规定资本每股 10 元，包括邹韬奋在内，任何一个社员至多不得超过 1,000 股，不到此数的，今后每年将所得一部分红利加股，直至加到这个数目。此后正式入职的新职工，从任职开始，每月扣除薪水的 1/10，任职满 6 个月后，并计作为入社的股份，以后继续每月扣除薪水的 1/10，至入社满一年时再行并计，作为增加的股份。社员认缴股份所得的利益为股息，于每年总决算后，除应提出的公积金、社会福利基金及职工红利外，由社员大会依营业的盈余，议决按股分配股息。店内经济完全公开，每年都有会计师查账证明。"总之这个生产合作社的原则，以社员共同投资，经营出版事业，促进文化生产为宗旨，除用在服务社会事业上的费用外，所得赢利归于全体。这虽不能算是合于理想的办法，但至少已没有谁剥削谁的存在，各人一面为社会服务，同时也为着自己工作。"①

最重要的是，未来的生活书店，虽然是股份制公司，却杜绝了一股独大的可能，没有人因为股权独大而赚取其他人劳动的剩余价值。当生活书店越做越大，有人称邹韬奋是"资本家"，生活书店的店员们都晓得这是天大的误会，而韬奋也只能是一笑了之。因为凡生活书店的人都晓得，这份产业可没有谁一股独大，哪里来的资本家！

在那些谋划未来事业的日子里，韬奋兴奋不已，恨不得把自己所有的智慧和激情都投入建设当时中国还不曾有过的书店——生活书店。可是，生活书店成立还不到一年，1933 年 7 月，韬奋就被迫流亡国外。此后两年多时间，他把生活书店委托给了胡愈之和徐伯昕。胡愈之为生活书店做事，不取报酬，却全力以赴，在两年多时间里，与徐伯昕、毕云

① 《韬奋全集（增补本）》第 5 卷，第 628 页。

程、艾寒松、杜重远以及后来加入的张仲实[①]等人密切合作，把生活书店发展成了抗战时期我国最活跃、最具影响力的出版机构，推动了抗日救亡运动的发展。在中共党史研究中，胡愈之被认为是党内最早重视、支持韬奋《生活》周刊和生活书店的第一人。

7｜《生活》见证韬奋的转变

青年邹韬奋主编《生活》周刊，自然意气风发，力谋改变。

首先是明确刊物宗旨“暗示人生修养，唤起服务精神，力谋社会改造”，可是说得比较概括，而且还是当时社会上的流行语。

韬奋投身新闻出版事业，本就出于对真相与真理的关注，对社会和人民大众的关心，他想做一个受读者拥戴的记者和编辑，在接手《生活》周刊之初，他做得最好的就是职业青年的操守。

从周刊最初几卷的内容来看，韬奋的注意力主要在职业青年的修养方面。刊物接连刊载了几十篇论述服务的“条件”，包括才干、学问、德性、见识、态度、体魄等，以及社会服务所需要的“性情”：耐劳苦、有礼貌、负责、服从、合作、俭朴、无恶嗜好和无奢望等。刊物的文章开始增强趣味性，重视海外趣闻，把中外文化交流故事讲得妙趣横生。从第三卷起，周刊又把办刊宗旨在每期的报头上重复刊登出来：“本刊

---

① 张仲实（1903—1987），陕西陇县人，著名马列著作翻译家、马克思主义理论家、编辑出版家。1925年加入中国共产党。1935年初任生活书店总经理，后兼任理事会主席。主编青年自学丛书和《世界知识》《国民公论》等刊物，还参加编辑《抗战》三日刊。1940年赴延安，任中共中央马列学院编译主任、中央宣传部出版科科长等。新中国成立后，任中央宣传部国际处处长，中央马恩列斯著作编译局副局长、顾问。

期以生动的文字，有价值有兴趣的材料，建议改进生活途径的方法，同时注意提醒关于人生修养及安慰之种种要点，俾人人得到丰富而愉快的生活，由此养成健全的社会。”这时全年五十二期周刊的内容一直保持着趣味化的特色，而增设的《读者信箱》已经发展起来，青年读者蜂拥而至。韬奋通过通信形式帮助读者处理他们的生活、职业方面的问题，周刊的亲和力迅速增强。

青年主编不会就此停歇。怀揣着理想的韬奋总要不断向前，务求实效。在1927年的第二十一期上，他撰写的《本刊与民众——本刊动机的重要说明》表现出周刊明显的进步倾向："本刊的动机完全以民众的福利为前提"。他说："什么是民众？这虽没有一定的界说，我以为搜括（刮）民膏摧残国势的军阀与贪官污吏不在内；兴波作浪，朝秦暮楚，惟个人私利是图的无耻政客不在内；虐待职工，不顾人道主义的惨酷资本家不在内；徒赖遗产，除衣食住及无谓消遣以外，对于人群丝毫无益的蠹虫也不在内。除此之外，一般有正当职业或正在准备加入正当职业的平民都在内；尤其是这般人里面受恶制度压迫特甚的部分。”[①] 这鲜明显示出韬奋一心为人民大众的出版理念。

不过，韬奋当时并不了解阶级斗争学说。他一方面坚定地要为人民大众伸张正义，另一方面却并不理解这需要通过阶级斗争才能达到目的。我们今天阅读《生活》周刊第二卷第十三期上发表的作者杨耻之的《农民运动与暴动》一文，就明白韬奋和他主编的杂志对阶级斗争还是相当无知。这篇文章对蓬勃发展的湖南农民运动是歌颂的态度，文中特别写道："（湘潭）农民协会捉得姓晏的劣绅，交着县署，县长不能办理，想打电（报）去问省政府，农民决不依从，于是就拿出衙门，挥旗为命令，就把姓晏的枪决了。还有别的县份，捉到土豪劣绅，戴高帽子，游街示众，你看是怎样的力量？不就是农民群众的力量吗？这样事

---

① 《韬奋全集（增补本）》第1卷，第645、644页。

情都做到了，你看是何等的快乐？”主编韬奋在文后却加了按语，首先对农民斗争表示了同情，同时又认为群众心理往往不受理性的制裁，主张惩罚恶徒需要“经过相当的法律手续”，倘若不经法律手续，“恐怕渐渐要引起‘暴动’的风气”。[①]

在这段按语里，我们不难看到，虽然同情劳苦大众可对阶级斗争不甚了了的知识分子韬奋。那个时代，像邹韬奋这样对阶级斗争怀着矛盾心理的知识分子并不在少数。

1927 年大革命失败后，邹韬奋跟那时候为数相当多的一部分知识分子一样，在一个相当长的时间内继续受着国民党反动派的蒙蔽。当时流行在知识界的形形色色的反动和错误的政治思想，曾阻碍他们的思想进步。韬奋在办刊过程中始终抱着一种期待社会开明、国家进步的美好理想和为民众服务的善良愿望，虽然也认真发表过一些评论社会问题和揭露贪官污吏的文字，对于代表大地主大资产阶级利益的国民党政府的腐朽黑暗统治表达强烈不满，但因受到思想认识上的局限，刊物偶尔还发表过对远在闽浙赣地区的工农红军持敌视态度的文章。这些文章的材料基本上源于道听途说，或直接引用自国民党报刊造谣污蔑的信息，而编发者基本上没有对阶级斗争的正确认识。

韬奋是一个爱国、民主、进步的知识分子。爱不爱国，一直是他检验事物的主要分界线。1931 年 5 月，《生活》周刊就对于日本军阀制造的“万宝山事件”和在朝鲜迫害华侨的事件进行了详细的揭露，表示了极大的愤慨。韬奋在周刊第六卷第二十一期上撰文，就日本必然侵略我国的阴谋，对国人做了“垂涕哀告”，他说“全国上下应有彻底的觉悟，应具有世界的眼光”。此后他又接连写了许多大声疾呼坚决抗日的文章。

韬奋和他主编的刊物在思想上发生急剧转变，是在 1931 年九一八事变以后。

---

① 穆欣：《邹韬奋》，首都师范大学出版社 1995 年 10 月版，第 58 页。

从九一八事变起，日本帝国主义的武装侵略迅速改变了中国的政治格局。随着中国共产党政治影响迅速扩大和广大人民群众日益觉醒，韬奋逐步接受了马克思主义，参加了中国共产党所领导的民族解放斗争。韬奋的思想转变过程，可以从他所主编的《生活》周刊里找出鲜明的痕迹。当时，抵抗日本侵略者的进攻，成为全国人民的迫切要求。工人、农民、学生的抗日运动大潮在国民党卖国政府的统治区内汹涌澎湃地高涨起来。其间，广大群众同国民党卖国政府作了各种斗争，从请愿一直到发生冲突。可是以蒋介石为首的国民党反动派仍然在叫嚣着“攘外必先安内”，继续开门揖盗，引起了全国人民的愤怒。

韬奋和他的同事们终于在愤怒中觉醒了。在不断探索救国救民的道路上，在中华民族最危急的时刻，韬奋认识到中国共产党的主张是正确伟大的，应该拥护。《生活》周刊的面貌自此焕然一新。

韬奋在思想认识上的转变，我们从他与胡适关系的变化上可以清晰地看出来。

五四运动的前夕，在圣约翰大学上学的韬奋对胡适在新文化运动中的言行，特别是在文学改良上的主张相当认同。韬奋于1920年着手翻译《民本主义与教育》，原著作者杜威就是胡适在美国留学时的导师。1919年5月杜威来华讲学，就是胡适亲自担任现场翻译。韬奋接手《生活》周刊后，先后发表过5篇胡适的文章，还发表了介绍评述胡适言论的文章20多篇。1927年11月，韬奋在上海对胡适进行采访，两人一见如故，相谈甚欢。胡适说：“《生活》周刊，我每期都看的。选材很精，办得非常之好。”胡适还诚恳地表示：“我向来对于出版物是不肯轻易恭维的，这是实在的话。……我并听得许多人都称赏《生活》周刊。”① 思想界、学术界名人胡适对于《生活》周刊的肯定，对当时的韬奋当然是很大的鼓舞。胡适很认真地接受了韬奋的采访，谈了自己的求学经历、

---

① 聂震宁：《韬奋精神六讲》，第70页。

家庭状况、现实生活乃至对中国问题的观察。采访结束时，胡适没有忘记再次称赞《生活》周刊，说他很佩服《生活》周刊的努力精神。采访当晚，韬奋即撰写了《访问胡适之先生记》，很快发表在《生活》周刊上。①

在国难当头、战争乌云密布之际，事情正在发生变化。

1931 年九一八事变后，面对深重的民族危机，韬奋以极大的义愤和满腔的爱国热忱投入抗日救亡运动中。1932 年 3 月 9 日，日本一手炮制的伪满洲国成立。胡适作为思想界、学术界的名人，在国难当头之际，竟然一味主张温和冷静，主张不抵抗主义，并表示，对一切能暂时停止战争的妥协举措，他都表示欢迎拥护。在他主编的《独立评论》创刊号上，他一反自己曾经主张的“不问政治”的“超然”态度，发表了《上海战事的结束》一文，公然赞许国民党在淞沪抗战上的妥协态度，赞扬丧失主权的《淞沪停战协定》。此后，在《独立评论》上，胡适连续发表文章谈中日关系问题。他认为中国还没有资格和条件抵抗日本。他主张直接同日本交涉，直接向国际联盟交涉，不战就可以和。后来，国际联盟调查团发表了罔顾日本侵略中国事实的调查报告，胡适却在《独立评论》上撰文赞扬，称赞它为“代表世界公论的报告”，认为对于报告提出的所谓“满洲自治”，“看不出有什么可以反对的理由”。他说：“中国政府应该表示愿意依据十月中日本在国联提出的五项原则，进行与日本交涉东三省的善后问题。”五项原则中的第五项即“尊重日本帝国在满洲之条约上的权益”。胡适甚至说：“中国不妨自动的主张东三省的解除军备。中国日本俄国皆不得在东三省驻扎军队。”②

胡适称赞公然鼓吹“满洲自治”“国际合作”共管的国联报告，激起了韬奋心中的怒火，他立即发表了截然不同的看法。韬奋在周刊上撰

---

① 《韬奋全集（增补本）》第 1 卷，第 872—876 页。

② 马仲扬、苏克尘：《邹韬奋传记》，重庆出版社 1997 年 9 月版，第 145 页。

文指出："自东北国难发生以来，我国所唯一仰望的救星国际联盟，它的千呼万唤的调查报告书总算公布了。该报告书所加于中国的罪名是'抵货'与'排外'；所建议的解决办法是不仅东三省应由国际共管，全中国都应由国际共管……这是我国对国联千乞万求，国联于哀矜中所慨然赐给我们的特惠！""这种'特惠'，我想凡是做中国人没有不想'璧谢'的，因为他们把'华人'和他们的'殖民地'的奴隶放在同等优遇的地位，这当然要引起我们的反感。"[①]

1933 年 3 月 25 日，《生活》周刊在《读者信箱》一栏中披露梁漱溟、胡适通信讨论"我们走那条路"的内容。胡适认为中国人真正的敌人是贫穷、疾病、愚昧、贪污和扰乱，解决这五大敌人只有一条路，就是一步一步做自觉的改革。梁漱溟则反驳，认为疾病、愚昧皆与贫穷为缘，贪污与扰乱有关，贫穷直接出于帝国主义的经济侵略，扰乱则间接由帝国主义之操纵军阀而来，因此，帝国主义实为症结所在。韬奋针对梁、胡通信撰文道："我们觉得胡先生的话是倒果为因，模糊大众革命所应认清的明确对象。梁先生的话比较的近于事实。"他指出，中国的自救"相信果有以大众为中心的革命政府建立起来，驱除帝国主义和它的走狗军阀以及它们的种种附属品，并非不可能的"。[②]

韬奋对于胡适观点的批驳，已经从抗日救亡扩展到中国向何处去这一更为深刻的层面。胡适当时已经是学界名人，韬奋作为一个年轻的出版人，与这样一位大人物直接对立，是需要勇气和胆识的。可韬奋是一位敢于为真理而斗争的爱国者，他不可能对这样一些于抗日救国有明显消极作用的言论置之不理。"位卑未敢忘忧国"，韬奋自幼便有如此情怀，大是大非当前，他不会顾及彼此地位的尊卑。

胡适在上海对新闻界发表谈话时曾说："余对上海停战与华北停战，

---

① 《韬奋全集（增补本）》第 5 卷，第 205、206 页。
② 《韬奋全集（增补本）》第 5 卷，第 237、238 页。

均属赞成，须知华北停战后，最低限度，可减少吾人之损失……”韬奋立刻撰文反驳，题目为《听到胡博士的高谈》，文中讥讽胡适：“听到他近来对国事发表的伟论，实无法‘佩服’，只觉得汗毛站班！”①

1935 年，“一二・九”运动爆发，胡适一则表示同情学生运动，一则表示“罢课是最无益的举动”，“会导致社会的轻视和厌恶”，他力劝学生要“安心向学”，不要闹运动。韬奋立刻以《再接再厉的学生救亡运动》为题，撰文批驳道：“有些人一再发挥知识的重要，力劝学生‘埋头’到课堂去。我们以为求知识不在读死书，不在‘洋八股’，更不在养成‘顺民’式的教育；在民族这样危险万状的时候，知识须和民族的解放斗争联系起来，在实际行动和实践中才有真知识可以求得。”文中针对在日本军国主义逼迫下，华北当局公然宣称要修改学生教科书这一事实，提出诘问：“我们不知道不顾现实而满口唱着‘埋头读书’高调的先生们对于这种事实何以自解？所以为避免奴隶教育的惨祸而求得真可‘安心读书’的环境起见，正需要发动救亡运动，不能‘埋头’不顾一切。”②

韬奋实在不能容忍胡适这位文化名人对日本帝国主义妥协的态度。1936 年 7 月，胡适以中国首席代表的资格，赴美国出席太平洋国际学会。临行前，韬奋仍不忘再次对这位首席代表在抗日上的态度予以批评。韬奋以《送胡适博士赴美》为题，撰文指出：“胡适博士最近的政治主张，有许多地方是我们所不能同意的”，“而且胡适博士一面主张把东北四省送给外人，一面又主张中央下令讨伐西南，薄于己而厚于人，也未免过火了些”。③

韬奋在抗战大局观上始终态度清醒，对中国革命的形势有了正确认

---

①《韬奋全集（增补本）》第 5 卷，第 603 页。

②《韬奋全集（增补本）》第 6 卷，第 512、513 页。

③《韬奋全集（增补本）》第 6 卷，第 695 页。

识后，他选择了民族解放事业的正确方向，一旦选择，就一往无前，义无反顾。

蒋介石并不了解《生活》周刊的邹韬奋是怎样一个人，想来他觉得这是一介寒儒，只要派出大员，诱之以利，威逼之以武力，不愁他不肯转到自己身边来。

1932 年 1 月，蒋介石派出自己的心腹、国民党将军胡宗南专程到上海，用汽车把邹韬奋接去谈话。

胡宗南出身于黄埔一期，深得蒋介石的信任和重用，由他出面来谈《生活》周刊问题，可谓文武压力俱备。胡宗南向韬奋提出抗日问题和《生活》周刊的社会主张问题，名曰讨论，实则为施加压力。他要求韬奋改变立场，拥护国民党政府"攘外必先安内"的主张。韬奋据理力争，展开了激烈的辩论。对于抗日问题，韬奋向胡宗南说明："站在中国人民大众的立场上，对于暴日的武力侵略，除了抵抗以外，不能再有第二个主张。"对于《生活》周刊的社会主张，韬奋也明确表示："站在中国人民大众的立场上，站在一个认识清楚中国局势而有良心的新闻记者立场上，对于中国前途，认为只有改变生产关系，而后可以促进生产力，舍此以外，并无第二条出路。"最后讨论到具体问题，胡宗南要求韬奋拥护政府抗日。韬奋回答道："只拥护抗日'政府'。不论从哪一天起，只要'政府'公开抗日，我们便一定拥护。在'政府'没有公开抗日之前，我们便没有办法拥护。这是民意。违反了这种民意，《生活》周刊便站不住，对于'政府'也没有什么帮助。"

两人你来我往，激烈辩论达四个小时之久。一介文弱书生竟然如此强硬，这是胡宗南这个国民党将军始料不及的。

自负的将军无可奈何，只好僵硬地握别："请先生好自为之！"[①]

---

① 上海韬奋纪念馆编《韬奋的道路》，生活·读书·新知三联书店 1958 年 6 月版，第 186—187 页。

谈锋甚健的主编以高冷的沉默握别了盛气凌人的将军。

武将胡宗南算是见识了书生邹韬奋。

此后，《生活》周刊的境况愈发艰难。先是1932年7月被禁止邮递，同月在几个省被禁止发行。再后来，一些御用的无耻文丐一再造谣，诬蔑韬奋是国家主义派，是什么国家社会党，造谣韬奋准备携巨款溜到外国去，等等。韬奋面对打压和流言蜚语，态度异常坚定。他说：“本刊同人自痛遭无理压迫以来，所始终自勉者：一为必挣扎奋斗至最后一步；二为宁为保全人格报格而决不为不义屈。”①

蒋介石对《生活》周刊发行量高居全国同类刊物首位表示讶异，后来竟然让上海滩青帮大佬杜月笙来找邹韬奋，邀请他去南京“当面一谈”。杜月笙表示自己将“亲自陪送”面见蒋介石，并向邹先生拍胸脯保证：“有我杜某陪你同往，又陪你回来，安全绝对没有问题。”邹韬奋同胡愈之、徐伯昕商量后，认为不能贸然前往。临行前，邹韬奋把不去南京的决定告诉了杜月笙，青帮大佬很不痛快，却也无奈。原计划邹韬奋当晚就应该乘火车前往南京，第二天清晨复兴社特务处处长戴笠在南京下关火车站接站，没想到空跑一趟。戴笠从下关火车站败兴而回，途中适逢倾盆大雨，道路溜滑，车子倾覆，弄得他全身污泥。几年后，韬奋在重庆遇到国民党要员张群，张群在谈话中无意间透露道：“蒋先生实在是非常重视人才的，那次约你到南京面谈，就因为陈布雷太忙，要请你留在南京帮帮陈布雷的忙。”如此看来，蒋介石打的是“不为所用，即为所有”的主意，要逼迫韬奋归顺，使之成为“陈布雷第二”。②

可是，邹韬奋只会永远坚守自己认定的立场，宁可只做“邹韬奋第一”。

1933年12月，国民党反动当局查封《生活》周刊的命令发布，当

---

① 《韬奋全集（增补本）》第5卷，第446页。

② 聂震宁：《韬奋精神六讲》，第77—78页。

时邹韬奋正在国外，这是他出国前和胡愈之等人早已预料到的，为此，他在 1932 年 10 月就写好了《与读者诸君告别》一文，计划在《生活》周刊被封的最后一期刊出。他在文中写道："本刊自东北国难发生以来，愈痛于帝国主义的侵凌与军阀官僚的误国，悲怆愤慨，大声疾呼，希望能为垂危的中华民族唤起注意与努力，不料竟以此而大招政府当局的疑忌，横加压迫，愈逼愈厉……记者为自己人格计，为本刊报格计，都抱有宁为玉碎不为瓦全的决心……现在所受压迫已至封闭地步，已无继续进行之可能，我们为保全人格报格计，只有听其封闭，决无迁就屈伏之余地……至诚希望诸君也把对于本刊言论的同情移到实际方面的努力，共同奋斗，共谋中华民族的独立与解放。"①

1935 年 11 月，韬奋回国，把新创刊的《大众生活》周刊办得更加出色，在"一二·九"运动中影响遍及全国。这次又招来了国民党高层官员的"拜访"，从南京来了两个高官，一个是国民党特务组织复兴社的书记长刘健群，一个是国民党 CC 系②头目张道藩。他们让著名诗人邵洵美做中间人，约韬奋于晚上到邵洵美家见面。南京来的两位大员跟邹韬奋谈话，就是一个意思：《生活》周刊停止抗日宣传，一切按蒋介石"攘外必先安内"的思想开展工作。谈话持续到次日凌晨一两点钟，直到最后，韬奋还是坚定回应："不参加救亡运动则已，既参加救亡运动，必尽力站在最前线，个人生死早置度外！"他还说："政府既有决心保卫国土，即须停止内战，团结全国一致御侮，否则高嚷准备，实属南辕而北辙。"弄得两位身份显赫的南京大员悻悻然而归。

① 《韬奋全集（增补本）》第 5 卷，第 445—447 页。

② CC 系：以蒋介石的嫡系宠信陈果夫、陈立夫兄弟为首，掌握国民党党务大权的一个政治派系。其最初成立时的基本任务是两条：一是把蒋介石捧上国民党领袖的宝座并加以维护，遏制打击国民党内的其他派系；二是彻底消灭共产党和人民的民主权利，造成蒋介石独裁统治的局面。

“决无迁就屈伏之余地”！这就是转变到光明方面来的邹韬奋思想意识和高尚人格的真实写照。

邹韬奋主编《生活》周刊，逐步开启了自己的人生职业理想，以“竭诚为读者服务”的态度，从为青年的修养进而为社会大众主持正义，到为挽救祖国的危亡，强烈呼吁抗战，自始至终体现着他为大众、爱祖国、敢斗争的精神，在“我们这一群”的团结奋斗下，在中国共产党人的支持帮助下，创造了当时出版业的《生活》神话。在这一过程中，他逐步实现了思想意识乃至政治立场的转变。由起初循着“个性的倾向和一般读者的要求”朝前走，转变到接受阶级斗争学说的指导乃至更高思想的召唤，韬奋不断登高望远，一览众山，走上愈发宽阔的大道。

第六章 书生万里行

他不仅行了万里路，还读了万卷书。在考察中他有了许多切身的体会，在阅读中他有了深刻的认识，在思想上他有了很大的提高。三集“寄语”一部“忆语”，连同一部《读书偶译》，都是邹韬奋考察后发出的心语，是邹韬奋研读马克思主义经典著作后掩卷长思生发出的心曲，更是他心向光明，“朝着共产主义的方向，朝着中共的旗帜前进”的决心。

第六章

书生万里行

书生万里行

1 | 独自远行

1933 年 7 月，韬奋在跟胡愈之、徐伯昕等人反复磋商后，决定离开上海，前往欧美做一次万里远行。

这不是一般的出国考察。黑恶势力正在磨刀霍霍，尖刀利刃正在朝向包括邹韬奋在内的民主阵营。

1933 年 6 月 18 日，中国民权保障同盟总干事杨杏佛遭到国民党特务暗杀，震动全上海，震动海内外！

中国民权保障同盟于 1932 年 12 月 17 日在上海成立，宋庆龄任主席，蔡元培任副主席，杨杏佛为总干事。鲁迅、邹韬奋、胡愈之等都参加了同盟，成为当时爱国民主活动中一件引起舆论关注的大事。

在酝酿成立同盟的过程中，蔡元培、杨杏佛邀请鲁迅参加，由鲁迅邀请胡愈之，胡愈之邀请韬奋参加，他们都是志同道合的同志。

中国民权保障同盟在宋庆龄的领导下做了大量细致、切实有效的工作，特别是营救了一些被国民党非法逮捕的共产党员、反蒋爱国民主人士，发挥了一个公开的合法的群众团体在白色恐怖下所能发挥的最大作用。

中国民权保障同盟总会设在上海，在北平、上海设有分会。1933 年 1 月 17 日上海分会成立，邹韬奋与会，并被推为同盟临时中央执行委员。

1月21日，国民党当局未经相当的法律程序，仅以“宣传共产”为名，即将镇江《江声日报》经理兼主笔刘煜生枪决。此事引起全国人民的义愤。2月1日，韬奋参加中国民权保障同盟在华安大厦召开的执委会，会议决定发表宣言，抗议国民党当局擅自枪杀报人的罪恶行径。

2月4日，韬奋在《生活》周刊上集中发表两篇关于刘煜生被枪决案的“小言论”，认为“此案之有关系于一般国民所托命的民权问题，是很显然的”。

由于中国民权保障同盟敢于揭露国民党当局的残暴行径，矛头直指蒋介石及国民党的统治核心，坚持不懈地同他们的黑暗统治作斗争，因此从成立那天起，就被蒋介石视为眼中钉，必欲除之而后快。他派遣大量特务监视宋庆龄、鲁迅、邹韬奋等同盟成员的行动，破坏同盟的活动，而且还策划种种阴谋，企图暗害宋庆龄，但慑于宋庆龄等在海内外的崇高威望，不敢贸然下手，只好下令于1933年6月18日暗杀了同盟总干事杨杏佛，妄图以此达到“杀杨警宋”的目的。

6月20日，杨杏佛遗体在万国殡仪馆入殓，当时国民党特务放出话来，扬言在这一天还要暗杀同盟其他成员，但这并没有吓倒革命者宋庆龄、鲁迅和邹韬奋等人，尽管都被列入黑名单，他们仍冒着很大危险前往特务严密监视的殡仪馆吊唁。韬奋认为，杨杏佛“为保障民权努力，为保障民权运动而牺牲了他自己的生命，就这一点说，他的死是值得永远纪念的”①！

对于韬奋等人冒着危险执意前往吊唁，妻子沈粹缜很是担心，在韬奋出门时一再问“危险吗？”，韬奋告诉妻子“你不要怕”。“你不要怕”，这是韬奋经常挂在嘴边的一句话。多年后，在他病重即将告别人世时，他给妻子留下的最后一句话就是“你不要怕”。

---

① 《韬奋全集（增补本）》第10卷，第819页。

韬奋为杨杏佛被害悲愤不已，在 7 月 8 日出版的《生活》周刊上他撰文发出怒吼："世界上黑暗的国家，统治者对于革命的男女青年的摧残蹂躏，也一样的惨酷，不但惨酷而已，而且还要用极卑鄙恶劣的手段，造作种种蜚语，横加侮辱，以自掩饰其罪恶。这种手段当然是极端笨拙愚蠢的，因为略明事理及知道事实的人决不会受其欺骗；在统治者自身，徒然暴露其心慌意乱，倒行逆施，增加大众的愤怒和痛恨罢了。""俄国的革命便由统治者在这样压迫青年自掘坟墓中酝酿起来。"①

中国民权保障同盟是邹韬奋参加的第一个政治组织，由此他踏上了为在中国实现民主政治而进行长期斗争的征程。

然而，据可靠情报，韬奋已经被列入国民党特务暗杀的黑名单里，情形非常紧急，已经容不得他用笔杆子在周刊上连续发表尖锐的"小言论"了。当然，倘要韬奋为保全性命，从此偃旗息鼓、闭嘴缄默，似乎还来得及，然而，这不是从不屈服的韬奋所能做到的。

鉴于黑暗势力愈发猖獗的严峻形势，胡愈之、徐伯昕等人力主韬奋把筹划已久的出国考察设想尽快成行。妻子沈粹缜更是日夜担心韬奋的人身安全，也催促他尽快出国避一避风头，让他对家中三个孩子的抚养尽管放心，她愿意一力承担起来。反复权衡之下，万般无奈中，韬奋筹措了一笔款项，开启了出国考察的行程。

作为一位优秀的散文家，韬奋一直是非常喜欢旅行的。他信奉"读万卷书，行万里路"的古训，赴国外考察，原是他数年来魂牵梦绕的一件事情，这次能远行欧美，得偿心愿，按理是应该高兴的，可是，这次远行，却是在民族危机加深、国民党当局迫害爱国民主人士愈发残暴的关头，被迫告别眷念的妻儿，放下面临更大迫害的《生活》周刊和初创的生活书店，独自去往数万里外的异国他乡，他的心情能轻松吗？！

1933 年 7 月初的日日夜夜，韬奋忙得不可开交，一面要给《生活》

---

① 《韬奋全集（增补本）》第 5 卷，第 522 页。

▲ 邹韬奋被迫出国前与家人摄于上海吕班路（现重庆南路）万宜寓所

周刊撰文，一面要跟胡愈之、徐伯昕等人商量《生活》周刊社和生活书店此后一个时期的工作安排，一面还要筹办出行前的杂事，包括四处筹借旅费。此外，他还要挤出更多时间来跟妻儿相处，跟爱妻是离愁别绪，常作竟夜长谈；跟儿女在一起虽然是欢声笑语，那却是父亲强作欢颜，希望留给那些天真善良的心灵多一些幸福的记忆，而他时不时就要充满爱意地轻轻搂紧孩子，实在是不忍离开他心爱的宝贝们。

对于出国考察，韬奋是多么不愿意让人们误会他是由于软弱而逃避斗争。他从来就有战士的性格，战士的性格就是永不逃避。踏上行程不久，他就出版了游记《萍踪寄语》（初集），在书中的开头他写道："有一位很知己的好友听见我有出国之行，满腔热忱地赶着写了一封令我十分感动的信来勉励我，里面有这样的几句话：'你将离开这紊乱的祖国，绕过半个地球，到那西欧的古邦去了！记得什么人，也许是郑振铎？在出国的轮上作诗说："祖国现在需要战士，我却离开了她，那似乎不该，但，我离开她不是一种消极的退避，是到别的地方去，擦亮我的铠甲，磨锐我的兵器，预备来做一个更勇猛的战士！"那诗的大意是如此，我觉得你也正是这样的情形……'"

韬奋对这位好友来信里的叮嘱做出了坚定的回应："我只常常感到深深的惭愧，从不敢自命是'勇猛的战士'，没有'更'字之可言，那更是不消说的了，不过倘有'死得其所'的机会，对于斗争——有益于大众福利的斗争——只须是我的力量所能贡献的，我却也不愿退却。”

韬奋虽然坦诚地承认，这次离国是“带着苦闷和憧憬而去。漫漫长夜，不甘同流合污的谁都感到苦闷”，然而，“倘有‘死得其所’的机会……我却也不愿退却”。俨然向死而生的邹韬奋写道：“但黑暗势力的劲敌是大众的意志，决不是铲除几个个人就能高枕而卧的。最伟大的莫过于大众意志的力量，只须朝这方向努力，不会感到孤独，因为深信大众必有光明的前途，个人的得失存亡是不足道的……”“深信大众必有光明的前途”！韬奋心向光明！

7 月 14 日，韬奋登上了佛尔第号远洋客轮，离沪赴欧美考察。临行前，胡愈之、徐伯昕和《生活》周刊社诸位同人赶来送行，韬奋在妻子沈粹缜的陪伴下乘车来到码头。大家在码头上依依惜别，互道珍重。

▲ 邹韬奋出国，胡愈之（右三）、徐伯昕（左一）、沈粹缜（右一）等至码头送行

尤其是沈粹缜，体现了每临大事有静气的气度，她一言不发，想说的话两人在家里都已经说过多遍，此时的她只是沉静地伫立在丈夫身旁，让韬奋跟同事们多些交流。大家闺秀的她理解韬奋，他需要跟同事们有更多的交流，更多的叮嘱，更多的鼓励，她的丈夫已经属于他所从事的事业——爱国民主进步的文化事业，大众的事业！她要把更多的时间留给丈夫和他的同事们，直到告别的最后一刻，她叮嘱韬奋“路上当心”，韬奋轻抚她的肩胛，回应她“不要怕”。

就这样，邹韬奋开始了万里远行。

2｜道路阻且长

韬奋于 1933 年 7 月 14 日乘船离开上海，1935 年 8 月 9 日在美国旧金山登船回国，历时两年余，行程数万里。韬奋这次流亡之旅，足迹遍及世界，重点考察了英、法、德、意、苏、美。他在《生活》周刊、《新生》周刊和《世界知识》上连续撰发记述海外行踪的考察通讯和游记，先后编辑出版 4 本通讯游记集，分别是《萍踪寄语》(初集、二集、三集)和《萍踪忆语》，累计 168 篇，57 万余字。其中，《萍踪寄语》(初集)记述 3 万里海程途经的中国香港、斯里兰卡(当时国名为锡兰)科伦坡、印度孟买、埃及塞得港等亚、非城市，以谈旅行见闻和英、法、意大利考察为主;《萍踪寄语》(二集)主记德国，兼及比利时、荷兰;《萍踪寄语》(三集)专记苏联。《萍踪寄语》三部书 37 万字全部在国外写成，文稿寄回国内发表出版，故名“寄语”。《萍踪忆语》专述美国考察见闻，因时间紧迫，于回国后追忆整理而成，故名“忆语”。《萍踪寄语》开始在《生活》周刊连载后，迅即风行海内外，读者喜称它是“充满着爱与力的新游记”。

说到韬奋先生的《萍踪寄语》（三集），我早年间还与它们有过一些交集。

1969 年到 1975 年的 7 年间，我是一座小山村的插队知识青年。邻村的一个知青不晓得从哪里弄到了《萍踪寄语》（初集、二集、三集），是民国年间生活书店出版的旧书。那时的我隐约听说过邹韬奋是一位著名作家、记者，但似乎没有读过他的书。我跟这个知青借了初集来看，觉得作家文笔流畅优美，文章内容丰富，也很有趣，让人长见识。50 多年过去了，我还依稀记得一些零零碎碎的片段，譬如，25 天 3 万里远洋航行，巨浪颠簸，实在是一次折磨人的苦旅；譬如，在远洋客轮上中国人遭遇欧美强国某些人的欺侮；再譬如，客轮夜行经过苏伊士运河，两岸广阔无垠，韬奋站在甲板上凭栏远眺，"明月清风，随我左右"……这游记文辞绮丽明快，意境悠远，让我这个热爱文学的插队知青佩服得五体投地，赶紧抄录下来。

回忆起 50 多年前我的零星记忆，觉得与伟大的文化先贤真是有缘了。现在，为了写作本书，我阅读了许多关于韬奋先生海外考察的资料，深有感触。韬奋两年多的欧美考察，与其说是"明月清风，随我左右"，毋宁用古诗来形容："行行重行行""道路阻且长"！

韬奋先生乘坐的是意大利轮船公司的万吨远洋客轮，船是富丽堂皇的，票价也特别贵。头等舱、二等舱是韬奋坐不起的，他的盘缠是筹借来的，他必须省着用，只买了票价减半的四人一个房间的经济二等舱。按照船上的规矩，上等舱的旅客可随意到下等舱里瞎跑，而下等舱里的旅客则不可以到上等舱里走动。如此这般，当时中国著名的出版家、作家韬奋先生，接下来 25 天的航海旅行，夜间在油漆味很重、很是闷热的小卧室里度过，白天只能终日在公共吸烟室里看书、写文章或谈话，还有就是在吸烟室两旁外的甲板上走走，想想也是够枯燥的。航行途中，船过印度洋时突然遇到飓风的袭击，风浪十分凶猛，他在卧室里闷得受不住，偶尔勉强到甲板上透透气，突然一个巨浪飞来，甲板上急流汹涌，亏得他急忙抓住船旁一根绳索。险些葬身大洋的他吓得一连三四天闷卧在房间里，脑子就时时要破裂似的，全无航海之乐，甚至对什么都兴味索然。

在远洋客轮上，韬奋不仅没能摆脱出国时的苦闷心情，而且走出国门置身异地，夹在别国人群里面，想到自己国内的乌烟瘴气，所感到的苦痛更加深重。

在船上，他遇到的一些中国同胞多是流落异乡求生活的华侨。韬奋通过他们，又在沿途轮船停泊的地方遇到不少侨胞。他每次跟侨胞们交谈，都会看到他们深痛于祖国遭遇列强的歧视。侨胞在外随时随地受到他族的凌辱，为此所表现出的民族意识也特别强。这种受人轻慢、被人凌辱的情景，韬奋很快就亲身感受到了。他坐的这艘船上既有属于意、德、英、美、法、奥、荷等西方帝国主义国家的旅客，也有属于印度、印度尼西亚和马来西亚等东方受殖民统治的国家的旅客，他们在船上泾渭分明，后者遭到前者的歧视。韬奋和一些中国旅客同样遭受前者的蔑视。

那些西方旅客对中国和其他东方人不仅是不加理睬，有时还在许多日常小事情上找别扭，故意欺负。韬奋一路上观察船上西方游客的表现，为中国人当时在国际社会上受歧视而深感精神上的伤痛。

韬奋从登上远洋客轮开始，到考察欧美诸国，除了在苏联受到许多机构的礼遇，一路上都有若干种族偏见、种族歧视的故事发生。

韬奋冷眼观察，发现在那些西方国家的游客里面，架子最大、神气最足的要推英国人，他们最沉默，一副不睬人的态度，无论是一个或是几个英国人坐在一处，使你一望即知，他们是“大英帝国的大国民”。这些情景让韬奋在精神上大受刺激。在英国考察时，韬奋租住在普通英国老太太家中，本来相安无事，彼此客气相待，可是，期间有一个英国人前来临时寄居，就因为这里有中国人住，尽管房东老太太说这位中国人是“中国的君子”，对韬奋先生满口赞誉，那个英国客人还是坚决表示决不能跟中国人住在一个屋子里。韬奋从英国乘美国客轮前往美国时，船上甚至还有许多在意大利客轮上不曾有过的对中国人的种族歧视行为。韬奋在《萍踪忆语》一书里气愤地记下了这些遭遇。

"道路阻且长"，不只是用来形容艰难的三万里大洋航程，更是彼时中国人在国际社会的困窘、卑微、无奈的处境的深刻写照。

韬奋对这一问题当然早已有了大量的研究，在精神上、心理上是有充分准备的，可是，当孤身在外，身处困境，他还是抑制不住地生气、愤怒，他在《萍踪寄语》（初集）里写道："中国人到国外易于被人凌辱，却是一件无可为讳的事实，理由很简单，无非是国内军阀官僚们闹得太不像样，国际上处处给人轻视，不但大事吃亏，就是关于在国外的个人的琐屑小事，也不免受到影响。"①

韬奋要让国内读者尽快了解他的所见所闻、所思所想，达到他一直在为之奋斗的"力谋社会改造"的目的。他希望以中国人在国际社会遭受的屈辱，引起国人改造社会、振兴民族的觉醒。

当然，韬奋在国际旅途中也有许多让他感到愉快的事情，其中很是让他感到开心的是随时会遇到《生活》周刊很多热情的读者。尽管有人恨不得封杀这份周刊而后快，残忍摧残他最心爱的事业，逼得他到处颠沛流亡，他却能从遍布海外各地的"《生活》读者"那里找到真诚的朋友。

在客轮上，有些"《生活》读者"闻讯赶来，怀着激动的心情和韬奋攀谈，眼前就是如雷贯耳的《生活》周刊主编韬奋，他们从周刊上久闻其名而未见其人的著名记者、作家韬奋就在眼前。他们异口同声地告诉韬奋，我们是"《生活》读者"，使韬奋感到如春风扑面。最初三四天就有十几名旅客，后来渐渐像滚雪球一样人也多了起来。这些人里头有

---

① 韬奋：《萍踪寄语》，上海三联书店 1987 年 9 月版，第 23 页。本书所引《萍踪寄语》均出自此版本，后不一一标出。

到国外参加国际会议的学者，有银行的经理，有在国外经商的侨胞，也有刚毕业的大学生。他们前来看望韬奋先生，很痛快地畅谈起来，立刻成了亲密的朋友。

船到新加坡，旅客们登岸参观，韬奋在天南酒楼遇到一个姓李的侨胞，李先生告诉韬奋，当地侨胞最喜欢看的期刊就是《生活》。因为他们觉得《生活》所说的话，都是侨胞心里的话。船到斯里兰卡的首都科伦坡，韬奋正准备和同船的几个"《生活》读者"到岸上玩，凑巧当地有位李先生上船来接他朋友，他也是一个热心的"《生活》读者"，听说韬奋也在船上，立刻急匆匆地找到韬奋，雇了两辆汽车，邀约韬奋他们一同乘车环游科伦坡全市。

当时《生活》周刊在南洋的华侨中间传布很广，订户甚多。除了各大城市大商埠，即便在许多人迹稀少的穷乡僻壤，只要住有一两家中国人，那里就有《生活》周刊的读者。

即便后来到了欧洲，韬奋也还不时遇到"《生活》读者"。譬如，佛尔第号客轮到了意大利威尼斯，同他一同下船的三个人，以及由德国前来迎接同船旅伴的一个人，恰好都是"《生活》读者"。他们5个人临时组织起来在意大利游历了几天，这个小小的游行团就被他们戏称为"《生活》读者旅行团"。

《生活》周刊的影响竟然如此深入而且广泛，尤其是"《生活》读者"受到的影响竟然点点滴滴可见，韬奋强烈地感到过往的努力没有虚掷，前行的目标愈加明确。行行重行行，总有"《生活》读者"，让他大有意外收获的喜悦。收获，本是他和同人们心存希冀、追光而遇、沐光而行的应有收获，可这是在心平如镜时蓦然回首却见故人，构成了意外之喜。如此可见，尽管道路阻且长，只要心存希冀、追光而遇、沐光而行，终归有一份人生事业的收获在前方等待。

3 | 警惕“法西斯”

去欧洲考察，一般文化人，往往要把这里的历史文化放在重要位置。举凡大斗兽场、比萨斜塔、圣母百花大教堂、埃菲尔铁塔、卢浮宫、巴黎圣母院、德国古堡、莱茵河、白金汉宫、大本钟、泰晤士河等等，必定作为考察对象，以此表明“到此一游”。倘要写成文章，尤其是写游记一类作品，通常少不了要大量抄写人家的文化手册、游览介绍。可是，韬奋并不是一般的文化人，他是衔着记者的使命而去，背负着“力谋社会改造”的沉重责任前往，他要为“《生活》读者”传播异国他乡的社会真相，为自己的祖国、民族寻找前途出路。

自从 20 世纪 30 年代前后，国民党统治了我国大部分地区，国民党统治集团开始推行德国、意大利的法西斯政党的专制统治方式，特务横行霸道，暗杀为所欲为。蒋介石直接鼓吹希特勒、墨索里尼的“领袖政治”，极力把法西斯暴政移植到中国来。在九一八事变后，国民党当局一面加紧进行反共反人民的内战，一面加紧发展恐怖的法西斯特务组织，除原来的 CC 系法西斯特务组织之外，蒋介石又成立了一个新的法西斯组织——复兴社[①]。

在这两个恐怖的法西斯特务组织里边，收罗了汉奸、敌探、无赖、痞子、“文化流氓”等社会上的渣滓和堕落分子。他们到处建立秘密的悲惨地狱，以镇压抗日的爱国运动。中国民权保障同盟总干事就是被这

① 复兴社：通常被称为“蓝衣社”，在 1931 年九一八事变后由蒋介石成立，旨在加强政府内部控制、对日备战和镇压中共运动。复兴社是一个具有典型的特务和军事性质的组织。

些法西斯特务组织暗杀的。

蒋介石对法西斯专制甚感兴趣，他先和法西斯的“老祖宗”墨索里尼结成密友，派遣了许多青年到意大利去留学。希特勒1933年在德国上台，中德关系进入“蜜月期”。蒋介石派遣孔祥熙前往德国面见希特勒，并雇用大量德国军事顾问，训练自己的军队，购买德式装备，对共产党领导的中国工农红军开展更加疯狂的军事“围剿”。国民党当局加紧贩卖法西斯的货色，实行法西斯专制。

韬奋赴欧洲考察，自然要把对法西斯的考察放在重要位置，借以唤醒国人。

1933年，正是国民党当局大张旗鼓歌颂德意法西斯“丰功伟绩”的时候，韬奋决意对德意法西斯统治的真相加以考察并揭露，以及时引起全国人民警惕，抓紧行动起来，抵制法西斯暴政。他到意大利的时候，恰逢意大利举行法西斯10周年纪念活动，还举办了盛大的展览会。

韬奋乘坐的客轮停靠埃及塞得港后，船上忽然上来了500名左右的男女青年，女子约占200人，男女分开两部分安顿。青年总是活跃的，他们在甲板上叫嚣奔跑，成群结队地乱闯着。原来他们都是在埃及的各学校里的意大利青年，是意大利法西斯蒂的青年党员，同往罗马去参加该党的10周年纪念活动。韬奋写道：“男的都穿着黑衫，女的只穿白衫黑裙。……记者曾就他们里面选几个年龄较大的男青年谈谈，有的懂法文，有的懂英文，问他们是不是法西斯蒂党员，答说是；问他们什么是法西斯主义，答不出；不过他们都知道说墨索里尼伟大，问他们为什么伟大，也答不出；只有一个答说，因为只有墨索里尼能使意大利富强；我再问他为什么，又答不出！其实法西斯主义究竟是什么，就是他的老祖宗墨索里尼自己也不很了解，不能怪这班天真烂漫的青年。”①

① 韬奋：《萍踪寄语》，第39页。

到罗马后，韬奋去看过法西斯10周年的展览会，感觉十分可笑。他写道："我所特别注意的是他们究竟替意大利人民干出了什么成绩，要这样大张旗鼓地希望人去'览'，但却一些'览'不出，原来他们只不过按年把该国法西斯一党发展中的杀人照片、'烈士'照片、所用的刺刀旗帜等等，陈列出来，尤多的当然是他们的老祖宗墨索里尼的大大小小各种各式的照片。"①

希特勒德国的"政绩"甚至超过意大利。韬奋还未进入德国境内，在火车上遇到一个德国女子，这个女子已经订婚4年，未婚夫一直失业，虽然他俩在事实上已同居了，却还无法结婚。因为按照希特勒新颁的法律，规定男女结了婚，只许男子就业，女的便须做家庭妇女。倘若他俩这时结婚，男方既未得到职业，她还必须随着失业，那么以后如何生活下去就不堪设想了。

她还告诉韬奋，在法西斯统治着的德国并非只有她一个人遭此厄运，她有9个女同学都已订了婚，因为她们的未婚夫都陷入了失业的困境，大家都未能结婚。这是由于失业问题严重，希特勒想用异想天开的办法来解决严重的社会问题。希特勒曾明目张胆地说，一个妇女的地位是在厨房里、教堂里和床铺上。

韬奋在德国考察，发现纳粹党人的各种法西斯劣迹在德国随处可见，他对这种情形进行了无情的揭露。他连续写了好几篇通讯，有《所谓领袖政治》《褐色恐怖》《种族的成见和梦想》《经济的难关——失业问题》《纳粹统治下的教育主张》等。在《所谓领袖政治》里他写道，到柏林后，常听到德国人互相见面打招呼时，不像法国人叫日安，英国人叫你好，而是喊一声希特勒万岁。"在照相馆玻璃窗内所陈列的，满山满谷的形形式式的希特勒的相片；在雕刻铺子或铜铁铸像铺子的玻璃窗里所堆着排着的，也是大大小小无微不至的希特勒的造像……这类

① 韬奋：《萍踪寄语》，第47页。

相片或是造像里所表现着的希特勒，当然都是威风凛凛，神气活现的态度。”①

韬奋在《褐色恐怖》一文中指出：“德国现在政治的特点：第一是领袖制度，其精神所在是中国古语所谓‘民可使由之，不可使知之’……第二特点便是残酷无比的‘褐色恐怖’。这种情形，在德国仅能略有所闻，因为他们也知道无人道的惨酷行为不是一件荣誉的事情，所以力守秘密。”

所谓“褐色恐怖”，即是指屠杀政治上的嫌疑人或普通民众的纳粹冲锋团，他们的团员身穿褐色服装。比冲锋团高一级的是“黑衫党员”，也就是希特勒的“国社党员”。

韬奋在文章里很详细地记录了德国一个音乐家，由于被指为嫌疑犯，被“褐色恐怖”严刑拷打到生不如死的恐怖故事，令人读来毛骨悚然。韬奋还记录了德国愈演愈烈的种族歧视现象。文中记道：“德国证券交易所有三百十四个经纪人被准许营业，有一百五十五人被拒绝，其中有半数被拒绝的理由是因为据说他们含有‘犹太血’的‘劣迹’。至于名教授、科学家、著作家等，因不幸被认为祖宗里面有的染有犹太血统‘劣迹’而被排斥驱逐者，更不可胜数。他们因为血统关系，无论在文化上有何重大的贡献，都在所不计的了。”②

韬奋在《种族的成见和梦想》一文里写道：“很浓厚的种族的成见和由这种族成见所引出的很滑稽的梦想。”这可以说是德国政治的第三个特点。希特勒认为，只有亚利安人是能够替世界创造文化，能替世界保存美的种族。所以他积极提倡要保全日耳曼种族的血统，要让唯一优种的亚利安人征服世界。有个希特勒的信徒甚至在一本书中写道，亚利安人“在远古时代，曾把文化带到印度，而且也许也带到迦勒底（西亚

---

① 韬奋：《萍踪寄语》，第 179 页。

② 韬奋：《萍踪寄语》，第 189 页。

古国）和中国去”。

韬奋愤怒地驳斥德国纳粹分子的谬论，尖锐地指出：“德国一般人民，我觉得都很可爱，所以我对于日尔曼种族只有敬重的态度，但国社党那样排斥其他种族的态度，我认为是成见；征服一切其他种族的念头，更是梦想。”[①]

韬奋在《萍踪寄语》中揭露了法西斯野兽屠杀德国人民的无数血腥的恐怖事实，表达了他作为一个爱国民主进步知识分子的良知。他的这些文章连续寄回到国内发表，引动许多读者追逐阅读，推动了国内爱国民主进步的运动。联系到国内的政治现状和国民党当局的专制行径，他愤然写道：“中国人所要重视的领袖是在行动上事实上有办法为大众努力的领袖，不是挂着空招牌摆着空架子的领袖。如有人自以为是中国的领袖而怪中国人民不知或不肯拥护他，我要请他问一问自己有了什么，做了什么，足以引起中国人民的信仰和敬重！”[②]可以看出，这里是远在欧洲大陆的韬奋向国民党当局的法西斯专政发出的质问。

4 关注民间疾苦

韬奋是一个关心民间疾苦、竭诚为大众服务的新闻出版人，即便来到欧洲发达国家考察，他也不曾忘记这里的人民，一如既往地，他的关注点常常在那里的民间疾苦。

1929 年末，欧美资本主义国家爆发了破坏力量空前巨大的世界经济危机，此后三年里愈演愈烈，资本主义各国共有超过 2,400 万失业工

① 韬奋：《萍踪寄语》，第 191 页。
② 韬奋：《萍踪寄语》，第 182 页。

人陷于饥饿贫困受苦的境地，数千万农民也陷入农业危机。

1933年7月韬奋来到欧洲，虽然经济危机看上去略有缓和，可是，由经济危机引发的政治社会的变化还是十分明显。意大利、德国法西斯正在抬头，欧美若干大国出现某些工业产值的高涨，虽在表面上呈现了某些繁荣景象，但底层人民依然生活在艰难困苦之中。

在法国，韬奋注意到，这里的高层知识分子的生活得到一定的合理保障。他以大学教授的工作生活状况举例，教授们的任职资格、工作条件、工资待遇，特别是他们的研究精神，他们所负起的科学上的发明和促进利用这种发明的责任，是大有贡献于学术和文明的。韬奋由此联想到国内的大学教授们，"倘若我们对于本国的学术及文明要获得巩固的基础和独立的进展"[①]的话，那么也应该对我们的大学和大学教授的状况做深切的反省。

在巴黎，自然有着作为国际大都市的讲究。韬奋看到随处可遇的公园，无论如何小的地方都有花草和种种石像雕刻的点缀，使它具有园林之盛；马路的广阔平坦更不必说，像上海的大马路在巴黎随处都是。此外，他还看到市政开办的浴室干净且廉价，供一般市民享用，使他耳目一新。当然韬奋明白，如做深一点的观察，资本主义的社会常会采取这样的小恩小惠，来缓和人民群众对于剥削制度的感觉和痛恨。韬奋一方面会给国内读者讲述这些发达国家治理社会的一些经验，但他最关注的还是这些发达国家的民间疾苦。

韬奋用了大量笔墨记录法国底层人民的生活。他说，虽然看到了以往在他人的海外游记里的"遍地的咖啡馆"和情色糜烂的"玻璃房子"，可是在繁华作乐的一边，他却真切地看到民间的疾苦。咖啡馆前可以看见衣衫褴褛、蓬头垢面的老年盲人，手上挥着破帽向路人乞讨；白发瘪

① 韬奋：《萍踪寄语》，第77页。

嘴、老态龙钟的老太婆，一面卖报一面叹气；无数花枝招展、挤眉弄眼的“野鸡”在向行人勾搭。在法国街头，韬奋时时遇到朝他抛出艳笑的妓女，令他感到深深的悲哀。而某些游记渲染的“玻璃房子”，不过是有些公娼馆的墙上装着镜子，让几十个赤裸裸的公娼混在里面更热闹些罢了。韬奋认为这般情形，足以表现资本主义化的社会里面商品化到了极致的地步。

在巴黎期间，韬奋很关注巴黎的报业。巴黎的报纸有1,600多种，其中60种是含有政治意味的，重要的报纸都是资产阶级的喉舌，全在资产集团——法国特有势力的资本家所组织的“铁业委员会”的掌握之中。除了左派如社会党、共产党的机关报对中国不说坏话外，其余报纸对中国的态度都不好，遇着中国出了什么坏事，便夸大其词；偶遇中国有了好事，便噤若寒蝉。尤其是九一八事变后，有的报纸得了日本的好处，居然公开地骂中国而袒护日本。

在法国，韬奋还遇到了许多生活在社会底层的浙江青田人。

光绪末年，一些浙江青田人因穷困不堪，被迫由温州出海，漂流到欧洲，以出售他们的青田石雕为生。最多的时候在欧洲有三四万青田人，他们不懂外语，不识字，不知道各种规章制度，动辄被外国的警察驱逐毒打，受到凌辱还感到莫名其妙。他们生活的艰苦，实在是一般欧洲人难以想象的。于是，在法国人的印象里，提到中国人就会想到衣衫褴褛、穷苦龌龊的青田人模样。韬奋悲愤地写道：“有谁出来说话，有谁出来保护！呜呼中国人！这是犬马不如的我们的中国人啊！”韬奋认为：“若国内不是有层出不穷的军阀官僚继续勇猛的干着‘侮辱国体’的勾当，使民不聊生，情愿千辛万苦逃到海外，受尽他人的蹂躏侮辱，这班小百姓也何乐而为此呢？”[①]

---

① 韬奋：《萍踪寄语》，第82页。

韬奋在欧洲旅行的时候，对于英国各方面的情势特别注意，因为英国毕竟是西方资本主义社会最老牌的帝国，可是他和英国的第一次接触得到的印象就很是不爽。他乘客轮渡过英吉利海峡，甫一上岸，就受到一番很麻烦的海关盘查。他把护照交给海关人员看后，对方问他来英国干什么，他回答说自己是个新闻记者，现在欧洲旅行考察。对方又很郑重地问："你不是来找事做的吗？"韬奋很幽默地答道："我是来用钱，不是来赚钱的！"这个海关人员听了也笑起来，但还是有些不放心地问他"钱在哪里呢"，直到看到韬奋随身带的一张汇票，才在他的护照上面盖了一个戳子放行。韬奋后来仔细一看，原来这戳子上还郑重注明："准许上岸的条件，拿此护照的人在英国境内不得就任何职业，无论有薪的，或是无薪的。"韬奋据此记下了进入英国后的第一个印象："他们总怕外国人来和他们抢饭吃就是了——这大概也是他们失业恐慌尖锐化的一种表现。"

韬奋对英国的考察下的功夫比较大，除了英国在世界资本主义国家中的地位特殊外，也还因为韬奋本人的英文很好，可以用英文自如地跟英国人交流。其考察点多面宽，层次也很多，我们从《萍踪寄语》关于英国考察的目录之丰富可以看得出来。英国考察文章目录：《由巴黎到伦敦》《华美窗帷的后面》《英伦的休战纪念日》《英报背景和对华态度》《谈〈泰晤士报〉》《〈曼彻斯特导报〉的创造者》《曼彻斯特》《利物浦》《继续努力解放的爱尔兰》《凡勒拉访问记》《从爱尔兰归途中》《"巴立门的母亲"》《如此救济！》《纸上自由》《大规模的贫民窟》《独立观念中的叫化子》《家属关系和妇女地位》《英国教育的特点》《英国的华侨》。上到国会，下到贫民窟，大到爱尔兰的独立斗争，小到独立观念中的叫花子，近到英国的华侨，远到英报背景和对华态度，等等，韬奋无一不考察得细致入微，写得真切感人。

韬奋对英国的高等教育一些好的经验十分重视，专门花了很多时间作了考察。他认为，英国大学注重培养学生形成研究学术的风气的做法是很有可取之处的。英国大学每学科每星期上学不过一两个小时，让学生有充分的时间去研究和思考。许多大学都实行导师制，学生关于选择科目、研究的材料等问题，都是从与导师谈话中得到指导的。韬奋觉得这样的培养大学生的办法很是可取。为了了解英国大学导师制的具体做法，韬奋特意到牛津大学考察了一个整天，和几个担任导师的教授或讲师作详细的交谈。他认为："这种导师制最大的优点，是于教室听讲之外，师生间多接触和交换意见的机会。"韬奋对于英国大学生之间时常彼此轮流请吃茶点、一起谈话交流的风气也很欣赏。他在《英国教育的特点》一文中写道："'听君一席话，胜读十年书'，多和有学识经验的人谈话，确能获得不少益处。"很显然，韬奋极力推荐英国大学的导师制和研讨式的教学方法。

韬奋对英国社会的现代管理模式也很关注，可是，他也很快就发现这种资产阶级管理模式的许多弊端。

很多人似乎都承认英国是现代社会"巴立门的母亲"——议会之母，韬奋就专程到英国的国会旁听过。韬奋很快就认识到英国"民主政治"的虚伪性，看到议会庄重的仪式掩盖下的资产阶级政客们玩弄话术。他表示，对于英国的执政党和反对党在议会里所进行的"绅士式的战争"，有时哄笑，有时故作严肃，内阁的阁员不动声色，看得出来，各自全都不往自己心里去，这就是闻名世界的"巴立门的母亲"！问题多多，实在无聊！

那时英国工党的势力正在膨胀，他们正竭力想在人民中间散播一些幻想，好像工党一旦上台，就能给英国人民带来幸福似的。韬奋却一针见血地预言道："工党人物登上政治舞台之后，欲求实行自由党所行的改良政策，如社会保险、养老金、住宅津贴等等，还不可得，至于什么实行社会主义的建设，反抗资本主义制度，当然更属梦想。"[①] 实际上，

---

① 韬奋：《萍踪寄语》，第 122 页。

对于法国的“民主政治”，韬奋也是作如是观的。

英国向来以“法治”“自由”自诩，韬奋经过实地考察，发现英国的所谓“自由”，其实只是“‘纸上自由’或‘嘴巴上的自由’，也可算是发挥到淋漓尽致了。尽管听任你在文字上大发挥，尽管听任你在嘴巴上大发挥，但在行动上，这资本主义的社会制度好像铜墙铁壁似的，却不许你越雷池一步！”[①]之后韬奋亲眼看到英国的各主要报刊，几乎全都掌握在垄断资本家的手里。这些报纸在表面上仍然吹嘘言论自由，实际上摆脱不掉资本家的主宰。这样也就使韬奋进一步看穿了资产阶级政府所允许的“纸上自由”，纯粹是一套骗人的空话。

韬奋的观察是敏锐的，他能够透视资本主义社会的表面和里面。他打开伦敦街面上各处很讲究的住宅那些“华美窗帷”，要考察底层群众的日常生活。

“大英帝国”的一些普通老百姓饱受了战争之苦后，在经济恐慌和失业问题闹得一天比一天紧张的年代里，过着相当艰难的生活。他发现，在伦敦的所有街道上都有站街乞讨的叫花子，其中有失业的工人，有花白头发的老大爷，有满脸皱纹的老太婆，至于稍微年轻的女性，则可能被迫去做“皮肉”生意。英国的贫民女性大多数在挣扎着生活。资本家给妇女的工资特别低。有的工厂只用15岁的女孩子，等她们到了16岁便把她们开除。据说当时辞退一个女工比换新机器合算，因为新机器还要花钱去买，可女孩子堆在门口任资本家使用！

韬奋的房东就是“一个天天在孤独劳苦中挣扎地生活着的66岁的老太婆！”她的丈夫30年前就因神经病而被关进了疯人院，两个儿子都送命于第一次世界大战，唯一的女儿嫁了一个钟表店的伙计，剩下她只能孤苦伶仃地靠一点房租勉强糊口，而且还一直提心吊胆地害怕房客退租。韬奋同情她的孤苦，问她为什么不去和女儿同住。她说如果有钱

---

① 韬奋：《萍踪寄语》，第127页。

当然可以，可是如果因为穷困去靠女婿生活，就会破坏女儿夫妇间的快乐，所以不愿去。韬奋一面理解房东老太太的困窘处境，一面也就冷静地认识到：“在资本主义发达特甚的社会里，最注重的是金钱关系，一分价钱一分货，感情是降到了零度，没得可说的。”在资本主义社会里，金钱往往成为感情的障碍物。

韬奋考察了伦敦大规模的贫民窟。贫民窟在英国各大城市都有，但以伦敦东区的规模最大。那里房屋陈旧、低矮、昏暗、潮湿，老鼠和虱子很多。许多人家几代人挤住在一个小小的房间里，疾病肆虐。那里很少有人不和疾病发生关系，死亡率比普通的地方增加一倍至两倍，而婴儿的死亡率更高。英国是科技发达的国家，可是，在伦敦贫民窟的底层人家，却没有电灯，他们还是用着油灯或点着蜡烛。不少人住在地下室里，那就终年在黑暗中过日子。韬奋想到，以伦敦的繁华而有东伦敦的贫民窟，以巴黎的繁华而有圣登尼一带的贫民区域，而这类贫民窟和贫民区域里的人物绝大多数属于劳动阶级——工人们，我们只要走进他们的生活空间，就不会被这个社会表面的繁华所蒙蔽，而会作进一步的观察和思考。

韬奋还考察了英国的教育。他看到，在欧洲资本主义国家里面，坐头把交椅的英国，它的教育制度却是不平等的。英国实行“双轨制”的教育制度——一部分是有钱的人受的教育，一部分是穷人受的教育——与其他资本主义国家没有什么不同；前者是“为领袖而设的学校”，后者是“为大众而设的学校”。这两类学校，不是以受教育者的智能为标准，全以家世及财力为标准。韬奋认为：“所谓‘领袖’教育，是养成维持现制度的统治阶级，或统治阶级的工具；所谓‘大众’教育，是养成供剥削的被统治阶级。”至于英国的教育目的，韬奋认为：“第一是要得到工业上的效率，机器日益进步，运用机器的人，必须有相当的教育程度，才能得到好的效率，做资本家的良好工具；第二是国防，毫无教育其蠢如豕的国民，不知‘爱国’，不能替资本家向国外去抢市场，或替资本家保守已抢得的市场，必须有相当的教育程度，才能了解‘爱国’（此处所谓‘爱国’，当然不是指爱劳动者的国，是指爱资本家的国，换句话说，做资本家的工具而已）。这所谓‘相当’，是恰到可以受资产阶级利用为限度，过此则非所许，所以在教育制度上也自然地表现着不平等的现象。”①

韬奋经过多年主编《生活》周刊的实践和九一八事变以来投入抗日救亡运动，提高了观察、分析社会的能力；经过持续开展的社会科学读物的阅读研究，深化了对当时社会的政治、经济、社会、文化问题的认识；经过与国内文学界和社会科学界左翼人士广泛的交往，特别是与胡愈之等共产党人的深入交流，对资本主义社会的本质认识也有了一定的深度和高度；加之眼下对英、法、德、意等老牌资本主义国家的实地考察，韬奋的世界观又有了明显改变和升华。

5 | 心向往之

1931 年前，韬奋对十月革命后的苏联缺乏了解，甚至抱有一定的偏见，这从《生活》周刊上较少正面报道苏联内容可以看得出来。1931 年 9、10 月间，他读了胡愈之的《莫斯科印象记》和《大公报》记者曹谷冰的《苏俄视察记》，并认真写下两本书的书评。特别是自 1931 年结识了胡愈之，对苏联的社会主义革命和建设有了进一步的了解。他聘请旅居莫斯科的好友戈公振担任《生活》周刊的特约撰述，对苏联的了解逐渐丰富起来，对文章中一派新气象的社会主义苏联他已经“心向往之”。然而，毕竟“百闻不如一见”，此次出国，去苏联实地考察自然是

① 韬奋：《萍踪寄语》，第 141 页。

他的重要目标。

韬奋到欧洲考察将近一年时间后，1934 年 7 月 14 日，他在伦敦登上去苏联的客轮苏比尔号，前往苏联考察。在客轮上，韬奋结识了美国全国学生联盟会组织的旅游团，并决定参与该团在苏联的参观活动。一上苏联的客轮，韬奋就感受到热情友好的气氛。船上的旅客，各色人等都能得到友善的接待，彼此间能做到平等地相处。韬奋的舱位是三等舱，可是跟其他所有旅客一样，可以在船上头等、二等这些舱位自由走动参观。负责接待旅客的女服务员们个个面带微笑、如逢喜事，主动殷勤地热情招呼旅客。这天恰好是韬奋离开祖国一周年的日子，韬奋油然回忆起一年前在意大利客轮上的处境，两相对照，心生感动，他写下了自己的感受："这种印象是我自从坐过轮船以来所未曾见过的。这五天海上生活在我心坎中所引起的留恋的情绪，我永远不能忘却。"①

在苏联两个月里，韬奋有过半时间在莫斯科，对这个社会主义建设的中心"实验室"，作了比较详细的观察了解。按照暑期大学的紧凑安排，他跑遍了工厂和工人住宅区、博物馆、托儿所、疗养院、苏维埃政府机关、真理报社、学校和市郊的集体农庄等二三十个单位。一个崭新的世界呈现眼前，与刚在英、法、德、意的阅历形成鲜明对比，他顿觉换了一个天地。

韬奋在《莫斯科的鸟瞰》中写道："最使我们注目的，是随处都可看见仍在继续建造中的道路，仍在继续建筑中的房屋，仍在继续布置中的公园和草地。""世界上各著名的'文明'首都都免不掉贫民窟的点缀，而这些'窟'内的贫民又大都是劳动者，唯一的例外大概只有莫斯科吧……一座一座的钢骨水泥新建四五层高的新式住宅——劳动者的住宅——有许多玻璃窗引进充足的阳光和空气，阳台上排着花草，玻璃窗

---

① 韬奋：《萍踪寄语》，第 238 页。

上挂着窗帷。”

韬奋在《夜间疗养院》中记述，最惊人之处是苏联的“劳动者和他们的子女都有免费疗养的机会”。而在伦敦，却发生“失业的工人的妻子已生了肺炎，因没有钱请医生而延误送命”的惨剧。

韬奋曾参观一处专门收容妓女的治疗院。治疗院“除为妓女医治花柳病外，同时还授以相当的教育和工作的技能，使她们成为能自立的有用的公民。”在《妓女治疗院》一文中，韬奋惊异地描述道：“该院房屋是一所很大的三层楼，最下层设有缫丝和缝纫工场，备实习及工作之用，其余各层有寄宿舍、医药室、课堂、图书室、音乐室、自治会办公室等，现有妇女三百六十人，简直是一个女学校。”他接着介绍，十年中已有3,205名妇女经过学习步入社会，有做工程师的，有做医生的，有搞音乐的，大多数做了工厂女工，成为自食其力、堂堂正正的人。韬奋不禁对比说，在西欧的“文明的”国家里，对付这个社会问题的“唯一方法是倚靠宗教和警察。牧师们把贞操道德的空话、天堂地狱的鬼话来骗人，实效如何，无须追问。警察的办法，例如柏林，他们把游街的妓女赶到咖啡馆里去；又例如在伦敦，他们只许妓女游街，不许久立在一处，否则便要拉到警署去罚款。警察走过了，游街的还是游街，站班的还是站班！”……类似这样强烈的明暗反差、黑白对比，比比皆是，孰优孰劣，了如指掌。在苏联，还有热火朝天的各行各业的劳动竞赛，遍及全民的“为工作和防卫而准备”的体育运动。工厂和集体农庄建设的新貌、文教卫生的普及与提高、真诚的人际关系、一代新人的成长等诸多方面的报道，形成了对新生的社会主义国家的热情赞歌，显见韬奋对社会主义制度心向往之。

韬奋快乐地奔走在苏联广袤的大地上，兴致勃勃地抒写见闻。他为苏联考察写作的游记通讯达到66篇之多，编成《萍踪寄语》（三集）一书，原来打算写10万字，没想到写下来竟有18万字，成为《萍踪寄语》三集书里最厚的一本。韬奋认为，苏联是积极努力于新社会建设的国家，情形日新月异，发展很快，他要用很诚实的态度来写这部书。

我们从《萍踪寄语》（三集）全书各篇的篇名就可以看得出韬奋对苏联的考察是多么丰富！66篇的篇名是：

《初登西比尔》《船上的一群孩子们》《船上生活的一斑》《两个会》《初到列宁格勒》《上岸后的第一天》《小布尔乔亚的末路》《谈苏联旅行社》《莫斯科的鸟瞰》《莫斯科暑期大学》《暑期大学的学生生活》《中央文化休养公园》《运动大检阅》《夜间疗养院》《托儿所》《托儿所的办法》《堕胎院》《妇孺卫护博物馆》《幼稚园》《一个农夫的演说》《妓女治疗院》《莫斯科的一个区政府》《佛勒格机械厂》《工资、工作时间和生产力》《社会化的工资》《苏联工业的管理机构》《苏联的工会》《一个工厂的教育实验所》《工人城》《结婚和离婚》《家属间的关系》《民事注册局》《性的关系的转变》《发动机制造厂》《布尔穴俘公社——罪犯创造的新村》《谒列宁墓》《舒西努集体农庄》《农庄集体的重要性》《两个博物馆》《诊治院和工人住宅》《“列宁的三歌”》《〈真理报〉的最新设备》《言论自由的问题》《苏联的南方》《哈尔科夫的农场和工厂》《第聂伯水电厂》《开放给大众的休养胜地——克里米亚》《雅尔达》《先锋营》《儿童疗养院》《狄卡特集体农庄》《经奥得萨到基辅》《基辅的农场和工厂》《回到莫斯科》《苏联的教育制度与其特点》《伯纳夫教育专门学校》《铁道专门学校和职业学校》《音乐专门学校》《莫斯科大学和航空职业中学》《纺织专门学校》《苏联的电影和戏剧》《不赚钱的商业》《衣食住行怎样？》《几位苏联的青年朋友》《再经列宁格勒回伦敦》《关于苏联的一般的概念》

邹韬奋坦诚陈述，建设一个劳动者的民主国家，是自己多年来的理想，苏联正在朝着这个方向奋进。苏联已经实行苏维埃大会统一管理、从上到下分层负责的政权形式，能够把政府的指导和协助贯彻下去，把人民的愿望和要求反映上来，韬奋认为这才是真正的民主政治的模式。

邹韬奋认为，苏联的生产资料为全体国民共有。工人领取应得的工资，生产的利润是由劳动者的国家用来发展有益勤劳大众的种种建设，而没有私人的利润存在。表面看上去，苏联工人得到的工资只是他劳动的一部分，别的国家工人所得的工资也没有包括他劳动的全部，两者并没有多大差别，但在性质上有很大的不同，因为在苏联工人劳动未付给部分并不归入另一阶级的手中，而是依然为全体国民所有，用于国家的各种建设发展，而在别的国家则是生产资料私人所有者独自享用。在欧洲别的国家考察，世界经济危机引发的失业潮让韬奋深受震撼，而苏联自 1930 年以后全部消灭了失业。在这里，原先制定的失业救济政策，已经完全搁置了下来。

邹韬奋发现，苏联通过集体农庄的形式解决了农业和农民问题。集体农庄的土地全被收归国有，由农民集体耕种，并推广机械化作业，从而大大调动了农民的积极性，提高了农业生产率。韬奋参观了一些集体农庄，认为“集体农庄的普遍化，是苏联社会主义建设事业中的一种异常重要的成绩”，“是把社会革命真正推广到农村去的重要的媒介”。[①]

邹韬奋参观了苏联一个让罪犯创造的新村——布尔穴俘公社，发现社会主义的苏联非常注重化消极因素为积极因素。韬奋在布尔穴俘公社，看到聚集在这里的数千名罪犯，通过自治组织组成公社和各种委员会，共同努力于生产的工作，把新村建设得“马路广阔清洁，新屋隐约散立于森林间”，让人“绝想不到是容纳罪犯的地方”！这里

---

① 韬奋:《萍踪寄语》，第 365、369 页。

对待罪犯的四条原则是：劳动、教育、文化、自治。苏联“处置罪犯的制度，目的不在惩罚或报复；最重要的目的是要把犯人救出来，使能重新做好人，不是替社会除去这个人，是替社会救回这个人”，“这种制度并不养成怀恨社会的以犯罪为业的人（所谓‘professional criminal’）；却在努力创造新人”。

邹韬奋还对普通群众的日常生活作了考察。他发现，苏联房屋租金根据租户的收入和其家庭人口多寡而定，其中对工人特别优待。收入越少，人口越多，租金也随之减少。在许多工厂，工人的房屋损耗、电灯损耗、燃料都予以免费。此外，如“工人城”的建筑，大规模的工厂厨房的设立，社会化餐馆的增加，以及免费教育的推行（大型教育不但免费，每月还有津贴），幼稚园、托儿所等的组织，关于文化享受，如电影、戏院、公园等的优待，都是“社会工资”的一部分。而且，工人的工资随生产力的增加而增加，工作时间却随生产力的增加而减少，这一切都体现着社会主义的公平性。

邹韬奋感叹，在苏联，人的精神面貌特别好，斗志昂扬；自己从积弱积贫的中国走出来，常常为半殖民地半封建社会给国人带来的精神枷锁感到痛苦，两相对照，怎能不感触尤深。他说，即便是去过比较富裕的英、法等国，再来看苏联人，也觉得人的精神状态不可同日而语。当时，苏联人民刚从旧制度下解放出来，通过艰苦卓绝的奋斗，在资本主义的包围中站稳了脚跟，其喜悦的心情和昂扬的斗志是可想而知的。韬奋欣喜地看到，苏联政府经常组织群众举行游行或检阅，十分鼓舞大众的精神和前进的勇气。游行队伍经过街上时都边走边唱歌，步伐整齐，歌声宏壮，谁看了都要精神一振。这是一个崭新的世界，这是一个朝气蓬勃的民族。当游行的队伍齐声高呼：“你们准备好了吗？”“准备好了！”喊出了民族的自尊心、自信心、自豪感，喊得每个人周身热血沸腾。韬奋想，在他们的面前还有什么办不到的事儿？还能有什么克服不了的困难呢？他们是国家的主人，有主人翁的意识，在工作上你追我赶地开展劳动竞赛，忘我地工作，满怀豪情地迈进在社会主义的康庄大道上。

邹韬奋还特别仔细地了解了苏联妇女生活和工作的状况。

他在考察中发现，苏联的妇女得到了真正的解放，并得到了社会各方面的关怀。苏联没有失业问题，有劳动能力的妇女都要参加劳动，而且男女同工同酬。韬奋惟妙惟肖地描写了他和一群美国青年在佛勒格机械厂参观时所见情景：一位正在车床旁边忙着工作的女工，年龄不过十八九岁，大概被韬奋他们参观的人看得不好意思了，忍不住有时嫣然微笑，羞羞答答的，天真粲然。韬奋不禁想起在巴黎、伦敦，也曾多次领略年轻女性的“嫣然一笑”，但那种“嫣然”的笑不是被人们看得不好意思了而自然发生的，而是为了推销“皮肉”而强作的欢颜。莫斯科已经消灭了妓女，并且设立了妓女治疗院，把帝俄时代遗留下来的妓女改造成自食其力的有用的公民。韬奋对这一对比发出了强烈的感慨。

堕胎在西方一些国家为法律所禁止。在西方一些国家那里，非堕胎不可的妇女，因为秘密施行，设备不良、卫生不合格，往往要冒生命危险。为了保护妇女的生命安全，苏联医务部门公开设立了堕胎医院，为非堕胎不可的妇女提供安全可靠的服务。而且堕胎期间，以及妇女怀孕、生孩子期间都能得到社会各方面的照顾，并有一定的假期，工资照发。

邹韬奋去了多处托儿所、幼稚园、儿童疗养院等考察。他说，苏联的儿童是幸福的，各机关各单位都设置了完善的幼稚园和托儿所。这些托儿所的设立，一方面是为了解放妇女，使妇女没有后顾之忧，从而走出家庭，更好地为社会工作；另一方面也是最重要的方面，就是为了培养具有新环境、新观念、新体格、新习惯的社会主义新一代。集体主义观念、共产主义理想、良好的道德风尚要从小培养。韬奋参观莫斯科郊外的一个幼稚园时，一大群小朋友那样起劲的样子，热烈的神情，活泼的举动，以及那些天真可爱、笑容灿烂的玫瑰红的小脸，都深深地印在他的记忆里。

邹韬奋对苏联的教育也有一番深入考察。他认为，苏联的教育有许多特点，他在文章中列出了九个特点：第一是教育的大众化。第二是教育和金钱势力脱离关系。不但小学和中学一律免费，而且在职业教育和专门学校里除免费外，按月还有津贴！第三是凭智力都有升学的希望。第四是教育的“技术化”。第五是明确的目标和应用的环境鼓励学生勇猛上进。第六是理论与实践联系。第七是各专校均加授新社会科学要义和唯物辩证法，要求未来的工程师对于新社会科学亦须有相当的了解。第八是采用“社会主义的竞赛”，提高学业的质的程度。第九是自托儿所至大学，一律男女同学。

邹韬奋还发现，苏联的青年绝对没有毕业后要失业的忧虑，政府和学校会做全面的统一安排，他们所要替自己考虑的是怎样省察自己的特长，做充分的准备，俾有专门的才力参加新社会的建设和改进。

邹韬奋发现，苏联已经实行免费医疗，不但注意治病，尤其注意预防。韬奋对莫斯科的夜间疗养院和克里米亚开放给大众的休养胜地叹为观止。夜间疗养院专为那些初期患者开设，或为仅有疾病嫌疑者服务，这些人白天照样上班，下班后来这里能够得到专门的护理、很好的休息和精心的治疗。韬奋感慨道：这种情况是在西方“非钱莫入”的医疗制度下，挣扎在饥饿线上的工人们所无法想象的。

邹韬奋在苏联的克里米亚考察。他发现，克里米亚半岛风景如画的海滨，已开辟成为劳动大众的休养胜地。他在这里行走，遇到的“多是些粗手粗脚的工人，或土头土脑的农民”，这是一件多么痛快的事情！

中国俗话说“在商言商”，“无利不起早”。邹韬奋考察苏联的商业，得到的回答是“社会主义的商业不赚钱”。他感叹道：这在世界上是绝无仅有的。这种社会主义的商业，其“重要特点是在没有私人利用资本从中取利；它的目的全在使得消费者用最可能的廉价，享受到最可能的更多更好的货物”。[1]

邹韬奋还考察了苏联报业。他综合考察过的各国报业及言论管理，得出了比较客观的结论。他把它们分为三种现象：一种是在法西斯国家，是替日暮途穷的资本主义制度作挣扎，实际上只替少数特权的阶层说话，在大多数人看来，固然是绝对没有言论自由；一种是在号称民治主义的国家，尤其是在英法两国，这些国家是多党政治，大规模的言论机关当然也在少数特权阶层的掌握中，但在某些范围还允许一小部分替大多数人发表的言论有出版的可能，在表面上似乎稍为宽容，但只是程度上的差别，并不是性质上的不同；还有一种便是政权已在劳动大众自己的手中，言论自由为大多数人所享有，只有少数人不能享到言论自由的权利。苏联就属于最后一种。“在苏联的当局以及从事新闻事业者，坦然承认无产阶级专政的过渡时代，还不能有完全的言论自由。完全的言论自由，须等到没有阶级的社会实现之后才能办到。在资本主义的国家和资本帝国主义所侵略的殖民地，只有少数人享到自由言论的权利，因为强有力的言论机关都在这少数人的掌握中，或至少是在这少数人威迫之下；在无产阶级专政的国家里，却有多数人享到自由言论的权利，因为强有力的言论机关都在这多数人为中坚的政权统辖之下。这两方面不同之点便是一方面是少数，一方面是多数。虽这两方面都不能说是‘完全’，但‘多数’已比‘少数’进一步，却是无疑的事实。”[2]

邹韬奋专程前往莫斯科红场谒列宁墓。韬奋对列宁充满了崇敬。他写道：“列宁一生的政治活动，始终不是立于‘个人的领袖’地位，却总是代表着比任何个人都更伟大的一个以勤劳大众为中坚的大‘运动’；这运动在他未产生以前就存在，在他死后还继续着下去的。”“他

---

① 韬奋：《萍踪寄语》，第 461 页。

② 韬奋：《萍踪寄语》，第 384 页。

▲ 邹韬奋和美国学生旅行团参观克里姆林宫留影

虽死而未死，中国成语所谓‘虽死犹生’，他很近似。”①

在苏联考察中，邹韬奋思考得最多的是，社会主义的苏联正在把共劳共享的人类社会理想变成现实。苏联的劳动大众靠着自己的奋斗迈进，解除了压迫和剥削的锁链，铲除了人剥削人的制度，根据他们所信仰的根本原则，继续向着自由平等的人的生活大道迈进。虽然这只是部

① 韬奋：《萍踪寄语》，第 364、363 页。

分的事迹，可也是真实的存在，任何人不能一手抹杀。韬奋从苏联的社会主义看到了世界的出路，为找到了解决中国问题的锁钥而激动万分。他说："如中国有一天真实行了社会主义，或至少真向着了社会主义的大道上走，由大众化的国家办理这类大规模的文化事业，区区小子，得在这样的一个机关里竭其微力，尽我全部的生命在这里面，那真是此生的大快事，大幸事。"①

韬奋是由衷地激动了！从苏联的实践中，他憧憬着祖国的未来。

是的，今天，社会主义的苏联已经不复存在，然而，它曾在人类社会发展史上放射过的耀眼夺目光芒还镌刻在亿万人民的记忆中。苏联在社会主义革命和社会主义建设中曾经取得的显著成就、积累的宝贵经验和教训，为世界上的社会主义事业提供了重要借鉴。虽然 20 世纪 90 年代初苏联解体，苏联共产党失去执政地位，可是，苏联所昭示的人类社会的理想并没有过时，作为人类社会奋斗的目标还在，社会主义社会的理想还在召唤着亿万人民心向往之。

邹韬奋一部充满激情的《萍踪寄语》（三集）在国内出版后，一印再印，成为当时的热门畅销书，感染着、鼓舞着那个时代千千万万的中国人。

6 | 阅读与信仰

邹韬奋在海外两年时间，前后三次共有十四个半月是在伦敦度过的。韬奋出国以前就告诉读者，说他"常自愧恨自己学识经验的浅薄，对社会没有什么贡献，愈干便愈觉得自己的知识荒，所以此次赴欧很自

① 《韬奋全集（增补本）》第 5 卷，第 860 页。

然而简单的第一个目的，便是要借此机会增广一些识见”。这时他就已经制定计划，准备到伦敦时要在伦敦大学政治经济学院听课，还要到大英博物馆的图书馆读书。

邹韬奋头一次到伦敦，除在伦敦大学政治经济学院听课外，主要是进行社会考察。此外，挤出时间去大英博物馆——那里有世界上藏书最丰富和设备完善的图书馆（今大英图书馆）。此后两次再到伦敦，韬奋除挤出时间续写《萍踪寄语》，把剩下的所有时间几乎都消耗在大英博物馆的图书馆里。这里，英国出版的各种书籍应有尽有，其他各国的书籍也很丰富。无论研究什么问题，可以一翻总目就知道关于该问题的英文书籍，几天后可以把该问题的一切文献整理出一个大概的头绪，然后再一步一步地研究下去，对读者有很大的便利。图书馆的地板都铺有橡皮垫，室内静寂无声，真是看书的好地方。回到国内后，韬奋还经常怀念这个地方。他在《最留恋的一个地方》这篇短文中写道：“我离开英国的时候，除了几个很知己的英国朋友外，最使我留恋不舍的，要算是英国博物馆里的图书馆。这个图书馆有了百年的历史，在伦敦的大拉索街，藏书在 500 万卷以上，据说书架的长度如果排直起来可达 5 英里。”韬奋充满向往地告诉读者们：马克思和列宁在伦敦时都曾用着大部分时间在这里研究。

从邹韬奋对大英博物馆图书馆的怀念和感激之情中，我们可以想见，大英博物馆图书馆对于韬奋的人生起到了多么重要的作用。

我们从邹韬奋在有限的时间里竟然抄写了厚厚一沓笔记本的读书笔记，而且是直接从英文书籍中抄写下来，回国后根据自己的读书笔记整理编译而成的《读书偶译》一书，不仅可以看得出来，韬奋具有良好的阅读习惯，而且可以想象，他在阅读马克思主义、列宁主义经典著作时那种如饥似渴的兴奋状态。在这里，他系统地阅读了马克思主义的经典著作，以及那些经典著作中所涉及的其他许多书籍，也阅读了不少记述马克思、恩格斯、列宁等生平思想的传记。韬奋很重视阅读伟人的传记，他认为，我们研究一个思想家不能不顾到他的时代和生平，尤其是像卡尔和伊里奇[①]这样一流的思想家。我们要了解卡尔怎样运用他的辩证法，必须在他对于革命运动的投入中，在他对实际问题的应付中，在他的经济理论、唯物史观，以及关于国家和社会的哲学里面，才能认识得到；关于伊里奇也一样，他的一生奋斗的生活，便是唯物辩证法的“化身”，我们也必须在他的实践中去了解他的思想。韬奋还注意运用理论联系实际的原则，力求在学习中改造自己的思想。他说，孟子说，“读其书尚友其人”，革命的思想家的奋斗生活常常能给我们以很深刻的“灵感”。他感慨道，每想到卡尔和伊里奇艰苦卓绝的精神，无时不“心向往之”。他最喜欢诵读马克思的一首诗：

> 我永远不能冷静地做
> 那些以伟大力量抓住我心灵的事情；
> 在不断的不歇的奋斗里，
> 我必须向前努力和斗争。

邹韬奋认为，这首诗“充满着迈进奋斗的英勇精神”，“这实在是卡尔一生的实践生活的象征”。[②]

《读书偶译》1937年由生活书店出版，该书的目次主要如下：

> 1. 政治组织的理论和形式。2. 卡尔研究发凡。3. 黑格尔对于卡尔的影响。4. 卡尔的理论体系。5. 卡尔的历史解释。6. 唯物史

---

① 卡尔和伊里奇即指马克思和列宁。当时国民党政府的书报审查官员有很多政治忌讳，为了避免审查官员的纠缠，韬奋在《读书偶译》一书里，特地把马克思称为卡尔，把列宁称为伊里奇。

② 《韬奋全集（增补本）》第14卷，第18页。

观的解释。7.唯物辩证法。8.卡尔的经济学。9.恩格斯的生平和工作。10.恩格斯的自白。11.伊里奇的时代。12.伊里奇的生平。13.伊里奇的理论。

从这本书的目次可以看出，韬奋不仅全面系统地学习了马克思列宁主义理论，从实践到理论的结合上接受了马克思主义，还对革命导师们产生了强烈的爱戴之情，可以说，韬奋已经把马克思主义当作自己的信仰。

写到这里，我又一次想起嘉骊姑姑曾经神情深沉地告诉我："父亲信仰马克思主义，主要来自他流亡海外期间，在伦敦大英博物馆图书馆认真阅读了很多马克思、恩格斯的著作，他从思想上接受了马克思主义，是真正信仰了马克思主义。"嘉骊姑姑的一席话，让我当时就有"胜读十年书"的顿悟和感动。

7 | 一部百年名著

1999年，为了纪念世纪之交，庆祝新中国成立50周年，我国出版界、文学界、学术界在北京举行了一个隆重的文学评奖活动——"百年百种优秀中国文学图书评选"，评选20世纪百年间100种优秀中国文学图书。我是这项评选活动的发起者和组织者。评选分三次进行，先是初选出400多种作品，然后从中复选出200种，最终确定100种。韬奋的游记通讯集《萍踪忆语》始终屹立其中，受到现代文学专家们一致的赞誉，毫无争议地入选"百年百种优秀中国文学图书"正式书单。

我明白，韬奋的《萍踪忆语》在中华民族现代发展史上，已成为一部百年名著。

早在抗战时期，周恩来对韬奋的《萍踪忆语》就有过很高的评价，他对韬奋说："你写的《萍踪忆语》，是我从没有读到过比这本书所分析美国那样生动，那样透彻、深刻。"①

这部百年名著，既得益于韬奋隽永的文笔——明快有力，时而情景交融，时而议论风生，轻松幽默的叙事风格，更得益于他眼光独到的观察分析和深邃成熟的思想内涵。

韬奋在考察了欧洲几个"比较可以左右世界政治"的国家和社会主义的苏联，尤其是在伦敦深入研读了马克思主义的经典著作后，他已经站到了马克思主义的立场上。韬奋说，现在的世界，除苏联外，"很显然的现象是生产力的进步已和生产工具私有的社会制度不相容……在欧洲的所谓'列强'的国家里面所见的社会现象：一方面是少数人的穷奢极欲，生活异常阔绰；一方面是多数人的日趋贫乏，在饥饿线上滚！"因此，"要彻底解决这种'不相容'的问题，只有根本改造束缚这生产力的社会组织，代以为大众福利尽量利用进步生产力的社会组织"。至于中华民族的出路，韬奋指出："我们的民族是受帝国主义压迫和剥削的民族……所以我们的出路，最重要的当然在努力于民族解放的斗争。"但是，这一斗争，"决不能倚靠帝国主义的代理人和附生虫；中心力量须在和帝国主义的利益根本不两立的中国的勤劳大众的组织"。韬奋已经确认世界资本主义社会面临着严重的危机，而中国的真正出路在社会主义，只有中国共产党——"和帝国主义的利益根本不两立的中国的勤劳大众的组织"才是能够拯救中国于危亡的中坚力量。他树立起了对马克思主义的崇高信仰。

---

① 生活书店史稿编辑委员会编《生活书店史稿》，生活·读书·新知三联书店1995年10月版，第114页。本书所引之《生活书店史稿》均出自此版本，后不一一标出。

旅欧结束时，韬奋树立的马克思主义世界观在美国考察时得到了运用和检验，观察问题更加客观，分析更加理性，认识更加深刻，思想也就更加成熟。我们从《萍踪忆语》中可以看出，在美国，韬奋已经能特别着眼于该国的内在矛盾、人民生活及其革命行动，并能与工人、农民、青年等进步组织建立联系。1935 年 5 月初到 8 月，在长达 3 个月的时间里，韬奋从美国东部到西部，从北方到南方，从城市到乡村，对美国的政治、经济、社会、文化各方面，如政治形势、劳工运动、农民运动、青年运动、新闻出版事业等，都作了比较全面的深入考察和研究。他特别注意旧的势力和新的运动的消长，借以明了资本主义发达到最高度的国家的真相及其未来的出路。

由于思想上的成熟，韬奋到达纽约时，对首先映入眼帘的自由女神像和四五十幢好像成群结队似的矗立着的“摩天高屋”有了不同于一般人的感受。他不觉得这有什么值得惊讶的。他的感受却是，自由诚然是人类所渴求的宝物，可是，在这金圆帝国里，自由究竟属于谁，到如今还是一个问题；摩天高屋是现代化的标志，可是，“莫大的缺憾是这些摩天高屋都在华尔街的少数金融资本家的掌握，用剥削所得的大量资本，建造这类高屋，目的仍在获得更多的利润，所以到了资本主义制度没落的时期，摩天高屋也随着萧条下去了。我们若仅从外表看去，摩天高屋仍然巍峨宏丽，好像金圆帝国仍在那里顾盼自豪，但稍稍研究其实际，便知道是外强中干，时在飘摇中过日子”。①

在纽约期间，韬奋特别抽出时间游览了美国资本主义的大本营所在地——华尔街。到了华尔街他才知道，这条“操纵全美国经济生活乃至伸展势力到国际”的街道，竟是一条狭而且短的马路。韬奋略微计算了一下，两边的屋子加起来不过四五十家。在这里拥挤着美国最有势力的

---

① 韬奋：《萍踪忆语》，作家出版社 2000 年 7 月版，第 15 页。本书所引之《萍踪忆语》均出自此版本，后不一一标出。

大银行、大托拉斯的总机关，各大工业的大公司的总机关，工业和金融打成一片，重要的企业家都变成了金融资本家。掌握几家关系密切的大银行和大公司大权的少数人，也掌握着全美国的经济生活。他们凭借着经济的无上威权，指挥着共和与民主两个政党的机构，控制着全国的政治策略。所以韬奋认为，那些号称“公仆”的大总统，以及无数的大小官吏，都不过是这些“大亨”们在后面牵着线的舞台上的傀儡罢了！韬奋对虚伪的资本主义民主制度的认识愈发深刻了。

没有例外，从出国考察开始，韬奋对所到每个城市的底层人民生活都要做深入了解。

他顾不得劳累，行走在贫民区臭气扑鼻的街巷里，在比白人贫民区还要糟糕的黑人区考察，友好地跟黑人们幽默地交流，圣约翰大学练就的英语帮助他成了美国黑人无话不谈的朋友。他了解了普通群众的生活状况和劳工运动的大事，着重调查了劳动妇女和青年的情况，还访问了几个工人家庭。他深有感触地说：“我们常听说纽约是世界上最‘文明’的一个大城市，谁料得到在这‘文明’的大城市里有着这样一个‘人间地狱’！”①

韬奋发现，当时的美国实在是工人阶级的地狱。全美将近1,700万工人失业，加上他们的3,000万家属，表明占到全美人口约三分之一的人在饥饿线上挣扎。随着资本主义工业社会工作效率的提高，不仅不能增加工人的福利，反而增加工人的失业危机，降低工人的生活水平，损害工人的健康，缩短工人的生命。

在美国，女工怀孕、生孩子不仅得不到照顾，反而扣发工资，甚至被开除出门；劳工阶级的婴儿死亡率4倍于资产阶级的婴儿，社会上普遍使用廉价童工；工人受了工伤或患了疾病，工资被扣，医药费自负，

---

① 韬奋：《萍踪忆语》，第45页。

生产安全缺乏保障，工伤事故严重；成年工人到了40岁即被认为老了，常被解雇，因此有所谓“40死亡线”之说。一些资本家用卑鄙的“劳工侦探制度”来防范工人的不满和反抗……韬奋认为如此众多的劳工问题，“只要在工人的国家，即政权完全拿到工人阶层自己手里的国家，才有根本解决的可能”[①]。

毫无疑问，韬奋也看到了美国的大众已经渐渐地觉醒。通过在莫斯科暑期大学结交的美国青年朋友，韬奋认识了美国共产党和美国工会的一些朋友，被他们当作自己人看待，无话不说，建立了深厚的友情。那些热心革命的男女青年，对于有关革命运动的各种事务的服务精神，给韬奋留下了深刻的印象，他深情地说道：“我真愿意做他们里面的一员！”有一回，韬奋被介绍给一个十四五岁的美国进步女孩。女孩听说韬奋是从中国来的，激动地问道：你是从我们的中国来的吗？韬奋正有点纳闷，女孩笑着解释道：我的意思是指我们的苏维埃中国。韬奋听了，充满着兴奋和惭愧的情绪。他为中国的红军苏维埃斗争感到兴奋，为自己还没有去过红军的苏区觉得惭愧。

韬奋还访问了美国共产党机关报《工人日报》以及工人书店和其他机关，并经常去联合广场，参加美国共产党和工会组织在那里组织的示威运动。

1935年6月下旬，韬奋到了美国南部，考察美国南部的农产区域和黑人农民被压迫的实际状况。他深入华盛顿、伯明翰等地的贫民窟，了解黑人的贫困生活的状况和受种族歧视的惨状。韬奋得到了一个劳工组织的热心帮助，参与调查一起黑人劳工失踪的案件。他还在伯明翰的美国共产党朋友的支持下，花了4天时间，南行到一个只有1.7万人的小镇塞尔马，去察看黑人农民遭遇的苦难。塞尔马小镇的白人有5,000

① 《韬奋全集（增补本）》第7卷，第406页。

人，服侍白人的仆役等有 2,000 人，变相的农奴却整整有 1 万人。韬奋感叹道："以一万二千的黑人，供奉着那五千的白人！这是怎样的一个社会，可以想见的了。"

韬奋"除到了附近的乡村步行视察外，还雇了一辆汽车到塞尔马郊外的农村去看了好些时候"，"在乡间亲眼看见地主把运货的塌车运输黑奴，一大堆地挤着蹲在里面，和运猪猡一样！"[①]

目送着运输黑奴的塌车渐渐走远，韬奋久久沉思，贫富悬殊，黑白分明，这才是美国这个"金圆帝国"的真实缩影。

通过在美国南方的考察，韬奋对于马克思主义基本观点的接受，对于资本主义本质的认识，对于中国革命的基本问题的认识，都有了新的深化和提升。7 月初，韬奋与中共旅美人士徐永煐谈及自己的思想发展情况，并讨论了"如何加入共产党的问题"。徐永煐后来撰写了《韬奋的共产主义思想》一文，记述了韬奋的讲述——

> 韬奋最后沉着地对我说，他在国内的时候，只是一个爱国主义者，只要求中华民族的解放与强盛。他在游历了苏联之后，觉得社会主义很好。到了英国，觉得资本主义或者有些不妥。到了美国北部纽约等城市参观一些工厂学校，又觉得资本主义还是不错。这时的结论是，只要中国人发奋，好好地干，社会主义与资本主义都是出路，不好好地干，社会主义，资本主义都没有办法。可是，这次在美国南部看到了露骨的贫困、凶残、压迫以及黑人与白人共产主义者的艰苦工作，坚决奋斗，他才深刻地体认到资本主义的本质。他说，许多中国人在那里歌颂美国资本主义的文明与繁荣，但是美国自己的人民，尤其是工农大众的先进分子，却正在努力着来推翻他们的资本主义，正在计划着用真正文明的社会主义和共产主义来

---

① 韬奋：《萍踪忆语》，第 173—180 页。

代替。他因此觉得社会主义与资本主义不是可以任意选择的两条路。中华民族的彻底解放，只有在社会主义的无产阶级政党的共产党领导之下，才能获致。而且也必定朝着社会主义的方向走去。谈到这里，韬奋和我讨论了一下如何加入共产党的问题。……韬奋正在美国西部旅行参观途中，得到杜重远被捕的消息，他马上决定回国，继续在国内进行抗日工作。他从美国西部来信，向我们告别。在此后的十年，一直到他病殁，我和他没有再见过面，也没有通过私人音信，我不知道他是否参加了中共的组织。但是我所看到和听到关于他的斗争和活动的消息，使我相信他是朝着共产主义的方向，朝着中共的旗帜前进。①

1935年7月11日，韬奋在美国看到报载国内发生“《新生》事件”，他的亲密战友、抗日志士杜重远被国民党当局判刑入狱，他极为愤怒，当即决定结束对美国的考察，返回祖国，援救战友，投身抗日救亡运动。

韬奋历时两年、行程数万里的欧美考察随即结束，他的美国考察记《萍踪忆语》来不及在美国完成了，只能留待回国后追忆而写。

邹韬奋在出国前就已经是一位爱国民主进步人士。他热爱祖国，热爱人民，一直梦想着祖国有富强的一天。九一八事变后，中华民族陷入民族危机，使得韬奋义愤填膺、忧心如焚、血脉偾张。他奋不顾身地投身抗日救亡运动，他要为救国救民献出自己的一切！可是，当时他还不能确认中国的真正出路在哪里，谁才是能够拯救中国于危亡的领导力量。为此，他苦闷彷徨，上下求索，正如他在出国时所说的：“实带着苦闷和憧憬而去。”

---

① 邹嘉骊编《忆韬奋》，第191页。

经过两年多对西方主要资本主义国家和苏联社会主义社会的考察，韬奋已经对资本主义制度的弊端有了相当深入的了解，对社会主义制度则从“心向往之”进而大有“百闻不如一见”的惊喜，有了切实的多层次的观察。他不仅行了万里路，还读了万卷书。在考察中他有了许多切身的体会，在阅读中他有了深刻的认识，在思想上他有了很大的提高。三集“寄语”一部“忆语”，连同一部《读书偶译》，都是邹韬奋考察后发出的心语，是邹韬奋研读马克思主义经典著作后掩卷长思生发出的心曲，更是他心向光明，“朝着共产主义的方向，朝着中共的旗帜前进”的决心。

第七章 爱国七君子

在七君子事件的冤狱里，韬奋如此不为所困、不为所惧、不为所诱、不为所惑，既笔耕不辍，又舌战群魔，让我们看到了一位“艰难困苦，玉汝于成”、心有定见、心向光明的革命者。

爱国七君子

1 | 韬奋回国了!

1935 年 8 月 27 日，韬奋回到阔别两年多的祖国。

他白皙的皮肤变得微黑，颀长的身材壮实了，阳光一般的表情愈发灿烂。

他提着行李，急匆匆地从上海三马路外滩码头落客趸船冲出来，见到前来迎接的亲友们，别的事都来不及问闻，将行李交与家人后，火速乘一辆汽车，奔往监狱，去探望因《新生》周刊蒙冤入狱的战友杜重远。

▲ 1935 年韬奋回国在轮埠和亲友合影

紧接着，韬奋又去医院。徐伯昕累倒了，染上了肺结核病。韬奋一面心疼地慰问伯昕，一面决定，由书店立刻送徐伯昕去治疗肺结核病条件更好的莫干山疗养。

再紧接着，韬奋来到福州路的生活书店，跟阔别两年多的同事们团聚。

▲《大众生活》创刊号

韬奋回到生活书店总经理岗位上了！面对《生活》《新生》两份周刊相继被封的严峻局面，他加紧组织力量，确保《文学》《译文》《太白》《世界知识》《妇女生活》等杂志正常出版。11 月 16 日，韬奋主编的《大众生活》周刊正式创刊。

读者们很快就发现，新创刊的《大众生活》创刊宗旨已经不同于 1926 年韬奋接办《生活》周刊时，原先的《生活》宣称刊物是为了“暗示人生修养，唤起服务精神，力谋社会改造”，而今，《大众生活》的发刊词却明确这是一份斗争的刊物，高高举起抗日救国旗帜，“力求民族解放的实现，封建残余的铲除，个人主义的克服：这三大目标——在汪洋大海怒涛骇浪中的我们的灯塔——是当前全中国大众所要努力的重大使命；我们愿竭诚尽力，排除万难，从文化方面推动这个大运动的前进！”而民族解放则是这三大目标当中最为重要的任务。韬奋认为中国大众的唯一生路是在力求民族解放的实现，从侵略者的剥削压迫中解放出来，这是中国大众的生死问题，也是我们所要特别注意的重要目标。

韬奋在发刊词中特别强调了要注意的两点：

“第一点是这种斗争的中心力量在那里？……中华民族解放的斗争，决不能倚靠帝国主义的代理人和附生虫；中心力量须在和帝国主义的利益根本不两立的中国的勤劳大众的组织。这样的中心力量才有努力斗争的决心和勇气，因为他们所失的就只不过是一条锁链！

“第二点是帝国主义自身的矛盾日益尖锐化，一方面对于殖民地和半殖民地的压迫剥削固然要愈益加厉，一方面也是有斗争决心和勇气的被压迫被剥削的民族所可利用的机会。……如这民族能积极斗争，使帝国主义不得高枕而卧，无法麻醉本国的大众，由此促进世界人剥削人的制度的崩溃，不但获得民族自身的解放，同时也是有功于全人类福利的增进：这是我们对于民族的责任，同时也是对于世界的责任。我们看清了世界的大势，分清了敌和友，应该要把这两种责任担当起来！”①

这份发刊词，是国际考察归来的韬奋的精彩亮相。韬奋主编今非昔比，思想成熟，政治立场鲜明。《大众生活》继承了《生活》周刊全心全意为读者服务的传统，但更是发扬光大了九一八事变之后爱国抗日的斗争精神。《大众生活》周刊的专栏《读者信箱》依然贴心地开设，而且读者来信明显更多家国情怀，“小言论”成了“星期评刊”，而且后者比前者更加贴近国家形势和现实，思想内涵更加丰富，从而也更加引起读者的注意；新开设的《图画的世界》栏目是精绘的世界地图，以图说的形式反映世界的动态，给读者以耳目一新的新鲜感觉。

“韬奋的‘生活’又回来了！”读者们口口相传。

“似曾相识燕归来”。“韬奋的‘生活’”永远驻守在忠实的读者心中。

有的忠实读者甚至迫不及待，早早来到福州路的生活书店，说是来买书，其实是希望能偶遇韬奋本人。读者等了半天，看看偶遇没有盼头，就问书店的售货员，能不能见到韬奋先生。有时候恰好韬奋在店里办公，听闻读者有这等请求，立刻来到店堂跟读者握手致意。大多数时候读者

---

①《韬奋全集（增补本）》第 6 卷，第 495—496、493 页。

可没有这等幸运，只好悻悻然离去，加紧阅读生活书店出版的书刊。

《大众生活》周刊创办之初发行量就达到15万份，后来迅速增长到20万份，再一次创造了国内周刊发行量的最高纪录。

读者们认定,《大众生活》真正在为国为民伸张正义。

1935年日本帝国主义在完全控制了东北及热河后，加紧在华北制造事端，策动华北五省“自治”运动，企图将华北从中国分离出去，变成第二个东北。日本外相广田弘毅还猖狂地向中国政府提出了所谓的“三大原则”：一、取缔中国的抗日运动；二、树立中国、日本和伪满洲国的合作制度；三、实施由“三国”共同防共的政策。日本的新闻媒介还谣传中国政府已完全承认了日本的所谓“三大原则”。人们虽然并不相信国民党政府胆敢接受日本的所谓“三大原则”，可是，国民党当局未能断然公开拒绝日本外相的猖狂叫嚣，显然是妥协退让的绥靖政策在作怪。

是可忍，孰不可忍！

邹韬奋拍案而起，在编辑部里发出低声的怒吼，立刻伏案奋笔疾书抗议之文和抗敌檄文。

《大众生活》周刊以最快的速度发表了韬奋的抗议之文《所谓“三大原则”》，对日本人的叫嚣逐条进行犀利驳斥。紧接着又发表了韬奋的抗敌檄文《我们的三大原则》，以答复日本广田弘毅所谓的“三大原则”。《我们的三大原则》一文提出：

第一，“坚决收回东北失地”。“收回东北失地是解决迫在眉睫的国难的基本办法；否则华北问题绝无根本解决的可能，而且在华北问题之后将随着华中问题华南问题，这是必然的趋势！所以我们倘若不想拯救中国的危亡，什么都不必说，否则必须很明确地主张必须坚决收回东北失地。”

第二，“恢复革命外交”。“革命外交是以民族的解放——争取民族的自由平等——做坚决的立场。有了这样的坚决的立场，对于一切外交，必须不违背这个基本原则的才有商量的余地。要达到革命外交的目的，有两点非常重要：一是联合以平等待我的民族，二是公开外交。中国的真正朋友决不是帝国主义，外交策略虽可利用帝国主义彼此间的矛盾，但是同时也须看清世界大势，联合以平等待我的民族，结合真正的朋友，共同奋斗。”

第三，“恢复民众运动和言论自由”。“中国要从死里求生，是整个民族争生存的问题，必须由整个民族的大众共同起来奋斗的，必须用整个民族的大众力量来作殊死战的。民众运动受着压迫，大众的力量从何运用？言论自由受着压迫，大众成了一大群瞎子聋子，国事虽危迫万分，他们在报纸上所知道的是平静无事，或谣传纷纭，不知所从，大众的力量又从何起来？”

最后韬奋尖锐地指出：“这至少是我们大众在目前所应有的一致的严重主张，是全国在目前应督促实现的拯救国难的基本原则。”“合于这三大原则的策略和行动，便是真有为中国民族争取生存的诚意的表现，便值得我们大众的拥护，共同奋斗；不合于这三大原则的策略和行动，无论怎样花言巧语，都是欺骗！”“中国政府要接受日本的‘三大原则’呢？还是要接受中国民众的三大原则？中国政府如果是要民众的，那就应该拒绝日本的‘三大原则’，接受中国民众的三大原则！”①

《我们的三大原则》既是声讨日本侵略者的如刀似箭的檄文，也是向国民党政府的血泪请愿书，震撼了危亡中的人民大众。

在中国最危急的时刻，《大众生活》周刊向大众发出了抗战的呼声。国民党政府一味采取对日忍让投降妥协的态度，1935 年 12 月 7 日竟然决定在北平设立冀察政务委员会，以满足日本关于华北政权“特殊化”的要求。平津上空乌云密布，整个华北危在旦夕，广大青年学生，痛感国家将亡，悲愤地喊出了“华北之大，已安放不下一张平静的书桌

① 《韬奋全集（增补本）》第 6 卷，第 502—505 页。

了！”在中国共产党的领导下，12 月 9 日，北平学生举行了声势浩大的示威游行，反对华北“自治”和冀察政务委员会的成立，要求停止内战，一致抗日，从而迅速得到了全国各界人士的广泛响应和声援。

“一二·九”运动的爆发，推动了全国抗日救亡运动。

《大众生活》周刊迅速行动起来，大力声援“一二·九”运动。从 12 月 21 日出版的第 6 期起，连续几期都刊登声援学生运动的文章；学生在宣武门前向群众宣传革命道理的照片很快成为《大众生活》第 6 期的封面。12 月 28 日出版的第 7 期，更是几乎成了学生救亡运动专号，从封面到封底，大部分都是关于北平和各地学生游行示威的照片、报道和评论，《北平学生二次示威记》和《中国人起来救中国》等通讯文章，真实记录了“一二·九”运动的激烈过程以及示威学生同反动军警英勇搏斗的动人场面；《上海八千余学生救亡运动速写》则介绍了上海学生坚决站在北平学生一边，加入了这个轰轰烈烈的抗日救亡运动的行列之中。

著名作家端木蕻良当时正在清华大学求学，他在回忆《大众生活》及时报道“一二·九”运动的进展，全力支持进步学生的抗日救亡运动的情形时说：沸腾的北方，响应着红军北上抗日的号召，展开了波澜壮阔的“一二·九”运动，在宣武门前向群众宣传革命道理的陆璀的照片，很快成为《大众生活》的封面。这对北方青年来说，都是起到互相推动和鼓舞的作用的。

端木蕻良说：“当时，《生活》这两个字和‘进步’两个字有着同等的意义。这个刊物，连偏僻的小城镇也可以读到。我们在北方的青年抗日救国活动总是能在《生活》上寻取共鸣和支持，因为在‘九·一八’以后，《生活》的旗帜是最鲜明的，它的抗日主张是最坚定、最富有现实意义的，它能代表当时群众的心声，实事求是，发为文章，从而又扩大了群众的心声，这样，互相激励着形成更广泛的波澜。”

参加“一二·九”运动之后，端木蕻良来到上海，前往福州路生活书店，拜见他仰慕已久的韬奋先生。回忆起当时的情景，他久久不能平静："我一踏上黄浦江边就想去拜望他。我不但尽可能地想把北方学生抗日的涛声带给他，同时也想看看这位平凡的人，为什么具有这么大的吸引力。"

韬奋热情地接待了青年学生端木蕻良。

端木在会客室把陶行知先生的亲笔信交给书店工作人员，很快就听到隔壁响起了有力的脚步声，一时间来了好几位先生。韬奋先生走在前面，非常亲切地和端木握手，好像对待相识很久的朋友一样。他扶着端木的肩膀，说："你们辛苦了！学生们辛苦了！"

端木激动得恨不能立刻拥抱韬奋先生——这位被爱国学生奉为精神领袖的文化斗士。韬奋扶着端木的肩膀坐下，仔细打听北方青年抗日运动的情况。端木尽自己所知告诉了他。他听了非常兴奋，特别是端木说到学生们在"一二·九"斗争中英勇向前的故事时，他两眼发光，就像亲身投入这个巨大的游行行列里一样。与韬奋同来的几位同事也都激动地连连点头赞叹。

端木蕻良后来回忆道："韬奋先生和他所开创的《生活》为什么在全国人民心中有着这么广泛的吸引力，就是因为他代表了人民的力量，说出了人民要说的话，成了人民要求抗战的代言人，因为他生活在人民中间，人民便支持他。"①

可是，就是这样一份在全国人民心中有着广泛吸引力的《大众生活》，发行量居全国周刊第一，却在1936年2月29日被国民党当局勒令停刊。《大众生活》周刊虽然只存活了三个多月，却将永远彪炳于抗日战争的历史上，永远"生活在人民中间"。

韬奋不会就此停歇下来，更不会屈服。韬奋永不言败！

韬奋和生活书店理事会决定，到香港创办《生活日报》和《生活日

---

① 端木蕻良著，钟耀群编《化为桃林》，上海古籍出版社2000年12月版，第186—188页。

生活日報

質問西南抗日行動

海軍省將令台灣艦隊開粵

魏王南下

南京態度

西南已向日宣戰

新聞提要

進行調查

創刊詞

積極推廣大衆文化

▲《生活日报》创刊号

报星期增刊》(后更名为《生活星期刊》)。

《生活日报》是韬奋创办的唯一一份报纸。

早在 1932 年初，韬奋与著名记者戈公振等曾发起创办《生活日报》的倡议。韬奋和戈公振登报公开招募股份，得到了广大读者的热情支持，踊跃认股。经过 8 个多月的努力，韬奋在《生活》周刊上发表了 14 篇文章宣讲创办《生活日报》的目的和意义，各项筹办工作基本就绪。可是由于国民党当局的各种刁难和压力，创办工作只好停顿下来，先前所招股份如数退回读者。

《大众生活》刚被查封，总编辑张仲实创办的《永生》周刊就立刻出版，算是对查封做出的强硬回应。紧接着韬奋决定把《生活日报》转移到香港创办，邀请胡愈之、金仲华、王纪元、柳湜等具有丰富经验的编辑记者一同前往。韬奋任社长，毕云程任经理，金仲华任国际版编辑，柳湜任副刊编辑，组成强有力的团队。

韬奋他们在经费上有着相当的困难，只能在香港的贫民窟寻得一处旧屋安营扎寨，艰苦创刊。

韬奋发誓要把《生活日报》办成“真正属于人民”的报纸。他强调“言论要完全作人民的喉舌，新闻要完全作人民的耳目”，国内外发生的重要事件，他都要在《生活日报》上发表文章，坦率表明自己的观点和立场。韬奋表示，报纸要始终站定人民的立场，坚决反对日本法西斯的疯狂侵略，反对国民党反动派的反共反人民的内战，反对一切腐朽丑恶的政治势力，努力争取中华民族的解放、人民大众的解放与人民大众的文化的自由发展。

在这个时期发生的中外重要事件，在国内，有“西南事变”[①]，日本军队对绥远的猖狂侵略，全国各界救国会成立，以及“顽固坚持内战，对日妥协投降”的国民党二中全会的召开；在国际上，有苏联宪法草案的公布，法国、西班牙人民阵线的胜利与西班牙内战爆发，意大利吞并阿比西尼亚，德国力图侵吞奥地利的阴谋活动等。《生活日报》不管是刊载新闻还是发表社论，总是坦率直爽地表达自己的观点和立场，而且是非清楚，爱憎分明。韬奋特别注意报纸的评论工作，主张“每天除了正确精警的一篇社论外，还要有两篇以上的很有精彩的有关各种专门问题的论文”。韬奋在报纸上先后发表过 55 篇社论。

韬奋的政论文章总是那么精彩，敢讲一般报刊所不敢讲的话，能对精神苦闷的青年读者给予指导。他总是把自己的人格精神和价值观渗透在文章里，不只是表达一些真知灼见，也体现了他富有正义感的人格，特别重要的是，体现了人民的立场。

---

① 粤系军阀和桂系军阀因在粤桂谋独立反蒋，于粤湘边境同蒋军冲突，后被蒋分化。此事件即为“西南事变”。

《生活日报》的人民立场，还体现在整个报纸的文风是服务人民大众的。《生活日报》一反旧时中国报纸全用文言记事的传统，在文字上力求大众化，用白话文来写论文和新闻，使文化水平较低的人也能看得懂。报纸各版经常刊载漫画、图片，国内外要闻里面时常插入漫画，增强读者看报的兴趣。

这个报纸也和韬奋办的其他刊物一样，保持着密切联系群众的传统作风。在韬奋的案头，每天都有几百封读者来信。从我国北方长城外的义勇军部队到南洋的马来西亚、印度尼西亚的华侨中间都有《生活日报》的热心读者，他们不断地投信到报社来。这时韬奋虽有许多实际的救亡工作需要亲自去参加，却从来不让这些来信积压，他和几个助手总是及时回答一切来信，并把必须披露的意见在报纸上发表出来。韬奋在报纸上特地划出专门的位置，登载读者来信。

1936 年 6 月 7 日，以“努力促进民族解放，积极推广大众文化”为宗旨的《生活日报》冲破重重困难，在香港正式出版。《生活日报星期增刊》也同时出版，随《生活日报》发行。

《生活日报》及《生活日报星期增刊》，同韬奋回国后所创办的《大众生活》周刊一样，相比较他早期主办的《生活》周刊都有了很大的进步。《生活日报》坚持系统宣传中国共产党的抗日民族统一战线政策，同时还向人民群众进行新的启蒙思想教育，而且特别注意从正面深入浅出宣传马克思主义的哲学思想和社会主义思想。《生活日报》对于报纸的编辑业务作了许多大胆的改革，从形式到内容都创造了独特的风格。正如陶行知在《送〈生活日报〉》短诗中所说：“大报不像大报，小报不像小报，问有什么好处？玩的不是老套。大报不像大报，小报不像小报，笔杆一齐对外，不肯胡说乱道。”

这就是一份“真正属于人民”的报纸！《生活日报》为人民所办，受人民所爱，其订户遍及全国各地和东南亚一带，每日销售 2 万份左右，比当时香港销量最多的日报多出三倍。

当时在天津主持中共北方局工作的刘少奇，对于韬奋在香港创办的《生活日报》非常关心，化名“莫文华”给韬奋先后写了两封长信，希望报纸成为救国人民阵线的指导者和组织者，成为千千万万各种各色群众的权威的刊物。韬奋虽然不了解“莫文华先生”是何许人，但是他引为知音，很受鼓舞，把两封来信都在报纸的头版显著位置发表，并撰写了积极响应的编者附言。①

一个多月后，由于国内局势的变化，抗日救亡运动需要韬奋回到上海工作，《生活日报》只好宣告7月31日起自动停刊，由香港迁回上海后继续出刊。

可是，由于国民党政府的百般阻挠和破坏，《生活日报》在上海未能通过注册登记，终究未能再和读者见面。

《生活日报》虽然只发行了54天，却像蓝色的闪电，划破了漆黑的夜空，给人民留下了永久的记忆。

韬奋从来就不是一个轻言放弃的人。他把《生活日报星期增刊》更名为《生活星期刊》，继续担任主编，继续出版。

只要韬奋主编，甚至只要看到韬奋的名字，无论是书籍还是期刊、报纸，很多读者都会热烈拥戴，急切地一睹为快，先睹为快。

2 | 救亡运动的领袖

韬奋回国后更忙了——这是生活书店同事们的共同感受。

生活书店的出版发行业务开展得更加红火，这一切都在韬奋的布局之中。书店通过胡愈之邀约到著名学者张仲实加盟，担任总编辑，书店

---

① 《韬奋全集（增补本）》第6卷，第601—612页。

图书出版业务有了更大发展。

生活书店的创始人韬奋回来了，书店出版的好书好刊吸引了更多读者的眼球。可是，读者见到韬奋的机会却少了。

日本帝国主义在完全控制了中国的东北及热河后，加紧在华北制造事端，张开了疯狂侵略的血盆大口。

华北五省危在旦夕，全中国抗日救亡运动的热潮空前高涨。1935 年 12 月 9 日，北平学生抗日爱国运动爆发，声势浩大，震动中外。

韬奋不仅继续通过书刊出版宣传抗日，推动救亡运动，声援“一二·九”运动，还主动走出编辑部，主动参与到抗日救亡运动中。

祖国危亡，人民危难，韬奋站到了抗日救亡运动第一线！

这时，他结识了德高望重的大律师沈钧儒①。他们经常邀约一些文化界人士聚餐喝茶，商讨时局，投身抗日救国运动。他们酝酿在文化界发起建立一个抗日救亡团体。

1935 年 12 月 12 日，韬奋和沈钧儒、马相伯等 283 位各界名人联名发表了由胡愈之起草的《上海文化界救国运动宣言》，呼吁“负着指导社会使命的文化界”尽快奋起，站在民众的前面，领导救国运动，指出中国民族的唯一出路在于“尽量的组织民众，一心一德的拿铁和血与敌人作殊死战”！②

这份具有深远意义的宣言，随着“一二·九”运动的深入和发展，迅猛地传播开来。12 月 27 日，上海文化界救国会正式成立，300 多名

---

① 沈钧儒（1875—1963），浙江嘉兴人。1905 年留学日本。回国后参加辛亥革命。1912 年加入中国同盟会。1913 年支持国会议员联合弹劾袁世凯。五四运动期间，撰文提倡新道德、新文化。1936 年，他与宋庆龄、邹韬奋等发起并组织了全国各界救国联合会，为建立和扩大爱国统一战线作出了很大贡献，是中国民主同盟的创始人之一。新中国成立后，历任全国人大常委会副委员长、全国政协副主席、最高人民法院院长和民盟中央主席等职。

② 《韬奋全集（增补本）》第 6 卷，第 572、573 页。

作家、新闻记者、导演和演员、教授、律师、宗教界人士等参加了成立大会。大会推选邹韬奋和马相伯、沈钧儒、章乃器、陶行知、胡愈之、李公朴、王造时、史良等35人为执行委员，由邹韬奋分管宣传，并通过了《上海文化界救国会第二次宣言》，指出，“在当前严重的危机下，全国大众已超过了忍耐的限度，目下全国学生的爱国救亡的高潮，明显的是全国大众一致奋起救亡图存的先导。这一爱国运动正在开展中，钢铁般的民族阵线，将由全国大众自动建立起来，形成不可侮的巨力。可惜，我们的政府未见及此，爱国运动在被军警摧残”，“所以我们现在要先组织自己，用集团的力量，来负担我们时代的任务”。宣言提出了“迅速建立起民族统一阵线”“停止一切内战”“武装全国民众”“释放一切政治犯”等八项救国主张，并要求国民党政府马上执行以下四点：“一、严惩各地摧残救国运动的负责长官；二、取消对爱国运动的戒严令；三、撤废新闻检查制度，开放新闻封锁；四、释放被捕爱国学生及市民，并保证以后不得再有同样事件发生。”①

上海文化界救国会提出的主张和要求都是针对国民党政府的投降卖国政策而提出的，因此受到上海和全国各地的爱国同胞的一致赞同，毫无疑问，也一定被国民党当局所仇恨。

上海各界爱国人士纷纷行动起来。1936年1月，上海妇女界救国会、大学教授救国会、电影界救国会、新闻界救国会、职业界救国会、学生界救国会、工人救国会等各方面的救国会都先后成立起来。在此基础上，上海各界救国联合会于1936年1月28日正式成立，这一天是上海“一·二八”淞沪抗战4周年纪念日，上海各方面救国会的代表和爱国人士在上海总商会礼堂举行纪念大会，宣布成立上海各界救国联合会，推选韬奋和沈钧儒、章乃器、李公朴、陶行知、王造时、史良等组成执行委员会，统一领导上海市的抗日救亡运动。

---

①《韬奋全集（增补本）》第6卷，第574、575、576页。

上海各界救国联合会在大会后举行了声势浩大的群众游行。游行队伍经过河南北路、宝山路，沿途群众自动参加到队伍中来，还有更多的人在马路两旁呐喊支持。示威游行队伍走到宝山路口后，情绪越发激昂，沿途高呼爱国反日口号，高唱抗日救亡歌曲。游行队伍和路边的群众高声齐唱《牺牲已到最后关头》：

向前走，别退后，生死已到最后关头！
同胞被屠杀，土地被强占，我们再也不能忍受！
亡国的条件我们决不能接受！中国的领土一寸也不能失守！
同胞们，向前走，别退后！
拿我们的血和肉，去拼掉敌人的头。
牺牲已到最后关头，牺牲已到最后关头！
向前走，别退后，生死已到最后关头！
拿起我刀枪，举起我锄头，我们再也不能等候！
…………

游行队伍的歌声传遍四面八方。

示威游行队伍在江湾和大场公祭了淞沪抗战无名烈士墓之后，才宣布活动结束。

这次游行是上海自组织抗日救亡运动的示威游行以来规模最大的一次，声势浩大，群情激愤，震动中外。

《大众生活》周刊先后刊登了上海文化界发表的两次救国运动宣言，影响遍及全国。全国各地的各界爱国人士也纷纷组织起各种各样的抗日救亡团体，北平、天津、南京、济南、青岛、武汉、西安等地都先后成立了救国会。

对于抗日救国运动的日益高涨，国民党当局居然发表《告国人书》，污蔑《上海文化界救国会宣言》“反对中央、颠覆政府”，是“赤色帝国主义汉奸”利用“救国的呼声，以作其叛逆行为的掩护”，是共产党“利用文化团体及知识分子，在救国的口号掩护下，作卷土重来之计”，并声称如果不听劝告停止抗日救国活动，就要“予以最后的严厉之制裁”。

国民党政府还颁布了所谓《危害民国紧急治罪法》，污蔑抗日救亡运动“危害国家”，规定对爱国运动要“以武力或其他有效方法制止”。这就是说，国民党政府公开宣布“爱国有罪”。

针对国民党当局的反动措施，《大众生活》发文予以驳斥。文章指出，国民党当局对于汉奸运动默加容许，可对于救国运动反而严词厉色，诬陷污蔑无所不用其极！足以证明国民党当局显然是受人蒙蔽，更足以证明其所谓“受人利用云云”，也都不过是奸人捏造事实，诬陷救国运动。

文章明确表示：“三军可夺帅，匹夫不可夺志”，“我们倘使是”国民党当局“一纸诬蔑文告所能恫吓得倒的人，我们早就不敢在‘救国有罪’的环境之下，公然以救国相号召”。[①]

韬奋还撰文尖锐地指出：“对于爱国运动不要把恶意来估量，否则徒然损伤民族的元气；而民众对于亡国奴的惨剧是终于要挣扎避免的，这里压下去，那里又要起来，客观的危亡事实推动着民众的救亡火焰，增高着民众的救亡热血，压迫的结果，只是更惨痛地消耗民族元气而已。”[②]随着抗日救亡运动的不断发展，在上海各界救国会的倡议下，1936 年 5 月 31 日至 6 月 1 日，“全国各界救国联合会”在上海召开成立大会。会议是在上海博物院路中华基督教青年会全国协会的一间会议室举行的。北平、天津、保定、济南、青岛、徐州、南京、上海、厦门、

---

① 周天度编《救国会》，中国社会科学出版社 1981 年 10 月版，第 195 页。本书所引《救国会》均出自此版本，后不一一标出。

② 《韬奋全集（增补本）》第 6 卷，第 347—348 页。

香港、广州、武汉等地60多个救亡团体的70余位代表出席会议。宋庆龄、何香凝、马相伯、邹韬奋等40余人为执行委员，沈钧儒、章乃器、李公朴、王造时、沙千里、史良、孙晓村、曹孟君等14人为常务委员。当选为执行委员的邹韬奋已经成为全国各界救国联合会的领袖之一，他毫不犹豫地站到了抗日救亡运动领袖的战斗岗位。

成立大会通过的宣言和政治纲领等文件规定，救国会的宗旨是“团结全国救国力量，统一救国方策，保障领土完整，图谋民族解放”[①]；救国会现阶段的任务是促成全国“各党各派立刻停止军事冲突”，“派遣正式代表”“进行谈判，以便制定共同抗敌纲领，建立一个统一的抗敌政权”等[②]。

为了促成全国各党各派、各地方势力团结合作、共同抗战，韬奋和沈钧儒、章乃器、陶行知等救国会领导，于同年7月15日联名发表了由共产党人胡愈之帮助起草的《团结御侮的几个基本条件与最低要求》一文，更是明确表示赞同和支持中国共产党的抗日民族统一战线政策，主张停止内战，一致抗日，希望贤明的当局与领袖以及一切爱国同胞背诵曹子建诗：“煮豆燃豆萁，豆在釜中泣。本是同根生，相煎何太急！”团结御敌，把握抗日救亡运动的胜利前途。[③]

韬奋后来回忆道：“我们几位在港的朋友曾为着这个问题，讨论了几天几夜，结果草成了一本小册子，名为《团结御侮的几个基本条件与最低要求》，由我亲自带到上海，再和沈钧儒、章乃器诸先生及其他救国会诸同志作详尽的检讨，经过港沪几位朋友多次的商讨和修正之后（当时陶行知先生适因赴美经港，对小册子内容亦曾参与商讨），最后由

① 周天度编《救国会》，第106页。
② 周天度编《救国会》，第90页。
③《韬奋全集（增补本）》第6卷，第700—712页。

沈钧儒、章乃器、陶行知诸先生和我四个人共同负责署名发表。”①

这篇文章引起了全社会的重大反响，特别得到了中国共产党的赞同。1936 年 8 月 10 日，毛泽东发表了《致章乃器、陶行知、邹韬奋、沈钧儒及全体救国会员函》。他充分肯定了救国会的这一主张，并代表中国共产党、苏维埃政府与红军向救国会全体会员“表示诚恳的敬意”，表示愿意在救国会的纲领下签名，同救国会及“一切愿意参加这一斗争的政派的组织或个人合作”，“来共同进行抗日救国的斗争”。②

毛泽东的公开信对救国会的领袖们是一个极大的鼓舞，也增强了邹韬奋对中国共产党和毛泽东的崇敬之心。

9 月 18 日，毛泽东又亲笔写信给邹韬奋和章乃器、陶行知、沈钧儒，信中说“先生们抗日救国的言论和英勇的行动，已经引起全国广大民众的同情，同样使我们全体红军和苏区人民对先生们发生无限的敬意！……国民党军队继续对于红军进攻与一切野蛮法令的尚未撤废，到今天仍然把我们与先生们远远地隔离着，彼此不能经常共同讨论与交换抗日救国的具体意见。这也就不得不使诸位先生对于我们今天所执行的抗日民族统一战线的方针与实际行动，尚有若干的隔阂与误会。因此，我委托潘汉年同志与诸位先生经常交换意见和转达我们对诸位先生的热烈希望”。③

1936 年 9 月 24 日，潘汉年带着毛泽东的信离开陕北苏区，前往上海，代表中共中央与韬奋和救国会建立了直接联系。

韬奋强烈地希望抗日民族统一战线能够正式形成。他出版了一本小册子《坦白集》，在此书的《弁言》中他写道：“在这集子里，关于团结御侮的文字最多，这是因为这个问题是中国当前最最重要的一个问题，

---

① 《韬奋全集（增补本）》第 10 卷，第 830 页，“在港的朋友曾为着这个问题”即抗日民族统一战线问题。

② 周天度编《救国会》，第 128 页。

③ 邹嘉骊编著《邹韬奋年谱长编》，第 694 页。

所以我自忘其无似，尽我的一知半解，参加研究，以供国人参考。”他认为“正确的认识是英勇行动的前驱，我无时无刻不为中华民族的光明前途祝祷着”[①]。

韬奋和救国会“无时无刻不为中华民族的光明前途祝祷着”，他们明确支持全国各地的反日大罢工。

从 1936 年 2 月 7 日起，上海、天津、青岛各地的日本纱厂爆发中国工人大罢工，声援抗日救亡运动。韬奋不仅在最短的时间里在《大众生活》上发表了纱厂工人的来信，而且还和救国会的其他领导人一起奔走相告，组织了上海日商纱厂罢工后援会，散发了《请全国同胞援助日商纱厂罢工工人》的呼吁书，并在上海全市广泛开展募捐活动，用募捐所得的钱在纱厂附近的市场上买了米票，直接发给因罢工而遭遇生活困难的工人和其家属。

韬奋和救国会“无时无刻不为中华民族的光明前途祝祷着”，他们勇敢地站出来主办中华民族伟大的革命家、思想家、文学家鲁迅先生的殡仪活动。

1936 年 10 月 19 日，鲁迅先生逝世，震动中外。可是，立刻就有一个问题提出来：鲁迅先生，这位至死还被国民党当局密令通缉的“通共犯”，在那黑暗年代，其殡仪由谁来主办？当时，中共党组织自然不能出面，宋庆龄想到了自己领导的救国会，负责和救国会联系的中共地下党员胡愈之也想到救国会，此时唯有拥有数十万会员而又敢于公开出面的救国会才能挺身而出。救国会决定，不仅主办鲁迅先生的殡仪活动，还要把殡仪活动办成一次大规模的抗日救亡示威游行。

救国会义不容辞地担负起主办鲁迅先生殡仪活动的重任。沈钧儒手书作为游行前导的“民族魂”大旗上的三个厚重榜书大字。扶柩的是鲁迅夫人许广平指定的沈钧儒、章乃器、邹韬奋、史良。追悼会上致哀辞

① 《韬奋全集（增补本）》第 6 卷，第 585 页。

的是鲁迅的学生胡愈之，发表讲演的有宋庆龄、蔡元培、内山完造、沈钧儒、章乃器、邹韬奋、萧军。殡仪后不几天，上海日商办的《日日新闻》发表一则惊人消息称：国民政府召集蓝衣社上海特区最高会议，决议将王造时、章乃器、邹韬奋等数十名救国会首脑，以对付史量才[①]之手段处以死刑，绝对禁止救国会一切言论、出版、集会等公开行动。

消息传来，韬奋和救国会的同事们一笑置之。他们早已抱定为了抗日救亡九死无悔的信念，岂是这些叫嚣和恫吓能吓倒的！

韬奋和救国会明确声援绥远发生的抗日战斗。

从 11 月 12 日起，日本军队进犯中国绥远省的东北东部和北部地区。绥远省主席、国民党第一陆军总指挥傅作义将军，指挥第三十五军等部队约 3 万人奋起抗击，挫败敌人的多次进攻。韬奋和救国会对于绥远问题非常关注。绥远抗日的战斗一打响，上海救国会为首的 30 多个团体立即致电傅作义将军，对他矢志报国的举动表示敬意，并向誓死守土的前方将士致以亲切的问候，积极提倡并努力发起捐赠，援助正在前线英勇抗战的将士。

韬奋率领《生活星期刊》全体同事，首先以一日工资所得捐助绥远前线战士，并声明代收捐款，给予正式收据，接着 34 家杂志联合发起了全国读者“以一日贡献援助绥远军抗战”的启事。

韬奋和救国会“无时无刻不为中华民族的光明前途祝祷着”！

韬奋和救国会发出大声疾呼：“绥远前线战士已开始为国血战了！我们全国的同胞应该动员整个国家的力量，发动整个民族的解放抗战！”[②]

---

① 史量才（1880—1934），江苏江宁（今南京）人，杰出的报人、教育家。1912 年任《申报》总经理。《申报》对抗日救亡背景下中国民权保障同盟的正义活动进行了全方位的跟踪报道，扩大了社会影响。《申报》在他的主持下，成为抗日进步力量的喉舌，为抗日救亡运动培养了大批进步青年。1934 年 11 月 13 日傍晚，史量才遭国民党特务暗杀。

② 《韬奋全集（增补本）》第 7 卷，第 52 页。

3 | 七君子入狱

1936年江南的秋天特别短，中秋刚过不久，便刮起逼人的北风，仿佛国家命运多舛，四时无非之灾添乱，秋天苦雨连绵。11月22日深夜，寒冷和恐怖笼罩着整座上海城。经过一天的劳碌奔波，沈钧儒、章乃器、李公朴、王造时、史良、沙千里，都在各自家中安然就寝。韬奋总是睡得要晚些，他在续写没有完成的文稿，还要策划下一期的《生活星期刊》的焦点言论。

就在这时，一阵接一阵粗暴的擂门声响起。

辣斐德路601弄4号韬奋家的大门被擂得四邻皆惊。

国民党政府上海市公安局派出的八个特务小组奉“南京密电”，会同英租界、法租界的捕房密探，疯狂扑向救国会领袖沈钧儒、章乃器、邹韬奋、李公朴、沙千里、陶行知、王造时、史良的住处，一声声来势汹汹的擂门声，打破了寒夜的宁静。除陶行知因出国参加教学会议而未被捕外，其余7人均遭逮捕。他们就是中国现代史上著名的犯了“爱国未遂罪”的七君子！

沈粹缜坚决不让特务们带走韬奋。来人气势汹汹，看上去就不是什么好东西，而且没有拘票，没有拘票就不能拘人！可是韬奋明白，国民党当局出手了，该来的到底来了，没有什么可畏缩的。韬奋抚慰妻子，像平常遇到不好的事情一样，他轻声而坚定地说：

“不要怕！”

韬奋不怕。他被手枪和手铐押送，无所畏惧地走进了寒冷的黑夜，镇静地走进租界的巡捕房。在巡捕房和法庭上，韬奋陆续遇到了其他战友，他们没有一个惊慌失措。韬奋最先遇到七君子中唯一女性史良律

▲ 七君子被武装警察押上囚车

师，他俩互相微笑致意。七君子一个都不会害怕。七君子知道自己是爱国的，蒙受了只有黑暗年代才会发生的“爱国罪”，因为他们宣传爱国，破坏了国民党当局投降妥协的阴谋而被罗织罪名——“危害民国罪”。他们是爱国的君子。君子坦荡荡，君子有热血，君子有傲骨正气。在巡捕房里，七君子面对巡捕的聆讯，被问到“你犯了什么罪”时，他们都异口同声地回答“救国”——就像是事先约定好了似的，其实是君子们救国义举坦坦荡荡，救国的热血一直在沸腾，君子们面对魑魅魍魉的监狱和枪口，不作任何的委曲求全。

显然，聆讯的人也是得到了交代，当七君子回答所犯罪行是“救国”，他们没法作反驳，只是一面自言自语一面在记录纸上写下“危害民国”。如此治罪，实在是罔顾事实，罔顾良知，罔顾天地良心。

韬奋他们在监房里折腾到天明。第二天关在这里的许多犯人，特别是政治犯——他们中有不少人是《生活》《大众生活》和生活书店的读者，听到韬奋被关在这里，都表现出热烈和挚爱的情绪，寻得机会就朝韬奋尊敬地称呼“韬奋先生”。同监房的一位青年犯人宁可自己睡地铺，也要坚持把仅有的一张铁床让给他崇敬已久的“邹先生”。在等待开庭的时候，韬奋待在法警室里，对几十个法警弟兄宣讲起来，说明国难的严重和救国会全国团结御侮的主张，法警们都听得津津有味，点头称是。监狱里的犯人们听说关进了救国会的领袖，他们几乎是不约而同地公开违反监狱里的规定，不按规定称七君子囚服上的号码，而是尊称沈先生、邹先生、章先生……可见抗日救亡运动深得人心。

接下来，为了给七君子判罪，当局把他们从租界“移提”到上海市公安局，交由国民党政府直接控制的法院审理，同时又企图做得光鲜体面，经得起舆论挑剔。国民党当局和租界当局勾结一处，反复折腾。江苏高等法院的分院法庭，先是指认七君子犯的是“危害民国罪”，后又指认他们犯有“妨碍秩序罪”“鼓动工潮罪”，但都没有任何证据，说了半天也确定不了七君子究竟犯了什么罪，只一味要求把七君子“移提”到上海市公安局去。七君子据理力争，当庭驳斥了公安局代表的污蔑之词，并对非法逮捕提出强烈抗议，表示坚决反对公安局无理“移提”。七君子的律师轮流进行辩护，提出立即释放的要求。国民党政府的上海市公安局拿不出证据又无拘票，江苏高法分院被迫裁定“责附律师保释改期”。在七人走出法庭门外时，等候在门外的群众热烈地向他们鼓掌欢呼。

国民党当局岂肯就此罢休，他们使出所有卑鄙手段。就在江苏高法分院宣布七君子无罪的当天，市公安局又毫无根据地发出了拘票，并于 24 日凌晨 1 时许对七人再一次发起了拘捕。这一次除史良事先获信，及时避离寓所，李公朴当晚没有回家，因此也没有被捕外，其余五人怎么也没有想到竟然这么快又在一起受难了。

24日下午，法院再次开庭。就在开庭前一刻钟，李公朴大义凛然地独自走进法院，表现了他无畏无惧的气魄和为抗日救国愿牺牲一切的气概。由于有一些亟待处理的事情需要亲自去办，史良未到庭，法院将她的通缉令贴在捕房揭示处。

查阅资料，可以看到，七君子于11月22日午夜被捕，次日上午，国民党上海市政府秘书长俞鸿钧就秘密通知日本驻沪总领事馆，谓"'七君子'已于22日深夜逮捕"，是"不拘泥于法律常规加以逮捕"的，"希望切勿将原委公诸报端"。同日下午，上海市市长吴铁城在会见日本总领事时，又当面"备述逮捕之苦心，坦陈将尽量作出努力"。日本总领事说："本官对此努力表示谢意。"[①]

国民党当局做贼心虚，迫不及待发布新闻，妄图抢占舆论先机。26日，国民党上海特别市政府宣布七君子的"罪状"，说他们"非法组织所谓上海各界救国会"，"妄倡人民阵线，煽动阶级斗争，更主张推翻国民政府"，"密谋鼓动上海总罢工，以遂其扰乱治安颠覆政府之企图"。国民党中央通讯社说，政府是依据《危害民国紧急治罪法》逮捕他们的。[②]

铁的事实容不得国民党当局撒谎！全中国爱国的人们闻讯后立刻行动起来。11月24日，全国救国会发表《为沈钧儒等领袖无辜被捕紧急宣言》，27日又发布《为七领袖无辜被捕告当局及国人书》，抗议与揭露国民党对七领袖的无理迫害，驳斥对救国会的攻击与污蔑，表示"救国会的人士既以身许国，决不是逮捕等等足以阻遏其志愿的"。他们将坚决秉承领袖们过去的言论主张，"永远继续地奋斗下去"！要求国

---

① 《日本插手"七君子"事件的有关材料》，载《上海滩》，1987年第4期。
② 《申报》，1936年11月26日。

民党当局立即释放被捕诸领袖，公开保护救国运动，停止内战，一致抗日。①

全国许多报纸杂志都把七君子案称为“爱国无罪案”，24 日，北平文化教育界著名人士李达、许寿裳、许德珩、梁实秋、齐燕铭、刘清扬等 108 人联名致电国民党南京政府，赞扬七君子“热心救国，全国景仰”，要求政府立即释放他们，共赴国难。北平各校学生闻讯后立即决定罢课两天以示抗议，并由清华、燕京等 15 所大学，各推代表两人，组成请愿团，代表北平学生赴南京请愿，要求政府立即释放被捕诸领袖，开放民众救国运动。

26 日，宋庆龄发表《为“七君子”被捕而发表的声明》，揭露“七君子事件”的本质，强烈谴责国民党当局的非法逮捕行为，抒发了满腔的爱国热忱。声明说：“救国会的七领袖已被逮捕，可是我们还有四万万七千万人民，他们的爱国义愤是压制不了的。让日本军阀们当心吧！他们虽然可以在幕后指使逮捕七位领袖，但是全国的人民是不会饶他们的。”②

30 日，中国共产党领导下的延安《红色中华》发表文章，反对国民党政府对爱国者实行高压政策，相信“全国人民决不会为南京政府的爱国有罪政策所威胁而坐视中国的灭亡，必须再接再厉，前仆后继来发展正在开展着的全国救亡运动”。随后，在巴黎出版的《救国时报》（吴玉章主编）也发表评论，反对国民党政府“爱国有罪的暴政”，表示支持七君子的爱国行动。

国民党中有识之士冯玉祥、于右任等在南京发起 10 万人签名活动，援救七君子。国民党桂系军阀要求无条件释放七君子。爱国将领张学良、杨虎城坚决反对逮捕七君子。张学良专程从西安驾驶军用飞机抵达

① 《救亡情报》第 28 期，1936 年 11 月 29 日。

② 宋庆龄：《为新中国奋斗》，人民出版社 2019 年 8 月版，第 75 页。

洛阳，当面请求蒋介石释放无辜的七位救国领袖，被蒋介石严厉斥责。此后不久，西安事变发生，张、杨提出的解决时局的八项主张中，就有"立即释放上海被捕爱国领袖"一条，并说"自上海爱国冤狱爆发，世界震惊，举国痛心，爱国获罪，令人发指"。

正在美国的各界著名人士胡秋原、柳无垢、陶行知、陈其瑗、冀朝鼎等 33 人公开发表了《旅美华侨告海外同胞书》，指出："全国救国联合会系全国各界爱国团体之联合组织，沈、章诸先生奔走呼号，目的纯在抗日救国；不仅得全国人民之敬佩，且得全世界之同情。抗日救国不仅我全国同胞之公意，亦我全国人民之天职。若谓沈、章诸先生有罪，是我四万万同胞均为有罪也。"因此，他们要求政府"立即释放沈、章、王、邹、史、李、沙七先生"；"确认日本为全国之公敌，救国为国民之权利及义务"；"立刻对日抗战，切实保障人民救国运动"。[①] 在这个文件上面签名的旅美华侨有 300 多人。与此同时，暹罗（今泰国）华侨文化界同人 200 余人，新加坡全体华侨、全欧华侨抗日联合救国会等团体，以及法国著名作家罗曼·罗兰、德裔旅美著名科学家爱因斯坦、美国著名哲学家杜威、英国著名哲学家罗素等，都纷纷致电南京国民政府，强烈要求立即释放韬奋等几位救国会领袖。

国民党当局对救国会发起的抗日救国运动已经憎恨到丧心病狂的地步，中外社会如此广泛而激烈的舆论反响竟然也动摇不了他们的暴政。邹韬奋他们对国民党当局已经不存任何幻想，他们相约着要勇敢坚定地斗争下去。

1936 年 12 月 4 日，韬奋等六人被押上囚车，与十多个警察和侦探挤坐在一起，他们将被押解到苏州江苏高等法院看守所。

车程漫长。囚车里，李公朴带头轻声唱起《义勇军进行曲》，接着

① 周天度编《救国会》，第 222 页。

▲ 黄炎培等来看守所慰问救国会领导人

六位“爱国犯”齐声唱了起来，仿佛他们乘坐的并不是阴森的囚车，而是一辆战车，前进在爱国抗敌的战场。

十多个昏昏欲睡的警察和侦探，受到了感染，一个个抬起了头颅，眼里放光。这些人都是在公安局看守六位“爱国犯”的警察和侦探，经过十多天的朝夕相处，他们心里渐渐明白，六位先生都是正派善良之人。加上这些天里六位先生时常向他们讲一些抗日救国的道理，不少人对国民党当局的暴行开始流露出不满，对爱国人士被捕表示深切的同情。这时他们也都跟着歌声点头打拍子，还有一个大声跟着唱起来。李公朴索性站起来，面对警察和侦探，一字一句地教他们唱《义勇军进行曲》，然后又打拍子，领着全车的人齐声合唱：

起来！
不愿做奴隶的人们！
把我们的血肉，
筑成我们新的长城！
…………

接着大家又唱《毕业歌》——

…………
我们是要选择战还是降？
我们要做主人去拼死在疆场，
我们不愿做奴隶而青云直上。
…………

囚车载着激越的爱国歌声，驶向将要囚禁“爱国犯”的国民党政府戒备森严的监狱……

4 | 白色恐怖下的斗争

被押解到江苏高等法院后，韬奋他们估计这个案子在短时间内不可能了结，需要作好长期作战的思想准备。老成持重的沈钧儒提出：“我们六个人就是一个人。”大家约定，如果当局要将他们分开羁押或用别的阴谋对他们进行分化，大家就以绝食相对抗，既然六个人一起进来，就必须一起出去，以此表示大家风雨同舟、患难与共的决心。

七君子中唯一的女君子史良于1936年12月30日从上海到苏州投

案，被羁押在司前街女看守所。史良在别处监狱独居一室，孤军奋战，却能始终与韬奋他们保持斗争行动步伐一致，实在是难能可贵。

韬奋他们被移解到苏州看守所后，共经历了5次法庭审问，时间相隔5天、6天到20天不等，每次询问都问一些同样的问题。韬奋他们据理反驳，国民党当局拿不出任何站得住脚的理由，便故伎重演，实施拖延战术，拖延到1937年2月3日。等到2月3日了，江苏高等法院根据检察官的申请，又裁定"自1937年2月4日起延长侦查两个月"，这就是说一直要拖到4月4日，才能决定是否对韬奋他们进行起诉。

国民党当局一面用拖延战术，消磨韬奋他们的意志；一面施展阴谋，散布谣言，制造假象，说马上即可释放七君子，动摇韬奋他们的斗志。与此同时，国民党当局派出党政要人进行诱降，说只要同意"反省"，就马上释放。毫无疑问，这些劝降必定受到韬奋他们的严词拒绝。大家一致认定爱国没有罪，抗日没有罪，既然没有罪，又哪来什么"反省"？！

国民党当局劝降不成，终究还是伸出恶手，向法院送出《起诉书》，罗列了七君子的"十大罪状"。无非还是蓄意歪曲、恶毒攻击救国会的主张，不但断章取义、咬文嚼字，而且张冠李戴、指鹿为马，妄图置韬奋他们于死地。

针对《起诉书》，韬奋他们按法律规定每人聘请了三位律师，组成了21人的实力强大的辩护团，准备与国民党当局在法庭上展开尖锐的合法斗争，以进一步扩大救国会的影响，有力地宣传救国爱国的真理。在请律师团的同时，韬奋他们开始起草《答辩状》，这项工作以张志让律师为主，由胡愈之予以协助，最后写成了2万多字的《答辩状》。

《答辩状》申诉："被告等目击河山破碎，痛念国亡无日，奋起赴难，未敢后人。当时救国会及被告等均认为救亡唯一要道，端在全民族团结一致，御侮抗敌。故言论行动莫不以此为依归。至和平统一，集中力量各点，则均不过为求达此项目的之方法。""《起诉书》认为被告等有共同以危害民国为目的，而组织团体，并宣传与三民主义不相容之主义之嫌疑。然以被告等爱国之行为，而诬为害国，以救亡之呼吁，而指为宣传违反三民主义之主义，实属颠倒是非，混淆黑白，摧残法律之尊严，妄断历史之功罪。”[①]《答辩状》还对《起诉书》所列举的“十大罪状”，用大量事实逐一给予驳斥。论证这所谓“十大罪状”无一可以成立，并且要求法院判决无罪，以雪冤狱。

6月11日，江苏高等法院首次公开审理七君子案。

那是一个阴云密布的雨天。法院门口挤满了来自各地的人们，大家在蒙蒙细雨中耐心地站立着，激烈地议论着。其中还有不少德高望重的白发老人，如商务印书馆的领导人张元济、“翰苑巨擘”沈卫、曾任全国水利局总裁的陶家瑶等老先生，他们都年事已高，却依然像年轻人一样站立在雨中，怒容满面，愤愤不平，等候开庭。法院本来宣称审判是公开的，但看到门外挤满了人，赶紧临时贴出布告：“停止闲人旁听，所有已发出的旁听证一律无效。”布告一出，群情激愤，对国民党当局这种无理做法提出强烈抗议。一位老先生在雨中高声喊道：“为了爱国，竟要坐牢，真是岂有此理！我活了七十多岁，还是头一趟见到这样的怪事，真不像样子，这哪里还讲什么法律！”雨滴顺着老先生白发鬓角往下流淌，令在场群众悲愤交加。

连绵的阴雨，犹如苍天在为韬奋他们洒泪。

在法庭内，韬奋他们听到不准旁听的消息后也都极为愤慨。大家提出，“不让旁听算什么公审！如此公审，大家都不发言！”辩护律师团也都纷纷表示，如果不公审就全体保持沉默。众怒一起，法院这才慌了神，被迫作出让步，改成允许新闻记者和家属入庭旁听。这样一来，还是有很多人进不去。不少人仍坚持守在法庭门外，淋着雨，守候消息。

法庭内外，正邪分明，不由得让人们想起一句名言：“公道自在人心！”

---

① 沙千里：《漫话救国会》，文史资料出版社1983年10月版，第55—61页。

第一次公审进行了两天。法庭内，检察官的《起诉书》念得无理无据，而韬奋他们有理有据，雄辩滔滔。针对法院推事们“拒绝调查证据，已具成见”，韬奋等向江苏高等法院提出“申请推事回避”，要求依法停止诉讼程序。法庭本来就起诉材料先天不足，见势不妙，不得不宣布退庭。

退庭后，韬奋他们在候审室大谈法庭的笑话，笑声传出庭院。韬奋还与走近前来的新闻记者热烈交谈。

在第一次审判的当天晚上，胡愈之根据旁听者的汇报写了长达七八千字的报道《爱国无罪听审记》，送交上海的几家报纸同时发表。这篇文章全面反映了爱国领袖反驳反动当局所谓控诉的场面，充分揭露了国民党政府污蔑陷害七君子的真相，在社会上引起轰动。

冒雨前来法庭旁听的商务印书馆张元济先生，是名满天下的大出版家、爱国学者，结果临到开庭时法院禁止旁听，交涉无效，老先生只好愤愤然于当晚返沪。

早在七君子被递解到苏州看守所时，张元济就曾专程去苏州探监。他同七君子中的沈钧儒稔熟，与韬奋相识，其余五人都从未谋面，是救国事业把这位年逾古稀、深居简出的爱国学人，同七君子的心连在一起。旁听被拒，老先生气愤难平，于6月14日致函七君子，并寄赠他的新著《中华民族的人格》。七君子捧书读信，感动异常。6月16日韬奋执笔复信，信中称“此间诸友自陷囹圄以来，个人利害非所计及，唯救国无罪与民族人格则不得不誓死力争”，信末有“衡山先生暨章、王、李、沙诸兄均嘱笔问候”，一语情意俱浓。是同一囚室的爱国六君子共同的祝愿，也是韬奋作为杰出的出版人，向出版界前辈、巨擘张元济先生的致敬。①

---

① 韬奋纪念馆编《邹韬奋研究（第一辑）》，学林出版社2004年11月版，第255—257页。

1937年初，西安事变和平解决后，全国的政治形势有了较大的变化，抗日救亡运动迅速发展，各界人士要求释放七君子的呼声越来越高。在这样的形势下，国民党当局居然顽固坚持其“爱国有罪”的丑陋行径，对七君子正式提起公诉，愈发引起全国人民的愤怒和抗议。

4月11日，毛泽东致电潘汉年，要求他立即向国民党提出抗议。4月15日，周恩来致函蒋介石，要求释放韬奋等爱国分子。

中共中央4月12日发表宣言，认为邹韬奋等七君子是“救国运动之民众爱戴之领袖”，他们“以坦白之襟怀，热烈之情感，光明磊落之态度，提倡全国团结，共赴国难，停止内战，一致抗日，此实为我中华男女之应尽责任与光荣模范，而为中国及全世界人民所敬仰”，“吾人对此爱国有罪之冤狱，不能不与全国人民一起反对”，要求国民党政府彻底放弃过去的错误政策，“立即释放沈、章、邹、李、王、沙、史诸爱国领袖及全体政治犯，并彻底修改《危害民国紧急治罪法》”。①

就在法院将要在6月25日进行第二次审判时，宋庆龄和何香凝、胡愈之、陈波儿、沈兹九、张天翼等16人为声援营救七君子发起了“救国入狱运动”，他们向江苏高等法院送了一个呈文，陈述：“愿与沈钧儒等同负因奔走救国而发生之责任”，如果“爱国无罪，则与沈钧儒等同享自由，爱国有罪，则与沈钧儒等同受处罚”。随后他们公开发表了《救国入狱运动宣言》，要求政府“立即把沈钧儒等七位先生释放”，如果“沈先生等一天不释放”，“愿意永远陪沈先生等坐牢”。《救国入狱运动宣言》特别强调，“中国人决不是贪生怕死的懦夫，爱国的中国人决不只是沈先生等七个，而有千千万万个。中国人心不死，中国永不会亡！”②

宋庆龄等还向上海新闻界发表了书面谈话，阐明了“救国入狱运

---

① 周天度编《救国会》，第318—319页。

② 《宋庆龄选集》（上卷），人民出版社1966年11月版，第181页。

动”的重大意义，要求新闻界对这个运动给予“宣传和提倡”，“以使爱国无罪，成为每个中国人的信条，中华民国的光明前途，就将从这一事件开始！”

6 月 25 日，江苏高等法院第二次公开审理七君子案。

又是一个阴雨天！

起初只是霏霏淫雨，后来骤然间又下成了倾盆大雨，间或带有雷声，使得法庭内外气氛特别肃杀严峻，宛如阴霾密布的沙场。

邹韬奋在第一次开庭时说话声音略显低沉，这次却特别响亮。雨天的雷声传来，宛如擂鼓助威。韬奋的答辩像演说一样，神态激昂，声色俱厉地斥责了黑暗势力对于纯洁的爱国运动的污蔑。

法官问：“《生活日报》上说人民阵线与人民救国阵线一样的，是不是？”

邹韬奋答：“我记得很清楚，去年 7 月间，有一读者来信，曾用‘人民阵线’四个字，我回信答复说团结抗日很好，但用‘人民阵线’四字有毛病，以后不可再用，以免误会。《起诉书》上反说我讲‘人民阵线’，岂非断章取义，故入人罪。”

审判长问：“你们主张建立统一抗敌的政治政权，与共产党的国防政策相同吗？”

邹韬奋知道这个问题里面有圈套，机智地答道：“就字面说，亦不相同。”

审判长问：“共产党并不放弃主义，只是改变策略，你们知道吗？”

邹韬奋答：“这是共产党的事。我们只问抗日不抗日……”

检察官猛然站起来，大声嚷道：“被告刚说检察官断章取义，故入人罪，这是不对的。你们给张学良的电报叫他出兵抗日，他未得到中央的命令，怎能抗日？并且他跟绥远很远，事实上也不能抗日。救国会电报在 11 月中发出，西安事变即于 12 月中爆发。救国会电报引起西安事变，所以此次虽然依据《危害民国紧急治罪法》第六条之规定起诉，但核诸各被告之行为，实有《危害民国紧急治罪法》第一条第三款、第四款之可能。”

邹韬奋鄙夷地一笑，立刻反驳道：“我刚说断章取义、故入人罪，是指‘人民阵线’而言，但检察官却牵到张学良的问题，这是牛头不对马嘴。”

审判长频频摇手，制止邹韬奋说下去。

邹韬奋不仅没有停下来，反而提高声调，激愤地说：“我不能侵害检察官发表起诉意见的权利，但是检察官也没有无理禁止我发表意见的权利。”作为被告，他要求控辩双方程序公平，他对审判长和检察官一起反驳：“被告刚才在讲话，被检察官打断驳斥，所以我也有权辩解。如果审判长认为检察官的话是对的，那么请不必再审下去了。”

审判长被邹韬奋抓住把柄，相当尴尬，赶紧把救国会给张学良的电报递给邹韬奋，想岔开话题。

邹韬奋看了一眼电报纸，说：“此电内容明白说请他出兵抗日，并非叫他举行兵谏，且全救会同时有同样电文给国民政府及傅、韩、宋[①]，检察官何以不仔细看看？”

检察官按捺不住，又站起来指责道：“因为你们给张学良电引起事变，而给国民党政府及宋、韩、傅电，则并未引起事变。”

邹韬奋觉得对方简直是在胡搅蛮缠，冷笑着回敬道：“请检察官说明电报中所谓援绥究竟和西安事变有何因果关系？”

检察官自知理亏，一时语塞，气呼呼地坐了下来。

邹韬奋并不就此放过这个气焰嚣张的检察官，不冷不热说道：“被告前已有一本书《坦白集》，还有《展望集》一本，是被捕前所著，请检察官先生找来研究研究，或许能明白救国会抗日救国的各种主张。”《展望集》一书是韬奋1936年8月至11月间公开发表的抗日救国方面文章汇编，对于《起诉书》中罗列的七君子“十大罪状”，书中文章几

① 傅、韩、宋即国民党将领傅作义、韩复榘、宋哲元。

乎都有清晰的讲述，韬奋这时候建议检察官读书，显然是对这家伙读书太少、胸无点墨的一个嘲讽。

邹韬奋穷追不舍，又追问道："我们打电报请张学良抗日，《起诉书》说我们勾结张、杨兵变；我们发了同样的电报给国民政府，为什么不说我们勾结国民政府？共产党给我们写公开信，《起诉书》说我们勾结共产党；共产党也给蒋委员长和国民党发公开信，是不是蒋委员长和国民党也勾结共产党？"

好一个逻辑谬误的笑话！旁听席一片笑声。

史良紧追不舍："比如一爿刀店，买了刀的人也许去切菜，也许去杀人，检察官的意见，是不是买刀的杀了人要刀店负责？"

好一个荒诞的归谬法！旁听席上又是一片哄笑。

沙千里决不放过这个混账检察官，立刻讥讽道："给张学良通电，因为张是东北人，应该去打日本，收复失地！至于西安事变是否因通电而起，应该去问张学良。"

紧接着张志让、刘崇佑等 10 多位律师相继发言，要求传唤张学良来庭做证。检察官如坐针毡，推诿说"不用传讯张学良，有讯问笔录就行了"。其实很多人都知道，张学良早就被蒋介石软禁在溪口，被告和律师们借题发挥，坚持要法庭传讯证人张学良，接着就一个接一个地批评检察官"办案不公，不虚心查证，罗织人罪……"

章乃器更是鞭辟入里，直指检察官道："检察官代表国家行使职权是应当的，但我们更希望他能代表中华民族的人格，否则给他做一个中国人的话，也丢尽我们老百姓的脸！"

旁听席发出阵阵哄笑。

一时间，法庭陷入嘲笑、恼怒、抗辩组合的大混乱中，仓皇失措的审判长只得猛力摇铃，宣布暂时退庭评议。

7 月 5 日，宋庆龄并胡愈之、陈波儿、沈兹九、张天翼等共 12 人，由上海乘火车去苏州向江苏高等法院"投案"，和反动当局展开面对面斗争。他们义正词严地提出“如认为七君子有罪，亦请同样将我们羁押起来”。这一行动得到许多爱国人士的响应。当天就有三四十人闻讯赶到江苏高等法院递呈状，要求入狱同服“爱国罪”。检察官狼狈不堪，既不敢收留宋庆龄等，更不敢贸然对七君子判罪。几经交涉，检察官勉强表示可以对他们进行侦查，宋庆龄、胡愈之一行这才决定返沪补递证据，再听候传押。在看守所，宋庆龄、胡愈之一行还看望了沈钧儒、邹韬奋等人，对他们表示了亲切的慰问。宋庆龄说：“民族危亡，爱国无罪，全中国人民都在支持你们，你们是一定能获得自由的。”

5　不坠青云之志

国民党当局制造的“七君子冤案”不得人心，天怒人怨，案件一开庭审理，社会舆论一边倒地支持七君子爱国无罪。明眼人早已看得出，在抗日救国运动势不可当的历史潮流之下，在此案件上国民党必败无疑。可是，为什么当局者如此罔顾事实和潮流，一直顽固坚持要折腾这个案件呢？这当中，自然包藏着大量的阴谋，其中包括他们要与救国会领袖们进行一番意志和信心的较量。他们以为，身陷囹圄的救国会领袖们，坚持不了多长时间铁窗生活的折磨，或者信心丧失，或者意志崩溃，甚至想当然地认为韬奋他们在日常生活上都难以正常坚持下去。

韬奋他们既然打算长期作战，就要把监房当作自己的战壕修筑好，既然大家称他们为七君子，他们就要像君子一样，“穷且益坚，不坠青云之志”；韬奋他们在平常生活中就注重自己的言行举止，坚持君子操守。

同在一间大牢房里的六位先生，对自己的日常生活和斗争方式作了一番认真的讨论和安排。六人中沈老德高望重、经验丰富，且平易近人、和蔼可亲，六人中他个子最矮，却是救国运动中最热心的领袖，爱护众人犹如爱子，在狱中韬奋他们敬佩地推他为家长。另外五人也各分担一项工作。邹韬奋生活态度严谨，办事极为认真，颇具监察官风度，因此大家选他做监察官，随时监督大家是否忠于职守，再加上他文名满天下，所以还请他兼做文书，替负责宣传的王造时分担重任。说来很有意思，剩下沙千里大律师没有重任可担，于是大家建议沙先生负责管理卫生。沙大律师凡事认真，管起卫生来一样严肃认真，不急不躁，深得大家敬重。

韬奋他们作出管理规定，每天早上 7 点钟起床，进行半小时运动，锻炼身体。运动有几种，主要是跑步。室外有一个较大的庭院，院子里有一个大圆圈，大家便绕此圆圈沿墙根晨跑。此外还有柔软操、打球、推手等。早饭、午饭、晚饭后，大家分头做个人的事。不过，大家商定，一般在做事前稍作休息或闲谈或唱歌，以使生活不至于过分单调乏味。

尽管处在等候审判的困境中，韬奋他们依然以抗日救亡为己任，无怨无悔地继续着他们未竟的事业。他们互相帮助，互相勉励，读书的读书，写作的写作。沈钧儒和韬奋商量后，要求大家学习司马迁和列宁，把监狱当作写作所和研究院，各人都定下工作计划，切切实实把自己正在做、计划要做的事情继续下去。大家一致赞成，并且自报计划：

邹韬奋续写《二十年来的经历》和《萍踪忆语》，翻译整理《读书偶译》。

章乃器写作《救亡运动论》。

沙千里写作《七人之狱》，读日语，学诗。

沈钧儒学兵法、学外语，为上海法学院写 50 幅书件义卖募捐。

王造时翻译拉斯基的《国家论》。

李公朴除读书外，还学诗、练字、日临“张黑女志”100 字。

▲ 被囚禁的日子里，邹韬奋笔耕不辍，埋头著译

大家还请沈老当场写一副对联，挂在牢房的墙上当座右铭：

立志须存千载想；
闲谈莫过五分钟。

邹韬奋和章乃器相约，每日至少写3,000字，要学习文天祥的精神，“人生自古谁无死，留取丹心照汗青”，即使明天要被枪毙，也要把心血留在人间。

据史良回忆，被独自关押的时日，可谓她一生中最忙碌的时刻。她向女犯们讲解抗日救国的真理，成为她们的义务律师，还教目不识丁的女犯认字、看书；阅读各类书籍，撰写法律方面的文章……真正是女中豪杰。

也许是出于新闻出版工作者的职业习惯，但更是为了抗日救国运动的胜利，为了“留取丹心照汗青”的抱负，在苏州看守所里，邹韬奋的写作最为勤奋。沙千里后来回忆韬奋的写作：“那时他全部时间差不多都用在写作方面，虽然和在狱外一样也定有作息时间，但他工作的时间，自早至晚几乎全部是握着笔埋着头在著译，其聚精会神、集中思虑的情形，任何外面的吵扰，对他都不可能发生影响，即使我们在打球的时候，他也能在球场旁边一只特制的写作藤椅上运笔如飞地写作他要写的东西。在看守所里来探问我们的亲友，可说络绎不绝，但是，他为了写作的缘故，宁可简慢了远道而来的朋友，而不肯放弃他规定好了的著述工作。”①

韬奋曾经自述道：“我要肩着这枝秃笔，挥洒我的热血，倾献我的精诚，追随为民族解放和大众自由而冲锋陷阵的战士们，‘冒着敌人的炮火前进’！”②

邹韬奋尽管身陷囹圄，面对敌人的荷枪实弹、铁窗囚禁，危在旦夕，但是“不坠青云之志”，写下了高质量的30多万字著述，《二十年来的经历》《萍踪忆语》和《读书偶译》三部著作都如期出色完成。也许，这还是出于他的修养、他的勤奋、他的人格。在七君子事件的冤狱里，韬奋如此不为所困、不为所惧、不为所诱、不为所惑，既笔耕不辍，又舌战群魔，让我们看到了一位“艰难困苦，玉汝于成”、心有定见、心向光明的革命者。可是接下来，在这样的革命者身上，我们看到的只能是斗争，前进，前进进……

---

① 邹嘉骊编《忆韬奋》，第25页。

② 《韬奋全集（增补本）》第7卷，第259页。

第八章 书店奇迹

韬奋在管理实践中所主张的“事业性和商业性的统一”，是我国现代出版业对社会效益和经济效益的关系第一次做出的科学正确的论述。生活书店的奇迹和这一论述的提出，让我们看到了睿智、高明而成熟的卓越出版家——邹韬奋。

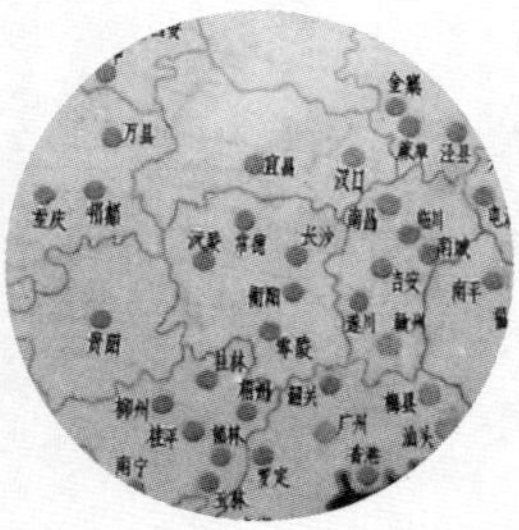

书 店 奇 迹

1 | 抗战旗帜

七七事变后，全国团结抗战的局面初步形成。由于韬奋等人坚强不屈的斗争、全国各界人士的积极营救和广大人民群众的大力声援，国民党政府不得不于 1937 年 7 月 31 日将七君子交保释放。韬奋等人终于结束了在苏州 243 天的牢狱生活。

闻讯赶来的近千名群众在看守所门前的广场上迎接七君子出狱。韬奋等人跟迎接的群众一起高唱《义勇军进行曲》，大家前呼后拥将他们送到花园饭店，在那里召开了欢迎会。韬奋等在会上表示："抗敌精神，始终不渝。"

8 月 1 日上午，韬奋等人由苏州回到上海，胡愈之、钱俊瑞等百余亲友到火车站迎接，韬奋等人高唱着《大路歌》走出了车站：

…………

压平路上的崎岖，
碾碎前面的艰难，
我们好比上火线，
没有退后只向前。

…………

▲ 邹韬奋、沈钧儒等七位救国会领导人获释，步出看守所

韬奋等人向100多名闻讯而来欢迎的青年学生发表演讲。韬奋对青年学生们说："兄弟在苏州，常常承蒙朋友来访，他们常问我两句话：（一）你在看守所内有什么感想？（二）以后态度如何？兄弟对这两句话的答复：（一）在看守所内是心安理得；（二）兄弟有坚定之信仰。就是各人能努力于大众所要求的事情，无论力之大小，最后一定能取得胜利。……个人都不要紧，可牺牲，可抛弃一切，但不能出卖大众，违反良心做事。个人尽可杀即杀，打即打，心中满不在乎。而兄弟又很想早些出来，和大众做一些事。……今天看到诸位，知道救国工作，并未因七人被捕而受到影响。简言之，就是七人死了，诸位对于救国工作亦必会更努力。兄弟是心安理得，生一日，努力一日，和诸位做到民族解放的一步。"[①] 韬奋还当场题词："个人没有胜利，只有民族解

① 邹嘉骊编著《邹韬奋年谱长编》，第761页。

放是真正的胜利。”[①]

韬奋出狱之后，立刻投入工作，仅仅 19 天后，8 月 19 日，一份由韬奋主编的《抗战》三日刊由生活书店出版。

正值“八一三”淞沪会战打响第 6 天，读者们特别需要读到及时报道战况、鼓舞士气的报刊，《抗战》三日刊铺满了黄浦江两岸。

韬奋又创办新刊了！人们竞相购阅，因为它依然是“生活”的风格——可是，刊物有了新的标志：抗战！而且抗战是时代的呼声，甚至一度部分地取代了当时国民党政府的声音，被时任国民党军事委员会副委员长的冯玉祥赞誉为“今日抗战中之指针”[②]。

《抗战》三日刊一度成为抗战时期旗帜性刊物。

抗战的大业促进了中华民族的团结，身为中国人无不愿为抗战大业出一份力量，体现到《抗战》三日刊这份刊物上，就是其作者阵容之壮大，择其要者有社会名流宋庆龄、沈钧儒、章乃器、史良，有军界要人冯玉祥，有文化名人郭沫若、茅盾、冼星海、李公朴、臧克家、柳湜、沈志远、胡绳、艾思奇、胡

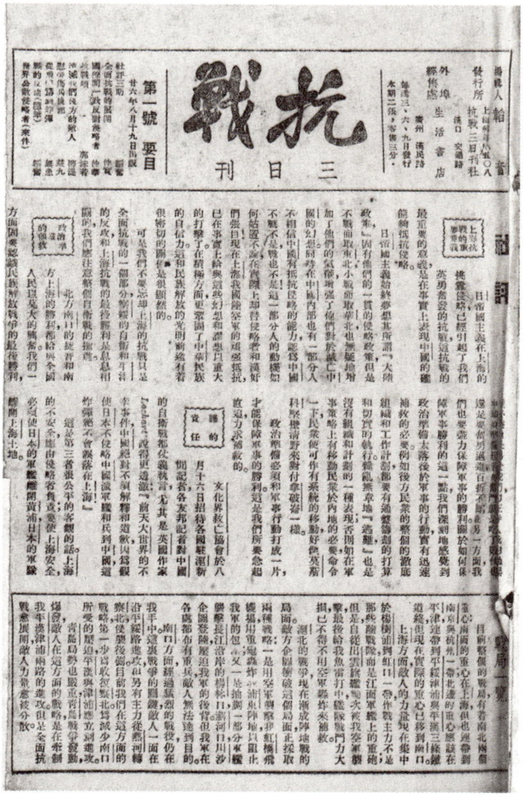
抗戰
三日刊
第一號要目

▲《抗战》三日刊第一号

① 《韬奋全集（增补本）》第 7 卷，第 557 页。

② 《抵抗》三日刊 1937 年 9 月 23 日第十一号《冯玉祥先生的信》，韬奋编《〈抗战〉三日刊（影印本）》，上海书店 1984 年 5 月版。

愈之、钱俊瑞、金仲华、张仲实等，还有中共人士叶剑英、潘汉年等，可谓集一时之盛。

《抗战》三日刊突出发表对与抗战有关的国内国际形势的分析和报道，发表对形势观察讨论所得的社论时评，以及各地通讯、战时常识、读者来信、诗歌、漫画等内容，努力满足战时广大读者的阅读需求。

上海处于战争状态，许多报纸刊物都停刊了，原先在望平街每天早晨分派报纸的工作也停止了。生活书店为发行《抗战》三日刊，把职工们组织起来，分区上街销售，积极配合抗日宣传。

《抗战》三日刊出版6期后，因主张团结民主进步，抗战到底，国民党当局又视为异己，由上海租界当局出面干扰，以刊物在上海租界内出版为理由，要求自1937年9月9日第7期起改名为《抵抗》三日刊。

1937年11月9日上海沦陷，11月16日的第27期刊物立即恢复《抗战》三日刊名称。在上海继续出版3期之后，1937年11月24日至12月22日停刊，1937年12月23日起在汉口出版第30期。

韬奋对《抗战》三日刊的编辑出版倾注了大量心血。他亲自撰写社论、时评、专稿以及大量随笔，也包括给读者回信。在总共86期的刊物里，署名韬奋的文章共136篇，平均下来每期一篇有余。在一份刊物上投入这么大的精力，同时还要兼顾生活书店其他许多事务，对于刚刚出狱、年逾四十的韬奋来说，已经是超负荷运转了。

《抗战》三日刊总共出版了86期，最高发行量曾经达到30万份。此后，《抗战》三日刊与全国救国会主办的《全民》周刊（柳湜主编）合并，改名为《全民抗战》三日刊，仍由韬奋主编、生活书店出版，仍然成为抗战时期发行量最大的期刊。《全民抗战》1938年10月15日移至重庆，改出五日刊，1939年5月13日起改为周刊，一直由韬奋主编、生活书店出版。1941年2月底被国民党当局查禁。

韬奋对抗战形势特别关注。他一方面抓紧组织力量，用最快的时间创办《抗战》三日刊，一方面对抗战期间的出版发行工作形势作出准确的分析和判断。他认为，抗日战争将是长期战争，生活书店既要坚守上海，出版发行抗日书刊，还要面向其他省市开展业务，在战时经济相当困难的时候，最经济有效的做法就是建立分、支店，把抗战时期的优秀书刊发行到全国各地，甚至是边远城乡。

生活书店创建55家固定发行处的奇迹，出自韬奋对全面抗战形势的全面准确的判断。

上海淞沪会战的第三天，著名作家茅盾遇到韬奋，听到他这一系列的分析判断，深受感动。他在回忆录中感叹道："在上海抗战爆发的第三天，韬奋就有了这样有远见的决策，实在令人钦佩。抗战期间生活书店在国统区的大发展，以及它为中国进步文化事业作出的非凡贡献，不都源于韬奋这一英明决策么。"[①]

韬奋带领生活书店临时常委会开会决定，为适应抗日战争的新形势，大量出版战时读物，实施向国内大中城市设立分、支店的大发展计划。为便于面向内地开展抗日文化宣传工作，决定将总店迁往当时的政治中心武汉，紧急通知疏散回家的部分职工，请大家积极投入向内地转移的紧张战斗。

从1937年秋起，编辑出版部门一面安排适应战时需要的新书及部分重版书的出版，一面将部分纸型和纸张装箱打包运往武汉。生活书店约请著名教育家张宗麟主编《战时读本》，以教科书分册形式编辑出版，供应全国各地广大读者的需要。《战时读本》在上海排好，打出纸型后，再在内地印刷发行。《战时读本》以深入浅出的写法帮助广大读者获得抗日救国的知识，供各地小学作为教材，以及作为工人、农民、部队士兵的读物。这部书曾多次重版，总印数近千万册，堪称战争年代图书出版的又一个奇迹。

① 茅盾：《烽火连天的日子——回忆录〔二十一〕》，载《新文学史料》1983年第4期。

2 | 书店开到十四省

抗战期间，生活书店创造的一个奇迹，就是在不到两年的时间里建立了分店 17 个，支店 27 个，办事处 5 个，临时营业处 3 个，此外还有流动供应所 9 个，覆盖 14 个省份，成为当时国内最大的发行网。

初期的生活书店利用《生活》周刊已有的发行渠道做好了两件事：一是做好本版书刊的发行销售，保持与原有期刊订户的联系，扩大书刊品种，避免受到别的书商控制；二是做好经销代销外版书报刊增加收入，扩大经营规模。生活书店从源头盘活图书资源，编辑新书目录寄给各地的图书馆、邮购户和期刊订户，进而同各地零售书店建立业务关系，用心选择其中信用较好的书店作为特约经销处，代理该地区的发行业务。

在战争的环境里，资金极为困难的情况下，能迅速建立起全国发行网，在出版界是一个奇迹。这个奇迹的形成除了得益于韬奋的大局观和创意，得益于徐伯昕的善于经营，也得益于生活书店矢志不渝“竭诚为读者服务”的服务精神。

生活书店一直传承、完善生活周刊社的读者邮购的做法，特别注意提高邮购的速度和准确度，获得了许多读者的信任。他们把购书款都存入生活书店的邮购部，长期委托代购书籍。邮购读者最多时达到 5 万户，如以每户存款 1 元计算，意味着有 5 万元大洋存在店里，可以作为流动资金。这在当时来说是一笔相当可观的款项，有利于进一步扩大业务。后来韬奋在总结生活书店白手起家的发展过程时说：“生活书店为什么会越来越大呢？这就得‘感谢’国民党了，我们才出几期，他就要我们停刊。但是，广大读者是支持我们的，一订就是一年。知道《生活》被国民党逼迫停刊，都来信说：‘不要你们退款。订《生活》的款子就捐给你们了，连封感谢信也不要你们破费，你们什么时候重新出，我们什么时候再寄钱向你们重新订！’这样，生活书店就越来越大了。所以，生活书店应该是属于人民的！”[①]

为适应抗战形势需要，生活书店加快发行网点建设，迅速在敌后 14 个省份的重要城镇建立分、支店，并尽可能深入临近战区地带，以便普遍供应人民迫切需要的精神文化食粮。建设全国发行网的计划由徐伯昕经理负责筹划，拟就全国分、支店分布的蓝图和一些分店干部配备的初步方案，提交理事会、人事会上讨论通过，以经理徐伯昕的名义向全体员工公布。每个分、支店配备经理和会计各一人。1938 年到 1939 年建立的分店 17 个、支店 27 个及办事处 5 个，临时营业处 3 个，流动供应所 9 个，加上之前已有的 3 家分店，共有固定发行处 55 个。这些发行处遍及后方 14 个省份，十分振奋人心。下面是生活书店全国固定发行处的分布情况——

分店 20 个：汉口，广州，上海（此三家分店为七七事变前建立），西安，重庆，长沙，成都，衡阳，桂林，兰州，贵阳，昆明，常德，曲江，南昌，赣州，金华（后改为办事处），梧州，香港。另有新加坡。

支店 27 个：万县，梅县，吉安，沅陵，丽水，柳州，南宁，广州湾，遂川，恩施，南平，零陵，百色，桂平，乐山，福州，屯溪，余姚，云岭，立煌，开江，丰都，天水，甘谷，南城，邵阳，罗定。

办事处 5 个：六安，南郑，宜昌，巴东，玉林。

临时营业处 3 个：于潜，天目山，宜川。

流动供应所 9 个：海门，宜山，泾县，青岩，平乐，八步，贺县，那坡，四会。[②]

---

① 邹嘉骊编《忆韬奋》，第 283—284 页。

② 《生活书店史稿》，第 136 页。

如此宏大的全国发行网，除上海、汉口、广州三个分店是七七事变前建立外，其余都是总店迁到武汉后的两年间建立的。

书店规模迅速扩展，韬奋更加重视店员的文化素养和业务能力的提高。他要求，在店面工作的员工，每当新书来了，要看目录、出版说明、前言、后记等，对内容有一个大致的了解，不能读者一问三不知。还有，同类的书有多少种，哪家出的，放在哪一分类的书架上，员工也都要熟悉，随时应对读者的询问。

韬奋还要求书店店员在业余时间尽可能多读书，卖书要知书。

生活书店一时名满天下。

当时许多知识青年报国无门，走投无路，彷徨街头，生活书店往往会给他们提供很有温度的服务，这里不仅有有温度的好书，还有友好热情的服务。韬奋在《抗战以来》一书中充满感情地回忆道：每到一个地方，只须知道那个地方有“生活”分店，他们往往总要想到“生活”。人地生疏，想起“生活”，往那里跑。认不得路，想起“生活”，往那里跑。找不到旅馆，想起“生活”，往那里跑，请代找一个。买不到车票或船票，想起“生活”，也往那里跑，请帮忙代买一张。住址一时不能确定，也想起“生活”，也往那里跑，请有信暂为留下转交，以便自己来取。

生活书店对于读者的竭诚服务，已经远远超出一个出版机构通常所可能做到的范围。像这样的出版发行机构，读者的向心力将是自然而然不断地增强，读者的稳固性一定会超乎常态。尤其是青年学生，他们对生活书店的热爱超乎寻常。青年学生把本地的生活书店当作比学校更为可爱的乐园，流亡学生只要在一个城市遇到生活书店，就把她当作自己的家园，久久不愿离去。

上海沦陷后，邹韬奋与钱俊瑞、金仲华、张仲实、杨东莼、沈兹九等 14 人由上海乘船绕道广州，经由广东、广西、湖南陆路前往汉口，途中经过广东肇庆，广西梧州、玉林、柳州、桂林，湖南衡阳等地，历

▲ 1937 年 11 月，上海沦陷，邹韬奋离开上海经多地辗转汉口，图为途中留影

时半个多月。

韬奋他们每到一个城市，这个城市的热血青年就会闻讯来访，有的城市大中学校还热情邀请他们前往学校发表演讲。

在广西玉林中学，韬奋一行受到前所未有的欢迎。

12 月 6 日，韬奋他们到达玉林中学时天色已晚，快到学校熄灯时间，有的同学甚至已经入睡，忽然消息传来，邹韬奋他们到了，顿时校园里沸腾起来。全校 700 多名学生都集合到大操场上，连夜欢迎邹韬奋先生一行。师生们在昏暗的夜色里聆听韬奋先生演讲半个多小时，及至散会，师生们连呼意犹未尽。第二天凌晨 3 点多钟，韬奋一行按计划出发上路，不曾料到，学生们又赶早起床，聚集在他们下榻的旅馆门前，高唱着《义勇军进行曲》和《抗战歌》前来送行。

爱国七君子之一的邹韬奋深受抗战中的青年学生们的拥戴。学富五车、口才出众的邹韬奋深得追求进步的青年学生们的崇拜。奉献了大量精神食粮的生活书店的邹韬奋深得广大读者的喜爱。

韬奋等人秉承为读者服务的精神，为着抗日救亡，连续数十天，不顾舟车劳顿，常常要为各地的学生和群众发表热情演讲。生活书店声名大振。韬奋后来在《患难余生记》中称这“在流亡生活中可谓别开生面”。他说：“我们经过沿途各地点，都有这样的情形，到桂林因学校多，就更忙。我们这一批朋友，戏称自己这一群为‘马戏班’，这当然并不是说我们会做什么‘马戏’，却是说我们形成了一群：金仲华先生讲国际问题，张仲实先生讲思想问题，钱俊瑞先生讲农村经济问题，杨东莼先生讲战时教育问题，沈兹九先生讲妇女问题，我讲团结抗战问题。到一处便有许多青年朋友和我们商榷这个问题，讨论那个问题，闹热得什么似的。”

在桂林，他们顾不得观赏这里的“山水甲天下”，也顾不得品尝桂林的美味佳肴，而是立刻分头开展各种演讲。桂林此后成为著名的抗战文化城，可以说，韬奋一行最早在这里点燃了抗战文化的激情。

由于当时桂林的大学生比较多，演讲活动最受欢迎。一天下午，邹韬奋和金仲华应广西大学学生之约，来到广西大学独秀峰下的大会堂作演讲，本来预备每人演讲一小时至一个半小时，但是因为全场1,000多名男女同学非常热烈，大家持续不断地提出许多问题来商讨询问，竟从下午1点钟讲到6点钟，全场热情爆棚，学生们兴趣浓厚，邹韬奋和金仲华也非常兴奋，轮流答复，始终不觉疲倦。

后来，韬奋在病榻上记下了这次难忘的经历。

韬奋临终前回忆道：抗战时期广西的青年有如此蓬勃兴奋的求知精神，反映了全国青年对抗日战争极为高涨的爱国热情。

韬奋他们这一别开生面的生活，无异于为坚持抗战、传播真理、扩大生活书店的影响做了一次翻山越岭、长途跋涉的宣传。我想，这大约与后来生活书店很快就在广西建立了桂林、梧州、柳州、南宁、百色、桂平等分、支店和玉林、宜山（今宜州）、平乐、八步、贺县（今贺州）、那坡等办事处、流动供应所不无关系。

中华职教社理事长黄炎培在抗战期间去西南各地考察，在重庆跟韬奋会见，很高兴地告诉韬奋：商务（商务印书馆）也罢，正中（正中书局）也罢，都是冷冷清清的，只有你们的书店拥有很多读者。

3 | 战火中的书城

古人把拥有万卷书称为坐拥百城，也习惯把存放大量的书籍的地方称为书城。

生活书店和众多分、支店为抗战中的广大读者奉献了一座书城，而这座书城是在抗日战争的战火中筑成的。

生活书店实行的是前店后厂的生产经营模式，对读者的需求有着比较贴近的了解，出版发行业务都有了稳步发展。

从1932年到1942年，生活书店先后出版过近30种期刊、近千种图书。生活书店采用的经营策略就是快出快销，实现这一策略最有效的办法就是推出丛书和套书。这也是生活书店的传统。生活书店成立之初，将《生活》周刊选编本《小言论》《读者信箱集》等命名为“生活丛书”。1933年3月，生活书店出版了《生活》周刊1932年6月至12月胡愈之发表的国际问题论文汇编本《伏生国际论文集》。韬奋看到广大青年对此书争相阅读，就约请胡愈之主编了一套“时事问题丛刊”，1933年就出了18种，其中包括金仲华的《国际新闻读法》等，很受读者欢迎。

邹韬奋领导的生活书店，知名度日益隆起，被禁锢在南昌国民党死牢里的革命者方志敏也十分关注。1935 年 6 月，方志敏克服难以想象的困难和病痛折磨，在死牢里写出《可爱的中国》《清贫》《我从事革命斗争的略述》《狱中纪实》等 16 篇文章，共 436 页、13 万余字，委托友人秘密带到上海，并写了四封信分别送给四位社会知名人士，这四人是宋庆龄、鲁迅、邹韬奋和李公朴。遗憾的是，四位收信人没有收到方志敏的书稿。最后是生活书店的毕云程一个偶然的机会收到了文稿。毕云程当时已经是中共秘密党员，他立刻把文稿送交中共中央特科，特科负责人王世英电传到中共党员吴玉章在法国主办的《救国时报》。1936 年 1 月 29 日，《救国时报》全文发表了《在狱致全体同志书》和《我们临死以前的话》两篇文稿，这是方志敏历险“越狱”的文稿最早公开发表。[①]

韬奋领导下的生活书店为方志敏烈士作品的发表作出了贡献。

这是生活书店在重要读者心目中地位相当崇高的一个例证。邹韬奋和方志敏都是江西赣东北人士，两家距离不过 80 多公里，两位革命先烈虽说是心有灵犀、志同道合，在现实中却擦肩而过，没有实现直接的交往，留下的遗憾令后人无限感叹。

1935 年张仲实担任生活书店总编辑后，在出好单行本的基础上，组织多方力量加快丛书套书的推进，在文艺读物、社科知识读物、抗战读物等众多领域推出一大批高质量的书籍。直到今天，读者诸君但凡稍具文学史、社科出版史知识，想来都会明白这些书目来之不易。

在文艺书籍方面，生活书店出版了一大批文学作品单行本，有茅盾作的《泡沫》，茅盾等作的《黎明》，王统照作的《号声》《夜行集》，征农作的《结算》，叶圣陶等作的《三种船》，夏丏尊等作的《幽默的叫卖声》，陶行知作的《行知诗歌集》等。翻译作品有高尔基著、巴金译的《草原故事》，富曼诺夫著、郭定一译的《夏伯阳》，瞿秋白译的《高尔

---

① 郑学富:《方志敏文稿历险“越狱”》，人民网—中国共产党新闻网，http://dangshi.people.com.cn/n1/2019/0827/c85037-31319150.html，2019 年 8 月 27 日。

基创作选集》，茅盾等译的《弱小民族小说选》，郁达夫的《郁达夫所译短篇小说集》等。在文艺评论和研究方面，有郑振铎、傅东华编的《我与文学》，傅东华编的《文学百题》，陈望道编的《小品文与漫画》，茅盾等著的《作家论》，夏征农编的《鲁迅研究》等。剧本方面有夏衍作的《自由魂》和《赛金花》，陈白尘作的《魔窟》（又名《新官上任》），宋之的作的《武则天》等。

生活书店出版的丛书丛刊更是蔚为大观。“创作文库”，包括老舍的《小坡的生日》、张天翼的《反攻》、巴金的《旅途随笔》、沈从文的《边城》、臧克家的《罪恶的黑手》、艾芜的《漂泊杂记》、丁玲的《一颗未出膛的枪弹》、陈白尘的《魔窟》、萧红的《生死场》、端木蕻良的《大地的海》、杨朔的《帕米尔高原的流脉》等；“文学丛书”，包括茅盾的《残冬》、郁达夫的《迟暮》、落花生的《春桃》、老舍的《牺牲》等；“小型文库”，包括茅盾的《多角关系》、张天翼的《清明时节》、王任叔的《证章》、王统照的《青纱帐》等；“世界文库”分中国之部和外国之部，中国之部有《元明传奇》（二集）、《金元曲》、《警世通言》、《醒世恒言》、《清传奇》、《晚清文选》等，外国之部的单行本有苏联高尔基著《燎原》、苏联肖洛霍夫著《被开垦的处女地》、俄国托尔斯泰等著《俄国短篇小说集》、俄国托尔斯泰著《安娜·卡列尼娜》、法国司汤达著《司汤达小说集》、英国勃朗特著《简爱自传》、英国哈代著《玖德》、德国尼采著《苏鲁支语录》、德国席勒著《华伦斯太》、西班牙塞万提斯著《吉诃德先生传》、美国欧文等著《美国短篇小说集》等。

在抗日救亡的浪潮中，生活书店在七七事变后头三年，出版了一批优秀的报告文学、诗歌、剧本、小说和大量通俗的文艺读物。其出版量有 200 余种，在全国出版界名列首位。

在社会科学方面，生活书店出版了一批学术文化专著单行本，有《近代中国启蒙运动史》《近六十年来的中日关系》《艺术与社会生活》《近代中国经济史》《政治原理与经济原理之关系》等，重点出版了“青年自学丛书”“战时社会科学丛书”“中国文化丛书”“新中国学术丛书”等。从 1932 年到 1942 年，连同文艺方面在内，生活书店先后推出了 43 套丛书丛刊。

生活书店配合抗日统一战线，特别注意出版发行来自中共中央所在地延安方面的著作，出版了毛泽东的《抗日游击战争的一般问题》《抗日游击战争的战略问题》和《论持久战》。《论持久战》一书由生活书店首先在国统区出版，引起轰动，当年就一再重印，为提振广大军民抗战到底的决心作出了重要贡献。

同时，朱德的《抗日游击战争》，郭化若的《抗战前途与游击战争》《抗日游击战争的战术问题》，光未然词、冼星海曲的《黄河大合唱》等，都成为生活书店当时的重点出版物。生活书店还在 1935 年冒险出版了描写红军长征的《随军西征记》，这是历史上第一本正面反映红军长征的书籍（作者是中共中央领导人陈云，以廉臣为笔名出版）。

生活书店还以“世界学术名著译丛”名义出版了一大批马克思主义经典著作，其中就有《费尔巴哈论》《反杜林论》《共产党宣言》《国家与革命》《雇佣劳动与资本》《社会主义从空想到科学的发展》等 13 种。

1936 年，韬奋策划选题、茅盾主编的《中国的一日》，以 1936 年 5 月 21 日这一天（暗含纪念“马日事变”九周年之意）在全国各地发生的事情为主题，向全国征文，收到 3,000 多篇稿件，总字数达 600 万字。经编者一再筛选，收录 80 万字，印成一本厚厚的精装本，从登出征文启事到编印成书，总共费时三个多月，轰动全国。

1938 年出版发行的臧克家的《津浦北线血战记》也引起了轰动。《津浦北线血战记》是臧克家于 1938 年台儿庄战役期间创作的战地通讯集。此书在邹韬奋、张仲实的亲自主持下，以最快的速度赶印，于同年 5 月初即出版发行。全书除正文之外，还收录了数十张真实生动的战地照片、台儿庄战役示意图和几位指挥战役的高级将领的照片及题词，再加上以战时地图为该书封面的设计，使它成为当时及时而又激动人心的抗战鼓动书。

生活书店注重刊书互动，一些期刊主编也同时是图书作者和丛书主编。

生活书店的期刊《世界知识》就拥有一支专业作者队伍，他们既为《世界知识》撰稿，也为生活书店写书，还推出了“世界知识丛书”“世界知识战时丛刊”等。

生活书店还善于把图书出版期刊化。期刊的特点是连续定时出版，可以预订邮发。生活书店从《生活》周刊发展过来，在出书时也运用了期刊这一特点。郑振铎主编的“世界文库”是一套大型中外文学名著连载的出版物，生活书店每月出一集，可以预订、邮购、邮发，一共出了12集。

刊书互荐，相得益彰。生活书店的期刊刊登生活书店图书简介和新书预告，图书选登期刊文章推荐征订；图书的作者可以转为期刊撰文，期刊的作者可以为书店写书；读者读书时了解到期刊的动态，读期刊时了解到新书的进程，达到了书中有刊、刊中有书的融通效果。

生活书店是从《生活》周刊起家的，韬奋不会放弃这一重要传统和成功经验。他和同人们总希望通过快节奏的期刊出版，为读者送去期待中的信息和文章。《生活》周刊被国民党当局封杀，他们就创办《新生》周刊;《新生》周刊被封杀，他们又创办了《大众生活》周刊;《大众生活》周刊被封杀，他们又创办《生活日报》及《生活星期刊》。韬奋被国民党政府无理关押243天后，刚出监狱，立刻创办《抗战》三日刊，继而发展成为《全民抗战》五日刊。同时还与茅盾等著名作家合作创办《世界知识》《文学》《译文》《太白》《妇女生活》等期刊。回看韬奋百折不挠的办刊经历，我们不能不受到“野火烧不尽，春风吹又生”顽强抗争精神的震撼。

4｜真诚的服务与合作

胡愈之说过："办出版发行首先是要搞好作者的关系，同时要为读者服务。"夏衍说："韬奋的特点是用他的精神和品德来团结作者和读者。"①

生活书店在短短七年里建成大书店，出版书刊蔚为书城，不仅得益于科学的管理和高质量的团队，也得益于为作者和读者服务。

在当时，绝大多数作者的生活都很清苦，有固定工资收入者为数甚少，大都靠稿费来维持生活。韬奋从《生活》周刊起，一直到生活书店，总是及时给作者结付稿酬，甚至还可以预支稿费。看上去不过区区几块钱，可是对于作者的意义超越了稿酬本身，这里面包含了尊重、支持、信任和友谊。

生活书店的快速发展，与韬奋以自己的精神和品德团结了一群合作者是分不开的。

生活书店的合作者，一批是来自"左联"（中国左翼作家联盟）的作家，一批是来自"社联"（中国社会科学家联盟）的专家学者，与生活书店堪称抗日爱国、反对反动统治的志同道合者，徐伯昕把他们称为"生活书店的两大支柱"。

生活书店随着事业的发展，先后邀约了一批有广泛影响的编审专家，如张仲实、金仲华、钱俊瑞、钱亦石、胡绳、王纪元、林默涵等，这些人的正式加盟，迅速壮大了生活书店的管理团队和编审队伍。

生活书店还建立了一支多元化的店外编审团队。胡愈之直接担任生

---

① 《生活书店史稿》，第 97 页。

活书店的编审委员会主席，茅盾、郑振铎、傅东华、陈望道、黄源、沈起予、沙千里、史枚、徐步、徐懋庸、张庚等担任《文学》《世界文库》《社会科学》《译文》《妇女世界》等期刊的主编和一大批丛书的主编。生活书店早在《生活》周刊时期就有一些长期合作的作者，在创办众多期刊以及后来出版书籍特别是一批批丛书丛刊的过程中，作者队伍空前扩大。长期合作的作者有鲁迅、茅盾、夏衍、姜君辰、章乃器、夏征农、李公朴、沈志远、戈公振、戈宝权、艾思奇、柳湜、胡绳、薛暮桥、巴金、郁达夫、叶圣陶、老舍、端木蕻良等人。在创办《抗战》三日刊时，由于韬奋已经成为社会名人，他邀约的作者范围进一步扩大。

《抗战》三日刊先后发表了冯玉祥、沈钧儒、郭沫若、钱亦石、何香凝、关露等人的诗作。这些诗均围绕抗战救国主题，通俗易懂，简洁明了，风格明快。其中以冯玉祥发表诗作最多，计有 21 篇。

茅盾先生是作者中自始至终支持和帮助生活书店最有力的一位。他先后为生活书店主持编辑的文艺刊物有《文学》《文艺阵地》《笔谈》等，他为生活书店写书，为生活书店主编《中国的一日》这样大部头的报告文学集，还替生活书店团结了一大批作家。

鲁迅先生从政治上到业务上对邹韬奋和生活书店都给予了关怀和帮助。得知韬奋在编译《革命文豪高尔基》一书，鲁迅主动为他挑选、提供照片和插图，并翻译图片说明，亲自送到生活书店编辑部，加以鼓励和为之推荐。同时，他还把瞿秋白翻译的《高尔基创作选集》书稿交给生活书店出版。

鲁迅先生非常赞赏韬奋强烈的爱国精神和民主意识。他通过胡愈之，邀约韬奋参加宋庆龄、蔡元培等人发起的中国民权保障同盟。这是韬奋第一次加入社团，接触实际的政治斗争。在反文化“围剿”斗争中，鲁迅先生给予韬奋和生活书店以最有力的声援。

鲁迅先生说：“其实《文学》与我并无关系，不过因为有些人要它灭亡，所以偏去支持一下。”[①]

从 1933 年下半年开始，生活书店陆续出版 4 种文学期刊，即茅盾与郑振铎主持、傅东华主编的《文学》，鲁迅主持、茅盾与黎烈文积极赞助、黄源主编的《译文》，陈望道主编的《太白》，郑振铎主编的《世界文库》。鲁迅先生为这 4 种期刊著译了大量文章。作家、翻译家黄源在《鲁迅先生与生活书店》（载《三联书店成立 30 周年纪念册》）一文中提到，据他统计，在短短不到两年半时间里，鲁迅先生在这 4 种期刊上发表了 77 篇文章和一部长篇译作《死魂灵》（第一部）（俄国果戈理著）。鲁迅翻译的《桃色的云》（苏联爱罗先珂著）、《小约翰》（荷兰弗雷德里克・凡・伊登著）、《表》（苏联班台莱耶夫著）等书都是交给了生活书店出版。

黄源在《鲁迅先生与生活书店》一文中对鲁迅先生辛勤写作、热情支持生活书店有很精彩的回忆，他写道：“特别是在 1935 年，翻译《死魂灵》，鲁迅先生吃了大苦头。每月发表 2 章，翻译这 3 万多字，要整整花他半个多月日夜的时间，刚放下《死魂灵》的译笔，马上给《文学》写论坛，接着又给《太白》写稿，给《译文》找材料，翻译。一稿接一稿，连续战斗，没有一点停息。加上那年夏天，刚刚出梅，连日大热，室内竟至（华氏）95 度，他室内又不装电扇，因为怕吹动纸张，弄得不能写字。但因杂志文章都有期限，而鲁迅先生交稿从不误期，这样他就顾不得汗流浃背，浑身痱子，仍然埋头苦干，不停息地写作和翻译。这 4 种杂志，得到左联作家的全面支持，团结了全国广大进步作家，结成一个坚强的文化战线，而有了鲁迅先生的文章，得到鲁迅先生的大力支持，‘其声势之浩大，威力之猛烈，简直是所向无敌的’。而出版发行这些杂志的生活书店也就成为反文化‘围剿’中的一座战无不胜的坚强堡垒。上海福州路上的生活书店名副其实地成为出版进步文化书

---

① 陈挥：《韬奋评传》，第 166 页。

刊的全国公认的中心。”

韬奋对鲁迅先生的关怀和支持始终心怀感恩之心。1936 年 10 月 19 日鲁迅先生逝世，全国救国会举行了隆重的葬礼。10 月 22 日在安葬鲁迅的葬礼上，宋庆龄、蔡元培、邹韬奋等发表了演讲。韬奋的演讲简短有力，他沉痛而坚定地说道：

“今天天色不早，我愿用一句话来纪念鲁迅先生：有人是不战而屈，鲁迅先生是战而不屈。”

韬奋在《生活星期刊》接连几期发表了哀悼鲁迅的内涵丰富的文章。在 10 月 25 日出版的该刊第一卷第二十一号，韬奋发表悼文，其中写道：“我觉得鲁迅先生留给我们的最可宝贵的遗产，是他那样始终不懈的积极的斗争精神。他是一位最早反封建的努力革命的老将。无论怎样的穷困，都屈伏不了他；无论怎样的压迫，都屈伏不了他。我以为我们后死的斗争者，应该承袭鲁迅先生的积极的斗争精神，为民族解放的伟大而艰苦的工作，努力前进。”①

既出版大量优秀出版物，又拥有众多文化名家的支持，生活书店的经营规模及其发展前景不能不为业内广大同人艳羡，也自然会得到更多读者的拥戴。

5 | 管理创造奇迹

生活书店实行的是生产合作社的所有制，因此，韬奋在书店经营管理上，实行与所有制相适应的民主集中制，实行经营集体化、管理民主化、盈利归全体。韬奋要求，店里的事情都要由大家公开商讨，集思广

① 《韬奋全集（增补本）》第 7 卷，第 69 页。

益，群策群力，大家出主意、想办法来做，从而使得每一个人都有充分表达意见、发挥特长的机会，这就是生活书店的干部职工始终充满活力和干劲的由来。

按照生活书店章程，书店设有理事会、人事委员会、监察委员会三个领导机构，其成员都是由全体职工民主选举产生的。邹韬奋、徐伯昕等五人为理事，在理事会内经过互选，邹韬奋任总经理，徐伯昕任经理并担任书店法人代表。孙梦旦等三人任人事委员会委员。艾寒松、严长衍任监察委员会委员。生活书店后来还产生过多届不同人员组成的理事会、人事委员会、监察委员会，1938 年在武汉增设了编审委员会，请胡愈之任主席。

韬奋希望新成立的生活书店充满光明。民主制度的建立给书店带来了光明。

这里的所有人都是为进步文化事业而劳动，进步文化事业的前途是光明的。

在光明普照的书店里，每一位员工的内心都是敞亮的。

每当总经理邹韬奋出现在店堂、编辑部，员工们总觉得那一副明亮的黑框眼镜后面炯炯的眼神带来了光明，无论时事如何变化，韬奋那阳光常驻的面庞总是给在岗位上的员工带来灿烂温暖的感觉。

韬奋十分尊重书店的每一位员工。他虽然生性直爽，却从来注意尊重对方。在家里，他跟孩子说话很快活，让孩子自由发表意见；在同学朋友间聊天，他喜欢说些幽默笑话，总是友善交流；做家庭教师，他也很注意尊重孩子们的想法，深得孩子们的喜欢。他主编《生活》周刊时，跟徐伯昕、孙梦旦“两个半人”团结得像一个人，一起熬夜一起奔忙，彼此间不曾发生过一点不愉快。当时编辑部里若有不愉快，一定是遇到社会上有不公事件发生，尤其是有社会恶势力威胁刊物，温和的“两个半人”那是要一起生气的，同仇敌忾！

韬奋在工作过程中，总是努力率先垂范，接受民主管理的要求，遇到关乎个人利益的事情，他都能先人后己。这样的管理者，真正称得上是润物无声，效应尽显。

韬奋作为书店最高领导，竟然十分用心地教员工们学会践行民主权利。他明白，实行民主的过程应当是一个实行具体规则的过程，甚至还应有一些具体操作的要求，譬如，怎样提出意见，怎样听取意见，怎样执行决定，这些要求操作好了才能让大家觉得入情入理。他告诉大家："（一）须有参加讨论的雅量，即讨论时须能平心静气，遇有与己不同的意见，亦能虚心倾听，不要意见不合就发脾气，或结成冤家。（二）须有服从多数的习惯。讨论的时候尽管知无不言，言无不尽，甚至作热烈的讨论（最好不要面红耳赤），但一经多数通过，即须服从决议，不应口是心非，或尚存悻悻之意，甚至另作捣乱企图！……（三）须有集体责任的认识。任何事一经领导机构决议之后，任何参加者都须共同负责，即所谓集体责任。"①

老员工周保昌回忆韬奋的管理方法："他善于依靠群众的集体智慧，热情地对待集体的事业，所以在工作中谁都愿意向他请教，而他一定谦虚地对待同事，腾出时间来和你谈话，帮你提高认识，解决问题。他把找干部谈话看成最必要的工作之一。他善于倾听大家的意见，他的态度是这样的热情和诚恳，他的意见又是这样的合理和中肯，谁只要一经与他谈话，都会感觉得到了鼓舞和力量。"②

竭诚为读者服务，是生活书店的信条，可是怎样才能做好呢？韬奋也向员工们提出了一些具体要求。"总是要认真，要负责"，绝对不可以马虎。为此，生活书店制定了员工办事规则，让每一位员工在自己的岗位上都有章可循。譬如，强调卖书的员工不可以不知书，不可以读者一问三不知。对于干部，韬奋的要求更加严格全面。他提出了两句著名

---

① 《韬奋全集（增补本）》第 9 卷，第 617 页。

② 邹嘉骊编《忆韬奋》，第 215—216 页。

的口号，即“干部决定一切”和“技术决定一切”。他认为两者是相互联系、相辅相成的。干部就应该是具有办事技术的能手，否则是干不好的。他要求干部必须有“对于人事方面的大公无私，是非明辨的精神，必以事实为根据而不以私人的感情为标准：这是主持事业者主要的基本态度。”① 他指出，社会中有些机关喜欢援用亲戚，结果是害多于利；还要注意不能让员工私人的友谊影响工作，以免影响干部公正的判断和公平对待人才。这些要求都实实在在，入情入理，可以直接用来指导书店干部员工的日常工作，为书店创造良好的工作环境。

真正懂得企业管理的，知道第一要义就是要懂得对人的管理。

做好对人的管理，韬奋最大的希望就是吸纳人才、爱护人才、人尽其才、留住人才。韬奋坚持书店进人必须经过考试，要防止进人没有程序、搞亲疏帮派关系等问题。他对新进员工考核的主要要求是有实在的本事和一定的政治认识，此外，书店以具有中学毕业水平的青年为主要考核对象。考核相当严格，要经过几个轮次的筛选，直到试用六个月后，才能最后确定是否正式录用。韬奋平时工作很忙，可是再忙他也要亲自参加招考工作。他说，新员工一旦录用，就可以通过薪酬配股成为股东，所以录用环节不能马虎草率。再说，严把进人关，可以使得一些具有真才实学的上进青年得到就业的机会，从此走上从事进步文化事业的道路，可以壮大企业的人才队伍，有利于营造风清气正的企业环境，提高企业管理的科学化水平。韬奋说：“我自从全权主持生活周刊社之后，始终坚决地不介绍自己的亲戚，也可以说不用私人的任何关系而作为用人的标准。这也许有人要觉得矫枉过正，但是，为着扫除封建余毒，宁严毋滥。”②

凡是认真爱护事业的人，都会诚心诚意地爱护员工；凡是爱护员工

① 《韬奋全集（增补本）》第 9 卷，第 647—648 页。

② 《韬奋全集（增补本）》第 9 卷，第 732 页。

的领导，都会特别注意爱护员工中的骨干。为此，韬奋在生活书店对业务骨干的管理提出了相当具体的措施。他提出，一要注意干部的需要和困难，需用最关切的态度，尽力帮助解决；二要注意教育干部，使他们的天才能获得最大限度的发展；三要注意分配干部以最适当的工作；四要注意保护并增进干部的健康；五要注意提拔干部；六要注意奖励干部；七要注意使干部能有机会尽量贡献他的意见，并虚心考虑他的意见；八要注意使干部没有内顾之忧和后顾之忧。其中第二条韬奋说得相当振奋人心，他说："我们要注意教育干部，使他们的天才能获得最大限度的发展：他有十分才干，我们要他的十分才干都发展出来；他有百分才干，我们要把他的百分才干都发展出来。我们要不让他的天才有一分一毫埋没掉。"①

韬奋特别注重员工的学习和提高。为了让员工们不断提高思想认识，学习出版发行业务，书店创办了内部刊物《店务通讯》，这既是店内的一份业务通讯，也是员工们的一份学习资料，还是让员工参与写作交流的园地。韬奋对这份内刊非常重视，对刊物的编辑、设计、印装和发行都提出了很高的质量要求。从第 21 期起，他每期都会写一篇文章发表在这份刊物上。这些文章一直都是员工们争着要读的佳作。韬奋要求店里的负责人徐伯昕、张仲实、艾寒松等也要经常为这个刊物写稿，特别要求他们注重向员工说明店务、解释研究方法。这份内刊一共出版了 108 期，是生活书店史乃至我国现代出版史上一份珍贵的文献。其中韬奋于 1940 年发表的一篇重要文章《事业性与商业性的问题》，从理论上分析了出版业的事业性和商业性的双重属性，是现代出版史上第一次提出"社会效益和经济效益相结合"的理论创新之作。文中指出，这双重属性如果处理得当，则有统一起来的可能性；而处理不当，则可能有对立的流弊，造成所谓两败俱伤。他说，"所谓进步的文化事业是要能

① 《韬奋全集（增补本）》第 9 卷，第 649 页。

够适应进步时代的需要，是要推动国家民族走上进步的大道”，而根据时代的需要，抗战时期出版业的事业性，主要体现在“努力于引人向上的精神食粮”，“努力于巩固团结坚持抗战及积极建设的文化工作”。他接着指出，“在经济方面，因为我们要靠自己的收入，维持自己的生存”，“所以我们不得不打算盘，不得不赚钱。这可以说是我们的商业性的含义”。对于二者的统一，他很有信心地认为：“因为我们所共同努力的是文化事业，所以必须顾到事业性，同时因为我们是自食其力，是靠自己的收入来支持事业，而发展事业，所以必须同时顾到商业性，这两方面是应该相辅相成的，不应该对立起来的。”他指出，把事业性和商业性对立起来只顾一头的做法是完全错误的，“倘若因为顾到事业性而在经济上作无限的牺牲，其势不至使店整个经济破产不止，实际上便要使店无法生存，所谓皮之不存，毛将焉附，机构消灭，事业又何从支持，发展更谈不到了。在另一方面，如果因为顾到商业性而对于文化食粮的内容不加注意，那也是自杀政策，事业必然要一天天衰落，商业也将随之而衰落，所谓两败俱伤”。①

韬奋不仅倡导事业性与商业性的统一，而且自觉践行这一理念，努力实现二者的协调统一，使生活书店在艰难困苦的抗战时期迅速发展成为当时中国最大的书店。

韬奋在《店务通讯》上总是热情鼓励员工们加强学习。他写道：

“本店同人向来有一个良好的习惯，就是学习的兴趣相当的浓厚。”“我们‘工作第一’不但不反对学习，而且要提倡学习，尤其是我们都是青年工作者，青年工作者要常在进步的途程上向前迈进，因为我们要使青年工作者能由学识经验的增加而渐渐加重他们的责任，非常在学习中求进步不可。学习是进步的源泉，进步可以增加工作的效率：这两方面是

---

① 《韬奋全集（增补本）》第 9 卷，第 682—683 页。

应该相成相辅而不应该相妨相碍的。”①

韬奋不厌其烦地向员工反复强调学习的必要性和重要性。他说：“我们固然都是很纯洁的，但是处在这样复杂的社会，仅仅纯洁是不够的，我们对于业务上的作风，对于处理事务的方法，对于待人接物的技术，对于实际环境的了解与警觉，都须加强我们的学习，都须时常有进步，必须这样，才不致事业愈扩大，弊病也随着增多。这是我们在艰苦中应该加强锻炼我们自己的。”②

为了让生活书店的广大员工获得一种比较完整的关于文化出版事业、编辑出版专业、书店内部管理、员工职业修养等方面的读物，韬奋把自己在《店务通讯》上发表的文章汇编成书，书名为《事业管理与职业修养》，印发给全店员工。此书依文章内容分为四类：（一）关于民主与集中；（二）关于干部与待遇；（三）关于服务的对象与态度；（四）关于工作与学习。此书附录有韬奋撰写的《生活史话》，回顾生活书店艰苦奋斗的历史。

这是我国现代出版业最早的关于出版发行职业培训的教科书。韬奋培养青年员工的热情一直非常旺盛。他临终前还在《患难余生记》一书中总结生活书店的八个传统：坚定，虚心，公正，负责，刻苦，耐劳，服务精神，同志爱。他是很想把这些传统一一进行总结，使之成为书店员工学习继承的内容的，可惜病魔缠身，迫使他不得不就此搁笔，未能继续写下去。

韬奋就是这样一位诲人不倦的杰出的领导人。他时刻关心着员工的学习进步。很多与生活书店有过或深或浅接触的人，都有比较相同的感觉，那就是，内中有一部分人没有受过中等以上教育，资质品质也没有特异之处，可一旦在“生活”工作过几年，几乎个个在智慧上、见解

① 《韬奋全集（增补本）》第 9 卷，第 697、700—701 页。

② 《韬奋全集（增补本）》第 9 卷，第 165 页。

上、工作热情上，都有比较大的进步。员工们自己都有真切感受，在生活书店磨炼一段时间后，各个专业的人才都会有明显进步的感觉。

为了让青年员工得到更多更好的读物，生活书店决定，书店出版的刊物，如《抗战》三日刊、《世界知识》、《文艺阵地》、《理论与现实》等，本店员工一律赠送，一人一本，每期必送，以供自学。本版和外版书籍也都对本店需要阅读学习的员工以特殊折扣销售。本版书籍可以每人以半价购买一本，外版书籍可以按照批发进价购买。总之，要使得人人读得起书，人人有书读，人人以读书为荣。

为了帮助员工们学习进步，书店举行员工读书会、演讲会，在书店员工中营造一种积极向上、健康交流的文化氛围。在武汉、重庆期间，生活书店每个月都要举行一次读书报告会，邀请周恩来、秦邦宪和文化名家沈钧儒、茅盾等，还有八路军办事处领导来作专题报告。有时候韬奋自己直接给员工们作报告，增强大家对抗战形势的认识，提高做好出版工作的积极性。当了解到有的员工热衷于搞社会活动而放松业务学习，有的员工读书看报不够、有事务主义倾向，有的员工不够注意同事关系，提出批评意见常常过于冲动，韬奋就会及时进行善意的提醒和诚恳的规劝，并总结出一些规律性的表现，对事不对人地提请大家一起讨论。

书店老员工钱小柏对此感慨很深，他回忆道："在韬奋先生的倡导下，书店里的学习空气特别浓，一个小学程度的练习生进店几年，往往可以达到大学文化水平。"[1]

正如曾经担任过中华职业教育社副理事长的孙起孟[2]所说："我们且不谈生活书店的书刊发生了多大的影响，只谈新出版业中的中上级干部

① 邹嘉骊编《忆韬奋》，第 454 页。

② 孙起孟（1911—2010），著名的教育家和社会活动家，第七、八届全国人大常委会副委员长，中华职业教育社副理事长、名誉理事长，第二届韬奋基金会理事长。

很多都是生活书店出身这一点，就足以证明韬奋先生领导的成功。”[①]

好的管理造就了当时中国最大的书店——生活书店。它的经营规模，从“两个半人”发展到四五百人的团队，除总办事处外还在 14 个省份分布着 55 家固定发行处，出版了大量优秀书刊，在我国现代出版史上留下了辉煌的一页。生活书店的事业之所以能那么迅速地扩张，内部凝聚力之所以有那么难得的紧密，首先与韬奋对新闻出版事业的思想情怀、事业理想分不开，同时也与他设计并践行的民主体制和民主管理分不开。韬奋认为，生活书店是“是集合许多人的心血劳力而一点一滴地造成起来的，凡是在这里面参加过或用过力量的人，对于进步文化的总成果便是尽了他的一部分的力量，他的成绩便融合在这总成果里面，不会白费”[②]。

孙起孟认为韬奋主持生活书店成功的秘诀“就是他的实行事业的民主。以大众的事为主，不以个人的事为主，这是他事业理想的民主；以参与事功的干部为主，不以自己为主，这是他事业管理的民主”[③]。

6 | 亲如兄弟的员工们

生活书店的员工们“亲如兄弟”，这是书店老员工的亲切回忆。

老员工钱小柏回忆道：“我一进这个由韬奋先生创办的生活书店，有不少事情都觉得新鲜，因为与过去在别的单位里工作时完全不同。生活在生活书店，比在任何其他单位都要舒畅愉快。整个书店从上到下，

---

① 邹嘉骊编《忆韬奋》，第 180 页。

② 《韬奋全集（增补本）》第 10 卷，第 835 页。

③ 邹嘉骊编《忆韬奋》，第 180 页。

▲《生活》周刊社 1932 年全体工作人员合影

都是目标一致，亲如兄弟。人人都为这个进步文化事业自觉努力，真正做到各尽所能，废寝忘食。譬如一般单位都要八小时工作，生活书店规定每天七小时工作，但如果工作未了，往往会忘我地八小时、九小时做下去，直到完成任务才停。又如为了要使刊物准期出版，包括韬奋先生、金（仲华）先生在内，我们都会整夜泡在印刷所里……从来没有人说一句怨言，发一句牢骚，更没有人偷懒。大家都有充分的责任心，干得既情愿又愉快。”①

“亲如兄弟”，首先是总经理韬奋就像一位最勤奋的兄长一样带领大家一起做事。他说：“我们这一群傻子的这一个组织，所以要这样挖空心思来尽量使它合理化，目的却不是仅仅为着我们自己，我们要利用这样的比较合理的组织，希望能对社会有更切实的贡献。我常勉励我们的

① 邹嘉骊编《忆韬奋》，第 451 页。

兄弟姊妹们，我们是在一个血腥的黑暗的时代，如不为整个社会的前途努力，一个机关的内部尽管如何充实，如何合理化，终不免要受黑暗势力的压迫摧残的。我们这班傻子把自己看作一个准备为文化事业冲锋陷阵的一个小小军队，我们愿以至诚热血，追随社会大众向着光明的前途迈进！”[①]

孙起孟赞佩韬奋“律己之严，治事之勤，爱人之诚，知人之明，以及这种领导作风的感人之深”[②]。

在韬奋的带领下，生活书店的员工都养成了认真工作的良好习惯。生活书店规定，总经理和普通员工一样，每天上班签到，按月领工资，除了勤奋工作，没有任何特权。韬奋日夜忙碌，深夜还舍不得走，一大早就往书店跑，妻子沈粹缜心疼他，埋怨道：“我看你恨不得要把床铺搬到办公室里面去！”韬奋对爱妻的埋怨报之以解颐一笑，继续还是奔忙于书店事务，乐此不疲。

一天早上，韬奋从家里出来，匆匆踏上一辆人力车去上班，忽然听到“当啷”一声，是一个微小的金属落地的声音。他发现自己手上的结婚戒指掉了。正要躬身去找，可一看离上班时间已很局促，估计即便找到戒指也要迟到了，他断然决定不找戒指了，请人力车夫赶紧拉车去上班。

老员工袁信之清楚地记得这件事。他回忆道：“韬奋对别人要求很严格，对自己的要求更严格……这么一件事，足以说明韬奋同志的高度责任感和‘公而忘私’的精神……这虽是一件小事，但在常人却是不容易做到的。”[③]

很早就来到韬奋身边工作的艾寒松回忆道：“先生一生尽瘁文化事

---

① 《韬奋全集（增补本）》第 5 卷，第 629 页。

② 邹嘉骊编《忆韬奋》，第 180 页。

③ 邹嘉骊编《忆韬奋》，第 231 页。

业，持身清廉，毫无私蓄，且亦从不计及个人利益，在《生活》周刊及生活书店先后工作十余年如一日，大公无私，丝毫不苟，律己严，待人宽，诚恳坦白，对青年倍加爱护。”①

韬奋的勤奋是有口皆碑的。从在《生活》周刊单打独斗做主编，到全面管理生活书店，统率总店和55家固定发行处，带领四五百名员工，韬奋几乎是马不停蹄、夜以继日，呕心沥血、殚精竭虑，让员工们从心底里佩服他们的总经理，热爱他们的总经理。韬奋除了勤奋工作，还坚持学习、手不释卷，坚持写作、孤灯疾书。在许多日子里，韬奋文章天天有，见地时时新。员工们和许多读者一样，新的一天开始时，一个强烈的期待就是读韬奋的文章。在如此巨大的榜样面前，员工们在工作上谁要稍微懈怠，都会感到愧对他们的总经理。

书店许多老员工都难忘韬奋“锯凳脚”的故事。一天，韬奋带人拿着锯子等木工工具来到办公室、编辑部，他要替所有员工改造座椅的凳脚。他按照每个员工身材高矮、视力强弱的不同，锯去凳脚长短不等的一截，使他们在伏案工作时不会因为弯腰贴桌过于吃力而有碍健康。说起来这是一件小事，可像这样的小事在韬奋身上时有发生。韬奋一直处于紧张繁忙的编辑、写作、联系作者、服务读者以及对外交涉等工作中，却能一丝不苟地切实操持这些细节管理，使得生活书店许多同人终生深情地感念。

韬奋对于改善员工的生活状况相当用心。他对员工的薪资很留意，该加工资时就加工资，该增加医药费时就增加医药费，并定期进行员工健康检查。书店在上海租了一幢宽敞的楼房作为员工宿舍，改善员工的生活条件，这是当时在上海同业的员工中引起很大羡慕的事。上海沦陷后，书店搬到武汉，韬奋他们也是把当时通风好、光线好的二层楼大房间用作单身员工的集体宿舍，同时也让夫妻一起来到武汉的

① 邹嘉骊编《忆韬奋》，第46页。

员工住上小单间。韬奋和店里的几位负责人却一起挤住在一间大房间里，这让员工们很是感动。韬奋考虑到许多员工孤身随店从上海迁来，心情难免郁闷，他和徐伯昕商量，尽量提高员工的伙食标准，酬谢大家的辛劳，安抚大家的情绪。为了让留在苏浙沪一带的员工家属来武汉团聚，书店还给回去接家眷的员工支付全部往返交通费用，并准请一个月的带薪假。当时一位员工往返路费通常要两三百元，是一笔不小的开支。这一决定发布后，大家都很感动。特别是大家晓得，韬奋热情帮助大家接来家眷，可自己的妻儿还没顾得上接来，不少员工感动得落下了眼泪。

员工们是在书店工作和生活中一点一滴去感受到“亲如兄弟”的。老员工袁信之回忆道：“韬奋同志在吸取群众意见的基础上，立即采取了几项沟通上下声气的措施。一个是规定每月举行一次全体同人参加的茶话会，韬奋同志希望大家在会上畅所欲言，从改进业务、交流工作经验直到相互批评，末了往往还要加一点小小的余兴，像讲一个故事，说一个笑话等等，使大家尽欢而散。”①

人们往往希望，一个团体的好领导，不仅为人好、水平高、管得好，最好还是一个有趣的人。生活中，工作中，韬奋先生就是一个有趣的人。

韬奋像是有说不完的故事和笑话。很多时候，员工参加茶话会，并不是有多少想法要交流，而是等着听韬奋讲有趣的故事，喜欢听他讲笑话。

说到底，韬奋是一个重感情的人。

重感情的韬奋先生，不只是给员工们带来快乐时光，还为在战乱中不幸牺牲的同事洒下痛彻心扉的热泪。

在抗战岁月里，韬奋发表过多篇悼念同事的文章，深深感动全

---

① 邹嘉骊编《忆韬奋》，第248页。

店员工。

1939 年，孙梦旦年方 29 岁，他统领全店财务，日夜加班工作，后因肺病治疗无效在家乡浙江绍兴上虞区新桥头村不幸去世。韬奋无比悲痛，撰文《悼本店同志孙梦旦先生》，深情地写道："在本店失去一个忠实的同志，在文化界失去一个得力的伙伴，这种损失是很可痛惜的。"他追忆孙梦旦："十六岁时即加入刚创办的生活周刊社。在最初数年中，因经济基础薄弱，事多人少，又无力添人，固然无所谓星期日或假期，夜里总要工作到十二时以后才勉强休息。今日追想梦旦当时共艰苦不但无怨言，而且忠于职务，勤奋异常，更不胜其哀痛！""梦旦生平最使人不能忘的是对公务的责任心"，"每自动通宵办公不息"，"他没有想到太不顾及健康，终究还是事业和社会的更大的损失"。[①] 韬奋对孙梦旦的追忆中，感激之意、不舍之心、思念之情充满字里行间。

1940 年 2 月，生活书店昆明分店经理毕子桂患急性盲肠炎，因敌机轰炸，手术延误致死，时年仅 25 岁。韬奋非常悲痛，撰文《痛悼子桂同事》，从文章里可以感受到韬奋对同事的殷殷之情亲如兄弟。他写道："二月二日我看到昆明分店报告子桂患急性盲肠炎入院割治的急电，如晴天霹雳，忧心如焚……当即托渝友介绍昆明名医助诊……此后我们时刻盼望着有好消息来。六日昆明第二次来电报告子桂病危，在挽救中。当即复急电：'桂病危切念，请尽最大努力救治，续情电告'。……我们都时刻在提心吊胆地苦心拯救这位'文化战士'的宝贵生命。七日接昆明第三次来电，报告子桂危甚。我七日夜间忧念不能安眠。"八日清晨，韬奋接到毕子桂终于不治病亡的电报，"踏入房间，泪如泉涌，绝对料不到子桂会这样短命，不禁为文化事业万分痛惜"。[②]

虽然毕子桂只是一家分店的经理，韬奋却犹如痛失亲人一般哀痛。

---

① 《韬奋全集（增补本）》第 9 卷，第 91 页。

② 《韬奋全集（增补本）》第 9 卷，第 670—671 页。

1936年11月，生活书店的年轻编辑王永德因患伤寒不幸去世。韬奋亲自送他入棺，失声痛哭，并撰写了充满感情的《悼王永德先生》一文发表在《生活星期刊》上。七年后，韬奋在临终前，抱病撰写《患难余生记》，又一次详细介绍了王永德作过的贡献，文中充满了亲如兄弟的不舍之情：

“永德常熟人，是生活周刊社公开考取的第二个练习生……来时年才十四岁，沉默寡言，勤于学习，业余自修非常勤奋，所以进步非常快。对职务忠诚切实，富责任心。我办《大众生活》的时候，他就担任助理编辑，同时相助办理文牍。你看他那样年才十几岁的小小个子，他的学识由于数年间的自修，已超过一般大学毕业生的文化水准，他的办事经验由于数年间的训练，也已丰富纯熟……有种青年容易犯一种毛病，即知识稍有进步，即虚骄之气逼人，实际上由此阻碍了自己的再进一步。永德刚刚相反，他愈求进步，愈不自足，愈虚心。他对事能从各方面看，能有充分的谅解精神，因此他的待人接物都有很合理的态度。因此许多同事对他都很敬爱。这样进步可爱的一位青年……他的知识和办事能力比前更进步，而尤其使人感动的是他忠诚于职务，不怕麻烦，不怕劳苦的精神……我们两人常须共同工作到深夜，还要到印刷所中亲自照料一切，几次的校样也要深夜在印刷所中临时阅看。他自己只知工作，不怕劳苦，却常常顾念到我的辛苦。他看到我日夜忙碌，过于疲乏了，便在深夜催我先回，说他可以久留一些时候，不至偾事。我虽疲乏，对于工作的兴趣却很浓厚，往往他催了几次，我还不走，但是他总是时时关心，屡催不已。他那样忘己地工作，那样诚挚地爱护同事的精神，使我得到非常深刻的印象，使我永远不能忘却。……殡殓的那一天，我和许多同事都亲自送他入棺，失声痛哭，步行随着他的灵柩到苏州河旁，看他的灵柩抬上一只船，准备载回常熟故乡安葬，我们排列着对他鞠躬致敬，惨然而别，从此便和永德的躯壳永离了。……我为着这个文化战士的夭折，想起他的苦战的精神，他死后我在编辑室里独自办公的时候，为着他哭了好几回。”[①]

那是上海冬天一个冷雨飘洒的清晨，湿滑的苏州河边，韬奋领着书店的同人们来到岸边，目送一只乌篷船载着他们亲爱的同事王永德的灵柩渐渐离去，韬奋带头鞠躬致敬，惨然送别，泪水与雨水淌在一处……

上海滩冷雨连绵不断。好几回，韬奋在编辑室里独自办公，望着窗外萧瑟冷雨，四周阴霾密布，他又哭了。他轻声地抽泣，为着永别了的亲如兄弟的王永德……

这样一篇为一位普通编辑写下的至情至善的回忆文章，竟然出自当时中国最大书店掌门人的笔下，而这位掌门人自己当时也已罹患绝症，辗转在病榻上，忍着病痛写下他深情的回忆——这就是永远深爱自己员工的韬奋先生！

此后不久，书店员工们最敬爱的总经理韬奋先生病逝了，可以想象，又有多少员工“为着他哭了好几回”……

《生活》神话的创造，首先来自邹韬奋他们“两个半人”的孤军奋斗，而生活书店奇迹的产生，却是邹韬奋和“亲如兄弟”的合作伙伴们共同努力的结果。这里有韬奋和书店领导们精明的战略安排，有“共产党员合作伙伴们”的无私奉献和有力支持，有大量优秀人才辛勤的劳动和真诚的奉献，而其中不可或缺的是韬奋所主张的民主管理和经营。韬奋在管理实践中所主张的“事业性和商业性的统一”，是我国现代出版业对社会效益和经济效益的关系第一次做出的科学正确的论述。生活书店的奇迹和这一论述的提出，让我们看到了睿智、高明而成熟的卓越出版家——邹韬奋。

---

① 《韬奋：韬奋画传·经历·患难余生记》，第 318—320 页。

第九章 奔向大武汉

投身保卫大武汉，这是邹韬奋作为著名爱国者、政论家、新闻记者和出版家对团结抗战的强烈呼吁。他忘我投入、激情投入、奋发投入，在这一投入过程中，他得到了周恩来同志的亲切关怀，得到了八路军办事处领导们的热情帮助，生活书店得到了迅速的发展壮大。心向光明的邹韬奋跟保卫大武汉的热烈氛围紧紧融合在了一起。

奔向大武汉

1 | 见到了周恩来

“保卫大武汉”，这是武汉保卫战的一个豪迈口号。这个口号是中国共产党在武汉创办的《新华日报》最早提出来的。1938 年 1 月 13 日，《新华日报》在头版显著位置发表社论《怎样保卫大武汉》，第一次提出了“保卫大武汉”的口号，号召全民动员保卫武汉。此后，国民政府军事委员会颁发《抗战一周年宣传大纲》，也提出“保卫大武汉”的口号。“保卫大武汉”成为国共两党抗战的共识。

这时的武汉，成为全国抗战的中心，到处热气腾腾。

此前，生活书店总办事处人员已陆续来到武汉。

1937 年 12 月初，邹韬奋等上海生活书店一行从广州经过广东、广西、湖南等地，于 12 月 16 日辗转来到大武汉。

武汉抗战时期是第二次国共合作发展的高峰。武汉设立了八路军办事处，简称为“武汉八办”，成为八路军与国民政府军事委员会直接联系的公开合法机构。中共代表团就长驻在“武汉八办”。周恩来、董必武、秦邦宪等就是中共代表团的负责人。

“武汉八办”成为万众瞩目的抗战灯塔。

奔向大武汉，也就意味着奔向全国抗战的中心。

“武汉八办”发挥了团结全国爱国团体、抗日救亡群众的桥梁作用。当时全国各地形成了很多抗日救亡群众文化团体，如抗日救亡演剧队就有好几个，各战区、各军队都有战地服务团，这些救亡文化团体到武汉后几乎都到过“武汉八办”，有的甚至多次登门寻求帮助与支持。有的遭遇国民党迫害的救亡团体还受到周恩来等领导的接见，得到亲切的关心和支持。

“武汉八办”所在的江岸地区成为当时抗日救亡宣传和发动民众最为活跃的地区。1938 年 2 月，周恩来请著名作家老舍出面，将流亡在武汉的来自全国各地的文化人士团结起来，成立了中华全国文艺界抗敌协会（简称“文协”)。“文协”成立后，抗战文艺宣传风生水起，经常举行几万人、十几万人的集会，周恩来、郭沫若经常在集会上演讲，冼星海指挥大合唱《义勇军进行曲》《大刀进行曲》。

“武汉八办”积极组织开展全武汉市“献金运动”，为抗战捐献，运动原定进行 3 天，前来献金的群众络绎不绝，活动又延长了两天时间。献金运动，展现出中华民族的巨大凝聚力，有效激发了全国人民的抗战热情。

“武汉八办”帮助许多爱国青年学生奔赴延安等抗日根据地。

“武汉八办”成为国际友人了解中国共产党的重要窗口。“武汉八办”积极开展同国际友人和友好团体的联系，为开辟国际反法西斯统一战线作出了重大贡献。

韬奋领导的生活书店，积极向“武汉八办”靠拢，主动接受“武汉八办”的领导。书店总编辑张仲实是共产党员，工作上有需要他可以直接前往“武汉八办”，听取负责同志介绍党中央的方针、政策，以及对形势的分析，并请他们为生活书店出版的刊物作指示和撰文。韬奋对张仲实从“武汉八办”带回来的指示，总是十分认真听取，立刻落实。

最让邹韬奋激动的是周恩来同志就住在“武汉八办”！

周恩来是邹韬奋景仰已久的中共领导人。周恩来的传奇经历，他的胆略智慧，他的气质风度，他的人格品质，尤其是他对待进步知识分子的亲切关心，早已让韬奋和很多知识分子敬重仰慕。

张仲实引荐韬奋到“武汉八办”面见了董必武同志，董老介绍八路军办事处贯彻党的抗日民族统一战线政策，与国民党反动派进行有理、有利、有节斗争的策略，以及抗日救亡宣传工作的方针等，使得韬奋思路大开，兴奋异常。韬奋向董老提出希望能向周恩来当面汇报工作的请求。董老很爽快地答应了，说一定尽快转达。

1938 年 2 月下旬的一天，张仲实告诉韬奋，周恩来听说韬奋请求会见，很是高兴，当天下午立刻安排见面。

韬奋跟张仲实按时来到汉口长春街 57 号。只见一栋青灰色的小洋楼安静地伫立在街边，小洋楼方方正正，与汉口租界常见的欧式建筑相比，似乎显得有些低调，可是，这就是抗日军民心中的灯塔啊，韬奋和众多爱国知识分子景仰的周恩来就住在这里！尽管总有些个鬼鬼祟祟的人在小楼街边的几棵大树下闲荡，一看就知道是国民党的特务，韬奋他们依然不管不顾，大踏步地走进“武汉八办”大门。

后来，张仲实对周恩来和邹韬奋的第一次会见做了比较准确的记述——

周恩来同志已在那里等候了。一见面，周恩来同志首先伸出热情的手，和韬奋紧紧地握在一起，高兴地说：“欢迎你，邹韬奋先生，我们今天第一次见面罗（啰）。”坐下后，周恩来同志又诚恳地说：“见面就是朋友罗（啰）。当然，我们没有见面的时候已经是朋友，好朋友了。”①

两人如同久别重逢的老朋友一样，因为周恩来早先就读过韬奋主编的《生活》《大众生活》和《生活日报》，后又读过韬奋的著作《萍踪寄语》三集，尤其是韬奋在苏州监狱中所写的《经历》《萍踪忆语》《读书偶译》几本书让周恩来念念不忘。周恩来对韬奋说：“你写的《萍踪忆语》，是我从没有读到过比这本书所分析美国那样生动，那样透彻、

① 邹嘉骊编著《邹韬奋年谱长编》，第 860 页。

深刻。”

周恩来的一番赞誉，让韬奋如坐春风。

周恩来说：“‘救国会’的抗日主张，和我们是一致的，爱国七君子的节风，我是很佩服的。今天下午，我们可以无拘无束地畅谈一番。”周恩来爽朗亲切，诱导启发。他精辟的分析，透彻独到的见解，给韬奋和张仲实留下了极深刻的印象。

周恩来除了认真听取韬奋对形势的看法和工作的汇报，还详细地询问生活书店在大敌当前的情况下，对今后工作的设想和安排，并非常仔细地询问了文化界和一些爱国知识分子的情况。他鼓励他们说：“爱国知识分子是我们国家的宝贝。你们二人都是知识分子，有知识，又很爱国，希望我们更密切地配合起来，团结更多的知识分子，一道走抗日救国的道路。”

周恩来还语重心长地说：“现在，我们一起奋斗，以彻底打败日本帝国主义；将来，我们还要共同努力，以建设繁荣富强的新中国。抗日救国，少不了爱国知识分子的参加罗（啰）；建设社会主义新中国，更少不了爱国知识分子的参加嘛。”

说到国民党反动派迫害爱国知识分子的罪恶行径，“周恩来同志表现得怒不可遏，作了严厉的斥责。他的一席话，说得我们心里暖烘烘的，感到方向更明确了，干劲平添很大”。

他们时而哈哈大笑，时而神情严肃，充满激愤，无拘无束地谈了一个多钟头。临别时，周恩来紧握着韬奋的手，情深意切地说：“请你们记住，爱国知识分子是国家的宝贵财富，无论什么时候都需要。有什么要求，请随时提出来，我们共产党一定会尽可能地帮助解决。”韬奋希望周恩来同志方便时到生活书店指导工作，周恩来不假犹豫地接受了这个请求。韬奋当时还向周恩来提出了入党请求。周恩来说：“你现在以党外民主人士身份所起的作用不一样。这是党需要你这样做的。”韬奋愉快地接受了周恩来同志的这一指示。过了几天，周恩来如约来到了生

▲ 生活书店汉口分店

活书店，给书店的员工们作了《关于当前抗战形势和青年的任务》的报告。

与周恩来的会面让韬奋深受教益和感动。古人说，“百闻不如一见”，“听君一席话，胜读十年书”，韬奋深以为与周恩来的会面就是这样的收获。韬奋后来不止一次地说“周恩来先生的确是我的良师益友”，“是最可敬佩的朋友”。他自觉与心向往之的中国共产党已经走得很近，周恩来的一番嘱托，更让他觉得心有光明，心有归宿。

周恩来应邀到生活书店作报告，极大鼓舞了韬奋与中共领导人接近的信心，后来他又陆续邀请了董必武、林伯渠、叶剑英、秦邦宪等人到生活书店为店员们作政治和思想报告，书店内部的思想政治氛围愈发浓厚。

这段时间，八路军原驻上海办事处主任潘汉年也来到武汉。早在抗战初期，潘汉年遵照毛泽东同志指示，从延安来到上海，主动联系邹韬奋，热情支持生活书店的发展，并要求中共秘密党员胡愈之与韬奋建立长期联系。在武汉，潘汉年很快与生活书店取得了联系，经常到汉口金城文具公司楼上与韬奋和张仲实会面，一起讨论确定《抗战》三日刊每一期的主题，有时还执笔为《抗战》撰写时评文章。

也许是巧合，也许是势所必然，邹韬奋正沉浸在与周恩来会见的兴奋中，忽然接到蒋介石约他和杜重远见面的邀请。在上海时，他曾婉拒过赴南京面见蒋介石的邀请，惹恼了蒋介石和他手下大特务戴笠等一群人，可是眼下，蒋介石领导的国民党已经正式宣布“抗战到底”。《抗战》三日刊也曾发表社论，表示“拥护蒋委员长抗战到底”，既然是如此情势，这回韬奋就不能不赴约了。

蒋介石在武昌寓所会见邹韬奋和杜重远。蒋介石的武昌寓所在胭脂坪 8 号，那是一栋清水红砖的西式小楼，两层带阁楼，木质地板和楼梯，典型的 20 世纪 30 年代的建筑风格。

小楼前后左右布满了全副武装的士兵。进到楼里，又有森严的警卫，所有人员均面无表情，甚至可以说是面带肃杀之气。即便是昔日《时事新报》的老同事，现在已经成为蒋介石“文胆”的陈布雷迎上前来，也只是从僵硬的面庞上挤出一丝丝若隐若现的笑容。

与在“武汉八办”受到的接待相比较，韬奋的感觉简直是冰火两重天，浑身不自在。

在谈话中，蒋介石问韬奋先生对国事有什么意见，韬奋所贡献的最重要的一点，是希望蒋介石要“重视他不仅是一党的领袖，而且是整个民族的领袖”。“他不仅要善用党内的贤才，同时还要注意善用党外的贤才。”“既为民族领袖，对于党外的人材，应该一视同仁，不因党的界限而有所歧视。”① 蒋介石对韬奋的建议不置可否。在谈话中，蒋介石暗示要邹韬奋和杜重远参加国民党，韬奋顾左右而言他，用沉默代替了回答。

那场面，可想而知十分尴尬。

在同一时空下的先后两个会见，一个是“心向往之”，一个是“不得不去”；一个是“提出入党请求”，一个是“用沉默回绝”。韬奋朝着光明的方向，义无反顾地前行了。

2 | 共产党人的合作伙伴们

当时，正处于第二次国共合作发展的高峰期，也是生活书店发展的高峰期，韬奋的进步文化事业陆续有了越来越多的共产党人合作伙伴。

起初，韬奋身边就有一个十分重要的共产党人合作伙伴，那就是胡愈之。正因为有了胡愈之的建议，《生活》周刊从一般的“生活”走上

① 邹嘉骊编著《邹韬奋年谱长编》，第 861 页。

了“抗日救亡”的第一线，成为发行量全国首屈一指的抗日名刊；正因为有了胡愈之的设计，才有了生活书店出手不凡，成为生产合作社式的出版发行机构；正因为有了胡愈之的帮助，邹韬奋与越来越多的共产党人建立了友谊和合作关系。

晚年胡愈之在回忆录中写道：“就是这样，我对邹韬奋起了影响作用，使他走上抗日救国的道路，靠近了党。”①

而邹韬奋跟胡愈之，在1932年初之前，素未谋面，仅仅见了第一面，做了一番交谈，就成了事业上的战友。他们彼此认定，大家是一路人，灵魂共振。

1935年，邹韬奋邀请共产党人张仲实进入生活书店担任总编辑，则是缘于张仲实在主编《世界知识》时所表现出来的专业能力和在社会科学若干学术著译中所显示的学术功底，得到了韬奋的赏识和信任。张仲实以崇敬之情来到充满爱国激情和斗争精神的邹韬奋身边，以一片赤诚之心支持韬奋所领导的文化事业。

韬奋所领导的文化事业成了抗日救亡的一面旗帜，在行业里发挥出巨大的品牌影响力，吸引了更多共产党人参加到这份事业中来。

在生活书店的业务负责人和管理者群体中，共产党人比例有很大提高——

1935年，在《大众生活》周刊8名编委中，有沈志远、胡绳、夏衍3位共产党人；

1936年，在《生活日报》4名主要负责人中，有金仲华、柳湜2位共产党人；

1937年，在《抗战》三日刊9名出版发行人和主要撰稿人中，就有胡愈之、金仲华、张仲实、柳湜、钱俊瑞、沈志远、胡绳、艾思奇等8位共产党人；

① 胡愈之：《我的回忆》，江苏人民出版社1990年7月版，第21页。

1938 年，在《全民抗战》五日刊的 6 名编辑与发行人中，有胡愈之、金仲华、张仲实、柳湜、钱俊瑞等 5 位共产党人；

1939 年，在成立的生活书店编审委员会 14 名编委中，就有胡愈之、沈志远、金仲华、柳湜、沈兹九、张仲实、戈宝权、戴白桃等 8 位共产党人；

1939 年，在生活书店第五届理事会的 8 名理事中，有胡愈之、金仲华、张仲实 3 位共产党人；

在《大众生活》（香港）周刊 7 位主要编辑中，就有乔冠华、夏衍、胡绳 3 位共产党人。

这些机构里的共产党人，对韬奋是尊重的，更是信任的。他们与韬奋是同向而行的。同时，他们也深深影响了邹韬奋新闻出版事业的宗旨和方向。或者说，他们与韬奋成了亲密的合作伙伴。

与邹韬奋交往最密切的共产党人，要数他自己所经营的进步文化事业中的同人。这些共产党人合作伙伴，有的短暂在韬奋所办文化机构中与韬奋交往共事，也有的终其一生坚守于韬奋所开创的进步文化事业。他们主要来自生活书店、《大众生活》、《生活日报》、《生活日报星期刊》、《抗战》、《全民抗战》、《大众生活》（香港）以及生活书店出版的多种期刊的编辑部，如陈其襄、张锡荣、艾寒松、王仿子、胡耐秋、彭子冈、恽逸群、戈宝权、冯舒之、沈兹九、张又新、邵公文、仲秋元、李济安（李文）、华健（华风夏）等共产党员，他们成为韬奋的进步文化事业的中坚力量。

韬奋愿意和共产党人交往，根本是因为抗日救国，志同道合，勠力同心，同时也有个人情感上的原因。共产党人留给了他良好印象，他对共产党人对他的多次救助总是深怀感激。他在《患难余生记》中写道："有人说，特务老爷这里所疑的'异党分子'，是指共产党分子，因为他们认为共产党能刻苦耐劳，蓬头垢面，衣服不整，似与刻苦耐劳有关，所以便生疑问！”[①]这其实是对共产党人的赞许，也是邹韬奋疏离当时主政的国民党，走近并与共产党人交往的原因之一。“物以类聚，人以群分”，自古而然。与邹韬奋交往的共产党人中，既有中共的领导人，也有地下统战人员、“生活”同人与著译者群体、新闻出版界好友、逃难中的难友，甚至后来还有新四军和游击队中的指战员，还有许多普通士兵。从党的领袖到基层党员，邹韬奋都曾有过交往，且情谊深笃，这在当时的民主人士中是不多见的。

由于韬奋与共产党人建立了可靠而良好的关系，从武汉抗战时期起，共产党人成了生活书店编审委员会和理事会的主要成员。张仲实之后是沈志远担任书店图书编审工作，后来是张友渔[②]担任总编辑，再后来是胡绳[③]担任总编辑。胡绳和张友渔都是中共南方局文委成员，实际上是党派到生活书店的代表。

韬奋精神和品格的魅力也感召着共产党人，参与到进步文化事业中来。

---

① 《韬奋：韬奋画传·经历·患难余生记》，第338页。

② 张友渔（1899—1992），山西灵石人。中国著名法学家、政治学家、新闻学家。曾创办《世界论坛》杂志和《时代文化》（后改名《文化动向》）杂志。七七事变后，先后任中共山东联络局书记、中共豫鲁联络局书记。1939年春到重庆，以左翼文化人的身份进行民主宪政工作。1943年任中共南方局文委秘书长、《新华日报》代总编辑、生活书店总编辑。1946年任《新华日报》社长。新中国成立后，历任中共北京市委副书记、北京市人民政府常务副市长，中国社会科学院副院长，全国人大常务委员会委员兼法律委员会副主任等职。1986年担任韬奋基金会第一届理事会理事长。

③ 胡绳（1918—2000），祖籍安徽歙县，出生于江苏苏州。中国著名哲学家、近代史专家。曾就读于北京大学。1937年后，历任武汉《全民周刊》等刊物编辑、中共中央南方局文委委员、生活书店编审等。1941年在香港任《大众生活》编辑。新中国成立后，先后任人民出版社社长、政务院出版总署党组书记、中共中央宣传部秘书长、中国社会科学院院长、全国政协副主席等职。

共产党人廖沫沙[1]曾经在《记忆中的韬奋先生》一文中这样谈对韬奋的印象——

> 他的温良和诚恳，我想是任何一个见到他的人都能感觉到，并且留下深刻的印象。他的趣味广博，他的态度坦白无隐，他是一个愿意把一切所有的告诉别人、交给别人的人。他没有任何私心或成见，他也不作任何掩饰或虚伪。我们只要看见他捧腹曲背、全身抖动的笑法，就可以知道他心无城府，不留半点秘密。只要是和他曾经相处，没有人不感觉离开他便如有所失。[2]

胡愈之曾经在《我的回忆》等书中用较多的篇幅回忆了与韬奋的友谊，比较全面详尽地回顾了与邹韬奋的交往，并述及对韬奋的印象。胡愈之在《我的回忆》一书里中肯地评价过邹韬奋的文章，指出了他的写作与大众的密切联系——

> 鲁迅的写作方法，采取高级形象化，而韬奋则采取低级形象化，对于落后的大众，低级的形象化自然比高级的形象化更容易接受，所以就作品的永久价值来说，韬奋断不能和鲁迅比较，但就宣传教育的作用来说，韬奋对于同时代的影响，却比鲁迅还要来的普遍。
>
> 近年来，大众正在努力反党八股，韬奋至少没有犯党八股的毛病。由于他是为大众的，从大众学习的，说的是大众的话，所以他从不无病呻吟，亦决不无的放矢。由于他的热情奔放，他的文章，自然丰润富裕，决不至于像个瘪三。

---

① 廖沫沙（1907—1990），湖南长沙人，中国现代作家、杂文家。曾任第三、五、六、七届全国政协委员，第五、六届北京市政协副主席。

② 邹嘉骊编《忆韬奋》，第156—157页。

我以为韬奋拥有广大读者群，有最普遍的群众影响，诀窍就在于永远为大众，向大众学习，站在大众前头，而不脱离大众。如果这是大众化，韬奋是做到真正的大众化了。[①]

韬奋所开创的进步文化事业需要共产党人给予有力支持，而他作为一个“极热忱的爱国者”，也是“温良和诚恳”的亲密朋友，一个“永远为大众”，“做到真正的大众化”的著名作家，自然会得到共产党人热情的帮助。

3 | 在国民参政会上

1938 年 3 月召开的国民党临时全国代表大会制定的《抗战建国纲领》规定：组织国民参政会，团结全国力量，集中全国之思虑及识见，以利国策之决定与实行。

既然话已经放出去，国民党当局不得不召开国民参政会。

在规定里已经明确国民参政会对国民党政府的政策措施没有任何的约束权力，而且参政员并不是通过国民选举产生，全都是由国民党政府聘请的，看上去包容了各抗日党派的代表，但国民党党员占绝大多数。

1938 年 6 月 19 日，国民参政会的人选公布，邹韬奋作为救国会的主要领导名列其中。200 名参政员中包括毛泽东、陈绍禹、秦邦宪、董必武、吴玉章、林伯渠、邓颖超等 7 位共产党员。第一届国民参政会实际上到会的有四分之三是国民党人。

对于国民参政会，韬奋和许多有识之士一样，不会寄予过高的希

---

① 邹嘉骊编《忆韬奋》，第 153 页。

望。蒋介石怎么样，历史的经验早已告诉有过悲痛遭遇的人们。韬奋只是把国民参政会看作“似民意机关而又说不上民意机关”的似是而非的组织。对于被独裁政治压迫甚久的大众，也就是觉得聊胜于无吧。只是善良的人们未曾料到，随着时间的推移，伪装很快褪去。

邹韬奋长期呼吁民主政治而不可得，甚至还身陷囹圄，深受独裁政治之害，自然十分珍惜抗战时期出现的国民参政会这一似是而非却聊胜于无的民意机关，他要试图通过自身遭遇去影响别人，共同努力把国民参政会转变成真正的民意机关。虽然韬奋此思虑过于主观，不可能实现，但人们就此也越发能看到韬奋满腔爱国热情和为实现民主政治而斗争的决心。

在国民参政会上，韬奋从不放过发言的机会。他曾经幽默地戏称，明明是别人“请客”，他却把自己当作主人。在参政会上，他既是一个民主政治的雄辩家，得到不少参会的民主人士支持，又是一个被反动分子视作眼中钉的人，避之唯恐不及，必欲除之而后快。韬奋明白这一切究竟是怎么回事，“任尔东西南北风”，他就是要心向光明，为团结抗战力量、争取民主政治而斗争。

邹韬奋总共参加过五次国民参政会，提出过 9 个提案，都是反映民意、呼吁民主政治的内容。尽管并不奢望国民党政府会采纳实行，韬奋还是尽可能地利用这个合法地位，积极争取言论自由。

在第一次会议上，邹韬奋“针对当时的迫切需要”提出了三个提案。第一个是“调整民众团体以发挥民力案”，这是根据当时民众运动所遭受的迫害而提出来的，反映了当时民众运动的迫切要求。该提案主张“只要在事实上不违反三民主义及抗战建国纲领，确有群众基础及救国工作表现的民众团体，政府都应该准许他们立案，承认他们合法的地位”①。第二个是“具体规定检查书报标准并统一执行案”。韬

① 《韬奋全集（增补本）》第 10 卷，第 206—207 页。

奋指出当时国民党的宪兵、警察、特务随意查抄书刊，不讲任何理由，无法无天。有一次，韬奋亲眼看到一个特务把宋庆龄著的《中国不亡论》说成禁书，拿了就走，蛮横无理！有些地方不但把《抗战》三日刊等进步刊物没收，不讲任何理由，连韬奋十年前从英文翻译过来与政治毫不相干的一本小说《一个女子恋爱的时候》，也查抄而去。提案要求当局尽快纠正这种混乱情形。第三个是“改善青年训练以解除青年苦闷而培植救国干部案”，反映了当时多数青年一个迫切的要求。经过激烈的辩论，这三个提案都算是通过了，但却不可能实行，于社会实际毫无作用，只是韬奋不会放过国民参政会这个“似是而非”的舆论平台。

11月4日，国民参政会第二次大会通过了邹韬奋等74人的提案“请撤销图书杂志原稿审查办法以充分反映舆论及保障出版自由案”，当时辩论的激烈程度令人难忘，而且居然还能通过。可是，事实上，国民党当局根本就不理会通过的提案，一切审查工作反而变得越来越严酷残暴。后来韬奋回忆此事时说：“当时的提案是发傻，激烈辩论更是发傻，因为提案的通过不通过，和民众团体的命运是不相干的”；“要研究中国政治，光看白纸上的黑字是不够的。要改善中国政治，光从条文上做工夫更是绝对不够的”。①

韬奋并不相信国民参政会有什么实际用处，但尽职尽责是他的风格；对于参政员身份，他看重的是为反映民意而尽责，其余什么名利全都不在他的眼中。参政会每月给他发放公务费350元，他每月捐100元给伤兵医院，捐100元给《全民抗战》三日刊，剩下的就作为赴会的旅费。他认为“公费绝对不应作为个人享受之用，当尽量为公而用”②。

尽管“哀莫大于心死”，可即便心死也还要继续斗争！

---

① 《韬奋全集（增补本）》第10卷，第207页。

② 《韬奋全集（增补本）》第8卷，第60页。

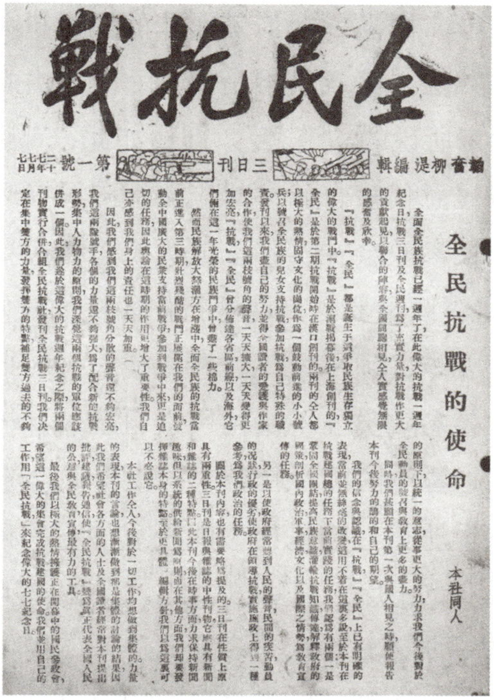
全民抗戰

鄒韜奮 柳湜 編輯　三日刊　第一號　二十七年七月七日

全民抗戰的使命

本社同人

▲《全民抗战》三日刊第一号

邹韬奋坚持通过生活书店和抗战刊物开展斗争。

国民参政会第一届第一次大会于 1938 年 7 月 6 日开幕，7 月 7 日，韬奋主编的《抗战》三日刊与柳湜主编的《全民》周刊就宣布在七七事变爆发一周年的纪念日合并，更名为《全民抗战》三日刊，为全民抗战作贡献。邹韬奋为刊物总发行人，并与柳湜联合担任主编。新刊物特地编印成战地版，送往前线，受到广大官兵热烈欢迎。韬奋带领生活书店编印的《保卫大武汉特刊》，在大武汉掀起一波宣传热潮。

邹韬奋不放过七七事变爆发一周年纪念日这一波宣传热潮的机会，《全民抗战》以发刊词《全民抗战的使命》，继续高举全民抗战的旗帜。

针对国民参政会开幕，发表《我对于参政会的希望》一文，指出国民参政会是中国在非常时期一个似是而非的民意机关。参政会不同于欧美各国的所谓议会，参政员不是民选，而是由政府遴选聘请而来，也就是韬奋后来所说的“请客”。即便如此，邹韬奋依然希望各参政员“却应该以民意代表自任，却应该把国民参政会视为民意机关，应该努力使国民参政会在实际上成为民意机关”。为此他认为，“最重要的一点，是参政员要时刻注意行使职权的时候，须尽量反映大多数民众的迫切要求，须尽量反映在抗战建国时期中的大多数民众的迫切要求。”“各参政员虽不是由民众自己选择出来，但是一般民众却把民意机关来看待国民参政会，国民参政会在民众间已成为一个‘十目所视十手所指’的机构，能否克尽它的任务，民众是不会忽略过去的，民众也不应该忽略过去的。”国民参政会“倘若‘决而不行，行而不彻’，那末这个会是多余的！”①

即便现实的政治生活被国民党当局搅得乌烟瘴气，令邹韬奋他们气愤无比，邹韬奋他们还是要为团结抗战、民主政治尽自己的所有力量。邹韬奋和沈钧儒、王造时等全国救国会的参政员，还积极去往江西抗战前线慰问国民党军队。1938 年 9 月 18 日夜间，他们携带慰劳品和大批书报，由武汉经南昌前往江西北部德安一带慰劳军队，鼓励国民党军队切实抗战，奋力保卫大武汉。一路上韬奋特别注意采访，无论遇到汽车司机、学生、服务团员还是部队的官兵，他总是热情地问询，虚心地请教，埋头记录，跟着内容的喜乐和悲伤同喜同悲。他们带去了许多慰问品，有药品、食品和书刊。

在岳阳车站，韬奋他们看到伤兵运来后无人照料，相当混乱。关于伤兵问题，邹韬奋以往从读者来信中读到过，而今亲眼所见，亲耳所闻，更加忧心忡忡，他不禁要问：“为什么在岳阳这样一个

① 《韬奋全集（增补本）》第 8 卷，第 34、35 页。

▲ 1938 年韬奋等赴江西德安前线慰劳抗战军士

大城镇，对于救护伤兵——稍有组织的民众工作中应有的一部分——竟致这样没有办法？这种现象应能唤起负责动员民众者的深切的反省。”①

韬奋一行到了德安前线慰问了抗日将士，在南昌、长沙了解民众运动情况，访问了第九战区第一兵团司令长官薛岳将军和前线指挥官俞济时将军，对抗日战争正面战场的情形有了切实的感受。薛岳将军后来率领军队取得万家岭大捷和第三次长沙会战的胜利，威震抗日战场。29 日劳军归来，邹韬奋将所见所闻所感写成文章，分 5 次发表于《全民抗战》上，他热情歌颂“至忠极勇

① 《韬奋全集（增补本）》第 8 卷，第 237 页。

的前线战士”，描述了中国军队在赣北极端恶劣的环境下，在淫雨纷飞中浴血奋战，在极端缺少民众支持的情况下，含辛茹苦为国死战的情景。他大声疾呼，后方要竭尽力量减少前线将士所遭受的不必要的痛苦。韬奋的呼吁无疑主要针对的是掌握实际权力的国民党当局。韬奋的呼吁充满了抗日战场上的血和泪……

投身保卫大武汉，这是邹韬奋作为著名爱国者、政论家、新闻记者和出版家对团结抗战的强烈呼吁。他忘我投入、激情投入、奋发投入，在这一投入过程中，得到了周恩来同志的亲切关怀，得到了八路军办事处领导们的热情帮助，生活书店得到了迅速的发展壮大。心向光明的邹韬奋跟保卫大武汉的热烈氛围紧紧融合在了一起。

第十章

出走雾重庆

以为疯狂打压就能使得团结抗战的进步力量妥协、后退乃至投降，那就是国民党当局错估了形势，看轻了革命者的意志和气节。韬奋这一生对邪恶势力何曾胆怯过、妥协过？何况而今他已经认定了要追随中国共产党，他心中的光明足以引领他走出雾重庆，走向壮丽远方。

出走雾重庆

1 | 压不垮的书店

随着武汉保卫战的失利，1938 年 10 月，韬奋和生活书店总办事处陆续迁到重庆。

韬奋和同事们携带大量稿件准备乘飞机去重庆。为了不耽误《全民抗战》三日刊按时出版，他决定冒险带上需要尽快发稿的文稿。之所以说冒险，是因为担心路上遇到军警检查行李，行李中许多批评当局的文稿万一被发现并查封，损失太大。

担心什么就来什么！一进机场就遇到两个宪兵迎面朝他们走来。韬奋暗暗叫苦，却也只好镇静地相机行事。两个宪兵居然满面笑容地远远就向韬奋敬礼，热情地喊着“韬奋先生”。韬奋既觉得纳罕，又感到紧张，只好先装作没看见，置之不理，不理会他们在呼唤谁。两个宪兵走到韬奋跟前，停了下来，再一次朝他叫“韬奋先生”。韬奋依然十分冷漠，就是不理睬他们。一个宪兵突然失望地说：“你不要以为我们是坏人，我们都是你的读者。”演戏演到底。韬奋还是装作与己无关，冷冷地反问道：“你们是谁的读者？”这个宪兵难过得流下了眼泪，说：“韬奋先生，我们是你的读者。你不要遗弃我们，我们至死也要跟着先生走。”另一个宪兵难过地说：“我们从前都是大夏大学的学生，永远跟你韬奋先生走的。”韬奋这才知道误会了，原来是以前的大学生，而且是《生活》周刊的读者。韬奋心里一暖，赶忙改变态度，伸出手来跟他们握手，连连微笑着说“误会”。接下来，韬奋从与两名宪兵读者的交谈中知道，果然是当局接到韬奋买机票的情报，指令加紧对旅客的检查，一旦截获，必须严查行李。他俩正在替韬奋先生担心。不料韬奋提前三天离开，刚好遇上他们值班，他俩正在为可以帮助韬奋先生顺利登机感到高兴。韬奋暗自庆幸，长长地舒了口气。

两名宪兵很认真地帮韬奋他们办完登机手续，护送到飞机舱门前，这才依依惜别。

当飞机徐徐上升的时候，韬奋很是感慨地对身旁的同事说：“我们的辛苦不白费，到处都有我们可爱的读者。”又说：“中国革命一定胜利，只要看这一代青年的心就可保证。”

同事发现，韬奋说这话时，眼镜片后面也有了泪水。韬奋被读者的热情感动了。

韬奋怀着保卫大武汉的激情，挟着生活书店事业高峰的热情，来到重庆，打算把生活书店的进步文化出版事业推向新的阶段。

韬奋电邀胡愈之从桂林来重庆共商书店发展大事。1938 年 12 月 16 日起，邹韬奋和胡愈之等书店负责人连续开了几天会议，选举完善书店的理事会、人事委员会、监察委员会和编审委员会，确定了今后一个时期的发展方针，主要是促进大众文化、供应抗战需要、发展服务精神。很明显，生活书店要在团结抗战中发挥更大作用。

然而，1939 年初，国民党五届五中全会在重庆开幕，全会根据蒋介石的报告，研究了所谓“溶共”“防共”“限共”“反共”的方针，并秘密通过了《限制异党活动办法》，设立了防共委员会，制定了一系列“反共”的具体办法。在国民党五届五中全会上，有人叫嚣道：“生活书店的书籍刊物，虽在穷乡僻壤，随处可见，可谓无孔不入，其势力实在可怕，而本党的文化事业却等于零，不能和他竞争，所以非根本消灭不可！”2 月 26 日，国民党当局秘密传达特别谈话会“禁止或减少共产党书籍邮运办法及取缔生活书店、新知、互助等书店办法”的决定。国民党当局密令国统区各地党、政、军、警、特、宪开始对生活书店、读书出版社、新知书店的分支机构采取取缔行动。

1939 年 3 月 8 日，生活书店在浙江天目山临时营业处被国民党当局封闭，并将工作人员袁润、胡苏强行押送出境，所有私人行李及书店财产都被当局侵占。

韬奋他们正在重庆国民党当局那里据理力争，要讨一个说法，蛮横的当局不仅置之不理，而且变本加厉，接二连三地，又有关于生活书店的噩耗传来——

4 月 21 日晚，国民党当局到陕西西安生活书店分店宣布勒令停业，强占并没收当时已取得准予注册发行的书刊 1,860 册，并拘捕经理周名寰。27 日，又把全体工作人员驱逐，没收全部财物及私人行李。周名寰被送集中营关押，多方营救无效，在狱中被迫害致死。

5 月 4 日，陕西南郑生活书店办事处被国民党当局封闭，经理贺承先被拘押，全部存书被没收。

5 月 31 日，甘肃天水生活书店支店被国民党当局搜查，经理薛天鹏和职员阎振业被捕。

6 月 9 日深夜，湖南沅陵生活书店分店被国民党当局搜查，16 日被勒令停业。

6 月 14 日，国民党当局搜查浙江金华生活书店分店，职员阮贤道被拘押，并被判处徒刑 6 个月。7 月 1 日又强迫全体店员于 10 分钟内迁出，并将分店与栈房封闭。

6 月 15 日，江西吉安生活书店分店遭国民党当局搜查，虽然结果一无所获，至 29 日仍宣布封闭。

6 月 15 日，江西赣州生活书店分店被搜查，16 日被强令停业。

6 月 17 日，湖北宜昌生活书店分店被搜查，搜去书籍 1,423 册，其余被封存，并被勒令停业。

6月26日，浙江丽水生活书店支店被勒令停业。

6月29日，安徽屯溪生活书店支店未经搜查即被国民党当局勒令停业。

7月8日晚10点，广东曲江生活书店分店遭武装检查同时被封。

10月23日，福建南平生活书店分店被勒令停业，经理顾一凡被关押半年。

1940年2月3日深夜，国民党当局以调查户口为名，把陕西宜川生活书店临时营业处三名店员用绳索捆绑而去，7日后才释放，书店财货被掳掠殆尽。

2月5日，国民党当局到湖南衡阳生活书店分店搜查并封门停业。

3月底，安徽立煌生活书店支店被国民党当局勒令封店停业。

…………

▲ 1939年10月，邹韬奋出席在重庆举行的鲁迅先生逝世三周年纪念大会

抗战以来特别是在保卫大武汉中形成的生活书店出版高峰，1940 年却在雾重庆跌入低谷。到 1940 年 6 月，生活书店在国统区的 55 家发行处仅剩下 5 家。不仅出版审查关越来越难通过，而且即使通过了，书刊照样被秘密查禁。1940 年全年生活书店只出版了新书 80 种，不及 1939 年的半数，仅为 1938 年的三分之一。

书店经济损失巨大，到了十分危急的境地。生活书店以满腔义愤向国民政府行政院申诉，给行政院院长孔祥熙递交呈文，要求行政院依法予以纠正。明知道国民党当局是蛇鼠一窝，行政院不可能纠正这种可恶做法，但该控诉就一定要控诉，以此唤醒国统区的大众。生活书店还致函国民党中央宣传部、中央图书杂志审查委员会和国民政府的内政部，再次就书店图书被无理查扣提出抗议，要求立即纠正。韬奋坚持跟国民党当局打舆论战，社会各界对国民党当局的罪恶行径议论纷纷。

七君子之一的史良看到生活书店屡遭摧残，情势紧急，找到了战时妇女指导委员会的指导者宋美龄，希望纠正当局一系列无理行为。史良是妇女指导委员会的联络委员会主任。宋美龄没有拒绝，约史良到她住处，中午趁便与蒋介石共进午餐，让她当面反映情况。史良带着义愤对蒋介石说："生活书店是抗战的书店，出了许多宣传抗日的书，为什么反而被封闭？"蒋介石装作很惊讶的样子，反问道："竟有这样的事么？岂有此理！岂有此理！"他表示一定要去查问，看那情景，好像很有希望的样子。实际上却是完全相反，在这次谈话以后，各地生活书店继续被封门。

国民党当局眼看没收书刊、封闭书店却未能压垮生活书店，接着又使出威胁诱降的手段。1939 年 7 月，国民党中央宣传部副部长潘公展、主管文化出版的头目刘百闵先后约邹韬奋谈话，他们提出要生活书店和国民党的正中书局、独立出版社合并，否则对生活书店"只有消灭"。这一威胁当场被邹韬奋和徐伯昕严词拒绝。邹韬奋和徐伯昕一起愤慨地表示："中国出版界从没有如此先例。生活书店是民营的文化企业，一向遵守国家法律，怎能与官办的书局出版社合并呢？万万不能接受。"

刘百闵、潘公展看韬奋他们根本就不吃这一套，于是留下一句威胁的话："你们好自为之吧！"这话如此熟悉，1931年九一八事变后胡宗南与他们"约谈"失败之后也曾发出过这句威胁。这么多年来，多少个大员约谈失败后都以此句相威胁，韬奋总是不卑不亢，强权面前，"一蓑烟雨任平生"！

那些年，重庆有雾的日子特别密集，让人觉得好像永远不会散去，它总是那样固执地笼罩着山城，仿佛要将一切吞噬。

邹韬奋一家五口居住在重庆学田湾衡舍的一栋老屋里。房东太太也姓邹，韬奋的孩子称她为邹伯母。她和沈粹缜一见如故，相处如知己。房东太太的儿子叫邹承鲁，当时在西南联大上学，后来成为我国著名的生物化学家、中国科学院院士。房东太太是个正直仗义的人，明知韬奋家的底细，还是愿意租房给他们，生活上多方关照他们。韬奋出走重庆后，特务们加紧了对韬奋妻儿的监视，密谋把他们当作人质，逼迫韬奋返回。平时沈粹缜进出都要受到盘问，更不要说去拍卖行变卖家中细软。房东太太每次都应邀陪沈粹缜进出，多少有点打掩护的意思。

韬奋家与沈钧儒家几乎是比邻而居。沈家居住在背靠衡舍的良庄，两家距离很近，方便了二人的交流。沈钧儒回忆，两人"隔三天两天彼此一定要见面，有了问题固然要往找，坐闷了也要往找"。那时候，他们对重庆的雾天和政治迷雾少不了大为感叹。

尽管雾浓得像化不开似的，可是，邹韬奋、沈钧儒还是毫不退缩地呼吁团结抗日，呼吁民主政治，邹韬奋还是顽强地带领书店同人们坚定向前。从1939年5月起，邹韬奋仍奋力主持《全民抗战》的编辑出版工作。韬奋办了20年报刊，不论战时还是平时，都能做到准时出版。

1939年夏天，重庆空袭警报特别多，韬奋总是带着文稿到防空洞去，敌机不来，他就坐在防空洞洞口处理文稿，手里拿着纸和笔不停地读稿件、写稿件。只有在敌机临头时，才暂时进入防空洞躲避一下。一旁的生活书店员工看到后，都深为感动。

韬奋一面在防空洞躲避日本鬼子的飞机轰炸，一面在《店务通讯》上连续发表了6篇文章，把本店遭到国民党当局迫害的真相告诉全店员工，并在《店务通讯》上发表了致全店同人的公开信。在《我们能接受和不能接受的办法》一文中，韬奋公布了他和国民党刘百闵、潘公展等人谈判的经过。他希望同人们了解困难，迎接困难，坚持斗争。他在《店务通讯》第49期上发表的以《艰苦困难中奋斗》为题的谈话文章中说："我们常在艰苦困难中迈进，尤其是在有人误会我们的时候，常常使我们感到满地荆棘，使我们感到痛苦，使我们不得不分出原来可以全部用于事业本身的时间与精力来应付外来的困难。"对此，他提出应有这样的态度："第一，应以坚决的意志和镇定的心情，在艰苦困难中奋斗"，"第二，我们要能够在艰苦困难中奋斗，最重要的是下决心不怕麻烦"，"我们为共同努力的集体事业，就是受尽麻烦，也应该用诸葛亮'鞠躬尽瘁、死而后已'的精神来对付"。①

国民党当局一计不成又生一计，让特务散布谣言，说生活书店"接受共产党津贴10万元"。1939年6月，国民党重庆市政府社会局会同国民党重庆市党部及中央图书杂志审查委员会，派了三个人前去生活书店总管理处检查书店的账目。这可不是一般的查账，查账的三个家伙从书店正门进去，书店后面的土丘上、前后的高台阶上，还有围墙的铁门边，站满了武装警察。韬奋挺身前去对付。查账查到第二天始终找不出漏洞，三个家伙又想出了新花样，要找几个员工个别谈话，韬奋再也忍

---

① 《生活书店史稿》，第207页。

耐不住心头的怒火，告诉他们："书店的事情一概由我负责，有什么问题尽管问我。在这里服务的同事，我有责任保护他们，不能随便找他们谈话。"三个家伙又提出要把账册搬运回去审查，也被韬奋拒绝。这时，韬奋望望那一旁几个拿着盒子炮的武装警察，准备一旦他们动手，他就"锒铛入狱"。那帮家伙看到传说中的"硬骨头"邹韬奋毫不畏惧，碰了一鼻子灰，只好悻悻离去。

即便有如此无理遭遇、无妄之灾，一心团结抗战的邹韬奋还是把主要精力放在办好《全民抗战》上。韬奋是心系抗战的，在政论写作上贡献了不少重头文章。

邹韬奋在刚到重庆时就写下发表在《全民抗战》五日刊上的《广州武汉失陷以后怎样？》。在文中他指出：

"第一，我们的抗战既是民族生死存亡之争，既是因为不愿做奴隶而拼命，无论如何艰苦，除到了民族可以独立解放，同胞不至被敌人逼迫屈膝做奴隶的时候，我们除了继续坚持抗战之外，没有第二条生路可走。所以我们可以确信的是广州武汉失陷以后，我们还是要坚持抗战，绝对没有丝毫迟疑的余地。

"第二，我们抗战胜利的基本条件是全国精诚团结，一致在坚决领导全国抗战的国民政府和最高领袖领导之下，百折不回地努力奋斗。中国能以整个民族的力量对暴敌日本帝国主义作殊死战，必能转败为胜，转危为安；中国的整个力量如被分化，那就必然要堕入深渊，永劫不复。我们彻底认清了这一点，尤其是在这样危急重要关头，我们要彻底认清这一点，那末我们希望在广州武汉失陷以后，各党派都能更精诚团结，极力避免国内的任何摩擦，大家更能聚精会神地立在一条战线上，对付唯一的共同敌人日本帝国主义的残酷侵略。同时我们深信无论敌人和他的走狗们怎样挑拨离间，我们对于坚决领导全国抗战的国民政府和最高领袖，还是要始终竭诚拥护，患难相共的。

"第三，半殖民地的民族解放战争的胜利，不能仅靠单纯的军事，同时必须注重政治的彻底改善与全国人力物力的彻底动员，真能实现‘全国抗战’和‘全民抗战’。十五个月抗战以来，军事方面在事实上表现着越打越强的进步（当然有极少数的例外，但不能因此抹煞整个的趋势），但政治的改善与民众的动员还是远赶不上军事的需要。而且因为军事上的迫切需要，而更暴露了政治与民运方面的许多缺憾。……我们希望国民参政会在这方面有更大的努力，也希望政府和全国同胞在这方面有更大的努力。”①

邹韬奋这些明确而坚定的言论，为处于苦闷中的中国人拨开了迷雾，廓清了国情，又为国民党军政当局指出了重大责任之所在，要求他们必须好自为之。韬奋不满意国民党的片面抗战路线，但又深刻认识到必须竭诚拥护“领导全国抗战的国民政府和最高领袖”，这是他自觉维护统一战线内部团结的重要表现。

1939 年末，由于中共方面参政员在参政会提出实行民主宪政的主张，于是民主宪政成了参政会的热门议题。在中共南方局的指导下，邹韬奋在《全民抗战》上接二连三地发表有关民主宪政的文章，他和《新华日报》社社长潘梓年合编了一本《宪政运动论文选集》在生活书店出版。生活书店还出版了一批宪政论著和参考资料。邹韬奋一面为生活书店遭到国民党当局无法无天的摧残而愤怒，一面借着参政会民主宪政的公开讨论曲折地向国民党当局讨要说法。

生活书店的员工们在困难面前毫不动摇，大家都一致坚定不移地热爱自己的书店，坚守正义的文化事业。正如当时年仅 18 岁的许觉民②在《店务通讯》第58期上发表的《我对本店受难的了解》一文中所

---

①《韬奋全集（增补本）》第 8 卷，第 270—271 页。

② 许觉民（1921—2006），江苏苏州人，1937 年进入生活书店工作，1938 年加入中国共产党。新中国成立后，历任上海三联书店副经理，人民文学出版社副社长兼副总编辑，中国社会科学院文学研究所所长、顾问等职务，并担任《文学评论》主编、中国作协第四届理事等。

说的："我们虽处在艰苦的时期，但我们的工作态度不能因之而稍懈，反而要积极的加强，苦难的后面是光明的"，"我们一定要加倍努力"。[①]

面对国民党当局残酷摧残生活书店，周恩来领导的中共南方局沉着应对，加大对生活书店工作关心和支持的力度。1939 年 6 月 9 日，周恩来在重庆生活书店总管理处作了题为《抗战第二期的文化工作》的形势报告，使书店同人们及时受到党的教育，感受到党的温暖。那些日子里，来生活书店作报告的南方局领导同志还有董必武、叶剑英、秦邦宪、凯丰等，增强了生活书店全体人员为革命做好本职工作的精神动力，特别是坚定了与反动当局斗争的决心。

周恩来对韬奋和生活书店至为关心，一再鼓励大家要战斗到最后一刻！他说："可能还会出现更坏的局面，你们要有充分的准备。对国民党反共反人民的严重性要有足够的认识，否则就会吃大亏。"他还对书店工作进行具体谋划，指示书店应该分一部分人带着纸型和书籍转到边区去，到敌后游击区去，去那里开展文化工作。留下的，也要将一部分人和财产分出去，采用各种可能的办法，建立第二道阵线，要隐秘，不露锋芒，长期埋伏，保存起来，等待有利的时机。这样，留下的只是一部分人，坚守少数重要的机构，在进一步恶化的局面到来时，可以减少损失。周恩来鼓励大家，革命的道路曲折，要根据具体情况保存自己，战胜敌人。[②]

尽管数十家分、支店被闭门停业，甚至有的同人蒙冤入狱，可重庆的生活书店依然巍然屹立在浓雾和淫雨中。韬奋带领书店领导们召开了最后一次理事会、人事委员会和监察委员会的联席会议，决定推选出由邹韬奋、徐伯昕等六人组成的联席会议常委会，全面领导非常时期书店的各项工作；决定生活书店出版的《全民抗战》《文艺阵地》《世

---

① 《生活书店史稿》，第 208 页。

② 邹嘉骊编《忆韬奋》，第 265—266 页。

界知识》《读书月报》《战时教育》《妇女生活》《理论与现实》《国民公论》等 8 种杂志与中共南方局领导同志或南方局文委的同志建立直接联系，请领导同志直接指导编辑出版工作；决定将《世界知识》《妇女生活》《战时教育》《理论与现实》4 种杂志从生活书店脱离出来，独立经营，以免日后书店被封时连带受损；在桂林建立三户图书社和三户印刷厂，一旦桂林分店被封，书店人员可以转入这两家机构继续工作；与合作伙伴读书出版社、新知书店合作，抽出一部分力量，以民间企业的形式去延安和华北敌后开展图书发行工作，在太行山八路军总部辽县（今左权县）建立华北书店，又在延安北门外开办华北书店，到苏北抗日根据地开设大众书店。

韬奋是永不言败的，韬奋领导下的生活书店是压不垮的！

2｜突出重围

1941 年 1 月国民党制造了“皖南事变”，掀起了第二次“反共”高潮。同时，国民党当局对生活书店的迫害到了丧心病狂的地步。

韬奋毫不退缩。任他丧心病狂，我自岿然不动。

重庆的中央大学一些学生邀请文化名人到校演讲，韬奋也受邀而去。

自从抗战以来，韬奋最喜欢到青年学生中发表演讲，他讲爱国，呼吁抗战，青年学生最乐意听爱国内容的演讲，最为抗战的呼吁而激动。他喜欢扫视会场上那一张张青春的面庞，凝视那一双双真诚的眼睛。

在中央大学，他呼吁团结抗战。他说，自己是国民参政员，不是国民党党员，也不是共产党党员，在国民参政会里，除了国民党参政员，还有其他各抗日党派的参政员，包括中国共产党的参政员，可见团结抗日各党派共同努力抗战建国的大业是政府已经宣布的国策。这国策是适应国家民族的实际需要，是全国爱国同胞所竭诚拥护的。但是，国民党中却有一部分人幻想“消灭异党”，和上述的国策背道而驰，阻碍或减少国策所能发挥的伟大的力量。

韬奋说，我们如就实际问题的角度看去，是非所在，更为明显。团结抗战救国，各党派没有话说，如国民党必欲置自己所宣布的国策于不顾，而要“消灭异党”，那么即就国共两党而论都有武器，势必引起内战不可。此外有没有办法？

韬奋在演讲结束时沉痛地说：大敌当前，不团结御侮反而自相残杀，只等于破坏抗战，陷国家民族于危亡之境，还有什么可得呢？

全场听众经久不息地鼓掌，表达了对韬奋的衷心拥戴和坚决支持。他滔滔不绝、正气凛然、无所畏惧的演讲，掀起了会场上团结御侮、反对分裂的热浪，激起了广大青年学生的欢呼和雷动的掌声，使得在场的国民党、三青团里的反动分子闭口无言，根本抬不起头来。

国民党当局在真理面前难以抬头挺胸，可是利用手中的威权破坏进步文化还是无所顾忌。1941 年正值“反共”高潮，生活书店仅存的 5 家分店又成了被打击的目标。

2 月 7 日，四川成都生活书店分店遭封闭，查禁书籍 2,687 册。

2 月 12 日傍晚，正值广西桂林生活书店分店里读者最拥挤的时候，一群军警特务忽然宣布查封书店，宣布限期停业。

2 月 20 日深夜 2 点，贵州贵阳生活书店分店被查封，经理及全体职员被拘捕。

2 月 21 日，云南昆明生活书店分店被查封。

至此，曾经拥有 55 家固定发行处的生活书店，只剩下重庆分店一家，而且危在旦夕。据有关情报，军警特务已经拟具办法查封《新华日报》和生活书店，只是还没有来得及动手。针对皖南事变一个多月来的政治形势，中共方面对国民党进行了严正的有礼有节的斗争，国内外舆论迫使国民党不得不有所收敛，原来已经列在破坏行动计划里的《新华日报》和重庆生活书店暂时躲过一劫。

周恩来直接指导生活书店工作。他说，重庆的生活书店仍要坚持下去，除非国民党来封门，否则不要自动停业。

周恩来的指导，体现了决不退缩、抗争到底的精神。

韬奋和生活书店决心听从周恩来的指示，决不退缩，抗争到底！那些天，韬奋常常独自愤恨地、坚定地低声自言自语："这就是战斗！这就是战斗！"

真正的英雄不会畏难退缩。他在被逼到墙角时，只有一个选择：突出重围！

在雾霭重重的重庆，韬奋为了捍卫团结抗日、争取民主权利，他的战斗只能是突出重围。

韬奋不打算再跟国民党当局虚与委蛇。当局表面上邀请他参政却从根本上就不想让他参政，他们大喊着宪政却毫无理由地封闭读者最喜爱的书店。韬奋再也不能容忍他们明目张胆地"挂羊头卖狗肉"，不能容忍他们堂而皇之地空喊民主而搞专制。

韬奋决定辞职，辞去国民参政会参政员！

一天傍晚，韬奋急匆匆来到沈钧儒在良庄的家，把辞去参政员，离开重庆，去往香港的决定告诉沈钧儒。他手里拿着几张电报，眼眶里带着含怒的泪，急匆匆地嚷道："这是什么景象！一点不要理由，就是这样干完了我的书店！我无法保障它，还能保障什么！我决意走了！"沈钧儒听了好久，沉默了良久，想不出一句可以劝慰和挽留的话来，只说了一个字："好。"[①]

韬奋后来回忆道："在这种地狱似的凄惨环境中，再粉饰场面实在是莫大的罪恶！"他坦坦荡荡地写道："我的动机绝对不是出于什么泄愤的观念。我十分痛心于违法背理的现象，愿以光明磊落的辞职行动，

---

① 邹嘉骊编《忆韬奋》，2015 年版前言第 3 页。

唤起国人对于政治改革的深刻注意与推进。就这一点说，我的辞职和出走，不是消极而仍是积极的。”①

为了迷惑特务，便于出走，1941 年 2 月 24 日上午，韬奋还是按规定到国民参政会报到，办理了参会的一切手续，抽签抽到了一个 20 号的议席——由于邹韬奋辞职，那一次参政会会场上 20 号席位一直空着，像一个打扮齐整的人头上留了一道十分突出的瘢痕。报到当天下午，他又去参加了在野各抗日党派的会议，在一封联名写给蒋介石的信上签了名。告别在野各抗日党派领袖时，韬奋非常认真地跟大家握手。决计辞职出走了，此一别不知何时何地再得相逢，韬奋不便以实情相告，只能默默相别。有人事后回忆，记得告别那天，韬奋的握手格外用力，停留的时间比较长……

晚上回到家中，邹韬奋拟就了一份辞去国民参政会参政员的电稿，并写了一封给在野各抗日党派领袖们的信，说明了他为什么要在这个时候离开重庆，以免引起误会。一切准备就绪后，韬奋匆匆前往良庄沈钧儒家中，向七君子的“家长”沈钧儒告别，托他转交刚写好的电文和信件。接着，韬奋来到犹庄史良的住处告别，两位七君子战友讲了几分钟的话，互相勉励，互道珍重，黯然分别。最后，韬奋特意来到张家花园黄炎培寓所辞行。两位忧国忧民的爱国者挥泪握别，此后他们再也没有见过面。

三年后，韬奋病逝的噩耗传来，黄炎培悲痛不已。1945 年 7 月，韬奋逝世一周年之际，黄炎培挥泪写下了一篇《韬奋逝世一周年哀词》，他写道——

呜呼！韬奋，人人为他的理想而奋斗，君之生命遂因奋斗而牺牲。不牺牲于沙场之炮火，乃牺牲于流浪的生活与黑浊的气氛。不

① 《韬奋全集（增补本）》第 10 卷，第 365、366 页。

是东西南北的奔波，君或未至于病，病亦或未至于死，而君竟以是捐生。呜呼！韬奋，君而有知，倘犹忆五年以前之巴州，张家花园之寓楼，一灯如豆，百端悲涕，我欲留君而不得，从此生离死别，一瞑千秋。……此一年来，提及君名，辄为哽噎，呜呼韬奋，被君称为知己之我，乃仅仅报君以热泪之双流。[①]

黄炎培写这篇悼词时，三次搁笔拭泪，写不尽的是他对韬奋的真挚感情和深厚友谊。

沈钧儒在他《悲痛的回忆》一文中，深情记述了他送别韬奋的情景。

1941 年 2 月 25 日，凌晨 4 点钟，天没亮，沈钧儒就赶紧出门给韬奋送行。马路上还笼罩着雾气。沈钧儒穿着棉袍，花白长髯上挂着寒雾凝成的水珠。赶到韬奋住处，只见韬奋和夫人沈粹缜站立在门首。韬奋一改往常西服穿着，身着古铜色呢袍，头戴一顶黑色呢帽，一副出远门的打扮。沈钧儒上前跟韬奋紧紧握手，就在这一刹那间，两人没有叹息，没有说话，一切尽在不言中——在苏州监狱的 243 天让彼此已经心意相通。韬奋在沉默中辞别了心爱的妻子和敬重的挚友，转身决然而去，一步步上坡上桥，最后消失在雾气中。沈钧儒回忆道："哪晓得这一刻正就是我和你人天分手的时期呢！唉！"[②]一声长叹，长歌当哭！

韬奋在沉默中告别了雾重庆，他的辞职电稿却在参政会上爆出巨响——

本会上届第一次大会通过公布之抗战建国纲领，明载在抗战期

① 邹嘉骊编《忆韬奋》，第 606 页。
② 邹嘉骊编《忆韬奋》，第 22 页。

间于不违反三民主义最高原则及法令范围内，对于言论出版集会结社自由，当与以合法之充分保障。此种最低限度之民权，必须在实际上得到合法保障，始有推进政治之可言。韬奋参加工作之生活书店，努力抗战建国文化，现在所出杂志八种及书籍千余种，均经政府机关审查通过，毫无违法行为。乃最近又于二月八日起至二十一日止，不及半个月，成都、桂林、贵阳、昆明等处分店，均无故被封，或勒令停业，十六年之惨淡经营，五十余处分店至此已全部被毁，虽屡向中央及地方有关之党政各机关请求纠正，毫无结果。夫一部分文化事业被违法摧残之事小，民权毫无保障之事大。国民参政会号称民意机关，决议等于废纸。念及民主政治前途，不胜痛心。韬奋忝列议席，无补时艰，深自愧疚。敬请转呈国民政府，辞去国民参政员，嗣后仍当以国民一分子资格，拥护政府，服从领袖，抗战到底，所望民权得到实际保障，民意机关始有实效，由此巩固团结，发扬民力，改善政治，争取抗战最后胜利，不胜大愿。①

韬奋要通过引人瞩目的辞职之举揭露国民党当局的假民主、真迫害的罪恶行径，带领生活书店突出重围，更要让更多的人擦亮眼睛，不再受国民党当局的蒙骗。

韬奋的愤然辞职，对于打压抗战进步文化的国民党当局，特别是对于制造“皖南事变”反共分裂逆流的反动势力，是一个强有力的反击。

---

①《韬奋全集（增补本）》第10卷，第37—38页。

3 | 雾都情深

不在沉默中灭亡，就在沉默中爆发！韬奋走了，重庆的故事远没结束，以中共为代表的抗日民族统一战线要用有力的行动回击国民党当局。

在雾霭重重的重庆，韬奋他们不仅有沈钧儒、黄炎培、史良、李公朴等抗日民主党派战友的同心同德、同声相应、同仇敌忾，更有中共各级组织的直接支持和共同战斗。

第二届国民参政会即将于 1941 年 3 月 1 日召开，国民党当局要求各在野党派必须按时出席，为其粉饰门面。中共中央为表明严正立场，2 月 15 日向国民党提出了“皖南事变善后处理办法十二条”，作为中共参政员出席会议的先决条件；其后，又于 3 月 2 日向国民党提出“临时解决办法十二条”，要求国民党政府采纳后中共参政员方可出席。临时解决办法的第二条是“立即停止全国的政治压迫，承认中共及各党派之合法地位，释放西安、重庆、贵阳各地之被捕人员，启封各地被封书店，解除扣寄各地抗战书报之禁令”。在中共中央列举的国民党当局的暴行中，公布了“成都生活书店、读书出版社，昆明生活书店、读书出版社均被封闭”“桂林生活书店、读书出版社被限期停止营业，新知书店则被封闭”“各种进步杂志，虽经中央图书杂志审查委员会通过合法出版者，亦被禁止发行”等事实。接着《新华日报》用增刊的形式将这些内容随报附送，还另印成单张零售，并通过党的地下组织系统向各地散发。[①]

在延安出版的《新中华报》也给予大力声援。

---

① 《生活书店史稿》，第 254 页。

3月27日，延安《新中华报》发表社论《抗议对大后方文化界的摧残压迫》。社论揭露道："自亲日派反共顽固派发动皖南惨变，公开实行反共反进步的黑暗反动政策以来，大后方的文化界，便更进一步遭遇着疯狂的压制与摧残。目前大后方凡属抗战进步的文化事业，遭受摧残的事实，日有所闻。如生活书店全国五十余分店之全部被封，致邹韬奋先生十六年惨淡经营之进步文化事业，已被摧残殆尽；如各地读书生活出版社、新知书店等等被封闭；各种进步的抗战书籍，自难出版，即主张抗战的将领冯玉祥、陈诚等之抗战言论集，亦均秘密禁止发售；如《新华日报》之'只准印不准卖'，实际与封闭无异，其所受之压迫痛苦，则更甚于封闭；全国著名文化人郭沫若先生在桂林主办之《救亡日报》，于3月1日被迫停刊……进步的抗战杂志，如重庆《文学月报》、桂林《国民公论》等数十种，皆被迫停刊或禁止发行。……现在文化人不仅共产党员横遭逮捕暗杀活埋，凡进步爱国者，亦均已注于'黑册'中，随时有被捕暗杀之危险，如著名经济学家马寅初之被捕，名戏剧家洪深之被迫自杀，邹韬奋先生之被迫出走香港并辞去参政员职务……"

4月3日、6日、10日、13日，《新中华报》连续4期全文发表了徐伯昕撰写的《生活书店横被摧残经过》一文。

4月20日，《新中华报》以"反动派继续摧残进步文化、《全民抗战》被迫停刊"为题，发表了《全民抗战》被迫停刊的报道和《全民抗战》停刊启事的全文。[①] 由于中共的支持和公开揭露，生活书店和大后方进步文化界受到国民党当局的法西斯迫害的真相，才得以大白于天下。

沈钧儒等救国会参政员在参政会上强烈抗议国民党当局对生活书店的迫害，要求给抗战建国一个清明的民主政治。

---

① 《生活书店史稿》，第255页。

中共和救国会的强烈抗议，既是为了伸张正义，捍卫抗战进步文化事业，也是对远行的邹韬奋的声援。

远行的韬奋深深地感受到了这一切。

韬奋出走重庆，是从家里出发到长江边乘渡轮过江，在南岸的龙门浩汽车站上长途班车。他的所有身份证明文件、汽车票和送行礼都由中共地下组织、救国会和生活书店妥善安排。到了汽车上，韬奋看到生活书店编委胡绳安静地坐在一旁。胡绳是中共南方局文委委员。两人装作互不认识，然而，远行的韬奋已经感受到了深深的情意。

在雾都重庆，韬奋虽然一直处于国民党当局的各种纠缠和迫害中，却一直有中共党员与他并肩战斗。他们有的是在生活书店成长发展起来的，本来就是最忠诚的书店员工，有的是中共南方局派到生活书店来支持韬奋的工作的。其中有一直以来在生活书店工作的胡愈之、张仲实，有直接肩负使命进入生活书店担任编审的胡绳，担任《全民抗战》特约撰稿人的张友渔，他们都成为邹韬奋的合作伙伴。他们并肩战斗，彼此建立起了深厚的情谊。韬奋出走重庆，先是由胡绳护送 6 天，从重庆搭乘长途班车到达衡阳，后是由张友渔从桂林护送乘飞机抵达香港，这样的情谊实在令人终生难忘。

重庆的雾天多，常常有浓雾迷人，可是，每每让韬奋心头最为敞亮的，就是来到八路军办事处，见到周恩来——韬奋尊称他为周副主席。

自从在汉口拜访了周恩来，韬奋就被周恩来深深地吸引，总是争取能多见到周恩来，请教问题，听取指示。来到重庆后，邹韬奋和周恩来的接触就更多了。韬奋经常去曾家岩 50 号八路军办事处拜访周恩来，向他请教政治问题，并接受中共中央对国统区文化工作的指示。有时周恩来也通过邓颖超约见邹韬奋和沈粹缜。邹韬奋对邓颖超也是非常敬重。后来他在《抗战以来》一书中介绍中国共产党 7 位参政员时写道："邓先生为周恩来先生的夫人，国语流利清晰，声如金石，坚锐明快，起立演说时，无论座位远近，字字打入每一个人的耳鼓。她是'女宾’中最令人注意的一位。”[①]

据韬奋的次子邹竞蒙回忆，有一次韬奋发了高烧，病得很厉害，周恩来获悉后亲自到家里来探望。周恩来弯下腰详细地询问了病情，并在床前坐了很久。皖南事变后，邹韬奋和家人先后离开了重庆。

邹韬奋有了辞去国民参政员、出走重庆的打算，来向周恩来汇报。那是1941年2月的一天晚上，周恩来和邓颖超亲切接待韬奋和沈粹缜。

周恩来和韬奋走进里间谈话，邓颖超就陪着沈粹缜在外间会客室聊天。当时皖南事变发生不久，形势非常紧张，国民党反动派对进步的文化出版事业正进行残酷的摧残。周恩来指示生活书店总的领导机构迁往香港，对干部要隐蔽精干，保存力量，认为邹韬奋很有必要抓紧离开重庆，到香港开辟新的战场。后来韬奋回忆道：“从武汉到重庆，直到我离开重庆到香港，其后，回到上海，转到解放区，我的一切工作和行动都是在党和恩来同志指示下进行的。”

有了周恩来的指示，邹韬奋坚定了跟国民党当局决裂的决心，也看到了前途和方向。心向光明，他决心出走雾重庆，突出重围，开辟新的战场。

对邹韬奋，周恩来是真心地接受这位以赤子之心热爱祖国、热爱大众，而且敢于斗争、决不言败的杰出新闻记者、出版家和作家。韬奋病逝后，周恩来一直在怀念他，当时情绪不免有些忧郁。可是，1944年11月的某一天，在陕甘宁边区政府窑洞会议室举行的延安各界追悼韬奋逝世大会筹备会上，周恩来忽然脸上露出笑容，兴奋地说：“报告大家一个好消息，中央政治局已正式讨论通过，接受韬奋先生临终请求，追认韬奋为中共党员，并引为吾党光荣。”随后，他就介绍了韬奋的事迹，指出：“韬奋是伟大的爱国主义者、民主主义者、共产主义者，是中国知识分子由民主主义走向共产主义的典范，是中国

① 《韬奋全集（增补本）》第10卷，第196页。

知识分子学习的榜样。”他还说，韬奋先后办的几种生活报，在国民党统治区销售达10万余份，这在当时的销售量是相当大的，可见很受群众欢迎。我们党的抗日救国和抗日民族统一战线政策，主要是通过韬奋主编的刊物传播到国民党统治区广大知识分子中去的。韬奋在国统区知识分子中的威望最高。我们党专门在国统区做知识分子工作的领导人，都比不上他。周恩来对韬奋的一生用两句话来表述，就是“俄国的方向，美国的精神”。他说：“所谓俄国的方向，就是他的最后奋斗目标，是社会主义、共产主义；所谓美国的精神，就是他在工作中的求实精神，踏踏实实、一丝不苟、认真负责的精神。这是难能可贵的。”①

抗日战争胜利后，周恩来即致函韬奋夫人沈粹缜，表达对韬奋的缅怀之情。信里写道——

> 在抗战胜利的欢呼声中，想起毕生为民族的自由解放而奋斗的韬奋先生已经不能和我们同享欢喜，我们不能不感到无限的痛苦……现在他一生光辉的努力已经开始获得报偿了。在他的笔底，培育了中国人民的觉醒和团结，促成了现在中国人民的胜利。中国人民一定要继续努力，为实现韬奋先生全心向往的和平、团结、民主的新中国而奋斗不懈。韬奋先生的功业在中国人民心目中永垂不朽，他的名字将永远是引导中国人民前进的旗帜。……您的孩子——嘉骝，在延安过得很好，他的品格和勤学，都使他能无负于他的父亲。②

---

① 杨超伦：《忆周总理对邹韬奋的评价》，载《新闻战线》1995年第12期。

② 韬奋纪念馆编《邹韬奋研究（第九辑）》，上海三联书店2021年11月版，第8页。

周恩来的信给了沈粹缜无比的感动，信中蕴含着对韬奋的深切怀念之情，对韬奋的家人如亲人般的温暖关怀。沈粹缜把来信看了一遍又一遍，泪湿衣襟……

到了重庆之后，无论邹韬奋带领生活书店如何竭尽全力投入团结抗战和民主政治建设之中，国民党分裂势力、顽固派就是要疯狂地打压他们。然而，以为疯狂打压就能使得团结抗战的进步力量妥协、后退乃至投降，那就是国民党当局错估了形势，看轻了革命者的意志和气节。韬奋这一生对邪恶势力何曾胆怯过、妥协过？何况而今他已经认定了要追随中国共产党，他心中的光明足以引领他走出雾重庆，走向壮丽远方。

第十一章 港岛岁月

邹韬奋一直在朝前走，只要跟抗日和革命的同志们在一起，只要有生活书店的同事们相伴，一息尚存，前进不止，这就是邹韬奋，文化斗士邹韬奋！

港岛岁月

1 | 聚首港岛

1941年3月5日，韬奋又一次来到香港，距离上一次来香港创办《生活日报》已有快五年时间。对于港岛，韬奋的心情总是很复杂。维多利亚港停泊着来自世界各地的商船，中环街道两旁矗立着欧式建筑，街道上西装革履的洋人与身着长衫短褂的华人交织而行，半山区殖民者的洋房错落有致，与山下简陋凌乱的华人区形成鲜明对比……每每看到这番景象，韬奋就会想到1842年割让港岛的耻辱，心中便会涌起爱国的情绪和抗战到底的决心。

尽管冒险走出了迷雾沉沉的山城重庆，来到海天景明的港岛，身心有了些许的轻松，可是，每念及远在山城的妻儿，韬奋总是心里猛一阵紧缩。从重庆到衡阳的路上，胡绳已经明显感受到韬奋这样的情绪，看上去很是难以排解。在香港机场平安降落时，韬奋眷念妻儿的心情愈发沉重。

韬奋最为担心的是沈粹缜能不能应对那些刁蛮的特务的纠缠。

毫无疑问，韬奋出走，使得国民党当局好一阵震怒，原先在他家门前监视的两个特务被当局撤职查办。新来的两个特务没完没了地来盘查，态度极为蛮横无理，但一无所获。过了几天，又来了一个自称重庆卫戍区稽查处处长的人，用一口苏州话和韬奋夫人攀谈，说和她是老乡，让沈粹缜不要紧张，又说听说邹韬奋先生已经到了桂林，问他住在什么地方，在桂林有哪些朋友，还强调最高当局是一定要把他请回重庆来的。沈粹缜守口如瓶，不肯吐露半点信息。稽查处长又说，他们了解到她去过寄售商店，让她千万不要打算走。沈粹缜面不改色，回应说自己去寄售商店卖掉一些旧衣物，是因为先生走了以后，家里人在生活上不能不有些打算。稽查处长看软的一套还是不行，只好悻悻而去。

韬奋夫人知道国民党当局绝不会善罢甘休，“三十六计，走为上计”，她跟重庆生活书店的同事们商量后，决计赶紧追随韬奋远行。

韬奋离家前，他们夫妻二人正是这样设计的。韬奋担心的是妻儿们能不能安全摆脱特务的监视。

书店同事跟沈粹缜想好了金蝉脱壳的办法。先是把准备带走的行李衣物和一些韬奋必须保存的资料分别管理，隐藏妥帖，分批转移到生活书店。然后趁着一次空袭警报响起的时候，沈粹缜带着 3 个孩子拿着一些随身携带的小件进防空洞，警报解除后，他们不再回家，直接到和书店同事约定的地点，由书店的一个同事护送着搭乘长途班车去往桂林。几天辗转，到了桂林，他们已不能乘坐飞机去香港，因为那时桂林的机票已经加紧了控制，只好改走陆路，经过柳州、玉林从广州湾乘船到了香港。一路上的艰辛坎坷，一言难尽。2016 年 6 月，我去看望韬奋长子邹家华同志，谈及这一路艰苦行程，邹老先是不足道地哈哈一笑，接着眼圈渐渐有些发红，说：“那个年头，兵荒马乱，到处都有惊险，有时候吃住都难得解决，好在还有生活书店的一个同事护送……”

邹老说到这里，话音戛然而止，忽然沉默。是的，往事不堪回首，英雄不会流泪，韬奋一家，是为抗战奉献的英雄之家！

韬奋到了香港，见到了老朋友金仲华和名记者范长江。韬奋和金仲华是老同事，久别重逢格外亲切。在上海时，金仲华在生活书店主编《世界知识》杂志。上海沦陷后，韬奋领着文化出版界一批朋友从广东、广西一路辗转去往武汉，其中就有金仲华。一路上他俩交流最多，在桂林，还一同前去广西大学给大学生们演讲，引起轰动。在武汉，他们同住在汉口交通路生活书店对门的金城文具公司楼上，朝夕相处，无话不谈。韬奋去重庆后，金仲华把《世界知识》编辑部搬到广州，广州失守后又迁至香港。

现在金仲华在香港主编《星岛日报》。《星岛日报》是一个富豪侨商办的报纸，金仲华作为主编还能发挥重要作用。韬奋初到港岛，虽然心情沉重，但见到老朋友金仲华，且金仲华当即邀请他为《星岛日报》撰稿，自然十分高兴。

邹韬奋见到范长江也是十分激动。在重庆他俩就有过交往合作。韬奋还在范长江需要支持时毫不犹豫在《全民抗战》上发表范长江的重要文章。韬奋对范长江的胆识和活动能力很是钦佩和赞赏。早在 1937 年，范长江就成为国内第一个报道中国工农红军长征并去延安采访的记者，他在报纸上发表的通讯《中国的西北角》名闻全国。全面抗战初期他曾去前线采访战地消息，冲破了国民党的新闻封锁，向国内外报道了一些真实的情况。后来范长江到桂林领导青年记者协会和国际新闻的工作，在 1939 年加入了中国共产党。他是先韬奋一步从桂林来到香港的。

1941 年 3 月 10 日，金仲华在家中设宴，招待韬奋等刚到香港和在港的文化界朋友。参加聚会的大多数都是老朋友，老朋友们劫后重逢，聚首港岛，格外激动。韬奋在宴会上报告了脱险经过，引起大家啧啧赞叹。一些朋友关心地问起邹韬奋接下来的计划，也有人问他是否准备出国，韬奋表示他还是适合做一个新闻记者，“当一个人民的喇叭手，吹出人民大众的要求”。他说两年多来参加国民参政会，想为坚持团结抗战、推动民主政治尽一点力量，现在回想起来只是一场空忙。他还说这次辞职出走并非消极，而是积极的行动，希望以他的行动引起更多人注意政局，关心国家的危难。他要同国内反民主的法西斯恶势力继续斗争，如果远离祖国，就不能影响国内，绝不是自己所愿，所以他打算留在香港跟大家一起为抗战出力。

韬奋的爱国抱负和斗争精神让在场的朋友们交口称赞。

事实上，皖南事变后，中共南方局根据“隐蔽精干，长期埋伏，积蓄力量，以待时机”的方针，为保存文化界骨干力量，妥善安排大批进步文化人撤离重庆，除一部分人撤往延安、苏北外，大部分人撤来香港。香港地位特殊，国民党当局不能明目张胆地直接施压，文化工作随时可以得到中国共产党的关怀帮助和指导。

已经到港的著名文化人有韬奋、茅盾、夏衍、金仲华、范长江、张友渔、胡绳、杜国庠、乔冠华、胡风、端木蕻良、宋之的、叶浅予、戈宝权、叶以群、章泯等百余人，在中共香港工委的领导下，他们团结一致，开辟新的抗战文化阵地。为此，中共香港工委成立了文委，由廖承志、夏衍、潘汉年、胡绳、张友渔 5 人组成。

胡绳和张友渔都曾经护送过邹韬奋出走重庆，抵达香港，结下的友谊殊为深厚。在上海、武汉、重庆等地，夏衍、潘汉年都跟邹韬奋密切合作过，对韬奋很是敬重。廖承志很快就跟韬奋会面，对韬奋表达了真切的关心。

早在七七事变后不久，宋庆龄就来到香港，以她崇高的声誉和威望，进行抗日救亡的宣传和发动工作。现在，宋庆龄听说韬奋到了香港，很高兴，很快就邀约会面。七君子事件时，宋庆龄曾经带领救国会成员前往苏州发起“救国入狱运动”的声援行动，并到监狱探望过韬奋他们，与韬奋友情深厚。金仲华陪同韬奋前往看望宋庆龄。宋庆龄对韬奋矢志不渝的斗争精神大加赞赏，她热情邀请韬奋参加她主持的保卫中国同盟（简称“保盟”）的工作，担任“保盟”的执行委员，负责宣传出版委员会工作。韬奋二话不说，立刻答应下来。接下来，他积极为《保卫中国同盟新闻通讯》撰稿。“保盟”还出版英文版月刊，向国外报道中国人民抗战的真实情况，使世界上更多的人了解中国抗战业绩，对争取他们对中国人民抗战的支援起了很大作用。韬奋的英文很好，他积极为英文版撰稿。他还和金仲华一起担任《保卫中国同盟两周通讯》（中文版）的主编。实际上，这份杂志从撰稿、编辑到出版发行，都是他们两位主编亲自动手的。

在中共香港工委领导下，经过短期的筹备，一批报刊即将创刊或复刊。首先是中共香港工委的机关报《华商报》和韬奋主编的香港版《大众生活》于4月8日、5月17日先后出版。中国民主同盟创办的《光明报》，救国会于毅夫主编的《救国丛刊》，茅盾主编的《笔谈》，俞颂华主编的香港版《国讯》，郁风主编的《耕耘》，周鲸文、端木蕻良主编的《时代文学》，金仲华主编的《世界知识》，张铁生主编的《青年生活》，马国亮主编的《大地画报》也相继出版。美术界叶浅予、丁聪成立新美术社，向各报刊提供抗战漫画。范长江主持的“国际新闻社”，乔冠华主持的“中国新闻社”，戈宝权、叶以群开办的“文艺通讯社”，都为各报刊提供信息和稿件。[①] 一时间，香港的进步文化人群英荟萃，港岛文化空气盛极一时，成为一个拔地而起的民主进步文化堡垒。韬奋是这个堡垒中有重要影响的人物。

韬奋顿时有穿越时光隧道的感觉，眼前一片灿烂。

范长江正在筹办《华商报》，立刻邀约韬奋为《华商报》写文章。韬奋正急于以笔作枪上战场，自然满口答应。他要写一长篇连载文章，重点在宣传团结抗战，揭露国民党的政治黑暗和法西斯暴行，总题目叫作《抗战以来》。

韬奋心里一直挂念着转移到香港的生活书店同事。他很快就去看望同事们。当时生活书店遭受了严重的打击，经济情况极为困难。虽然书店的总办事处已经转到香港，可大量的出版工作还没有开始，因而收入甚少，而且一切开支都要用港币，更是感到拮据，连租一处合适的房子做总管理处的钱都没有，只能分散办公。大家过的是清苦的生活，员工

① 《生活书店史稿》，第262页。

们只能集中住在贫民窟。

在光线晦暗的贫民窟，韬奋见到了他最亲爱的同事们。以往见面，他们总是同韬奋热情握手；这时相见，却是韬奋跟大家一个个热烈拥抱，大家眼眶里都带着泪水。

书店的男同事住的是大通间，用木棍支撑的帆布床，像沙丁鱼那样并排着。女同事住的是过道隔成的小间。大家一起吃简单的食物。“像是一个搞革命文化工作的群体，生活很清苦，可是每一个人都没有怨言。对国家前途既有信心，而且有光荣的自豪感。他们已不是一般的工资劳动者，而确实是一群从事革命文化出版工作的革命者，说明他们是经得住考验的。”①

韬奋慰问大家，安慰大家，鼓励大家，说：“我们在港岛再聚首，再战斗！”最后，就像他每次遇到艰难险阻时那样轻轻地重复低语：“这就是战斗，这就是战斗！”员工们看到他们的总经理又回来了，有了信心，看到了希望，决心在港岛再振“生活”雄风。

2 再振雄风

1941 年，是韬奋的生命史上闪耀着光辉的一页。

到港不久，韬奋就在 3 月 27 日创作了《我对于民主政治的信念》一文，发表在 4 月 16 日《世界知识》第十二卷第四期上。许多读者再度读到他们非常喜欢的韬奋先生的文章，那不疾不徐、娓娓道来的文风令他们十分神往。而且，读者们知道他们热爱的韬奋先生已安全到达香港，并再次宣示了他对争取民主的坚定信念，很受鼓舞。

① 胡耐秋：《在香港的十个月》，载《联谊通讯》第 30 期。

4月8日，《华商报》创刊，报上发表了韬奋的长篇连载文章《抗战以来（之一）》。《抗战以来》一共写了20多万字，在《华商报》连载了80多天，连载完毕又印成单行本广为发行，三次共印了15,000册。海外各地华侨和内地部分地区的读者看到这本书，都深感国内政治如不彻底改革，抗战不可能胜利，祖国的前途也就没有光明的希望。他们通过韬奋的这本书，对于共产党和国民党，也弄清了一些谁是谁非的问题。[①]

韬奋的《抗战以来》，对国民党反动派自抗战以来的所作所为进行了公开的揭露和彻底的清算。他根据自己亲身经历的事实，有理有据地揭露了国民党政府的妥协投降政策，揭露了伪装民主的民意机关国民参政会的内幕，揭露了国民党拒绝实施宪政的真相，揭露了国民党钳制舆论、摧残进步文化事业的凶残手段，揭露了国民党放纵特务横行、设立集中营、侵犯人民权利、残害青年的法西斯暴行。他的笔尖就像一把利剑，直接刺向法西斯分子们的胸膛，使国民党反动派看了心惊胆战。

在《抗战以来》中，韬奋热情地赞扬了青年的爱国热忱和勇敢精神，为一些在政治逆流中遭受苦难的青年发出急切的呼吁。他在1938年与沈钧儒等救国会领导一同前去赣北前线慰问时，在武汉主编《全民抗战》接待来访读者时，曾接触过许多不顾艰险、献身祖国的青年，他衷心赞美"千万青年所反映的伟大时代的要求，这种排山倒海的巨潮，是任何顽固势力所不能抵挡得住的"。可是，在重庆，他听到革命青年被关进特务机关的防空洞，听到一些被关在集中营的青年遭到惨无人道的残害，他呼吁："严禁用'反动嫌疑'，'土匪'，'逃兵'，'汉奸'等名目，任意栽害青年及一般良民！"

《抗战以来》是韬奋本着一贯的讲求真实的精神写出来的。讲求真实是韬奋为人的最大的特点，也是他最大的优点。他写文章从来不畏首

① 胡耐秋：《韬奋的流亡生活》，生活·读书·新知三联书店1979年12月版，第68页。本书所引《韬奋的流亡生活》均出自此版本，后不一一标出。

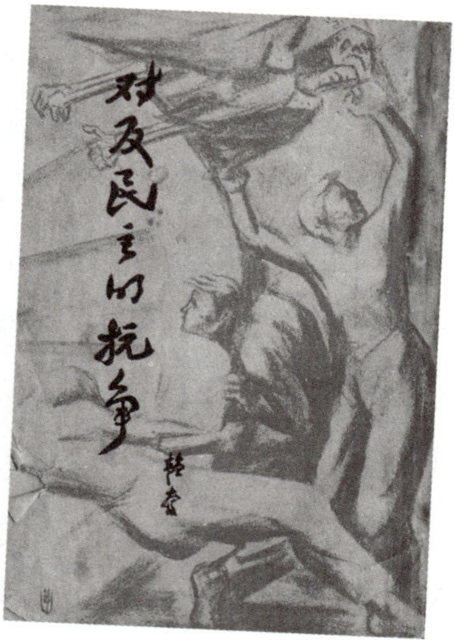

▲ 邹韬奋在香港工作时期撰写的长文《抗战以来》及文集《对反民主的抗争》的封面书影

畏尾，他认为应该做的事就坚决去做，应该说的话就勇敢地说，毫不计较个人的利害得失。他最关心的是国家的命运和前途。正如他自己所说的“当一个人民的喇叭手，吹出人民大众的要求”，表现了他作为一个革命文化战士的胆识和高尚品质。

韬奋一面为《华商报》撰写连载长文《抗战以来》，一面为筹备香港版《大众生活》复刊而奔忙。韬奋和生活书店的同事们想方设法，通过香港当地一位崇敬韬奋的读者完成了刊物的注册。韬奋为《大众生活》的复刊组成了一个编辑委员会，韬奋仍任主编，编委有金仲华、茅盾、夏衍、胡绳、乔冠华、千家驹等人。刊物编委会的第一次会议是在香港湾仔凤凰台生活书店极为简陋的办公室里召开的。会议首先讨论了何时出刊的问题。大家分析香港的政治情况，认为香港虽然标榜着言论自由，但也是各方面特务活动的场所，既有蒋记特务，还有汪记间谍，他们如果听到韬奋要在香港办刊物，必将设法进行破坏，因而韬奋提出必须尽快地出版。这时已经是 5 月份了。事不宜迟，韬奋亲自操办，不知疲倦地投入刊物的筹备工作中。只用了两个星期，5月17日，《大众生活》香港版新刊就和读者见面了。

大眾生活
復刊詞
茅盾新作
「腐蝕」
中篇連載

▲《大众生活》复刊号

韬奋在香港版《大众生活》上发表的《复刊词》中指出："假如在五年以前，摆在全国人民面前的紧迫问题是如何促成停止内战，团结统一的局面以进一步达到对外的全面抗战，那么现在，摆在全国人民面前的紧急问题，就是如何使分裂的危机根本消灭，巩固团结统一，建立民主政治，由而使抗战坚持到底，以达到最后的胜利。"

在《复刊词》中，韬奋还表示：作为一个"为了大众也是属于大众的一个刊物"，"我们不愿意讳病忌医，对于进步的，有利于民族前途的一切设施固极愿尽其鼓吹宣扬之力，但对于退步的，有害于民族前途的现象我们也不能默尔无言。纵使因此而受到误会与攻讦，但我们对民族前途的信心与为这信心而不惜一切牺牲的决意是必能为读者诸友们共鉴的"①。

眼看国民党当局坚持独裁、妥协、分裂的方针，在抗战中倒行逆施，韬奋和茅盾、范长江、金仲华、沈志远、恽逸群、于毅夫、沈兹九、韩幽桐等9人在《大众生活》上联名发表了《我们对于国事的态度和主

① 《韬奋全集（增补本）》第10卷，第46页。

张》，痛斥国民党对日投降妥协倾向及对文化事业的残酷迫害，提出了“我们对于改革政治的最低限度的主张”：第一，坚持抗战国策，求其更须彻底；第二，团结须更具诚意；第三，民主政治须即实施；第四，确定独立自主的外交原则；第五，严惩贪污，整饬官常；第六，对改善民生，宜迅作有效的处置；第七，解除抗战文化的压迫与封锁，应即启封无故被封的书店、报馆、通讯社等文化团体，解放无故被捕的工作人员，废除摧残青年的集中营……取消教育特务化的恶劣办法，以保障讲学研究之自由；第八，特务工作必须改变方向；第九，应切实保障侨胞回国投资，及回国参加抗建工作的安全，保证侨胞捐款的合理运用。[①]

此文先后在《华商报》《大众生活》上登载，署名发表此文的 9 人中有 4 人（韬奋、茅盾、金仲华、沈志远）在生活书店任职，或为书店理事及理事会主席，或为书店编审委员会副主席。

韬奋在《华商报》上继续发表许多立场鲜明、文风犀利的文章。如《反民主的几种烟幕》《揭穿妨害民主的几种论调》《言论自由与民主政治》《汪逆在东京叩头》《正视现实不必彷徨》《监学先生封锁报纸》《并不组织新的政党》《赶出妥协主降分子》《应重视的两个运动》等一系列文章，驳斥了那些借口“国家至上”来剥夺人民一切民主自由，把散漫无政府状态加罪于民主政治，骨子里都是在反民主的谬论，还阐明了无产阶级专政的民主国家和资产阶级蛮横专政的法西斯国家的本质不同。其中《正视现实不必彷徨》一文体现了韬奋作为青年导师的说理清晰和循循善诱的文风，他写道：“纯洁的青年要求热、要求进步、要求真理，现实的社会并不全是热的，并不全是进步的，并不全是合于真理的。……现实的社会有黑暗的方面，同时也有其光明的方面。有它的冷的方面，也有它的热的方面；有它的倒退的方面，也有它的进步的方面；有它的不合理的方面，也有它的合理的方面。我们要看到整个社会

① 《韬奋全集（增补本）》第 10 卷，第 377—379 页。

的各方面，然后才不致悲观，消极。”①

6月22日德国法西斯进攻苏联，28日韬奋就发表了文章《德军进攻苏联》。文章写道：“我们对于德苏战争的态度而言，我们根本上是同情于苏联的；而且我们相信由于这战争的展开，将触发一个广大世界的反法西斯怒潮，加速侵略帝国主义的崩溃！”②

韬奋还撰写了《对苏联的态度问题》《为何还有反苏的论调》《国父对苏联的态度》《德苏战争与中国》等文章，以有力的事实强调了苏联是援助中国抗战最多的一个国家，表现了韬奋对社会主义国家的支持。7月11日，邹韬奋与郭沫若、沈钧儒、茅盾、郁达夫、曹靖华、陶行知、田汉、胡愈之、老舍、胡风等264人联名签署的《中国文化界致苏联科学院会员书》在重庆的《新华日报》发表，信中说：“我们真挚而热烈地响应你们的号召，我们要英勇并肩作战，扑灭人类的公敌——法西斯强盗，维持人类的正义，争取世界的和平。”③

韬奋很快就在香港做出了影响海内外的出色业绩，然而，很多人都不知道，这些出色业绩是他在极度困难的生活条件下做出来的。韬奋是一个只知工作不顾生活的人。他在生活书店一向是领取薪金作为生活来源，并无私蓄，彼时书店包括韬奋在内所有人员的薪金全都降到原先的三分之一，而沈粹缜领着儿女4月份已经来到香港，全家团聚了，韬奋在生活书店的那份微薄的薪金已经难以维持一家人的生活。沈粹缜每日为着一日三餐的难以安排紧锁眉头，而韬奋每天只是为工作上的事情奔忙，或者埋头赶写稿件，并不过问家中的油盐柴米、衣食住行。范长江知道了这一情况，赶紧跟同事们商量，由《华商报》以预支稿费的方式，按月付给韬奋400元港币，这才解决了他全家的生活问题。

生活书店把韬奋来港后发表在《华商报》《大众生活》《世界知识》

① 《韬奋全集（增补本）》第10卷，第106—107页。

② 《韬奋全集（增补本）》第10卷，第105页。

③ 张桂兴编撰《老舍年谱》（上），上海文艺出版社1997年12月版，第354页。

等报刊上的政论、专论，集成一本论文集《对反民主的抗争》出版。其中，单为《华商报》撰写的政论、专论就有30篇。

7月7日，在重庆的《新华日报》发表韬奋为纪念全面抗战4周年写的题词，并附上亲笔签名，接着，又在7月11日、20日、26日发表了韬奋在香港参加文化活动声援苏联抗战的发言。这些报道让内地的许多热爱而挂念韬奋的读者激动不已：大众喜爱的韬奋还在写作，令读者们感到莫大的安慰；大众喜爱的作者“战而不屈”，令抗战中的读者们深受鼓舞。远在香港的韬奋内心更受到巨大的感动——共产党并没有忘记他，而且一直知道他愈战愈勇，中共中央的重要报纸《新华日报》在遥远的重庆声援他！

韬奋积极参与了民盟主办的日报《光明报》的筹建工作。他极力说服萨空了改变去新加坡的计划，留在香港担任《光明报》的总经理，动员羊枣参加《光明报》的工作，并代表救国会筹助《光明报》5,000港元，体现了他作为救国会的领导之一，在香港依然尽职尽责，在中国民主政团同盟中发挥核心作用。

这年10月，中国民主政团同盟公开宣告成立，提出“坚决抗日，加强团结，结束党治，实行宪制，实践民主、保障自由”等政治主张。韬奋在《华商报》上发表了《民主同盟与中国民主》一文，明确表示“看到该同盟的忠诚为国、光明正大的主张，尤不胜其欣慰和敬佩”。他还和金仲华、张友渔等联名发表宣言，响应民盟的号召，保证完全的合作。

韬奋正在谋划更多工作，为抗战、为民主继续战斗，再振雄风，可是，1941年12月8日，太平洋战争爆发，日军开始进攻九龙。当时住在九龙弥敦道30号4楼的韬奋一家人，在范长江、于毅夫等朋友的帮助下，从九龙渡海到香港。

《大众生活》在12月6日出版新30号之后就没有再出版，甚至连宣告停刊的消息都来不及发布。

韬奋和他的家人又一次踏上流亡跋涉的艰途。

3 | 到家了就好

九龙遽然落入日寇手中，战乱从九龙朝着香港蔓延。日本间谍和汉奸立刻在香港街市上活跃起来。为了韬奋的安全，朋友们劝他暂时和家人分开，先找地方隐蔽起来。韬奋感到非常为难。在战乱危急的时候，和家人再分开，不能彼此照顾，他于心难安。沈粹缜听了朋友们的建议，断然决定，保护韬奋的安全要紧，一定要他到另外的地方躲避。

如此一来，韬奋在香港经历了一番避难折腾。

1941 年 12 月 11 日晚上，韬奋听着大炮震天动地的巨响，他一夜没有入睡。第二天上午，沈粹缜和朋友们把韬奋送到靠近山边的茅盾的家里，看看他们那里是否安全。然而茅盾也正在托人找房子，准备搬到别处去。韬奋在茅盾家吃了一顿炒饭，过了一会儿，就由曾担任《星岛日报》军事记者的中共党员杨潮陪同韬奋一起离开茅盾家。

第二天晚上韬奋就在云咸街一家西服店的楼上，跟杨潮和《光明报》总编辑俞颂华在一起住下来。这间房子也是空荡荡的，有一个沙发，还有几只茶杯。他们就用茶杯盛着米饭或者通心粉充饥。可是他们聊天却海阔天空，漫无边际，算是苦中作乐。

三人住到 18 日夜晚，日军就在香港铜锣湾以东的北角登陆，向市区进逼。韬奋、杨潮和俞颂华三人看这形势，觉得不适宜再一起住下去了。杨潮的夫人四处奔走，又为韬奋在一家西餐馆的楼上找到一间房子。

沈粹缜挂念韬奋，杨潮在约定的时间把沈粹缜领到餐馆隔壁一家骑楼上，韬奋也跨到餐馆的骑楼上，两人简短地谈了几句话，就暂时别过。

又过了 4 天，杨潮担心韬奋的消息可能泄露出去，又让自己夫人为韬奋找了一家洗衣店躲避。这家洗衣店很窄，韬奋就睡在熨衣服的案板上，饮食由杨潮的夫人送去。

朋友们觉得这样并不稳妥，又有熟悉情况的香港朋友在湾仔贫民窟里一栋房屋的二楼找到一个铺位，由韬奋夫妇一起去住，这样韬奋在生活上也有夫人照料。这里住的大多数是苦力和小贩，白天在街边摆摊卖咸鱼咸菜，把二楼弄得满屋都是鱼腥味。韬奋已经用西服跟人换了一身唐装，沈粹缜换了劳动妇女的打扮。沈粹缜在泥风炉上做饭，韬奋帮着劈柴烧火。后来韬奋回忆道："对这些事确实一点经验也没有，只是边做边学。"

那些天，韬奋搬迁了 5 次，经历了极度紧张的战时生活，但他始终沉着平静，不曾叫过苦。他住在贫民窟里，认为是体验劳动人民生活的好机会。韬奋非常感激许多相熟的和不太熟悉的朋友给予他尽心尽力的照料，他深深地感受到友谊和集体的温暖。韬奋知道，在这些朋友的后面还有人为他考虑为他操心。他听说廖承志同志对他的安全非常关心，也知道远在重庆的周恩来同志为在香港的一班进步的文化工作者陷入了战争的环境经过了几个不眠之夜。

12 月 25 日，西方的圣诞节，香港的英国总督府门口挂出了白旗。香港陷落了，大批日军进入香港，在街上横冲直撞，随意闯进居民的住宅，抢掠财物，侮辱妇女。街头上流氓、小偷也横行无忌，烟馆赌场公开设立，香港市区乱作一团。晚上大多数居民不敢放心睡觉，一有动静就惊慌地敲打瓷盆铁桶，一家敲打，一片响应。九龙和香港已成恐怖的世界。

新年前，香港的党组织派人来看望韬奋夫妇。党组织考虑到韬奋的转移，首先要保证他的安全，于是选定了由九龙步行到惠阳的一条路线。虽然这条路需要步行，比较辛苦，但港九大批居民疏散也都走这条路，混在难民队伍里，不容易暴露，而且这条路线将经过共产党的东江游击区，沿途有人护送，是最安全的走法。

那时韬奋的子女都还年幼，经不起长途步行的艰苦，经过商量，决定韬奋先走，待到达安全的目的地，沈粹缜再带领孩子赶去会合。

韬奋只好跟沈粹缜依依不舍地告别。

韬奋出发后的第一道难关是偷渡到九龙。1942 年 1 月 9 日下午，韬奋身穿那套唐装，把眼镜取下来放在包裹里，携带着替换衣服和应用物件，装成一个普通逃难者的样子，跟着领路的人走出了贫民窟，往东走去。他们走过铜锣湾，穿过近海的一条小街，来到海边，天色已经昏暗。领路的人雇了一只小木船，缓慢地摇到离海岸较远的一只大木船旁边停下，韬奋被搀扶着爬上了大船。

韬奋进到船舱，见到许多熟悉的朋友已经先来到船上。战乱期间一个月彼此不通音信，一见面恍如隔世，心里有说不出的高兴。这些熟悉的朋友中有茅盾夫妇、胡绳夫妇、戈宝权、叶以群、恽逸群、黎澍、胡仲持、廖沫沙、于伶夫妇，还有生活书店殷国秀等几个年轻的同事。韬奋一见茅盾夫人，连声说："沈太太，你真勇敢！"韬奋顿时有些后悔没有把夫人和孩子带着同来，不过他又宽慰自己说："他们还是随后再走吧，孩子恐怕吃不消。我都听从朋友们的意见，对这样的事，我一无经验。"茅盾夫妇连忙安慰他道："如果我们带着孩子，大概也要分两次走的。"

如此这般继续交谈，茅盾夫妇和韬奋也是互相宽慰了一番。

当晚大家在大船上睡了一夜，第二天天色未明就被叫起来，收拾行李。"这时天上还亮着几颗寒星，海面上罩着一层迷雾。远处海面上有一座黑蒙蒙的庞然大物，一闪一闪地发出灯光，可能是一艘日本军舰在打信号。迷雾逐渐揭开，大船缓缓开动，靠近了九龙的堤岸。码头上有几个流氓向偷渡的人勒索'保护费'，由同船过来的领路人和他们交涉，每人给了一元港币登上了岸。"①

韬奋猜想领路人可能就是游击队的交通员。他领着韬奋他们一行

① 胡耐秋：《韬奋的流亡生活》，第 83 页。

十五六个人，快速通过九龙的街区，来到一个停了业的铺子歇下，说是第二天一早再出发。一闲下来，看到有的是夫妇相伴而行，韬奋又挂念起妻儿们，心想如果总是这么走走停停，何不带上妻子儿女呢？但是，毕竟已经分成两拨，后悔也来不及了。相信香港的党组织会妥善照顾家属们撤离的，韬奋的心绪也就平静下来。

第二天一早，趁着日本人刚一解除戒严，队伍就由向导领着出发。这时天色还没有亮透，韬奋又想到，出发这么早，小女儿这时候肯定醒不过来，还是不能带着一起走，又庆幸没有让他最疼爱的小女儿一起来吃苦。

其实，韬奋他们这一行要吃的苦还远不止这些。韬奋把包袱斜套在背上，把眼镜摘下来，放在上衣口袋，这样一来，他视力更加不好，只好紧盯着前面的人走，生怕跟不上。殷国秀过来说自己行李很少，可以替韬奋背行李，韬奋说自己还拿得动，不用帮忙。尽管队伍里生活书店的几个年轻同事很注意照顾韬奋，可是，在坎坷的道路上，终归还是要靠韬奋自己去跋涉。

离开小镇街道，队伍转了一个大弯，就走上了直通元朗的青山道。这时大批的难民从四面八方汇流到这条道上，形成了上万人的人流，前面望不见头，后面看不到尾。韬奋他们在人流里拼命地赶路，同行的人已经无法彼此照顾。韬奋想的就是千万不要掉队，不能用眼镜，只能尽全身的气力追赶前面的人。

渐渐地，韬奋他们的队伍就扩大到了五六十人，都是由一个向导带领，韬奋顿时又有了人多势众的感觉，心里受到了鼓舞。

在一座大石山下，队伍停下来休息喝水，安排大家吃了一顿红米饭，接着就开始爬山。韬奋他们经过一段长途奔走，这时爬山两腿有些打抖，不一会儿，这支数十人的队伍就三三两两拉满了一个山头。领路人怕暴露急催着大家快走。韬奋虽然有过在重庆每天爬观音岩石梯的锻炼，但在乱石堆中往上爬还是感到很艰难。好不容易翻过山顶，走进一条草木茂盛的山谷，却几乎没有路，也不辨方向。领路人说这山上本来没有路，这条路是他们用脚踏出来的。韬奋心里想，有没有路无所谓，路是人走出来的，最重要的是不要掉队。

行了一程又一程，韬奋他们这支队伍已经扩大到了一百多人。一路上先是碰上元朗敌伪检查站，又遭遇"绿林好汉"索取买路钱，后又险逢日本兵和伪乡长，都多亏了东江游击队的大队长曾生事先已经派人打点了，都一一化险为夷。天黑时，又爬过一座小山和一座较高的山头，走完下山的坡路，走过大片的稻田和菜地，走到一所又高又大的房子跟前。韬奋走得一瘸一拐，十分吃力，原来在爬山赶路时，脚踝受伤了，他一直忍着不说，待到歇下来，茅盾夫妇连忙找出一盒万金油给韬奋涂上。韬奋满怀信心地说，过一夜大概会好些。

第二天一早，韬奋感觉到脚痛并没有缓解，不过也没有严重起来，心里暗暗庆幸。大队伍又紧张地走了一阵，走过一条小路，来到一条河边，登上三只大木船渡过河去。这里已经是广东省宝安县的地界。

韬奋走在队伍的最后面，扭伤的脚又痛得厉害起来。殷国秀终于替他背上了包裹，还有人弄了一节毛竹给韬奋做拐杖，虽然有了帮助，轻松了一点，可他还是跟不上大队伍。一直到大队伍在一个小镇休息了，韬奋才赶上同伴们。韬奋刚坐下，生活书店的同事们赶忙过来问候韬奋，关心他的脚伤。这时队伍里有人大声喊"到家了，到家了！"，给大家安慰、鼓劲。韬奋也提振精神大声说："好了，走，前进！"有人就和着说"前进"，有人就唱起了《义勇军进行曲》，队伍里大家的情绪振奋起来了。

接下来的路程，韬奋还是咬紧牙关，忍着疼痛，跟随着队伍，翻过了一座大山，终于来到著名的东江游击区。太阳西下时分，队伍到达一个叫白石龙的村子，这就是韬奋他们此行的目的地——广东人民抗日游击队第五大队当时的驻地。

文化界人士总是容易激动，一路上大家互相鼓励：到家了，马上到家了！

韬奋明白：共产党领导的地方就是家，到家了就好！

大队政委尹林平和大队长曾生热情迎接韬奋他们，当天晚上韬奋他们就在这所离镇子半里多路的司令部的楼房里过夜。韬奋先是用一大盆热水舒舒服服地浸泡双脚，使得脚踝扭伤的疼痛感得以缓解，又有游击队卫生员来替他擦跌打药酒，耐心地做了一番治疗，顿时有药到病除的速效。韬奋很是感动，觉得有回家的感觉。他想：从香港到东江游击区，经历了四天四夜，旅途艰辛而又惊险，大家辛苦劳累，看上去很不容易，可实在算不得是多大的事情，而香港党组织和广东人民抗日游击部队的指战员为他们这批人的转移，做了精心而又周密的布置，承担着很大的风险，帮助这么多文化名人平安地脱离了险境，才是做了一件大事，一件了不起的大事！

后来知道，港九沦陷后，香港党组织和广东人民抗日游击部队接到中共中央的命令，指示广东人民抗日游击部队尽力向九龙靠拢，掩护港九进步人士和爱国群众撤退。据统计，经由广东人民抗日游击部队保护逃出虎口的留港进步文化工作者、香港的爱国知识分子和商人等，总计数万人被及时营救到了东江游击区，其中有何香凝、柳亚子、邹韬奋、茅盾等许多重要人士，还有美国、英国、荷兰、比利时、印度等国际友人 800 多人。香港党组织和广东人民抗日游击部队为团结抗战、为保护我国文化界一大批革命力量立下了大功，创造了抗日战争史上著名的“港九大营救”。韬奋他们是第一批抵达的文化界人士。看到游击区里来了一批又一批从港九营救出来的人员，看到游击区许多为接待工作奔忙的游击队员，韬奋很是感动，心里感叹：到家了就好！

出走重庆，到港岛继续战斗；港九失陷，去共产党的游击区。邹韬奋一直在朝前走，只要跟抗日和革命的同志们在一起，只要有生活书店的同事们相伴，一息尚存，前进不止，这就是邹韬奋，文化斗士邹韬奋！

第十二章

转到光明方面去

"我的心意，我的希望，寄托在延安，寄托在党中央，我要求入党，请你代我起草一份遗嘱，也就是一份申请书，请求党在我死了之后，审查我的一生行为，如果还够得上共产党党员这样光荣的称号，请求追认我为伟大的中国共产党的党员。"

转到光明方面去

1 | 在那密密的树林里

辗转来到东江游击区，对于邹韬奋，不只是从日寇占领下的香港虎口脱险，还意味着他将要经历此生从未有过的一段生活，那就是抗日游击队的生活。

东江游击区，是中国共产党领导下的广东人民抗日游击队东江纵队活动和战斗的区域。东江游击区于 1938 年 12 月在惠阳县坪山开始创立，1941 年春起逐步重建，包括大鹏半岛地区，与阳台山、大岭山等抗日根据地相互呼应。当时，这些地区大多数是山岭连绵，树林茂密，高峰缠雾。

到了东江游击区，韬奋不但没有陌生感，反而有“回家真好”的感觉。因为来到这里，让他回想起在武汉、重庆时经常听到的《游击队之歌》。人们都知道绝大多数游击队是中国共产党领导下的抗日武装，关于游击队抗日一直都有各种神奇的传说，而这首歌正好唱出了战斗的神秘感和紧张感：

我们都是神枪手
每一颗子弹消灭一个敌人
我们都是飞行军
哪怕那山高水又深

在密密的树林里
到处都安排同志们的宿营地
在高高的山岗上
有我们无数的好兄弟
…………

抗日游击区，从前只是活跃在韬奋的想象里，现在已是庇护自己的安全之地。这里的每一位游击队员都精神饱满地奔忙来去，每一位游击队员面对客人总是那样态度友好，每当韬奋对游击队员的照顾和帮助表示感谢，他们最喜欢回敬的一句话就是“自己人啦”。

韬奋他们都住在山上的茅寮里。茅寮建在密密的树林里，四周总有一些枝叶茂密的老树和灌木丛，有利于隐蔽。茅寮是一种人字形的草棚，一般是用木棍或竹子搭成人字形的骨架，上面铺以稻草，两头就是棚子的前后门。有些大一些的茅寮则是利用山上的树木作为柱子，加上一根横梁，再铺上稻草做顶，铺位就是用木头和竹子搭成的统铺，统铺上铺上竹片，竹片上铺稻草，能睡十来个人。有的茅寮属于临时性的，没有统铺，只在地上铺些稻草供人过夜。自从港九大营救来了很多人，东江游击队队员们不是在各山头路口站岗放哨，就是在临时的茅寮里打地铺。游击队队员们还匀出毛毯来，让给没有带够行李的人御寒。

那些日子里，天天都有成群结队的人员被接进来，许多民主人士和文化文艺工作者分批住进茅寮里。游击区所有的人只能吃上游击队炊事员用大铁锅烧的大锅菜，一些人发出了不满的声音；一些人过惯了都市生活，难以忍受这种简陋的生活。韬奋和身边的人却从不发怨言。韬奋他们晓得，游击队做成这样已经很不容易，光是供应每天的粮食，就要大费周折，不得不专门派出许多人到两三百里外去买粮食，还要冒险通过敌人的封锁线。所以当负责接待的人一再客气地询问韬奋他们需要什么，他们可以尽力去办时，韬奋他们都婉谢了。韬奋非常幽默地把吃番薯称作“吃午点”，把吃红片糖称作“吃巧克力”，把喝姜汤称作“喝咖啡”，颇有苦中作乐的乐观主义精神。韬奋说有这些东西就很不错了，脱险文化人住在这里已经给游击队带来很多累赘，很是过意不去。他说希望自己跟游击队队员们一样生活，不需要再给什么特殊待遇。

在那密密的树林里，韬奋还有意识地在战斗环境中锻炼自己。早在九一八事变后韬奋就大声呼吁抗战，现在来到了抗战前线，日伪军距离游击区并不远，随时都可能发生战斗，韬奋有意识地以游击战士的标准要求自己。他每天总是一早就起来，先去到溪水边洗漱，在溪边洗衣服。有同伴要帮他洗，他坚持不让。他说自己就是一名游击战士，要自己动手，不会就学，才能保证今后不论到了什么地方，不论处在怎样的环境中，不至于感到困难。后来，韬奋说，在游击区的两个多月里，他完成了游击战士的生活课程，可惜军事课程他还没有机会学习到。

戏剧家于伶回忆：记不清是哪一天，生活书店一位同事说是韬奋的生日，韬奋本人极力否认，可是大家不由分说，一定要祝寿。于是由殷国秀和吴全衡两位生活书店的小姑娘筹办了些当地甘蔗熬制的片糖，在当地老乡那里买了一些大块生姜，借老乡家的锅灶烧了一大木桶姜汤，借了些农民家的土瓷碗。在星光之夜下，在山下一丘农田里，大家席地而坐，一人一碗姜汤，为韬奋庆贺生日。韬奋感谢了大家，他捧着满满一碗姜汤，坐在田埂上慢慢地喝着，品味着，像往常一样，跟年轻人开开玩笑，说说笑话，一时间笑语欢腾。

韬奋是一个十分真诚的人，难得大家为他庆祝生日，他突然话锋一转，声调平缓下来，说了一番比较沉重的话。

于伶一直记得韬奋当时说的话。韬奋很诚恳地说：“过生日是假的，我不承认，但我理解大家的心意是借题发挥，欢叙谈心，我本人也正好反省一番。有人说这姜糖汤是土咖啡，我只觉得它甜太多，辣有余，而苦味不够。我邹韬奋是一个平凡的人，人生四十七，只想在苦的辣的酸的时代里干一点苦事业。后来偶然的机会，认识了潘汉年，我眼睛一亮。由于他，我跟胡愈之、鲁迅、宋庆龄、沈衡老（沈钧儒）等人多了来往，初步认识到要辣！再后来，跟周恩来、董必武、王稼祥等几位相处，我才认识我自己是太弱，太浅，太不够，太差了。今天的辣姜汤是太甜了。"①

于伶后来写道："今天在这个小场合，这位谦谦君子的坚强战士却会深情激动得情跃意表，而又意溢言外。这是为什么？我想，这大概是大时代大转折中，一位伟大人物内心思潮澎湃，湍涌出的一个至情的小插曲吧。几位在生活书店受过韬公教育与培养的青年，也感到今晚的韬公跟平时不一样。我自己暗暗地说：生活中偶然一次的心灵流露，会使人们的心深深相印，这是一个飞跃，我久久难于忘怀。"②

南国春早，在那密密的树林里，炮仗花已经星星点点绽放；在阳台山上，漫山遍野的杜鹃花含苞待放。

1942 年 1 月 24 日，邹韬奋他们转移到阳台山的茅寮宿营。这时，夫人沈粹缜带着儿女，也由党组织从香港转移到阳台山的宿营地。邹韬奋高兴得像是要跳起来，大声喊着孩子的乳名，喊一个乳名拥抱一个孩子，孩子们都投入父亲的怀里，那场景十分动人。脱险文化人和游击队队员们都为他们欢庆。从港岛沦陷以来分开的多个日夜，韬奋对妻儿的苦心思念令大家都很感动，大家也都向沈粹缜独立带领孩子脱险表达深深的敬佩之情。特别是听说通过日伪军的封锁线时，日伪军从沈粹缜手上抢走两条毛毯，没了毛毯，一家人如何御寒过夜！沈粹缜怒不可遏，立刻冲上去从日伪军手上夺回了一条毛毯，她的英勇气概让荷枪实弹的日伪军也吓了一跳，不敢再来抢夺。这个故事传遍了宿营地，大家都为沈粹缜竖起大拇指。

韬奋终于阖家团聚了，虽然是在密密的树林里，只能睡在茅寮稻草

---

① 邹嘉骊编《忆韬奋》，第 414 页。

② 邹嘉骊编《忆韬奋》，第 415 页。

铺上，喝溪水，吃大锅菜，却也其乐融融。而能与一生颠沛流离、奋斗不息的爸爸朝夕相处，这是儿女们感到最为幸福的时光。白天他们跟爸爸到小溪里捞虾摸鱼，晚上在茅寮里听爸爸讲故事。爸爸的故事真多，讲也讲不完，而且不重样。儿时的这一点点快乐时光令韬奋的儿女们终生难忘。邹嘉骊在80多岁高龄时饱含不舍之情地写道："遗憾的是，这样幸福的日子太短暂了。这样的全家福，亲密相聚，匆匆只有两个月多，却又要分离了，在如此阳光、自由的氛围中度日，这辈子也就仅此一次。"① 邹家华在九旬高龄时回忆在游击区全家朝夕相处的时光，还不由得眼眶湿润。

此时已改称"广东人民抗日游击总队"的总队自办报纸《东江民报》邀请韬奋和几位脱险文化人来开座谈会，请他们对报纸工作给予指导。韬奋是主讲。真诚率直的韬奋就像回到了他当年办《生活》周刊的编辑部，针对这张报纸的特点，满脸严肃、恳切扼要地指出它存在的若干问题和需要改进的地方。他指出，这是一张游击队的报纸，这是游击队战斗的喉舌，是流动不定的油印报，对象是部队领导和文字水平高低不一的战士与老乡。根据这些特点，老报人邹韬奋把可以讲的万语千言归纳成几条原则意见，接着对已经出版的每一期报纸的每一页每一篇，认真指出其优点和不足之处，提出改进的方向。他不像老师批改学生作业，而是像与报纸同人亲切地交换意见，使得跟他一起从香港过来的几位报人，同样感到受益匪浅。在游击队里，韬奋从不把自己看作客人，游击队从领导到战士也都把他看成自己人，韬奋也是把自己当作游击队的一员，这才能做到知无不言、言无不尽，一心作出贡献。韬奋还应邀为《东江民报》写过一篇社论，题为《惠博失陷的教训》，抨击国民党消极抗战、积极反共的政策。

在东江游击区，脱险文化人多次集合在那密密的树林里，请韬奋演

---

① 邹嘉骊：《我的文字生涯——循着父亲韬奋的足迹》，第177页。

讲，韬奋总是有求必应。他深入浅出地讲述国际联盟企图放纵德国法西斯来对付苏联，正在自食苦果。他多次作欧美各国考察的报告，讲述英美的民主政治实质上并不民主，介绍见到的苏联的新人新事新面貌，分析判断苏联抗德战争的艰苦和必胜的前景；他用无可辩驳的事实揭露国民党统治的反动本质与倒行逆施，用真诚的态度介绍自己所接触到的共产党领袖人物的政治品德与言行；他还联系自身讨论关于学习、修养、事业心等方面的感受；等等。韬奋每次演讲时总是朝气蓬勃，他语言朴实，平静深沉，诚恳亲切，幽默有趣，循循善诱，让听众受益。

在密密的树林里，脱险的文化人还推定韬奋主持过几次政治性学术性的讨论会，效果很好。于伶后来回忆道："我感到是受了战时短期政治课的教育。"[①]

在密密的树林里，游击队还曾多次请韬奋去给干部们作国际国内战争与政治形势的报告。4 月初，韬奋还回到白石龙村给游击队开办的干训班上政治课。韬奋的报告题目是《民主政治问题》。报告中突发险情，山背后响起枪声，干训班大部分学员准备登山作战。好在险情很快过去，干训班继续上课。韬奋还是十分耐心地讲课，而且那次讲得特别兴奋。最后告别干训班时，他很沉重地对战士们说："我为民主与自由而努力奋斗了这末多年，然而终感我们的力量不够。现在我看到你们光亮的枪，见到你们亲热的面庞，我是多末兴奋和坚强呀！这才是我们胜利的保证呀！"[②]他告诉大家，要保卫自由和民主，就要紧握自己的枪杆。讲着讲着，大家的心都激烈地跳动起来，有些人的眼睛都红了。

邹韬奋不但健谈，而且多才多艺。在密密的树林里，在一次脱险文化人举行的联欢晚会上，大家再三邀请韬奋表演节目。韬奋就要求晚会先表演其他节目，给他五分钟换衣服，并保证不会躲懒逃跑。等到

---

① 邹嘉骊编《忆韬奋》，第 413 页。

② 邹嘉骊编《忆韬奋》，第 148 页。

他重新出来时，不知是谁首先远远看见了，大声笑了起来，所有人连正在进行的节目也丢下不看了，站起身来欢迎久违了的“查理·卓别林”——原来韬奋事先已经借到了一根手杖和一顶高毡帽，又从一个剧团那里借到一副假短髭，化装之后才迈着卓别林的外八字步从茅寮走进广场，大大地表演了一番卓别林式的舞蹈，这一完全出人意料的精彩节目不仅在化装上十分逼真，而且举止动作都非常娴熟，引得满场哄笑。谁也不曾料到，以笔为刀枪、战斗不止的著名政论家、新闻记者、出版家邹韬奋先生，竟然有如此丰富的感情和爱心。这是多么伟大的灵魂和人格！

农历除夕，尹林平领着一队人来到阳台山慰问，带来了好不容易搞到的糖果、糕点、香烟等慰问品。尹林平同志代表曾生、王作尧两位副总队长和全体指战员向大家致以春节祝福。他郑重热烈地代表党中央向大家表示慰问，代表周恩来同志首先对韬奋同志致以亲切的慰问，然后逐一转达恩来同志对这时还留在阳台山上的每一位同志的问候。韬奋和大家起立鼓掌，一面接受慰问，一面擦拭着激动的眼泪……

在密密的树林里，在高高的山岗上，韬奋心向光明。

尹林平同志向大家传达了周恩来同志对国际国内战争与政治形势的分析，对东江游击区形势作了估计，谈了对脱险文化人作好妥善安排的考虑，要求游击队根据当前的紧迫情势与本人的意向，分批做好疏散。其中，德高望重的茅盾夫妇在叶以群、廖沫沙和胡仲持等人的陪护下先行离开，经桂林去重庆；胡风、宋之的、袁水拍、徐伯昕等分批去桂林；邹韬奋一家被组织安排转移到老隆镇；其他一些人很快都有了妥善安排。

可是，关于韬奋的安排出现了新的情况。游击总队接到中共中央南方局的来电，告知国民党反动当局已秘密下令通缉韬奋，指令敌特机关一经发现即“就地惩办”。南方局嘱咐不能让韬奋回重庆或到其他城市，务必要尽力设法保证他的安全。[①]

韬奋知道国民党的法西斯魔爪是不会放过他的，所以当他听到这个消息的时候，并不太感到意外。游击总队和韬奋商定，安排韬奋去广东梅县乡下暂住，夫人沈粹缜及子女则先撤往桂林。

游击总队安排专门人员护送邹韬奋前往梅县畲坑江头村一个侨商陈炳传的家里暂时居住。陈炳传和广东救国会的胡一声是大革命时期的战友，都是中共早期党员。胡一声在太平洋战争爆发之前，是香港中国通讯社的负责人之一。1936年到1937年，他曾在上海同地下党员钱俊瑞合作办过《现世界》杂志和引擎出版社。那时胡一声虽然不曾和韬奋见过面，但对韬奋的政治态度和从事的工作已经很了解，因而当他听到要为韬奋找一个可以隐居的地方时，立刻热心地为这件事积极筹划，并找到陈炳传作了妥善安排。

江头村是一座树林环绕、小河蜿蜒而过的村庄。这是客家人聚居的村庄，村风民俗极好。

韬奋到了江头村以后，化名“李尚清”，住在一个老学堂里，陈炳传的父亲陈作民先生和一个孩子陪他同住。陈炳传一家对他极为关怀，照顾得非常周到。韬奋长期颠沛流离，身体日渐虚弱，他们就经常为他买些滋补身体的食品。韬奋生病了，他们为他请医煎药。

江头村的男女老少对“李先生”“李伯伯”特别友好，韬奋也觉得乡村生活值得自己好好了解和学习。他白天经常跟随村里人做田野调查，走东串西，看各种风光景物，夜晚就参加村里的“山村夜谈”。经常有二三十个村里人晚上到老学堂的堂屋跟“李先生”聚谈，谈古论今，述说农民的喜怒哀乐。他甚至还用心地跟村里人学讲当地的客家话，使得村里人愈发觉得“李先生”是自己人。韬奋经常跟村里的孩子们玩耍，有时候还在小河边游泳嬉戏。村里的孩子们很喜欢听“李伯

---

① 胡耐秋：《韬奋的流亡生活》，第93页。

伯”讲故事，特别是英雄人物的故事和抗战的故事，“李伯伯”有讲不完的故事，而且不重样。

韬奋从主编《生活》周刊起，就一直秉持着“为大众服务”“竭诚为读者服务”的理念，这不是权宜之计，而是来自他的爱心和信念、理想与追求。在苏州监狱，身陷囹圄的韬奋，曾写下一幅著名的题词：“推母爱以爱我民族与人群”。在梅县的江头村，他虽然是暂时隐居，却对这里的男女老少奉献了他真诚的爱、良善的爱、诚朴的爱、平等的爱。

韬奋永远有一颗赤子之心！

韬奋希望找到一些书来阅读，陈作民老先生就设法把自己藏在梅县一个亲戚家的两箱旧书报刊取了回来，交由韬奋阅读。韬奋喜出望外，每天早午饭后，他就来到陈作民特意为他准备的一间秘密书房认真阅读。这些书报刊里，有中国共产党创办的机关报《向导》、中国共产主义青年团机关刊《中国青年》、中共广东区委机关报《政治周报》、广东团区委的《少年先锋》、梅县地委的《青年旗帜》等。韬奋看到这些书报刊如获至宝，高兴地说：“好极了！我要利用这个时间认真补课。”一次，他对陈炳传说：“中国人民革命的巨火在广东炽烈燃起来的时候，我还是一个不大关心政治的人。后来国共分裂，我也还是当作党派斗争。我自己不想卷入到任何党派斗争方面去。我认为谁执政都没有问题，只要能够政治清明，使祖国逐步走上富强的道路。我自己总是希望脚踏实地，为国家及人民切切实实做一些具体有效的事情。直到‘九一八’事变发生，我投身到挽救祖国危亡的战线上，才逐步认识到挽救中国的唯一道路，是唤起全国人民，实行反帝反封建的民族民主革命。从此，才认识中国共产党，按着党所指的方向努力。我对中国革命是半路出家，是通过自己的摸索，走了不少迂回道路的。”①

韬奋在江头村隐居的近半年时间里，不仅深入学习了解了乡村经济

① 邹嘉骊编《忆韬奋》，第478页。

社会，跟农民建立了深厚的感情，还阅读了大量革命书报刊。用他的说法，“利用这个时间认真补课”，进一步了解了党的历史、党的初心、党的信念、党的追求、党的奋斗，愈发坚定了他奔向光明的决心。

由于国民党当局在各地没有查出韬奋的行踪，断定他仍然留在广东，故派了认识邹韬奋的特务头子刘百闵前来广东坐镇指挥，而且特别加强了对梅县一带的侦察，扬言务必将韬奋捕获。中共地下组织获悉这个情报后，立即向周恩来作了汇报，周恩来等反复研究后认为，韬奋隐居在广东乡间不一定就不出问题，为了保证他的安全，让他为革命继续发挥重大作用，建议韬奋考虑前往苏北抗日根据地，还可以考虑从苏北转赴延安。韬奋听了党的这个决定后当即表示：“我没有什么意见，坚决服从党的安排。”

一提到“转赴延安”，韬奋就精神抖擞、血脉偾张，即刻要求尽快启程。

他要奔向光明！

然而，这就意味着他就要长久告别江头村了，这近半年的时间已经让他对江头村很是不舍。

江头村的男女老少对韬奋更是不舍。

9 月 24 日，是中秋节，陈炳传邀请族中许多长辈和青年共进晚餐，为韬奋送行。大家一听到“李先生”就要离开江头村了，一时惊呆了，都说不出话来，在他们的心里，“李先生”已经成为他们中间的一员，猛然听说“李先生”就要离开了，大家的心里像是要被掏空一样。

席间，韬奋和村里人分别说了很多感谢和安慰的话，真是依依惜别，一言难尽。

晚餐散席后，韬奋余兴未尽，和陈炳传两人散步来到老学堂门前的芙蓉树下，望着月夜的村景，韬奋叹息了一声，说：“啊！江头村，革命的江头村呀！”“炳哥！我不能忘记江头村，这里是我第一次深入接触的祖国农村，是我第一次和祖国劳动人民交往的场所。从这里我学到了许多东西，领受到难以用言语形容的深情厚意。”他还说：“从这里引起了我不少惨酷与壮烈的想象，在想象中，我看到历史的和现实世界的屠夫们的血手，也看见了中国人民对着屠夫们的浴血搏斗。在这里的半年生活是我一生经历中有极深刻意义的一段。”①

2 | 奔向光明

在一个宁静的清晨，白色的雾气还缠绕着村边的树林，韬奋和护送的人悄悄地离开了江头村。

生活书店派来一名员工冯舒之护送韬奋，游击总队派了一名骨干郑展协助护送。冯舒之和郑展两人通力合作，精心陪伴韬奋开启了又一次艰苦行程。虽然这一路都有车船可乘，不用人力跋涉，对韬奋的体质比较适合，但是沿路要经过国民党当局的盘查和日寇、伪军的封锁，风险很大，必须机警应付。好在冯舒之和郑展两个年轻人精明机智，总能化险为夷。韬奋则一心向前，心向光明，竟然也不觉得有太多的危险。

他们三人乘小船，从梅县的梅江驶到兴宁。

从兴宁换乘货运汽车到曲江（今韶关市）。在曲江转乘火车时遭遇国民党便衣特务跟踪，有惊无险。

从曲江乘火车，沿粤汉铁路到湖南株洲，躲过宪兵的盘查。

从株洲渌口乘汽船去长沙。渌口别称“渌湘”，以地处渌水汇注湘江水口而得名。游击总队的郑展按计划要跟韬奋在码头告别。韬奋不顾周边危险，紧握郑展的手说：“感谢你！请你回去告诉南方的朋友，感

---

① 胡耐秋：《韬奋的流亡生活》，第104—105页。

谢他们的大力帮助。”[①]

韬奋和冯舒之乘汽船当晚到达长沙，次日又改乘小汽船去湖南益阳。

韬奋他们从益阳改乘小木船去往汉口。水浅，改走南线藕池口。藕池口因系长江入洞庭湖的“四口”之一而得名。从藕池口就进入敌占区。在敌占区，韬奋愈发遭遇严厉盘问。伪军抢走韬奋一只手表，韬奋受了一场虚惊。

夜晚乘船到达汉口市郊码头。为避开日伪岗哨，他们趁夜上岸，步行去往汉口市区。路途很长，韬奋又不敢戴眼镜，拖着灌铅一般的两条腿艰难步行，直到半夜才找到了一家小旅馆住下。

韬奋他们为等船在汉口住了三四天。旅馆每天都有日本宪兵来盘查，形势很是紧张。韬奋回想起 1938 年保卫大武汉的热烈景象，恍如隔世，不禁无限感慨。

一天，韬奋发现自己的右耳淌出黄水。在梅县江头村时，他曾经患过一次耳病，情形相似，当时是左耳淌水，陈作民老人找了一些草药让韬奋外敷内服，三四个星期后便痊愈。此时若是还在江头村，或许用草药外敷内服就能解决。可是，眼下是在日寇铁蹄下的汉口，韬奋只好将就买了一些西药外用，侥幸期待过两天就好。

韬奋他们乘轮船一路顺流而下，好一派“星垂平野阔，月涌大江流”的景象。一路顺风，三四天就到上海。上海是韬奋前往苏北抗日根据地的最后一站。

在上海，韬奋就住进辣斐德路东升里一号，这是生活书店老同事陈其襄的家。上海沦陷后，陈其襄以经商为掩护从事党的地下工作。韬奋这一路上都是地下党组织和生活书店在精心安排。生活书店的老同事张锡荣、张又新，也都是中共地下党员，赶到陈其襄家来看望他们的总经理。几人久别重逢，激动不已。

---

① 胡耐秋：《韬奋的流亡生活》，第 108 页。

韬奋的右耳一直发炎淌水，可是为了安全，在上海无法前往大医院就诊，直到临近离开的时候才找了一位耳科专家医生看了病。这位医生根据透视的情况说韬奋患的是中耳炎。韬奋听说是中耳炎，也就不等医生进行治疗，决定尽快过江。

韬奋对过江迫不及待，希望尽快前往苏北抗日根据地，更希望不久即可转往延安。

陈其襄他们安排一位儿女都参加革命的"爱国母亲"华老太太和苏北方面派来迎接韬奋的大众书店员工王兰芬共同护送韬奋过江，前往苏北。

一路上韬奋他们少不了乔装打扮，设计关系，躲过一次次日伪军盘查。

韬奋他们在靖江上岸，立刻进到大众书店落脚。大众书店是由生活书店、读书出版社、新知书店三家机构调派骨干来苏北抗日根据地开设的。王兰芬正是生活书店一位员工的爱人，现在也进入大众书店做事。对于韬奋的到来，书店员工们喜出望外，热切请求韬奋当晚就在书店住宿。自从香港陷落，韬奋就难得跟书店员工们团聚，对同事们想念得紧，当晚能跟大家欢聚，自然十分开心。他先是向大家给予勉励，然后是嘘寒问暖，一起回忆起在武汉、重庆共同战斗的往事、有趣的往事，让店里笑声不断。可是提到三家书店许多稔熟的老同事已经转战各地，大家都发出感叹，无比怀念。韬奋特别重感情，悄悄摘下眼镜，轻轻抹泪。

到了根据地，韬奋就着急要见新四军的领导和根据地党组织领导。第二天韬奋立刻被接到东台县东部的三仓镇。当时中共苏中区党委、苏中区行政机关和新四军一师师部都驻在三仓。韬奋到了三仓，见到了苏中区党委书记粟裕和副书记陈丕显，粟裕是一师的师长，他们热情地款待了韬奋。粟裕师长转达了陈毅军长关于迎接韬奋先生的电报。粟裕了解到苏中区党委委员、苏中行政公署文教处处长刘季平跟韬奋是上海文化界的老朋友，特别委派刘季平接下来陪同韬奋工作和生活。韬奋特别高兴。

苏中根据地的大小城镇，敌我犬牙交错，敌伪据点里的敌伪军时出骚扰，大小战斗频繁激烈。苏中的党政机关随同部队转移，隔几天就要移动一次。刘季平跟韬奋同住一室，并为韬奋备了一匹马，有战斗时就上马出发。韬奋能跟部队战士和党政机关干部同战斗、共艰苦、同快乐，对敌后游击战的实际生活有亲身的体验，这正是他所向往的。韬奋对根据地的一切都感兴趣，同根据地的干部和群众以及各阶层人士有过不少的接触。他去参观民兵、互救会、儿童团的活动，参加干部、群众和中小地主的座谈会，此外还接触了一些两面派的伪乡保长，跟他们真诚交流，唤醒他们的良知。韬奋碰到什么人都会问一两个问题，问题问得很细，并随时把了解的情况记在笔记本上。他终于来到根据地了，这是他的希望所在，他要学习，要深入了解，作好准备，接下来要转赴延安，为中国革命继续奋斗。

“韬奋来了！《生活》周刊的邹韬奋来了！”这消息渐渐传开，有不少人专门跑来看他，和他亲切地交谈。一天早晨，一个农民送来一封信，是敌伪据点里一个伪营长写给韬奋的。伪营长在信中说：“以前我是你的读者，现在虽然当了汉奸，但还是爱国的。”他想到韬奋高尚的革命情操，感到羞愧，特地向韬奋表明他的心思。

在三仓镇逗留了大约半个月，韬奋应邀给新四军和地方党政干部作过多场报告，内容特别吸引人，鼓舞人心。韬奋随部队和机关转移到南通的西部，在这里遇到南通中学的师生。南通中学是一所坚持抗战的学校，抗战发生后，校长率领全校师生到南通乡间移动教学，他们拒绝使用伪政权的教科书，坚持采用根据地文教部门编写的教材，保持着中华文化的传承和爱国主义的教育。这所学校因为没有固定的校址，当时被称为“游击学校”。

“游击学校”！这令邹韬奋肃然起敬。

▲ 邹韬奋曾在当时的南通县立中学（今南通市韬奋小学）发表过激情演讲

南通中学的师生特地邀请韬奋到学校的驻地演讲，韬奋欣然前往。那天听讲的有近千人，除了学校的师生，还有附近赶来参加的机关人员和社会青年。韬奋从对根据地的观感谈起，讲到大后方的情况，他的讲话常被热烈的掌声打断。他虽然身患耳疾，可是声音洪亮，精神饱满。演讲中，右耳的疼痛使得他口角有时向右歪，右颊有些牵动，他克服疼痛，坚持演讲，而且，痛得越厉害，他反而讲得越大声，试图用大声的演讲来分散疼痛的袭扰。他的演讲给那天在场的听众极大鼓舞。

韬奋的病情越来越重，发展到后来，就连走路都感到困难，每走一步，右脚跟总不敢落地，怕让右脑受震动而发生剧痛。苏中区的日寇扫荡频繁，他得不到较长时间休养，但他不愿意离开部队，他要和新四军生活在一起，他要用笔来报道新四军的战斗生活。

著名记者戈扬在《忆韬奋先生》一文中写道，一次她去看望韬奋，韬奋向她描述夜行军的情形，说："深夜，天下小雨，队伍向北移动，西北风迎面吹来。我骑马，马走得很慢，身上冷透，耳朵也更痛了；走快，又怕右脑受震动。而水网地带，到处是桥，一会儿下马，一会儿上马；但是当我看到同行的战士们在雨地里跋涉，有时还要战斗，自己的病痛，马上就减轻了。”戈扬回忆，记得自己小时，“辫子还翘在头上的时候，就听到韬奋先生的声音了，此后一直听到他的声音。韬奋先生的声音，曾经激动着我们这一代的心，使千万青年有勇气咬断封建的锁链，走上抗日救亡的大道，最后进入了真理之门”。[①]

在根据地，粟裕、黄克诚、陈丕显、管文蔚、张爱萍、叶飞等新四军领导人都前去看望韬奋。韬奋在苏北阜宁县孙河庄受到新四军第三师师长黄克诚的欢迎。韬奋十分欣慰地表示，在实地考察中目睹各阶层人民在党的统一战线领导下，团结一致，坚持抗战，以及根据地内民主政治实施的情况，让他受到鼓舞。他说，在苏北抗日根据地，新四军认真地实行精兵简政，积极地开展生产运动，以减轻人民群众的负担。两年前已经在农村实行地主对农民减租减息和农民对地主仍按一定比例交租交息的政策，调动农民群众的抗日和生产的积极性，改善群众的生活，尽力做有利于团结抗战的工作，令他十分佩服。苏北根据地还建立了一些小型工业、手工业和运输业的公营经济组织，对民营工商业给予扶持帮助，这对于发展根据地的经济、保障军民的供给起了重要作用。这一系列的举措，让韬奋从心底里佩服共产党，认为这才是执政为民的民主政治，有了这样的民主政治，抗战必胜不只是一种信念，而是脚踏实地可以做到的事情。

韬奋还了解到，根据地各个县区都成立了参议会，参议会有工农兵的代表，也有开明绅士和工商业家的代表，有共产党员，但多数是非中共人士和群众。他们团结一心，共商国家大事和地方上的重大问题。韬奋衷心地赞许：这样才是真正的民主政治。

---

① 邹嘉骊编著《邹韬奋年谱长编》，第1330页。

韬奋认为，苏北抗日根据地正是他喜欢的地方；延安，更是他无比向往的地方！

陈毅军长对韬奋来苏北抗日根据地考察十分重视。韬奋刚到新四军三师师部，陈毅就打来电报，要求保证韬奋的安全，并希望在盐城地区新四军军部会见韬奋，共商如何在华中广大解放区开展文化出版事业。可后来陈毅一直未有机会见到韬奋。他心里一直记挂，特地叫人缝制了一件崭新的羊皮袍送给韬奋。苏北地区冬季天气严寒，韬奋把羊皮袍穿在身上，感到十分温暖。韬奋在南通考察时，给几个新结识的朋友写了四幅字，其中两幅是文天祥的诗，一幅是陶渊明的诗，还有一幅他特意抄录了陈毅军长的一首诗《卫岗初战》："故国旌旗到江南，夜半惊呼敌胆寒。镇江城下初遭遇，脱手斩得小楼兰。"他边写边说："血写的光辉战史，不是我用书法可能表达于万一的。"[①]他在给陈毅的信中说："我真正地了解了共产党的统一战线绝不是只有形式的寒暄请客，而是和各阶层人民结成了生死之交……这是共产党的伟大成功。"[②]

韬奋在苏中地区考察之后，又在苏北盐阜区继续考察，计划从苏北经由海路去山东，再前往延安。在苏中告别刘季平的前一天，韬奋向他郑重地表示："我曾经向周恩来同志提出过要求加入中国共产党。周恩来同志回答说，'你现在以党外人士的身份同国民党反动派作政治斗争，比以一个共产党员的身份作用更大'。现在我已经不能在国民党统治区公开露面，这样的时期已经过去。我希望同意我入党。"韬奋说话时的态度是那样的真诚和恳切，刘季平答应立即向苏中区党委汇报，并向华中局报告。

韬奋想要加入中国共产党的心情越来越迫切。他不再只是心向光明，而是要奔向光明。

---

① 邹嘉骊编《忆韬奋》，第 238 页。

② 邹嘉骊编《忆韬奋》，第 92 页。

韬奋焦急地等待转赴延安的安排。1943 年 3 月，他的耳病愈发严重起来，右耳、左耳和两边脸颊都感到刺痛难忍，新四军找来一个医生给他诊治，医生根据病情分析，认为患的并不是中耳炎，很可能是一种不治之症。当时并没有让韬奋本人知道，只是说耳病既然较重，还是要先去上海治疗，待痊愈后再回苏北并转往延安。

韬奋很是失望。陈毅军长作出“速派同志重新护送韬奋回上海治病”的决定，新四军迅速派出护送人员和韬奋一起从射阳至大丰，再从海道返回上海。他们途经新四军一师师部，韬奋再次会见了粟裕。韬奋说：“先回上海治病，然后再转赴延安。”大家都点头称是，都祝愿他早日康复。“去延安！”一直是支撑韬奋的信念和希望。

3 心向光明，直至永远

4 月初，韬奋回到上海，由陈其襄、张锡荣、张又新等约请专家检查，经诊断，乃系中耳癌。他们帮助韬奋化名李晋卿，住进了红十字会医院的特等病房。

5 月下旬，经过近两个月的调养，韬奋的体力有了恢复。地下党组织征得韬奋本人同意，决定由红十字会医院耳鼻喉科专家穆瑞芬主持手术，手术前需要亲属签字，夫人沈粹缜和孩子还在桂林，便由陈其襄全权代表了。

6 月份，地下党组织把夫人沈粹缜和长子嘉骅从桂林接来上海。这年夏天，韬奋病势稍微有点起色，他立刻写信给陈毅军长，请求到苏北去。韬奋写道：“我死也死在抗日民主根据地。”[①] 陈毅在延安举行的邹韬

① 邹嘉骊编《忆韬奋》，第 93 页。

奋先生追悼大会上回忆韬奋一往无前的革命精神时讲到这句话，令在场许多人感动得洒下热泪。

可是，7 月份，韬奋的病情再度恶化，已经只能依靠止痛针度日。开始的时候，一针可以维持两天，后来就逐渐缩短到一天半，再后来就只能维持一天。张又新专程去苏北向华中局和陈毅军长汇报韬奋的病情。陈毅很快就接见了张又新，并当即召开了紧急会议。新四军的领导们在会上积极地商讨如何进一步治疗，以挽救韬奋的生命。陈毅后来回忆说："此病非开刀不能治愈，而全中国只有北平某医院一美国医师能施行这个手术，可是太平洋战争爆发后，这位医生被日本法西斯逮捕了。此后又打听到这位美国医生有个助手，是中国人，也能开刀，我们就派人秘密赴北平请他到上海来，他已应允（，）但他要治疗费廿万元。为了救活为民主运动奋斗十余年、中华民族的优秀战士韬奋先生，我们是不惜巨款，立刻答应了他。但这位中国医生在动身离平以前，又被日寇逮捕了。"[①]

徐雪寒[②]回忆道：1943 年大概是夏天，陈毅同志找我谈话，说党中央有命令，要华中局派一个同志到上海去慰问韬奋先生，同时还应该送去可能的经费，给他治病。他就找我，他知道我到上海能找得到韬奋先生，所以地址也没有告诉我。我说我可以找到，我有办法找到韬奋先生。我就领了一点经费到了上海。我到东升里一号找到陈其襄……其襄把所有的情况都告诉我……他说开了刀之后情况还是比较好的。当时精神也还不错。他陪我到韬奋先生住的医院。这个时候住的医院已经不是

---

① 邹嘉骊编《忆韬奋》，第 92—93 页。

② 徐雪寒（1911—2005），1926 年加入中国共产党。1935 年创办新知书店。曾任全国各界救国联合会副总干事。1943 年在新四军军部工作，担任华中银行副行长。新中国成立后，被任命为外贸部副部长、国务院经济研究中心常务干事等。

红十字会医院……他在上海住过五六个医院。[①]

徐雪寒来看望韬奋，把来意详详细细地告诉他，并转达了陈毅军长的问候。韬奋感动得难以自抑，感受到了党中央对他的关怀。

10月23日，韬奋得知国民党调集大批军队进攻陕甘宁边区，气愤不已，在病榻口授《对国人的呼吁》一文。1944年10月在重庆的《群众》杂志要刊登经过删节的这篇遗文，仍然被国民党图书杂志审查委员会定下"诋毁政府，触犯审查标准"的罪名，全文扣留。1944年10月8日，延安《解放日报》发表时恢复原稿全文，将原题《对国人的呼吁》改为《对国事的呼吁》。

1944年春，长子嘉骅先从桂林赶到上海，一边上学一边来陪护爸爸。韬奋病情稍有缓解，立刻开始坐在病床上写作，记录自1933年起的历次流亡经历，将自己一生中经历过的尚未发表的事情写出来，这就是后来的《患难余生记》。

每天早餐后，韬奋就催着儿子嘉骅快些替他把一张小木几放到床上，他拥被坐好，立刻开始"伏几"写作。他的右眼用纱布和赛璐珞片遮着，鼻梁上架着一副眼镜，全神贯注地写，几乎忘了病痛。有时午休后他还接着写，天黑了也不肯停笔，甚至晚饭后还要开电灯再写一会，最多的时候一天竟写了5,000多字。嘉骅看父亲忍着病痛仍在写作，十分心疼，劝爸爸不能太累。韬奋耐心地跟嘉骅说："大宝，爸爸的时间太宝贵了。《患难余生记》还没写完，我还要写《苏北观感录》和《各国民主政治史》两部书，不抓紧时间，怕写不完。"

紧接着，沈粹缜带着小女儿嘉骊也从桂林赶到上海。小女儿几乎认不出消瘦得脱了形的父亲。韬奋从昏睡中醒来，看到爱女嘉骊泪眼婆娑

---

① 为了避开日伪耳目，安全治疗，陈其襄他们多次替韬奋改名换姓，用邹恒逊、邹白甫、李晋卿、季晋卿等假名换取居民证，不断转换医院，先后转换过剑桥医院、瞿直甫医院、德济医院、上海医院。

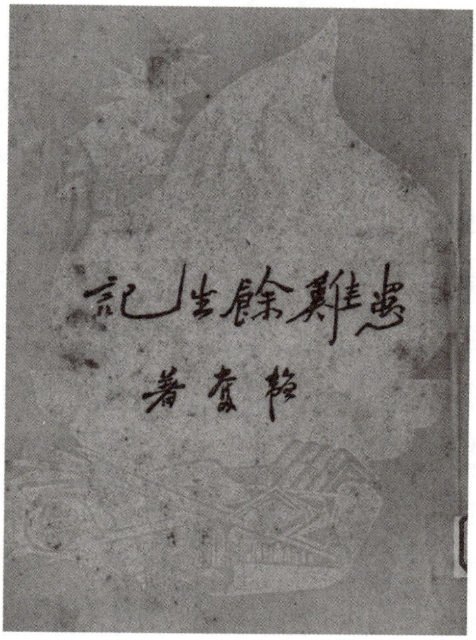

▲《患难余生记》初版封面

站在床头，既意外又欢喜，顿时微笑了起来，轻轻地叫了一声“小妹”。他的精神立刻振奋了许多，连忙问：“二宝呢？”一旁书店的同事赶忙用话搪塞了过去。韬奋为不能再次见到嘉骝感到有些惋惜。前面我们写到过，嘉骝由生活书店派人护送去了重庆，后来又由周恩来亲自带到延安，安排在延安进了学校——如果韬奋能知道这些情况，儿子早就到了他向往的延安，他一定会感到莫大的安慰和自豪。

嘉骊看到父亲的一只眼睛缠着棉纱布，仍趴在小木几上勤奋写作。在女儿的心里，父亲日夜笔耕的样子，一辈子都无法忘记，而在病床上抱病“伏几”写作，将成为父亲勤奋写作形象的定格。

《患难余生记》较之于先前的《经历》，有了更多的沉郁和成熟的思辨，故完全可以期待这又是一部杰作。此书稿原计划写四章，写到第三章约 5 万字时，韬奋的病体实在难以支持，只好搁笔。

沈粹缜在医院日夜照护病榻上的韬奋。一天早上，阳光照进病房，韬奋醒过来，看到粹缜一脸倦容，正拿着湿毛巾替他轻轻擦拭额上的汗水，他无限的爱意涌上心头，对粹缜说："你瘦了，是我的病把你折磨瘦了。"爱妻无法用言语回应韬奋的关爱。她眼里满是泪水，心里只是祈祷丈夫早日康复，即便暂时减轻一点点痛苦和折磨也好，自己再辛苦再消瘦也在所不惜！自己的丈夫是多么好的一个人啊，哪怕以命相换，代他受苦受难，她也无怨无悔！

韬奋明白自己病情恶化，看到他相伴近20年的战友徐伯昕从桂林来到上海，他忍着病痛，开始断断续续地交代后事。

他在垂危之际挂念相濡以沫、恩爱20年的爱妻，嘱咐她今后参加社会工作，贡献其专长。韬奋说："我二十余年努力救国工作，深信革命事业之伟大，今后妻子儿女，亦应受此洗炼，贡献于进步事业，或受政治训练，或指派革命工作，可送延安决定。"

他挂念远在北平的老父亲，叮嘱二弟、大妹及二妹代他尽孝，照料好老父亲。

他希望生活书店的同人们，本着以往服务社会与艰苦奋斗之精神，首先恢复书店，继而办图书馆与日报。他期待思虑周密、长于计划的胡愈之能坐镇生活书店，重振生活书店雄风。

韬奋无比真诚地期待加入中国共产党。

一次，张锡荣在病房中，他让张锡荣靠近他，低声而郑重地说出他的意愿："请共产党中央审查我一生的历史，如若合格，请批准我入党。"张锡荣含着泪点头答应："我一定把你的请求转告党中央，请你放心。"①

3月，陈毅派徐雪寒第二次回到上海探望韬奋病情，送来巨额医疗费。韬奋从被子里伸出瘦弱的手和他紧紧握手，像是要感受到党的更

---

① 邹嘉骊编《忆韬奋》，第271页。

多温暖。徐雪寒转达了陈毅军长的问候，韬奋含泪道谢，并迫不及待地说："我看来是不行了，日本帝国主义还没有赶出去，我却再也不能拿起笔保卫祖国、保卫人民了！我的心意，我的希望，寄托在延安，寄托在党中央，我要求入党，请你代我起草一份遗嘱，也就是一份申请书，请求党在我死了之后，审查我的一生行为，如果还够得上共产党党员这样光荣的称号，请求追认我为伟大的中国共产党的党员。"[①]

一天，韬奋还向前来看望的上海地下党主要负责人刘长胜提出加入中国共产党的请求，当时陈其襄等也在座。陈其襄目睹韬奋病重时对党的一往情深、无限崇敬和追求真理的坚定神情，心里受到极大的感动。

4月，生命处于垂危之中的韬奋，再一次向徐伯昕等人表达请求入党的迫切心情，希望党审查他的历史，如果他不久于人世，希望这次吸收他入党。

6月2日，他在一次昏厥苏醒后口述遗言，说："倘能重获健康，决先完成《患难余生记》，再写《苏北观感录》和《各国民主政治史》，并去陕甘宁边区及冀察晋边区等抗日民主根据地，视察民主政治情况，从事著述，决不做官。如时局好转，首先恢复书店，继办图书馆与日报，愿始终为进步文化事业努力，再与诸同志继续奋斗二三十年！"这种豪迈的雄心壮志，深深地感动了当时陪在一旁的同志和家人。紧接着，剧烈的疼痛又使他昏厥过去。

在韬奋先生心向光明的一生最后的日子里，他一直在清醒、疼痛、昏厥中挣扎，清醒时他对事业、对同事、对家人留下一个个至情至善的眷念，疼痛以致昏厥时他用全部的生命力抵御着死神的折磨。只要清醒，他就要说话，竭力交代一件件后事。

韬奋对许许多多的事情都放不下！生活中，有人主张放下，放下执

---

① 邹嘉骊编《忆韬奋》，第388页。

念、欲望、悲喜、浮躁、得失……这样做很大可能会留下一个虎头蛇尾、不了了之的人生，可是，韬奋先生直到生命的尽头都放不下——他放不下自己的理想，放不下自己的追求，放不下祖国的命运，放不下事业和同事，放不下老父和妻儿，放不下终生相伴的文字，他完成的是一个善始善终、心向光明的人生！

7月23日清晨，韬奋自觉清醒不少，喘息半天，示意夫人给他递过纸笔。这时他已经不能说话了。他用铅笔在纸上颤抖着写下一行字，也是留给他最挚爱的妻子的最后一句话：不要怕！

小女儿邹嘉骊认为“不要怕”也是父亲留给她的遗嘱。

大儿子邹嘉骅、二儿子邹竞蒙又何尝不认为父亲这句话是留给他们的？

徐伯昕带着陈其襄、张锡荣、张又新等认真倾听韬奋“向身边的战友们口述他最后的嘱咐，一件件，一句句，一点、两点、三点，口语化、生活化，充满着对人间、对世界的爱恋深情。整篇文稿，今日读来，仍如亲历其境，深切地感受到当时凄凉悲壮的气氛。他忍受着恶病带给他的巨大折磨和痛苦，那么虚弱，而对所嘱咐的事情却思虑得那么周到，那么详尽。他既交代善后，又期盼着生的希望。”[①]

韬奋忍着病痛断断续续地说，徐伯昕在一旁抓紧记录。徐伯昕深夜回到家，就着昏黄的灯光逐字逐句整理韬奋口述遗言，他一面整理，一面难过得泪洒纸页，难以继续。他恨不能放声大哭，可是夜深了，不能惊扰到左邻右舍，只能掩面而泣。这时候，他回想起接办《生活》周刊时青年韬奋的意气风发，九一八事变后韬奋先生奋勇救亡，流亡海外时寄回来一篇篇“萍踪寄语”，七君子事件中身陷囹圄无所畏惧，创建55家发行处时掌控大局，保卫大武汉时一心追求入党。还有奋战参政会，出走雾重庆，转战港岛，奔赴抗日根据地……一件件，一幕幕，令他感

① 邹嘉骊：《我的文字生涯——循着父亲韬奋的足迹》，第134页。

动得难以平静，他恨不得大喊一声：真英雄啊！

徐伯昕的记录稿忠实而仔细地记录了韬奋临终交代的许多事情，首先是一心追求入党，骨灰送往延安。同时从抗战到书店，从事业到家庭，从同志到妻儿，身后遗作出版，甚至重要书籍送往图书馆，自身遗体科学处置，等等，没有韬奋不曾念及的。徐伯昕记录的韬奋临终口述遗嘱《遗言纪要》，于韬奋逝世次月送往苏中根据地，郑重呈送中共中央华中局，自己则珍藏了一份底稿。此份底稿直到2004年他的家人整理其遗物时才被发现，立刻转交给邹嘉骊。嘉骊姑姑遂将这份文献收入《邹韬奋年谱长编》和《我的文字生涯——循着父亲韬奋的足迹》。

《遗言纪要》全文如下：

我患此恶疾已达年余，医药渐告失效。头部疼痛，日夜不止，右颊与腿臀等处，神经压迫难受；剧痛时太阳穴如刀割，脑壳似爆裂，体力日益瘦弱，恐难长久支持。万一突变，不但有累友好，且可能被人利用，不若预作临危准备，妥为布置一切，使本人可泰然安眠。倘能重获健康，决先完成《患难余生记》，再写《苏北观感录》、《各国民主政治史》，并去陕甘宁边区及冀察晋边区等抗日民主根据地，视察民主政治情况，从事著述，决不做官。如时局好转，首先恢复书店，继办图书馆与日报，愿始终为进步文化事业努力，再与诸同志继续奋斗二三十年！

一、关于临终处理：

1. 万一突变时，即送医院，转交殡仪馆殡殓，勿累住处友人。

2. 消息勿外泄，以免被敌造谣中伤，或肆意利用。

3. 遗体先为名医解剖检验，制作报告，或可对医药界有所贡献，而减少后人重犯此恶疾之痛苦。继即举行火葬。

4. 派人通知雪（注：徐雪寒）、汉（注：潘汉年），转告周公（周恩来），如须对外发表遗言，可由周、汉全权决定内容，电告各地。

5. 火葬骨灰，尽可能设法带往延安，请组织审查追认，以示我坚决奋斗之决心。

二、关于著作整理：

1.《患难余生记》第一部分与恶势力斗争，已在病中写完，第二部分为《对反民主的抗争》，可用香港华商报发表之专论辑成，第三部分为与疾病斗争，可由沪地及苏北友人分写完成。

2. 过去著作，《萍踪寄语》、《萍踪忆语》及《抗战以来》等书尚可印行，但最好能将全部著作重加整理。如能请愈之审查，可由其全权决定取舍或增删。

三、关于家属布置：

1. 家中尚有老父在平，以后可由二弟、大妹及二妹照料，不需我全部负担。

2. 与妻共同生活二十年，不能谓短，今后希望参加社会工作，贡献其专长。

3. 大宝、二宝，从小专心机件构造，有志于电机工程，可予深造。我此次患病，感于医生亦甚重要，如二宝愿习医学，在高中毕业后，即入医科攻读。小妹爱好文学，尤喜戏剧，曾屡劝勿再走此清苦文字生涯之路，勿听，只得注意教育培养，倘有成就，聊为后继有人以自慰耳。

4. 我二十余年努力救国工作，深信革命事业之伟大，今后妻子儿女，亦应受此洗炼，贡献于进步事业，或受政治训练，或指派革命工作，可送延安决定。

四、关于政治及事业意见：

1. 对政治主张，始终不变，完全以一纯粹爱国者之立场，拥护政府，坚持团结，抗战到底，能真正实行民主政治。

2. 对事业希望能脚踏实地从小做起，一本以往服务社会与艰苦奋斗之精神，首先恢复书店，继则图书馆与日报。

3. 至于事业领导人，愈之思虑周密，长于计划，尽可能邀其坐镇书店，主持领导。仲实做事切实，亦应邀其协同努力。办报时仲华与仲持，亦可罗致。

五、关于其他方面：

1. 如能查得愈之安全消息，速设法汇款前去，以资补助。

2. 伦敦购回之英文本古典政治经济史与马恩全集，盼能保存于将来创立之图书馆中，以留纪念。[①]

党中央有关部门根据这份遗言记录稿，经过调整和精炼，综合韬奋在病中多次口述的内容，整理成规范文本，编辑成《邹韬奋先生遗嘱》一文，1944 年 10 月 7 日于延安《解放日报》正式发表。

延安《解放日报》登载的《邹韬奋先生遗嘱》正文如下：

我自己能力薄弱，贡献微少，二十余年来追随诸先进，努力于民族解放、民主政治和进步文化事业，竭尽愚钝，全力以赴，虽颠沛流离，艰苦危难，甘之如饴。此次在敌后根据地视察研究，目击人民的伟大斗争，使我更看到新中国光明的未来。我正增加百倍的勇气和信心，奋勉自励，为我伟大祖国和伟大人民继续奋斗。但四五年来，由于环境的压迫，我的行动不能自由，最近更不幸卧病经年，呻吟床褥，竟至不起。但我心怀祖国，惓念同胞，愿以最沉痛迫切的心情，最后一次呼吁全国坚持团结抗战，早日实行真正的民主政治，建设独立自由幸福的新中国。我死后，希望能将遗体先行解剖，或可对医学上有所贡献，然后举行火葬，骨灰尽可能带往延安。请中国共产党中央严格审查我一生奋斗历史，如其合格，请追认入党，遗嘱亦望能妥送延安。我妻沈粹缜女士可参加社会工

① 邹嘉骊：《我的文字生涯——循着父亲韬奋的足迹》，第 134—136 页。

作，大儿嘉骅专攻机械工程，次子嘉骝研习医学，幼女嘉骊爱好文学，均望予以深造机会，俾可贡献于伟大的革命事业。

韬 奋

一九四四年六月二日口述签字①

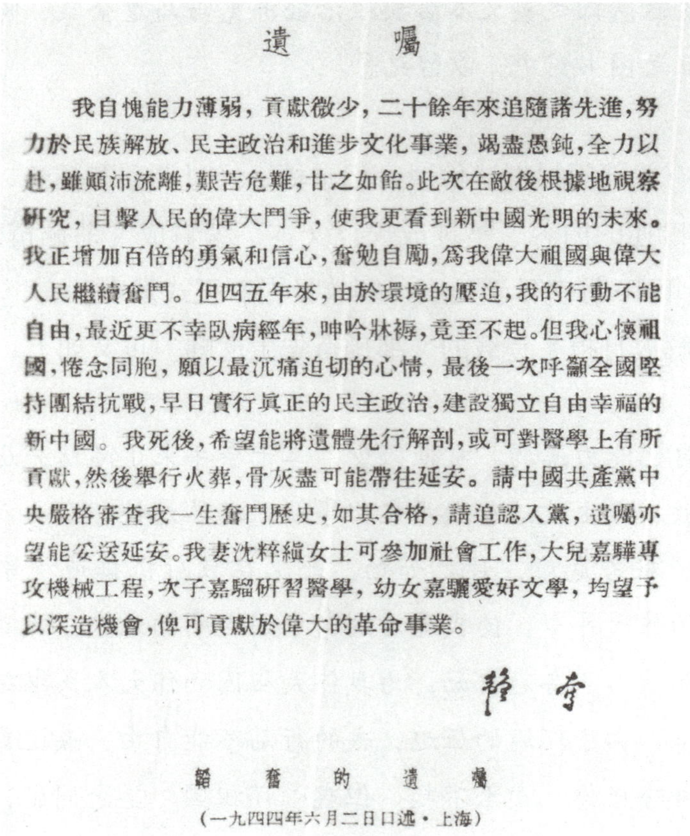

遺　囑

我自愧能力薄弱，貢獻微少，二十餘年來追隨諸先進，努力於民族解放、民主政治和進步文化事業，竭盡愚鈍，全力以赴，雖顛沛流離，艱苦危難，甘之如飴。此次在敵後根據地視察研究，目擊人民的偉大鬥爭，使我更看到新中國光明的未來。我正增加百倍的勇氣和信心，奮勉自勵，爲我偉大祖國與偉大人民繼續奮鬥。但四五年來，由於環境的壓迫，我的行動不能自由，最近更不幸臥病經年，呻吟牀褥，竟至不起。但我心懷祖國，惓念同胞，願以最沉痛迫切的心情，最後一次呼籲全國堅持團結抗戰，早日實行眞正的民主政治，建設獨立自由幸福的新中國。我死後，希望能將遺體先行解剖，或可對醫學上有所貢獻，然後舉行火葬，骨灰盡可能帶往延安。請中國共產黨中央嚴格審查我一生奮鬥歷史，如其合格，請追認入黨，遺囑亦望能妥送延安。我妻沈粹縝女士可參加社會工作，大兒嘉驊專攻機械工程，次子嘉騮研習醫學，幼女嘉驪愛好文學，均望予以深造機會，俾可貢獻於偉大的革命事業。

韜　奮

韜　奮　的　遺　囑

（一九四四年六月二日口述·上海）

▲ 上海韬奋纪念馆馆藏韬奋遗嘱

1944年7月24日早晨7时20分，伟大的爱国者，杰出的新闻记者、出版家、政论家邹韬奋，永远离开了我们……

---

① 邹嘉骊：《我的文字生涯——循着父亲韬奋的足迹》，第136—137页。

尾声

无尽的回响

伟大的爱国者、著名的政论家、杰出的新闻记者和出版家邹韬奋先生是唯一一位列入首批国家公祭日公祭烈士名录的新闻出版界人士。韬奋精神已经成为中国新闻出版事业的一面旗帜。邹韬奋的英名将在祖国大地上发出无尽的回响……

无尽的回响

韬奋逝世了。徐伯昕1944年8月中旬秘密携带韬奋的遗嘱，来到苏北，向中共中央华中局和新四军报告了韬奋逝世前后的情况，并请求把韬奋遗嘱送往延安中共中央。华中局和新四军领导接到噩耗，没有不动容的，有同志当场失声痛哭。

8月18日，中共中央华中局和新四军在苏北新四军军部所在地隆重举行追悼邹韬奋大会，党政军民各界人士数千人参加。当时陈毅去了延安，代军长张云逸和韬奋生前友好范长江、钱俊瑞、于毅夫、徐雪寒等在会上致辞发言。

不久，韬奋的长子邹嘉骅从上海来到苏北根据地，正式参加了新四军，走上了革命的道路。

9月2日，周恩来获悉韬奋在沪病逝，向中共中央提议：一、在延安开追悼会，先组筹备会；二、《解放日报》发表追悼文章；三、中央致挽电。毛泽东同意照周恩来意见办。[①]

9月26日，中华职业教育社和职校发起，在重庆迁川大厦召开邹韬奋追悼会。黄炎培致悼词，认为韬奋之特长在真诚、勇敢、专一。

9月28日，中共中央发唁电致韬奋亲属，接受韬奋临终请求，追认其为中共党员。唁电全文——

---

① 中共中央文献研究室编《周恩来年谱（1898—1949）》（下），中央文献出版社2007年9月版，第594页。

邹韬奋先生家属礼鉴：

惊闻韬奋先生病逝，使我们十分悲悼；接读先生遗嘱，更增加我们的感奋。韬奋先生二十余年为救国运动，为民主政治，为文化事业，奋斗不息，虽坐监流亡，决不屈于强暴，决不改变主张，直至最后一息，犹殷殷以祖国人民为念，其精神将长在人间，其著作将永垂不朽。先生遗嘱，要求追认入党，骨灰移葬延安，我们谨以严肃而沉痛的心情，接受先生临终的请求，并引以此为吾党的光荣。韬奋先生长逝了，愿中国人民齐颂先生最后呼吁，为坚持团结抗战，实行真正民主，建立独立自由繁荣和平的新中国而共同奋斗到底。谨此电唁，更望家属诸位节哀承志，遵守先生遗嘱于永久。

中国共产党中央委员会

一九四四年九月二十八日①

10月1日，重庆各界在银社隆重集会，公开举行追悼韬奋逝世大会。黄炎培主祭，沈钧儒、左舜生陪祭。宋庆龄、董必武等各界人士800余人出席。郭沫若、邵力子、林祖涵等先后在会上致辞，作了极哀痛的演讲。

11月15日，毛泽东题词："热爱人民，真诚地为人民服务，鞠躬尽瘁，死而后已，这就是邹韬奋先生的精神，这就是他之所以感动人的地方。"

11月20日—21日，延安《解放日报》第1版发表《邹韬奋先生追悼大会通知》。

11月22日下午2时，延安边区参议会大礼堂举行追悼大会，各界人士及韬奋生前友好近2,000人出席。会场四壁悬挂有毛泽东、朱德、

① 延安《解放日报》1944年10月7日，第1版。

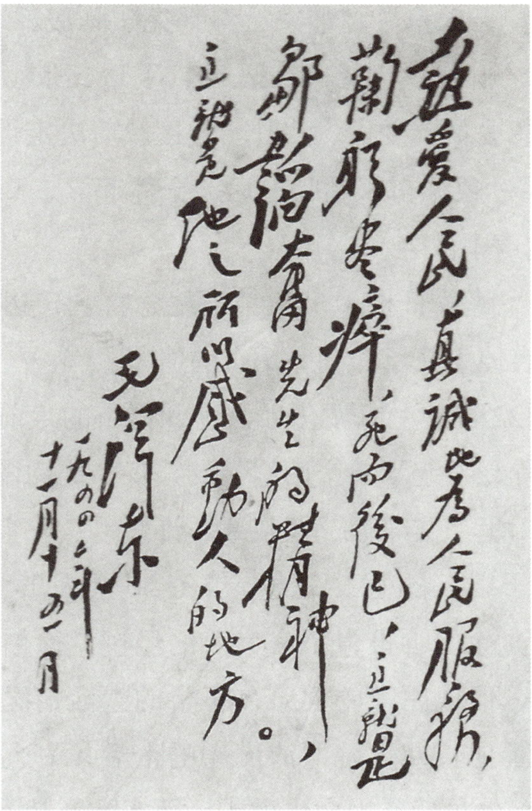

热爱人民，真诚地为人民服务，鞠躬尽瘁，死而后已，这就是邹韬奋先生的精神，这就是他所以感动人的地方。

毛泽东

一九四四年十一月十五日

▲ 毛泽东为邹韬奋逝世题词

周恩来及各界人士，以及解放区政府各机关送的挽联，台前列满花圈。朱德挽联题词：“韬奋同志　爱国志士　民主先锋”。周恩来、邓颖超挽联题词：“忧时从不后人，办文化机关，组救亡团体，力争民主，痛掊独裁，那怕冤狱摧残，宵小枉徒劳，更显先生正气；历史终须前进，开国事会议，建联合政权，准备反攻，驱除日寇，正待吾曹努力，哲人今竟逝，倍令后死伤神”。在悲怆沉痛的挽歌声中，主祭人吴玉章，陪祭人周扬、柳湜就位，领导全体献花圈行礼，朱德总司令、吴玉章、新四军军长陈毅等在会上致辞讲话，群众代表发言。韬奋胞弟邹恩洵代表家属致答词。最后由张仲实代表筹委会报告，提议成立纪念委员会。大会一致通过周恩来、吴玉章、林伯渠、秦邦宪、陈毅、续范亭、杨秀峰、成仿吾、贾拓夫、柳湜、周扬、艾思奇、丁玲、张宗麟、林默涵、李文、张仲实为纪念委员会委员。陕甘宁边区政府决定设立“韬奋出版奖金”。追悼大会通过致韬奋家属唁电后，全体起立，高唱《义勇军进行曲》，在雄壮的歌声中散会。

11 月 22 日，《解放日报》出版长篇纪念特刊，边区不少地方先后召开追悼会、发表悼念文章和刊登韬奋的遗嘱。

1946 年 7 月 22 日，上海文化界人士和韬奋的生前友好，趁韬奋的灵柩正式安葬之际，发起了一个两周年的祭仪，沈钧儒、陶行知、郑振铎、王志莘、沙千里、艾寒松、罗叔章、许广平、戈宝权、徐伯昕、孙起孟、胡绳、胡子婴、杨卫玉、沈粹缜等 50 余人出席。沈钧儒主祭，陶行知朗读祭文，徐伯昕报告韬奋病殁的经过。徐伯昕认为韬奋先生虽因癌症而致命，但他原来的健康在正常的生活情况下，病症绝不至于突然而发，由于他长期过着颠沛流离的生活，失去了安全安定的医治和疗养的条件。他虽然是因病去世的，而实际上是受法西斯独裁统治的迫害而死的。最后，祭仪举行了简朴而隆重的入土仪式，泥土覆盖了长眠着这位伟大的文化战士的灵柩，韬奋遂从此在上海与我们永别了。1967 年，韬奋墓迁葬于上海市烈士陵园。1995 年，韬奋墓随上海市烈士陵园一起迁往上海龙华烈士陵园。

▲ 1967 年，邹韬奋墓迁葬于上海市烈士陵园

▲ 韬奋纪念馆外景

1949 年 7 月 24 日，为纪念韬奋逝世 5 周年，毛泽东题词："纪念民主战士邹韬奋。"周恩来题词："邹韬奋同志经历的道路是中国知识分子走向进步走向革命的道路。"

1956 年，上海韬奋纪念馆筹建。1958 年是韬奋 63 周年诞辰，上海韬奋纪念馆正式对外开放展出。

1987 年 6 月 25 日，韬奋基金会在北京全国政协礼堂举行成立大会。

1987 年，韬奋基金会决定设立"韬奋出版奖"，现在这个奖已经成为我国出版界个人成就最高奖。

1993 年，韬奋基金会决定设立"韬奋新闻奖"（现已更名为"长江韬奋奖"），此奖也已经成为我国新闻界个人成就最高奖。

1995 年 10 月，韬奋基金会韬奋著作编辑部编的《韬奋全集》，由上海人民出版社出版，全集共 14 卷，约 800 万字。

1995 年，为纪念韬奋一百周年诞辰，江泽民题词："继承和弘扬韬奋真诚为人民服务的精神。”1995 年 11 月 5 日，北京人民大会堂举行韬奋百年诞辰纪念大会，国家领导人、文化新闻出版界知名人士 200 余人出席大会。

2014 年 9 月 1 日，为永远铭记抗日英烈的不朽功勋，大力弘扬爱国主义精神，凝聚实现中华民族伟大复兴的精神力量，经党中央、国务院批准，中华人民共和国民政部公布第一批在抗日战争中顽强奋战、为国捐躯的 300 名著名抗日英烈和英雄群体名录。伟大的爱国者、著名的政论家、杰出的新闻记者和出版家邹韬奋先生是唯一一位列入首批国家公祭日公祭烈士名录的新闻出版界人士。韬奋精神已经成为中国新闻出版事业的一面旗帜。邹韬奋的英名将在祖国大地上发出无尽的回响……

邹韬奋的英名，在他的家乡江西鹰潭余江亦激起了巨大的回响。余江人民对于韬奋的纪念场所之多，各种纪念元素之厚重，可谓罕见，计有——

韬奋塑像。1985 年，经中央宣传部批准，在纪念邹韬奋诞生 90 周年之际，邹韬奋先生塑像落成于余江区街心花园。

韬奋故居。韬奋故居位于余江区锦江镇东风街。韬奋 13 岁时随父亲回老家就在这里住了 4 个多月，并在私塾上学。此屋一直由邹氏后人居住，现保存完好。

韬奋小镇。韬奋小镇位于余江区潢溪镇沙塘村，这里有韬奋的祖居地。新建的韬奋小镇有韬奋精神展示区，包括韬奋生平展厅、韬奋精神展厅和韬奋荣誉展厅；有研学体验区，包括雕刻 DIY、眼镜 DIY、活字印刷体验区和新闻出版馆；还有三联书店分店。

韬奋纪念馆。韬奋纪念馆围绕“韬奋故里游”主题建立。这里复建了韬奋祖居。韬奋祖居是一座仿古徽派建筑的两层小楼，青砖黑瓦，古朴而庄重，坐落在信江之滨，南临一口池塘，北靠一片竹林，静雅如画。在祖居屋内，我们不仅能看到韬奋先生家世及个人生平事迹的展陈，还能触摸到那些旧时的生活痕迹。

韬奋研究所。这是全国第一家以韬奋命名的研究所，致力于韬奋精神的研究和传承。

韬奋书院。这是一个提供文化展示和文化公益活动的文化设施，致力于韬奋精神的传播和教育。

韬奋公园。公园位于余江区城东，公园里有百亩人工湖、数百亩绿树林，有多个篮球场、羽毛球场和足球场，环绕山体及公园四周铺设了绿道。公园集休闲、运动、灯光、水秀和音乐于一体，已经成为余江热门的拍照打卡地。2018 年 11 月 5 日上午，余江区在韬奋公园举行了纪念邹韬奋 123 周年诞辰活动暨韬奋铜像揭幕仪式。

韬奋书屋。余江有 26 家分布在社区和单位里的韬奋书屋，这是区委、区政府建设的全民阅读空间，旨在弘扬韬奋精神，推动全民阅读。

韬奋学校。这是一所各方面都堪称优秀的小学，当地政府认真办学，他们告诉我，以韬奋命名的学校必须要办好。多年前，我曾两次去韬奋学校，代表韬奋基金会向同学们捐赠书籍，发表关于韬奋刻苦认真读书学习的演讲。在演讲中，在场许多小学生，他们红润的面庞上流露出对家乡的英雄前辈高山景行的崇敬神情，那一双双晶亮的眼睛放射出心向往之的光芒。

余江还有韬奋大道、韬奋图书馆、韬奋体育馆……

在余江的街巷阡陌漫步，时时能听到人们提到“韬奋”，斯人已逝，可是家乡处处有他。

2025 年 3 月 27 日初稿于北京

2025 年 4 月 3 日修改于南昌

2025 年 5 月 28 日再改于桂林

主要参考文献

[1] 韬奋基金会、上海韬奋纪念馆编：《韬奋全集（增补本）》，上海人民出版社 2015 年版。

[2] 三联书店编：《韬奋：韬奋画传·经历·患难余生记》，生活·读书·新知三联书店 2004 年版。

[3] 韬奋：《萍踪寄语》，上海三联书店 1987 年版。

[4] 韬奋：《萍踪忆语》，作家出版社 2000 年版。

[5] 韬奋编：《〈抗战〉三日刊（影印本）》，上海书店 1984 年版。

[6] 邹韬奋著，聂震宁选编：《转到光明方面去》，上海交通大学出版社 2017 年版。

[7] 邹韬奋著，聂震宁选编：《生活与我》，上海交通大学出版社 2017 年版。

[8] 邹嘉骊编：《忆韬奋》，生活·读书·新知三联书店 2015 年版。

[9] 邹嘉骊编著：《邹韬奋年谱长编》，上海交通大学出版社 2015 年版。

[10] 邹嘉骊：《我的文字生涯——循着父亲韬奋的足迹》，上海三联书店 2020 年版。

[11] 生活书店史稿编辑委员会编：《生活书店史稿》，生活·读书·新知三联书店 1995 年版。

[12] 韬奋纪念馆编：《邹韬奋研究（第一辑）》，学林出版社 2004 年版。

[13] 韬奋纪念馆编：《邹韬奋研究（第二辑）》，学林出版社 2005 年版。

[14] 韬奋纪念馆编：《邹韬奋研究（第三辑）》，学林出版社 2008 年版。

[15] 韬奋纪念馆编:《邹韬奋研究(第四辑)》,上海三联书店 2016 年版。

[16] 韬奋纪念馆编:《邹韬奋研究(第五辑)》,上海三联书店 2017 年版。

[17] 韬奋纪念馆编:《邹韬奋研究(第六辑)》,上海锦绣文章出版社 2018 年版。

[18] 韬奋纪念馆编:《邹韬奋研究(第七辑)》,上海三联书店 2019 年版。

[19] 韬奋纪念馆编:《邹韬奋研究(第八辑)》,上海三联书店 2020 年版。

[20] 韬奋纪念馆编:《邹韬奋研究(第九辑)》,上海三联书店 2021 年版。

[21] 韬奋纪念馆编:《邹韬奋研究(第十辑)》,上海三联书店 2022 年版。

[22] 韬奋纪念馆编:《邹韬奋研究(第十一辑)》,上海三联书店 2023 年版。

[23] 韬奋纪念馆编:《邹韬奋研究(第十二辑)》,上海三联书店 2024 年版。

[24] 上海韬奋纪念馆编:《韬奋的道路》,生活·读书·新知三联书店 1958 年版。

[25] 宋庆龄:《为新中国奋斗》,人民出版社 2019 年版。

[26] 宋庆龄:《宋庆龄选集》,人民出版社 1966 年版。

[27] 中共中央文献研究室编:《周恩来年谱(1898—1949)》,中央文献出版社 2007 年版。

[28] 茅盾:《烽火连天的日子——回忆录〔二十一〕》,《新文学史料》1983 年第 4 期。

[29] 胡愈之:《我的回忆》,江苏人民出版社 1990 年版。

[30] 胡耐秋：《韬奋的流亡生活》，生活·读书·新知三联书店1979年版。

[31] 端木蕻良著，钟耀群编：《化为桃林》，上海古籍出版社2000年版。

[32] 周天度编：《救国会》，中国社会科学出版社1981年版。

[33] 沙千里：《漫话救国会》，文史资料出版社1983年版。

[34] 聂震宁：《韬奋精神六讲》，生活·读书·新知三联书店2015年版。

[35] 俞月亭：《"七君子"案件》，作家出版社2000年版。

[36] 杨超伦：《忆周总理对邹韬奋的评价》，《新闻战线》1995年第12期。

[37] 张桂兴编撰：《老舍年谱》，上海文艺出版社1997年版。

[38] 赵浩生：《我是韬奋先生的学生》，《解放日报》1990年11月13日。

[39] 穆欣：《邹韬奋》，首都师范大学出版社1995年版。

[40] 马仲扬，苏克尘：《邹韬奋传记》，重庆出版社1997年版。

[41] 陈挥：《韬奋评传》，上海交通大学出版社2009年版。

[42] 陈挥：《韬奋传》，江西人民出版社2001年版。

[43] 陈挥：《热爱人民：邹韬奋的为民情怀》，立信会计出版社2024年版。

[44] 邹华义：《邹韬奋的故事》，二十一世纪出版社1990年版。

[45] 邹华义：《韬奋故乡纪事》，作家出版社2011年版。

[46] 徐行、章镇选编：《韬奋散文》，中国广播电视出版社1997年版。

[47] 周川编著：《科学家、文学家的大学时代》，江苏教育出版社1986年版。